DAN SIMMONS

Dan Simmons, né en 1948 dans l'Illinois, aux États-Unis, a eu très jeune la vocation de l'écriture. Diplômé de littérature, il a exercé pendant dix-huit ans le métier d'enseignant avant de se consacrer entièrement à l'écriture.
Depuis 1982, date de ses débuts – très remarqués – en littérature, Dan Simmons a publié une vingtaine de nouvelles et une dizaine de romans. Fasciné par la transcendance du mal et l'horreur de la souffrance, il est souvent présenté comme un spécialiste de la terreur. C'est pourtant la science-fiction qui lui a inspiré son chef-d'œuvre, *Les cantos d'Hypérion* (*Hypérion* en 1989 et *La chute d'Hypérion* en 1990), un grand cycle cosmogonique habité par les ombres de Keats et de Dante, qui se poursuit avec deux autres volets, *Endymion* (1996) et *L'éveil d'Endymion* (1997).

ENDYMION I

DU MÊME AUTEUR
CHEZ POCKET

HYPÉRION 1 et 2
LA CHUTE D'HYPÉRION 1 et 2
L'ÉVEIL D'ENDYMION 1 et 2
(à paraître)

SCIENCE-FICTION
Collection dirigée par Jacques Goimard

DAN SIMMONS

LES VOYAGES D'ENDYMION

ENDYMION I

ROBERT LAFFONT

Titre original :
ENDYMION

Traduit de l'américain par
Guy Abadia

ISBN 2-266-08398-8

Gardons-nous d'oublier que l'âme humaine,
quelque indépendante dans sa création
que notre philosophie la représente,
est inséparable,
de par sa naissance et sa croissance,
de l'univers dans lequel elle est née.

TEILHARD DE CHARDIN.

Donnez-nous des dieux. Oui, donnez-nous-en !
Donnez-nous des dieux.
Nous en avons assez des hommes
Et des puissances-moteurs.

D.H. LAWRENCE.

1

Vous êtes en train de lire ceci pour de mauvaises raisons. Si vous lisez ces lignes pour savoir quel effet cela fait de faire l'amour avec une messie — *notre* messie —, vous auriez tort de continuer, car vous n'êtes rien de plus qu'un voyeur. Si vous les lisez parce que vous êtes un fan des Cantos du vieux poète et que la curiosité vous dévore de savoir ce qui s'est passé ensuite dans la vie des pèlerins d'Hypérion, vous risquez fort d'être déçu. J'ignore ce qui est arrivé à la plupart d'entre eux. Ils ont vécu et sont morts environ trois siècles avant ma naissance.

Si vous lisez ceci parce que vous cherchez à mieux percer le message de Celle qui Enseigne, vous risquez également d'être déçu. J'avoue que je me suis plus intéressé à elle en tant que femme qu'en tant que professeur ou messie.

Pour finir, si c'est pour être renseigné sur son sort que vous lisez ceci, vous n'avez pas le bon document entre les mains. Bien que nos destins respectifs semblent aussi tracés qu'un destin peut l'être, je n'étais pas à ses côtés quand le sien s'est joué, et le mien attend encore son dernier acte tandis que j'écris ces lignes.

Si vous lisiez ces lignes, de toute manière, j'aurais de quoi être grandement étonné. Mais ce ne serait pas la première fois que je serais surpris par un événement. Ces dernières années ont vu s'accumuler improbabilité sur improbabilité, chacune un peu plus sidérante et, semble-t-il, inévitable que la précédente. C'est pour partager ces souvenirs avec d'autres que j'écris ceci. Ou plutôt, ma motivation n'est même pas de les partager, car je sais qu'il y a très peu de chances pour que ce document soit découvert un jour. Ce qui me motive, c'est uniquement de coucher sur le papier une certaine série d'événements afin de pouvoir les structurer dans mon esprit.

« Comment saurais-je ce que je pense tant que je n'ai pas vu ce que je dis ? » a écrit je ne sais quel auteur préhégirien. Et c'est exactement cela. Il faut que je *voie* ces choses avant de savoir ce que je dois en penser. Il faut que je voie ces événements transformés en encre et ces émotions imprimées sur le papier pour arriver à croire qu'ils se sont bien produits et qu'ils m'ont touché.

Si vous lisez ces lignes pour la raison qui me pousse à les écrire, pour structurer un peu le chaos de ces dernières années, pour imposer un semblant d'ordre à la série essentiellement aléatoire d'événements qui ont régi notre existence au cours des décennies qui viennent de s'écouler, c'est peut-être que vous avez de bonnes raisons de le faire, après tout.

Par où commencer ? Par une sentence de mort, peut-être. Mais laquelle ? La sienne ou la mienne ? Et si c'est la mienne, laquelle choisir ? Il y en a plusieurs entre lesquelles il convient de faire un choix. Et c'est peut-être la dernière qui est le plus appropriée. Celle qui consiste à commencer par la fin.

J'écris ceci dans un casier à chat de Schrödinger en orbite haute autour du monde en quarantaine d'Armaghast. Ce casier à chat ne ressemble pas tellement à un casier, mais plutôt à un ovoïde à coque lisse qui mesure à peine six mètres sur trois et constituera la totalité de mon univers jusqu'à la fin de mes jours. À l'intérieur c'est une cellule plutôt spartiate qui contient une boîte noire assurant le recyclage de l'air et des déchets, une couchette, un synthétiseur de nourriture, un comptoir étroit qui me sert à la fois de table à manger et de bureau pour écrire, un évier, une douche et des toilettes, tout cela derrière une cloison en fibroplaste, pour des raisons de décence qui m'échappent, car personne ne viendra jamais me rendre visite ici, et l'isolement pour cause d'intimité ressemble à une plaisanterie plutôt creuse.

Je dispose d'une ardoise de texte et d'un stylet. Chaque fois que je termine une page, je l'imprime sur un microvélin produit par le recycleur. La lente accumulation des feuillets fins comme du papier de soie constitue le seul changement visible d'un jour à l'autre dans mon environnement.

L'ampoule de gaz toxique n'est pas apparente. Elle est incorporée à la coquille statodynamique du casier à chat et reliée de telle manière au système de filtration de l'air que toute tentative d'y toucher déclencherait immédiatement la diffusion du cyanure, de même que toute tentative de briser la protection. Le détecteur de radiations, son horloge et l'élément isotopique sont également fondus dans l'énergie figée de la coquille. Je n'ai aucun moyen de savoir à quel moment le minuteur à déclenchement aléatoire va activer le détecteur, ni à quel moment le dispositif d'ouverture va laisser passer le minuscule isotope dans l'enceinte blindée. Je ne peux pas savoir quand l'isotope produira une particule.

Mais je saurai que le détecteur a été activé dès l'instant où l'isotope la produira. Il y aura normalement dans l'air une odeur d'amande amère une seconde ou deux avant que le gaz me tue. J'espère que cela ne durera pas plus d'une seconde ou deux.

Techniquement, conformément à l'ancienne énigme de la physique quantique, je ne suis actuellement ni mort ni vivant. Je suis dans l'état suspendu des ondes de probabilité chevauchantes autrefois réservé à l'expérience mentale du chat de Schrödinger. Dans la mesure où la coque du casier à chat n'est rien d'autre que de l'énergie piégée prête à exploser à la moindre intrusion, personne ne viendra jamais regarder à l'intérieur si je suis mort ou vivant. Théoriquement, personne n'est directement responsable de mon exécution, puisque les lois immuables de la théorie quantique m'accordent ma grâce ou me condamnent d'une microseconde à l'autre. Il n'y a pas d'observateurs.

Mais moi, je suis un observateur. Et j'attends l'effondrement de ces ondes de probabilité particulières avec un peu plus qu'un intérêt détaché. Dès l'instant où je commencerai à entendre le sifflement du gaz au cyanure, juste avant qu'il gagne mes poumons, mon cœur et mon cerveau, je saurai dans quel sens l'univers a choisi de s'orienter.

Je le saurai, du moins, en ce qui me concerne. Ce qui, à bien voir, est l'unique aspect de la résolution de l'univers qui intéresse vraiment la majorité d'entre nous.

En attendant, je mange, je dors, j'évacue mes déchets, je respire et j'accomplis la totalité du rituel quotidien de ce qui est finalement oubliable. Chose qui me paraît tout à fait ironique, dans la mesure où je ne vis plus maintenant — si « vivre » est le terme adéquat — que pour me souvenir. Et pour écrire sur ce dont je me souviens.

Si vous lisez ces lignes, vous le faites probablement pour une mauvaise raison. Mais, comme il en est de tant d'éléments qui concernent nos existences, la raison pour laquelle on accomplit une chose n'est pas toujours ce qui a le plus d'importance. C'est *faire* la chose qui compte. Seule la certitude immuable que j'écris ces mots et que vous êtes en train de les lire a de l'importance en dernière analyse.

Par où commencer ? Par elle ? C'est sur elle que vous avez envie d'être documenté, et elle est la seule personne dans ma vie à qui je désire penser par-dessus tout et plus qu'à n'importe qui d'autre. Mais il convient peut-être que je commence par les événements qui m'ont conduit à elle, puis ici, en passant par une grande partie de la galaxie et au-delà.

Je crois que je vais commencer par le commencement, c'est-à-dire ma première sentence de mort.

2

Je m'appelle Raul Endymion. Mon prénom rime avec Paul. Je suis né sur le monde d'Hypérion en l'an 693 de notre calendrier local, ou 3099 préhégirien, ou encore, comme la majorité d'entre nous s'exprime à l'ère de la Pax, deux cent quarante-sept ans après la Chute.

On disait de moi, lorsque je voyageais en compagnie de Celle qui Enseigne, que j'étais un berger, et c'était vrai. Ou presque. Dans ma famille, on gagnait traditionnellement sa vie comme berger itinérant dans les landes et sur les plateaux des régions les plus reculées du continent d'Aquila, où j'ai grandi et où je gardais occasionnellement les moutons étant enfant. J'ai conservé un souvenir très agréable de ces nuits douces et tranquilles sous le ciel étoilé d'Hypérion. À seize ans (selon le calendrier d'Hypérion), j'ai quitté la maison sur un coup de tête pour m'enrôler comme soldat dans la Garde Nationale contrôlée par la Pax. Des trois ans que j'y ai passés, il ne me reste que le souvenir d'un morne ennui, à l'exception désagréable des quatre mois où j'ai été envoyé sur le plateau de glace de la Griffe pour combattre les indigènes lors du soulèvement d'Ursus. Après la fin de mon engagement, j'ai travaillé comme videur puis croupier dans l'un des casinos les plus mal famés des Neuf Queues, servi comme maître de péniche dans les régions supérieures du Kans durant deux saisons des pluies et joué le rôle d'apprenti jardinier dans le domaine du Bec sous la direction du paysagiste Avrol Hume. Mais « berger » devait sonner mieux aux oreilles des biographes de Celle qui Enseigne quand il s'agissait de dresser la liste des anciennes activités de son plus proche disciple, « berger » ayant d'agréables connotations bibliques.

Ce n'est pas que j'aie une objection, mais dans ce récit j'aurai le rôle d'un berger dont le troupeau comportera une seule brebis d'une importance infinie, et on ne peut pas dire que je l'aie trouvée, c'est plutôt le contraire, je l'ai perdue.

À l'époque où ma vie changea définitivement et où commence cette histoire, j'avais vingt-sept ans. J'étais plutôt grand pour quelqu'un qui est né sur Hypérion, et rien ne me distinguait particulièrement, si ce n'est l'épaisseur des cals à mes mains et mon goût prononcé pour les idées baroques. Je travaillais alors comme guide de chasse dans les marais situés au-dessus de la baie de Toschahi, à une centaine de kilomètres au nord de Port-Romance. À ce stade de mon existence, j'avais appris quelques petites choses sur le sexe et énormément sur les armes. J'avais découvert, à mon corps défendant, l'emprise que peut avoir la cupidité sur les affaires des hommes et des femmes. J'avais appris à utiliser mes poings et ma modeste cervelle pour survivre, j'étais curieux d'un très grand nombre de choses et je ne me sentais en sécurité qu'à l'idée que le reste de ma vie ne recelait sans doute plus pour moi aucune surprise de taille.

J'étais un imbécile.

La majeure partie de ce que j'étais en fait cet automne-là à vingt-huit ans peut être décrite de manière négative. Je n'avais jamais quitté Hypérion. Je n'avais jamais envisagé de voyager hors de la planète. J'étais entré dans des cathédrales, naturellement ; même dans les régions lointaines où ma famille s'était réfugiée après le sac de la cité d'Endymion, un siècle plus tôt, la Pax avait étendu son influence civilisatrice, mais je n'avais jamais accepté ni le catéchisme ni la croix. J'avais fréquenté des femmes, mais je n'avais jamais été amoureux. En dehors de l'éducation que m'avait donnée ma grand-mère, toute la culture que j'avais acquise était autodidacte et venait des livres que je dévorais passionnément. À vingt-sept ans, je croyais tout savoir.

Mais je ne savais rien.

C'est ainsi qu'au début de l'automne de ma vingt-huitième année, satisfait de mon ignorance et convaincu que rien d'important ne pourrait jamais changer le cours de ma vie, je commis l'acte qui devait me valoir une sentence de mort et marquer le début de ma vraie vie.

Les marais au-dessus de la baie de Toschahi sont insalubres et dangereux. Ils n'ont pas changé depuis une époque qui remonte à bien avant la Chute, mais des centaines de riches chasseurs — souvent venus d'autres mondes — y affluent chaque année pour la chasse au canard. La majeure partie des proto-colverts sont morts rapidement après leur régénération, lorsque les vaisseaux d'ensemencement les ont disséminés sept siècles plus tôt. Ils étaient ou bien incapables de s'adapter au climat d'Hypérion, ou bien en butte aux assauts des prédateurs autochtones. Mais quelques-uns ont survécu dans les marais du centre-nord d'Aquila, et les chasseurs sont venus. Mon travail consistait à les guider.

Nous étions quatre à opérer aux alentours d'une plantation de fibroplastes abandonnée, située sur une langue étroite de schiste et de boue, entre les marécages et un affluent du fleuve Kans. Les trois autres guides étaient spécialisés dans la pêche et dans la chasse au gros gibier, mais j'avais la plantation et la plus grande partie des marais rien qu'à moi pendant la saison de la chasse au canard. Il s'agissait d'une zone marécageuse semi-tropicale consistant principalement en chalme dense et en forêts de vort, avec des bouquets plus stables de prométhées géants dans les zones rocheuses entourant la plaine alluviale. Lors des premiers froids du début de l'automne, cependant, les colverts s'y arrêtaient dans la migration qui les conduisait des îles du Sud aux lacs des lointaines régions du plateau du Pignon.

Je réveillai mes quatre « chasseurs » une heure et demie avant le lever du soleil. J'avais préparé du jambon frit, des toasts et du café, mais les quatre hommes d'affaires bedonnants engloutirent tout cela en grognant, de mauvais poil. Il fallut que je leur rappelle de vérifier leurs armes et de les nettoyer. Trois d'entre eux s'étaient munis d'une carabine, mais le quatrième avait fait la bêtise d'apporter un vieux fusil à rayons. Pendant qu'ils mangeaient en récriminant, j'allai derrière la cabane m'asseoir à côté d'Izzy, la chienne labrador que j'avais depuis sa naissance. Elle savait que nous partions chasser, et j'étais obligé de lui caresser la tête et le cou pour la calmer.

L'aube commençait à pointer lorsque nous quittâmes la végétation touffue de la plantation dans une barque à fond plat. On voyait voleter les somptueuses diaphanes à travers les tunnels noirs des branches et au-dessus des cimes. Les chasseurs, Rolman, Herrig, Rushomin et Poneascu, étaient assis sur les traverses à l'avant pendant que je maniais la perche. Izzy et moi étions séparés d'eux par un petit tas d'affûts flottants dont les disques inférieurs étaient en partie visibles sous l'épaisseur de leur revêtement de fibroplaste. Rolman et Herrig portaient de luxueux ponchos en tissu caméléon, mais ils attendirent d'arriver au cœur du marécage pour en activer les polymères. Je leur demandai de ne pas parler si fort lorsque nous arrivâmes à l'entrée des marais d'eau douce où les colverts allaient se poser. Les quatre hommes me jetèrent un mauvais regard, mais baissèrent le ton et ne dirent bientôt plus rien.

Il faisait maintenant presque assez jour pour pouvoir lire. J'arrêtai la barque à la lisière de l'espace découvert et mis les affûts à flot. J'enfilai ma tenue étanche et me glissai dans l'eau, qui m'arrivait à la taille. Izzy se pencha sur l'eau, les yeux brillants, mais je lui fis un geste pour l'empêcher de sauter. Elle frémit de tout son corps, mais resta dans la barque.

— Passez-moi votre arme, s'il vous plaît, demandai-je à Poneascu, le premier de ces messieurs.

Ces chasseurs occasionnels avaient déjà assez de mal à garder leur équilibre pour grimper dans les affûts minuscules. Je ne leur faisais pas du tout confiance quand ils avaient en plus une arme à la main. J'avais insisté pour qu'ils vident la chambre et verrouillent la sécurité, mais lorsque Poneascu me tendit son arme je vis que le témoin de charge était au rouge et que la sécurité n'était pas mise. J'éjectai la cartouche, abaissai la sécurité, glissai le fusil dans l'étui étanche que je portais à l'épaule et stabilisai l'affût pendant que le gros homme descendait de la barque.

— Je reviens tout de suite, chuchotai-je aux trois autres.

Je commençai à avancer dans l'eau parmi les chalmes, en tirant l'affût derrière moi par sa sangle. J'aurais pu laisser les chasseurs se poster à l'endroit de leur choix, mais le marécage était truffé de kystes de boue rapide susceptible d'engloutir d'un coup l'affût et son occupant, peuplé de tiques draculéennes qui avaient une fâcheuse propension à se laisser tomber des branches sur tout ce qui se déplaçait sur l'eau, décoré de guirlandes de serpents qui avaient exactement l'aspect du chalme, et grouillant de jars guerriers capables de vous enlever un doigt. Ce n'étaient pas les seules surprises que réservaient ces lieux aux visiteurs novices. Sans compter que l'expérience m'a appris que la plupart des chasseurs du dimanche ont tendance à choisir pour leurs affûts des emplacements qui leur permettent de mieux se canarder les uns les autres dès l'apparition du premier vol de colverts. Mon métier est d'empêcher ces choses d'arriver.

Je plaçai H. Poneascu sous une boucle de frondaisons touffues d'où il avait une excellente vue de toute la partie sud des eaux libres du marais. Je lui montrai les endroits où les autres affûts allaient être placés, et lui recommandai de bien regarder par la fente de la structure flottante et de ne pas commencer à tirer tant que tout le monde ne serait pas placé. Puis je retournai chercher les trois autres. Je plaçai Rushomin à une vingtaine de mètres sur la droite du premier, attribuai à Rolman un bon emplacement à l'entrée du bras d'eau et allai chercher H. Herrig avec son ridicule fusil à rayons.

Le soleil allait se lever dans dix minutes.

— Triplemort ! Il était temps que vous vous souveniez de moi ! lança le gros homme tandis que je pataugeais à sa rencontre.

Il était déjà installé dans son affût, son pantalon caméléon tout mouillé. Les bulles de méthane qui crevaient à la surface indiquaient la présence d'un gros kyste de boue entre la barque et l'entrée du bras d'eau, de sorte qu'il fallait que je longe le plateau de boue chaque fois que j'allais ou venais.

— On ne vous paye pas pour que vous perdiez votre putain de temps à faire ça ! grogna-t-il tandis que son épais cigare s'agitait d'un côté puis de l'autre entre ses lèvres.

Je hochai la tête sans répondre, tendis la main, lui arrachai des lèvres le cigare allumé et le jetai dans la direction opposée à celle du kyste. Nous avions de la chance que les bulles n'aient pas pris feu.

— Les canards sentent la fumée de loin, expliquai-je en ignorant l'expression arrondie de sa bouche et la rougeur qui avait envahi son visage.

Je glissai le harnais sur mes épaules et tirai son affût vers le marais ouvrant du torse un chemin à travers les algues rouge-orange qui avaient envahi la surface depuis mon dernier passage.

H. Herrig caressa la crosse de son coûteux et inutile fusil à rayons en me lançant un regard furibond.

— Mon vieux, faites attention à votre triplemort de bouche, ou c'est moi qui vais m'en occuper, me dit-il.

Son poncho et sa vareuse de chasse en tissu caméléon laissaient apercevoir l'éclat d'une double croix en or de la Pax accrochée à son cou, ainsi que la vergeture rougeoyante du cruciforme proprement dit sur sa poitrine. Herrig était un chrétien régénéré.

Je ne prononçai pas une seule parole jusqu'à ce que j'aie placé correctement son affût sur la gauche de l'entrée du bras d'eau. Mes quatre experts pouvaient maintenant tirer en direction du marais sans risque de se blesser mutuellement.

— Déployez la toile et regardez par la fente, murmurai-je en détachant la corde de mon harnais pour la fixer à une racine de chalme.

Herrig laissa entendre un bruit indistinct, mais laissa la toile enroulée autour des montants de la voûte.

— Attendez que j'aie disposé les leurres avant de faire feu, lui dis-je en lui indiquant les positions des autres. Et ne tirez pas en direction du goulet d'entrée, c'est là que je serai avec la barque.

Il ne me répondit pas.

Je haussai les épaules et retournai jusqu'à l'embarcation. Izzy était toujours à l'endroit où je lui avais ordonné de rester, mais je voyais à ses muscles tendus et à ses yeux brillants qu'elle gambadait déjà en imagination comme un jeune chien. Sans grimper dans la barque, je lui flattai le cou.

— Plus que quelques instants, à présent, ma fifille, chuchotai-je.

Libérée de l'obligation de ne plus bouger, elle bondit à l'avant pendant que je tirais l'esquif vers le bras d'eau.

Les diaphanes avaient maintenant disparu, et les averses de météorites s'espaçaient de plus en plus à mesure que la lumière de l'aube se solidifiait en un éclat laiteux. La symphonie des insectes et le cri rauque des amphisbanes au milieu des lits de boue laissaient progressivement place aux cris d'oiseaux du petit matin et au barrit occasionnel d'un jars en train de gonfler sa poche à défi. À l'est, le ciel commençait à prendre sa teinte lapis plus soutenue du plein jour.

Je sortis la barque de dessous les frondaisons en faisant signe à Izzy de rester à la proue et sortis quatre leurres qui se trouvaient sous les bancs. Il y avait une très légère couche de glace le long de la rive, mais le centre du marais était dégagé et je mis chaque leurre en place après l'avoir préalablement activé. Partout, l'eau ne m'arrivait jamais plus haut que le sternum.

Je venais de retourner auprès d'Izzy pour me tapir sous les frondaisons lorsque les canards arrivèrent. Ce fut Izzy qui les entendit la première. Son corps devint rigide et elle leva un museau frémissant comme si elle flairait leur odeur dans la brise. Une seconde plus tard, j'entendis un murmure d'ailes. Je me penchai en avant pour regarder à travers le fragile feuillage.

Au centre de la mare, les leurres nageaient en lissant leur plumage. L'un d'eux tendit le cou et lança son appel juste au moment où les vrais colverts se montraient au-dessus de la ligne des arbres au sud. Un vol de trois canards rompit sa formation. Les volatiles déployèrent leurs ailes pour freiner et descendirent comme sur des rails invisibles vers le marais.

J'éprouvais l'excitation que je ressens toujours dans ces moments-là. Ma gorge se serre et mon cœur se met à battre très fort, semble s'arrêter un instant et me cause une douleur palpable. J'ai passé la majeure partie de ma vie dans des régions reculées, à observer la nature, mais le spectacle de tant de beauté a toujours fait vibrer en moi quelque chose de si profond que je ne connais pas de mots pour décrire cette sensation. À mes côtés, Izzy était aussi immobile et silencieuse qu'une statue d'ébène.

La fusillade commença alors. Les trois carabines ouvrirent le feu en même temps et continuèrent aussi rapidement qu'elles pouvaient éjecter les cartouches. Le fusil à rayons traversa le marais de son étroit faisceau de lumière violette clairement visible dans la brume du matin.

Le premier canard dut être touché par deux ou trois tirs différents. Il éclata en une gerbe de plumes et de viscères. Les ailes du deuxième se plièrent et il tomba, vidé de toute grâce et de toute beauté. Le troisième vira sur sa droite, se rétablit juste au niveau de l'eau et battit des ailes pour essayer de reprendre de l'altitude. Le rayon d'énergie le poursuivit, tailladant le feuillage et les branches comme une faux silencieuse. Les carabines tonnèrent de nouveau, mais le colvert semblait anticiper leur direction. Il vola vers le lac, vira sur l'aile vers la droite et prit la direction de l'entrée du goulet.

Droit sur Izzy et moi.

Rasant l'eau à moins de deux mètres, le canard battait désespérément des ailes, le corps tendu dans un unique objectif de fuite en avant. Je compris soudain qu'il allait passer sous les arbres pour traverser le goulet en plein centre. Son schéma de fuite inhabituel l'avait déjà fait passer devant plusieurs positions de tir, mais cela n'empêchait pas les quatre hommes de continuer à tirer frénétiquement.

Je poussai la barque de ma jambe droite pour la faire sortir du couvert des branches.

— Ne tirez plus ! ordonnai-je de la voix de commandement que j'avais acquise au cours de ma brève carrière de sergent dans la Garde Nationale.

Deux des hommes obéirent, mais une carabine et le fusil à rayons continuèrent de tirer. Le colvert passa à tire-d'aile devant la barque, à un mètre à peine sur notre gauche.

Tout le corps d'Izzy se tendit et sa mâchoire sembla tomber de surprise lorsque le canard nous dépassa. La carabine se tut, mais je vis le rayon violet zoomer sur nous à travers la brume légère. Je hurlai et plaquai Izzy contre le banc.

Le colvert traversa le tunnel de chalme derrière nous et battit des ailes pour reprendre de l'altitude. Soudain, une odeur d'ozone imprégna l'air et une ligne de flammes parfaitement droite balaya l'arrière de la barque. Je me jetai à plat ventre dans le fond de l'embarcation en saisissant Izzy par son collier pour l'obliger à s'aplatir comme moi.

Le rayon violet rata d'un millimètre mes doigts crispés et le collier d'Izzy. Je vis briller dans les yeux de la chienne un regard d'excitation, puis elle voulut poser son museau sur ma poitrine comme elle le faisait toute petite, quand elle voulait se faire pardonner quelque chose. Le mouvement fit que sa tête et la section de son cou juste au-dessus du collier se séparèrent nettement du reste de son corps pour tomber par-dessus bord en soulevant une petite gerbe d'eau. Je n'avais pas lâché le collier, et je sentais toujours son poids sur ma main tandis que ses pattes antérieures s'agitaient encore contre ma poitrine. Le sang jaillissait à flots des artères sectionnées. Il était chaud, avec un goût de cuivre.

Le rayon tailladà de nouveau la végétation, sectionnant cette fois-ci un chalme à un mètre de la barque, puis s'éteignit comme s'il n'avait jamais existé.

Je me redressai pour regarder Herrig à l'autre extrémité du marais. Il était en train d'allumer un cigare, le fusil à rayons posé sur les genoux. La fumée de son cigare se mêlait à la brume qui montait encore de la surface du marais.

Je me laissai glisser dans l'eau. Le sang d'Izzy continuait

de gicler autour de moi lorsque je commençai à avancer vers Herrig.

Il leva son fusil à rayons et le tint en travers de sa poitrine. Quand il parla, ce fut avec le cigare rivé aux lèvres, pour me dire :

— Alors, qu'est-ce que vous attendez pour aller me chercher mes canards ? Vous allez les laisser flotter jusqu'à ce qu'ils pour...

Dès qu'il fut à ma portée, je saisis son poncho caméléon de la main gauche et le tirai brusquement en avant. Il essaya de lever son fusil à rayons, mais je le lui arrachai de la main droite et le lançai de toutes mes forces au milieu du marais. Il me cria alors quelque chose, et son cigare tomba dans l'affût. Je le déséquilibrai et il bascula dans l'eau. Quand il ressortit la tête, bredouillant des imprécations et crachant des algues, je le frappai très fort sur la bouche. Je sentis la peau de ses lèvres se déchirer tandis que plusieurs de ses dents se cassaient. Puis il se retrouva sur le dos et sa tête heurta le cadre de l'affût avec un bruit creux. Il disparut sous l'eau.

J'attendis que son visage adipeux remonte à la surface comme le ventre blanc d'un poisson mort. Quand je le revis, je l'enfonçai de nouveau en le maintenant ainsi. Je vis des bulles d'air crever la surface tandis que ses bras s'agitaient désespérément et que ses grosses mains molles essayaient vainement d'agripper mes poignets pour les écarter. Les trois autres chasseurs, qui n'avaient pas quitté leurs positions, me criaient des choses à travers le marais, mais je ne les entendais même pas.

Lorsque les mains de Herrig cessèrent de s'agiter et que les bulles ne formèrent plus qu'un mince filet, je le lâchai et fis un pas en arrière. L'espace d'un instant, je crus qu'il n'allait plus remonter. Mais le gros homme refit explosion à la surface et réussit à s'agripper au bord de l'affût. Puis il vomit de l'eau et des algues. Je lui tournai le dos et m'avançai dans l'eau en direction des autres.

— Ce sera tout pour aujourd'hui, leur criai-je. Donnez-moi vos carabines. On rentre.

Ils ouvrirent la bouche comme pour protester, mais virent mon regard et mon visage couvert de sang puis me donnèrent leurs armes sans rien dire.

— Allez chercher votre ami, ordonnai-je au dernier, H. Poneascu.

Je portai les carabines dans la barque, les mis en lieu sûr dans le coffre étanche à l'avant puis portai les boîtes de cartouches à l'arrière. Le corps sans tête d'Izzy avait déjà commencé à se raidir lorsque je la fis basculer dans l'eau. Tout le fond de l'embarcation était rouge de son sang. Je retournai à l'arrière, mis les cartouches à l'abri dans le coffre et demeurai debout, appuyé contre ma perche.

Les trois chasseurs revinrent enfin en godillant maladroitement dans leurs affûts flottants. Ils remorquaient celui de Herrig, au milieu duquel il était affalé, son visage blême toujours penché au-dessus de l'eau. Ils grimpèrent dans la barque et voulurent hisser les affûts, mais je les arrêtai d'un geste.

— Laissez-les là, leur dis-je. Attachez-les à cette racine de chalme. Je reviendrai les chercher plus tard.

Ils obéirent et hissèrent H. Herrig à bord tel un poisson au ventre obèse. Les seuls bruits que nous entendions, à part ceux des oiseaux et des insectes du marais qui reprenaient leurs activités, étaient les haut-le-cœur continuels de H. Herrig. Quand il fut à bord, tandis que les trois autres chasseurs échangeaient des commentaires à voix basse, je ramenai le bateau à la plantation. Le soleil achevait à peine de chasser les derniers filets de vapeur du matin qui montaient des eaux noires.

Les choses auraient dû normalement en rester là, mais ce ne fut naturellement pas le cas.

J'étais en train de faire à manger dans la petite cuisine rudimentaire lorsque H. Herrig sortit du dortoir avec un gros et court pistolet militaire à fléchettes. Ces armes sont illégales sur Hypérion. La Pax n'autorise personne à en posséder en dehors de la Garde Nationale. J'entrevis le visage blême et l'air consterné des trois chasseurs qui regardaient par la porte du dortoir tandis que H. Herrig entrait en titubant dans la cuisine, environné de brumes de whisky.

Le gros homme ne put résister à l'impulsion de m'adresser un bref discours mélodramatique avant de me tuer.

— Putain de triplemort d'enfant de salaud de païen, commença-t-il.

Mais je ne restai pas là à attendre la suite. Je me jetai par terre et en avant au moment même où il tirait à partir de la hanche.

Six mille fléchettes d'acier firent voler en éclats la cuisinière, la marmite dans laquelle j'étais en train de cuisiner, l'évier, la fenêtre au-dessus, les étagères et la vaisselle qu'elles contenaient. Nourriture, plastique, porcelaine et verre se mirent à pleuvoir sur mes jambes, tandis que je rampais sous le comptoir ouvert pour lui saisir la jambe alors qu'il allait m'envoyer une deuxième giclée de fléchettes.

Je tirai violemment sur sa cheville. Il tomba sur le dos avec un grand bruit qui fit voler des tonnes de poussière du plancher. Je lui immobilisai les deux jambes de tout mon poids, remontai le long de son corps et lui donnai un coup de genou dans le bas-ventre. Puis je lui saisis le poignet dans l'intention de lui faire lâcher son arme. Mais il tenait fermement la crosse et son doigt était toujours sur la détente. Le magasin émit un bourdonnement tandis qu'une nouvelle cartouche à fléchettes se mettait en place avec un déclic. Je sentis sur mon visage son haleine qui puait le cigare et le whisky tandis qu'il tournait le canon vers moi avec un sourire de triomphe. D'un seul mouvement de mon avant-bras, j'écartai son poignet avec le gros pistolet, qui se coinça sous son menton adipeux. Nos regards eurent le temps de se croiser avant que ses efforts désordonnés pour se dégager s'ajoutent à la pression de son doigt sur la détente.

J'expliquai à l'un des autres chasseurs la manière d'utiliser la radio dans la salle commune, et un glisseur de la sécurité de la Pax se posa dans l'heure sur l'étendue d'herbe devant le bâtiment. Il n'y avait alors qu'une douzaine de glisseurs en activité sur tout le continent, aussi la vue de l'engin noir de la Pax fut-elle pour le moins impressionnante.

Ils m'immobilisèrent les poignets avec des bandelettes, me plaquèrent un dossile cortical aux tempes et me poussèrent dans le compartiment de confinement à l'arrière de l'appareil. Je demeurai là, ruisselant de transpiration dans le silence torride du glisseur, pendant que les spécialistes de la Pax s'activaient avec des pincettes à extraire les échardes du crâne de H. Herrig et les matières cérébrales éparpillées dans les murs et le plancher perforés. Lorsqu'ils eurent interrogé les trois chasseurs et récupéré la majeure partie de H. Herrig, je les regardai à travers la cloison en perspex rayé tandis qu'ils chargeaient à bord du glisseur le corps enveloppé dans son sarcophage souple. Les pales de lévitation sifflèrent, les ventilateurs firent entrer un peu d'air au moment où je me disais que je ne pouvais plus respirer, et le glisseur s'éleva dans les airs, fit une fois le tour de la plantation, puis fila vers le sud en direction de Port-Romance.

Mon procès eut lieu six jours plus tard. Rolman, Rushomin et Poneascu déclarèrent que j'avais insulté H. Herrig à l'aller et que je l'avais agressé dans les marais. Ils testifièrent que le chien avait été tué dans la mêlée que j'avais provoquée et qu'au retour à la plantation j'avais brandi sur eux le pistolet à fléchettes interdit, en menaçant de les tuer tous. H. Herrig avait essayé de me désarmer, et j'avais tiré sur lui littéralement à bout portant, ce qui l'avait pratiquement décapité.

H. Herrig fut le dernier à témoigner, encore pâle et frémissant de sa résurrection vieille de trois jours, vêtu d'un costume de ville et d'une cape sombres, sa voix tremblant tandis qu'il confirmait le témoignage des autres et décrivait mon agression sauvage à son encontre. Mon avocat commis d'office ne se donna pas la peine de le contre-interroger. En tant que chrétiens régénérés en excellents termes avec la Pax, les quatre hommes ne pouvaient pas être forcés à témoigner sous l'effet du Divrai ni de tout autre moyen chimique ou électronique de vérification. Je me déclarai volontaire pour subir un sondal ou absorber du Divrai, mais le procureur général objecta que ces procédés étaient sans objet dans le cas présent, et le juge agréé par la Pax le soutint. Mon avocat ne protesta pas.

C'était un procès sans jury. Le juge prononça le verdict en moins de vingt minutes. J'étais coupable, et il me condamnait à être exécuté au moyen d'un bâton de la mort.

Je me levai pour demander que l'exécution soit reportée

jusqu'à ce que je puisse prévenir ma tante et mes cousins dans la partie nord d'Aquila, afin qu'ils me rendent une dernière visite, mais ma demande fut rejetée. L'exécution fut fixée au lendemain à l'aube.

3

Un prêtre du monastère de la Pax à Port-Romance vint me voir ce soir-là. C'était un petit homme assez nerveux, aux cheveux blonds clairsemés, affecté d'un léger bégaiement. Dans le parloir sans fenêtre, il se présenta sous le nom de père Tsé et fit signe aux gardes de se retirer.

— Mon fils..., commença-t-il. (J'eus envie de sourire, car il devait avoir à peu près mon âge.) Mon fils, êtes-vous prêt pour demain ?

Je n'avais plus du tout envie de sourire. Je haussai les épaules. Le père Tsé remua silencieusement les lèvres avant d'ajouter d'une voix tendue d'émotion :

— Vous n'avez pas accepté Notre-Seigneur.

J'eus de nouveau envie de hausser les épaules, mais je me contentai de murmurer :

— Je n'ai pas accepté le cruciforme, mon père. Ce n'est peut-être pas tout à fait la même chose.

Ses yeux bruns étaient insistants, presque suppliants.

— C'est la même chose, mon fils. Telle est la révélation que nous a faite Notre-Seigneur.

Je ne répondis pas. Le père Tsé posa son missel et toucha mon poignet lié.

— Vous savez que, si vous vous repentez ce soir en acceptant Jésus-Christ comme votre Sauveur personnel, trois jours après... ce qui se passera demain..., vous vous lèverez pour revivre, revêtu de la grâce absolutoire de Notre-Seigneur. Vous n'ignorez pas cela, n'est-ce pas, mon fils ?

Je soutins son regard. Un prisonnier, dans l'une des cellules voisines, n'avait pas cessé de hurler ces trois dernières nuits, et j'étais épuisé par manque de sommeil.

— Je sais, mon père, murmurai-je. Je sais très bien comment fonctionne le cruciforme.

Le père Tsé secoua vigoureusement la tête.

— Pas le cruciforme, mon fils. La grâce de Notre-Seigneur.

Je hochai la tête.

— Avez-vous connu une résurrection, mon père ?

Il baissa les yeux en disant :

— Pas encore, mon fils. Mais je ne crains pas ce jour. Et vous ne devez pas le craindre non plus, ajouta-t-il en me fixant de nouveau dans les yeux.

J'abaissai un instant mes paupières. Je n'avais pas cessé une seule minute, au cours des six derniers jours et des six dernières nuits, de penser à cela.

— Écoutez, mon père, lui dis-je enfin, sans vouloir vous offenser, j'ai pris la décision, il y a de cela un certain nombre d'années, de ne jamais me soumettre au cruciforme, et je ne crois pas que le moment soit bien choisi pour changer d'avis.

Le père Tsé se pencha en avant, les yeux brillants.

— Il n'est pas trop tard pour accepter Notre-Seigneur, mon fils. Demain après le lever du soleil, par contre, vous n'aurez plus le choix. Votre corps sans vie sera conduit en mer et donné en pâture aux poissons charognards de la baie.

L'image n'était pas nouvelle pour moi.

— Je sais, lui dis-je. Je n'ignore pas les conséquences de l'exécution d'un condamné non converti. Mais j'ai déjà cela. (Je touchai le dossile cortical à présent fixé de manière permanente à ma tempe.) Je n'ai pas besoin qu'on m'implante un symbiote cruciforme destiné à m'asservir encore plus.

Le père Tsé eut un mouvement de recul comme si je l'avais giflé.

— Une vie dédiée à Notre-Seigneur n'est en aucune manière une servitude, protesta-t-il, son bégaiement totalement effacé par la colère. Des millions de personnes l'ont fait avant même que la récompense tangible d'une résurrection en ce bas monde leur soit offerte. Des milliards l'acceptent aujourd'hui avec gratitude. Vous avez le choix, mon fils, conclut-il en se levant. La lumière éternelle, associée au bienfait d'une vie pratiquement illimitée ici-bas où vous pourrez servir le Christ, ou bien les ténèbres éternelles.

Je haussai les épaules en détournant les yeux.

Le père Tsé me donna sa bénédiction et me dit adieu d'une voix où se mêlaient la tristesse et le mépris. Il se tourna pour appeler les gardes et sortit. Une minute plus tard, une douleur vive me transperça le crâne tandis que les gardes excitaient mon dossile pour me reconduire dans ma cellule.

Je vous épargnerai la longue litanie des pensées qui se succédèrent dans ma tête tout au long de cette interminable nuit d'automne. J'avais vingt-sept ans. J'aimais la vie d'une manière passionnée qui m'avait plus d'une fois conduit à des ennuis sérieux, bien que peut-être pas autant que cette fois-ci. Durant les premières heures de cette nuit finale, j'envisageai de m'échapper avec la fureur d'un animal en cage donnant des coups de griffes à ses barreaux d'acier. Ma prison était au sommet d'une falaise dominant le rocher appelé la Mandibule, au fond de la baie de Toschahi. Tout y était en perspex incassable, acier indéformable ou plastique moulé d'une seule pièce. Les gardes étaient armés de bâtons de la mort, et je ne les sentais nullement réticents à l'idée de s'en servir. Même si je réussissais à m'échapper, il leur suffisait d'appuyer sur le bouton de commande à distance de mon dossile pour que je me plie en deux, frappé par la pire névralgie faciale de tout l'univers, jusqu'à ce qu'ils me retrouvent n'importe où grâce au signal de repérage.

Je passai mes dernières heures à méditer sur les folies de mon inutile et courte vie. Je ne regrettais rien, mais je n'avais pas grand-chose à mettre dans la balance en faveur de Raul Endymion et de ses vingt-sept ans d'existence sur Hypérion. Le thème dominant dans mon destin semblait être cette même obstination perverse qui me faisait refuser la résurrection.

Et même si tu donnais une vie à l'Église, me soufflait une voix frénétique à la base du crâne, *ce serait toujours une vie de gagnée, avec bien d'autres en prime ! Comment peux-tu rejeter une offre pareille ? Tout plutôt que la vraie mort... Ton corps en décomposition jeté aux lamproies, aux cœlacanthes et aux vers scarques... Réfléchis bien !*

Je fermai les yeux et fis comme si je dormais, juste pour échapper à l'écho de mes propres hurlements intérieurs.

La nuit dura une éternité, mais l'aube arriva encore trop vite. Quatre gardes vinrent me chercher pour me conduire dans la salle d'exécution, m'attachèrent à un fauteuil en bois, puis refermèrent la porte étanche en acier. En regardant par-dessus mon épaule gauche, je vis des visages qui m'épiaient à travers la vitre en perspex. Je m'étais attendu, confusément, à ce qu'un prêtre — peut-être pas le père Tsé, mais un autre, ou un représentant quelconque de la Pax — vienne m'offrir une ultime occasion de choisir l'immortalité, mais personne ne se présenta. Une partie de moi-même en fut contente, mais une partie seulement. Aujourd'hui encore, je suis incapable de dire si j'aurais changé d'avis au dernier moment.

La méthode d'exécution était d'une simplicité mécanique, peut-être pas aussi ingénieuse que le casier à chat de Schrödinger, mais astucieuse quand même. Un bâton de la mort à court rayon d'action était fixé au mur, braqué dans la direction du fauteuil. Je vis la lumière rouge clignoter sur le petit persoc relié à l'arme. Les détenus des cellules voisines avaient pris un plaisir pervers à me chuchoter les détails de ma mort avant même que le verdict eût été rendu. L'ordinateur persoc était muni d'un générateur de nombres aléatoires. Dès que le résultat obtenu serait un nombre premier inférieur à 17, le bâton de la mort serait activé, et chaque synapse contenue dans la masse grise constituant la personnalité et la mémoire de Raul Endymion serait fondue, détruite, réduite à l'équivalent neuronal d'un résidu radioactif. Mes fonctions autonomes cesseraient quelques millisecondes plus tard. Mon cœur et ma respiration s'arrêteraient dès que mon cerveau serait détruit. D'après les spécialistes, l'exécution par bâton de la mort est une façon d'ôter la vie sans douleur plus douce que tout ce qui a pu être utilisé avant. Ceux qui ont ressuscité après une telle fin n'aiment généralement pas parler des sensations qu'ils ont éprouvées, mais le bruit qui courait d'une cellule à l'autre était que cela faisait extrêmement mal, comme si tous les circuits du cerveau explosaient en même temps.

Je ne pouvais détacher mon regard du persoc et de l'extrémité utile du court bâton de la mort. Un petit farceur avait orienté l'affichage à diodes de telle manière que je puisse voir les nombres qui défilaient. Ils se succédaient comme les numéros des étages dans un ascenseur à destination de l'enfer : 26 ; 74 ; 109 ; 19 ; 37... Le persoc était programmé pour ne générer que des nombres inférieurs à 150... 77 ; 42 ; 60 ; 84 ; 129 ; 108 ; 14...

Je perdis alors le compte. Je serrai les poings, tirai sur les attaches en plastique inaltérable et me mis à hurler des obscénités aux murs, aux visages blêmes déformés par la paroi en perspex, à la putain d'Église et à sa putain de Pax, au foutu lâche qui avait tué mon chien et aux putains de salauds de merde qui...

Je ne vis pas apparaître sur l'affichage le nombre premier inférieur à 17. Je n'entendis pas le déclic du bâton de la mort qui s'activait. Je sentis bien quelque chose, une sorte de froid de ciguë qui naquit au niveau de mon occiput pour s'étendre à toutes les autres parties de mon corps avec la rapidité d'une conduction nerveuse, et je fus même surpris de ressentir quoi que ce soit. *Les spécialistes se trompent, ce sont les détenus qui ont raison*, pensai-je frénétiquement. *Le bâton de la mort procure des sensations.*

J'aurais gloussé de rire, à ce moment-là, si une paralysie ne m'avait envahi tout le corps comme une onde.

Une onde noire.

Une onde noire qui m'emportait au loin.

4

Je ne fus nullement surpris de me réveiller vivant. Je suppose qu'on est plutôt surpris quand on se réveille mort. Quoi qu'il en soit, je n'éprouvais pas d'autre sensation d'inconfort qu'un vague picotement des extrémités, et je restai à observer une tache de soleil qui s'étalait sur le plafond de plâtre inégal durant une minute ou deux avant qu'une pensée me sorte brusquement de ma torpeur.

Une seconde... Est-ce que je n'étais pas... Est-ce qu'ils ne m'ont pas... ?

Je me redressai pour regarder autour de moi. Si j'avais le moindre doute que mon exécution eût été un rêve, le caractère prosaïque de mon environnement présent le dissipa aussitôt. La pièce était de forme circulaire, avec un mur extérieur courbe blanchi à la chaux et un plafond de plâtre mal aplani. Pour tout mobilier, il y avait un lit dont le couvre-lit écru était assorti aux textures du plâtre et de la pierre. La porte — fermée — était en bois massif, mais la fenêtre en ogive était ouverte à tous les éléments. Un seul regard au ciel lapis qu'elle laissait apercevoir m'apprit que je me trouvais toujours sur Hypérion. J'étais certain, en tout cas, de ne plus être dans la prison de Port-Romance. La pierre que j'avais sous les yeux était trop vieille, les détails de la porte trop ornementaux, la qualité de la literie trop luxueuse.

Je me levai, m'aperçus que j'étais tout nu et m'avançai jusqu'à la fenêtre. La petite brise automnale était vive, mais le soleil me chauffait la peau. Je me trouvais dans une tour de pierre. Le chalme jaune et les enchevêtrements touffus de vort tissaient une voûte solide qui couvrait les collines à perte de vue. Les buissons bleus épineux poussaient sur les falaises de granite. J'apercevais aussi d'autres murs, des remparts et la courbe d'une deuxième tour se détachant sur la même ligne de crête que celle où je me trouvais. Les murs paraissaient très vieux. Par leur style et leur architecture, toutes ces constructions donnaient l'impression d'appartenir à une époque bien antérieure à la Chute.

Je devinai aussitôt où je me trouvais. Le chalme et le vort suggéraient que je devais encore être sur le continent Sud d'Aquila. Les ruines élégantes ne pouvaient être que celles de la cité abandonnée d'Endymion.

Je n'avais jamais visité la ville d'où ma famille tire son nom, mais j'en avais entendu de nombreuses descriptions de la bouche de Grandam, la diseuse d'histoires de notre clan. Endymion fut l'une des premières cités édifiées sur Hypérion après l'accident du vaisseau de descente un peu moins de sept cents ans plus tôt. Jusqu'à la Chute, elle était célèbre pour sa splendide université, une énorme construction qui ressemblait à un château fort et dominait toute la vieille ville. Le père du trisaïeul de Grandam y avait enseigné jusqu'à ce que les troupes de la Pax occupent toute la région centrale d'Aquila et obligent littéralement des milliers de personnes à fuir devant elles.

C'était là que je me retrouvais.

Un homme chauve à la peau bleutée et aux yeux bleu cobalt entra, déposa sur le lit des sous-vêtements et une salopette en coton rêche en disant :

— Veuillez vous habiller.

J'avoue que je le regardai longuement en silence tandis qu'il tournait les talons pour s'en aller. Cette peau bleue... ces yeux brillants... cette absence de cheveux. Ce devait être un androïde, le premier que je voyais de ma vie. J'aurais juré qu'il n'y avait plus d'androïdes sur Hypérion. Leur biofabrication était illégale depuis avant la Chute et, bien qu'ils eussent été importés par le légendaire roi Billy le Triste pour bâtir la plupart des cités du Nord plusieurs siècles auparavant, je n'avais jamais entendu dire qu'il pût en rester un sur notre monde. Je commençai à m'habiller en secouant la tête. La salopette m'allait très bien, malgré la largeur inhabituelle de mes épaules et la longueur de mes jambes.

J'étais de nouveau devant la fenêtre lorsque l'androïde revint. Il demeura dans l'encadrement de la porte en me faisant un signe de sa main ouverte.

— Par ici, je vous prie, H. Endymion.

Je résistai à l'envie impulsive de lui poser des questions et le suivis dans l'escalier de la tour. La pièce du haut occupait tout l'étage. Le soleil de fin d'après-midi filtrait à travers des vitraux aux teintes rouges et jaunes. Une fenêtre au moins était ouverte et laissait entendre le froissement de la voûte feuillue tout en bas, caressée par la brise qui montait de la vallée.

Cette pièce était aussi blanche et nue que l'avait été ma cellule, à l'exception d'un noyau d'appareils médicaux et de consoles de communication en son centre. L'androïde se retira en refermant derrière lui la lourde porte, et il me fallut quelques secondes pour me rendre compte qu'il y avait un être humain au milieu de tous ces appareils.

J'avais tout au moins l'impression que c'en était un.

Il était vautré sur un lit flottant en mousse lovée réglé en position assise. Des tuyaux, des goutte-à-goutte, des filaments de surveillance et des ombilicaux à l'aspect organique reliaient l'appareillage au personnage ratatiné qui occupait le lit. Je dis « ratatiné », mais son corps semblait en fait presque momifié. Sa peau faisait des plis qui évoquaient ceux d'une vieille veste en cuir trop longtemps portée, son crâne était tacheté et presque totalement chauve, ses bras et ses jambes n'existaient qu'à l'état d'appendices vestigiels. Tout dans l'apparence de ce vieillard évoquait pour moi un oisillon fripé et sans plumes tombé du nid. Sa peau parcheminée avait une coloration bleutée qui fit surgir un bref instant dans mon esprit le mot androïde, mais ce n'était pas tout à fait la même teinte de bleu. Le léger brillant des paumes, les côtes saillantes et le front indiquaient plutôt que j'avais affaire à un véritable humain qui avait bénéficié — ou souffert — de plusieurs siècles de traitement Poulsen.

Plus personne ne suit ce traitement aujourd'hui. La technologie s'est perdue au moment de la Chute, de même que les matières premières importées de mondes oubliés dans l'espace et le temps. C'est du moins ce que je croyais. Mais j'avais devant moi, de toute évidence, un être âgé de plusieurs siècles qui avait dû recevoir pour la dernière fois ce traitement à une époque relativement récente, quelques dizaines d'années au maximum.

Le vieillard ouvrit les yeux.

Il m'est arrivé, depuis, de croiser des regards aussi intenses, mais rien dans ma vie jusque-là ne m'avait préparé à un tel choc. Je dus faire un pas en arrière.

— Approchez-vous, Raul Endymion.

Sa voix évoquait le frottement d'une lame émoussée sur une feuille de parchemin. Sa bouche remuait comme le bec d'une tortue.

Je m'avançai, pour ne m'arrêter que lorsqu'il n'y eut plus qu'une console com entre la forme momifiée et moi. Le vieillard cligna des yeux et leva une main osseuse qui semblait encore trop lourde pour son poignet desséché comme une brindille.

— Savez-vous qui je suis ? demanda-t-il d'une voix guère plus audible qu'un soupir.

Je secouai négativement la tête.

— Savez-vous où vous êtes ?

Je pris une profonde inspiration.

— Endymion. La vieille université abandonnée, je pense.

Les rides aux coins de ses lèvres se tirèrent en arrière en un sourire édenté.

— Bravo. L'héritier du nom reconnaît le vieux tas de pierres qui a donné son patronyme à sa famille. Mais vous ne voyez pas qui je peux être ?

— Non.

— Et vous n'êtes pas curieux de savoir comment vous avez survécu à votre exécution ?

J'attendis sans rien dire, les doigts sur les coutures de mon pantalon de salopette.

Le vieillard esquissa un nouveau sourire.

— Encore bravo. Tout finit par venir à celui qui sait attendre. Et les détails ne sont pas si intéressants que cela. Quelques pots-de-vin en haut lieu, un étourdisseur substitué au bâton de la mort, d'autres pots-de-vin à ceux qui étaient chargés de constater le décès et de s'occuper du cadavre. Ce n'est pas tant le « comment » qui nous intéresse, n'est-ce pas, Raul Endymion ?

— Non, répondis-je finalement. Pourquoi ?

Le bec de tortue fut animé d'un tressautement, la tête massive dodelina plusieurs fois. Je remarquai que, malgré les atteintes des ans, ses traits étaient toujours vifs et anguleux. Il avait l'expression d'un satyre.

— Précisément, dit-il. Pourquoi ? Pour quelle raison se donner la peine de simuler votre exécution et de transporter votre foutue carcasse à travers la moitié d'un putain de continent ? Quel mobile peut-il y avoir derrière tout ça ?

Les obscénités qui émaillaient le discours du vieil homme ne semblaient pas déplacées dans sa bouche, comme si la chose lui était tellement habituelle que plus personne n'avait besoin d'y prêter attention. J'attendais toujours.

— J'ai une commission à vous confier, Raul Endymion, souffla-t-il tandis que des fluides pâles cheminaient dans son goutte-à-goutte.

— Ai-je le choix ?

Le visage lui fit un nouveau sourire, mais les yeux demeurèrent aussi inchangés que les pierres des murs.

— On a toujours le choix, mon jeune ami. Dans le cas présent, vous pouvez toujours faire abstraction de la dette que vous avez envers moi pour vous avoir sauvé la vie, et vous en aller simplement d'ici. Mes gens ne vous arrêteront pas. Avec un peu de chance, vous pourrez même sortir de la zone réservée et retrouver votre chemin vers des régions plus civilisées, en évitant les contrôles des patrouilles de la Pax, aux yeux de qui votre identité et votre absence de papiers en règle pourraient se révéler... euh... fort embarrassantes.

Je hochai la tête. Mes vêtements, ma montre, mes papiers professionnels et mes documents d'identité de la Pax avaient dû rester dans la baie de Toschahi. Mon activité de guide de chasse dans les marais avait tendance à me faire oublier les très nombreux contrôles d'identité dans les cités. Ma mémoire ne tarderait pas à être rafraîchie si je retournais errer dans les villes de la côte ou celles de l'intérieur. Même les emplois ruraux comme celui de berger ou de guide nécessitaient une inscription en bonne et due forme sur les registres de la Pax pour l'impôt et la dîme. La seule alternative serait de me cacher dans l'intérieur des terres pour le restant de mes jours, en subsistant tant bien que mal sur le terrain et en évitant tout contact avec les gens.

— D'un autre côté, poursuivit le vieil homme, vous pouvez me rendre le service que je vous demande et devenir très riche.

Il s'interrompit pour me scruter de ses yeux noirs, à la manière d'un chasseur en train d'examiner des chiots pour essayer de savoir s'ils feront ou non de bons chiens de chasse.

— Dites-moi ce qu'il faut faire, murmurai-je.

Il ferma les yeux et laissa échapper un bruyant soupir. Puis il parla sans se donner la peine de rouvrir les paupières.

— Savez-vous lire, Raul Endymion ?

— Oui.

— Avez-vous lu le poème connu sous le nom de *Cantos* ?

— Non.

— Une partie quand même, sans doute ? Étant né dans l'un des clans nomades de bergers du Nord, vous n'avez pu manquer d'entendre vos diseurs d'histoires vous parler des *Cantos* ?

La voix chevrotante avait pris un ton étrange. Un rien de modestie, peut-être.

Je relevai la tête.

— J'en ai entendu des fragments. Mais mon clan préférait l'*Épopée de Garden* ou la *Saga de Glennon-Height.*

Ses traits de satyre se plissèrent en un sourire.

— L'*Épopée de Garden...* Oui. Raul était un héros centaure dans cette histoire, si je me souviens bien.

Je ne répondis pas. Grandam adorait le personnage du centaure nommé Raul. Ma mère et moi, nous avions grandi en écoutant ses récits.

— Croyez-vous à toutes ces histoires ? me demanda brusquement l'aïeul. Je veux parler des *Cantos*, ajouta-t-il.

— Si j'y crois ? Vous voulez dire si je crois que les choses se sont vraiment passées ainsi ? Avec les pèlerins, le gritche et tout ça ?

Je marquai un instant de pause. Certains gobaient aveuglément toutes les fables détaillées dans les *Cantos*. D'autres n'y croyaient pas du tout, ou les considéraient comme des mythes et des divagations assemblés pour ajouter du mystère à l'horrible guerre et à la confusion qui régnaient au moment de la Chute.

— Je n'y avais jamais réfléchi vraiment, ajoutai-je au bout d'un moment, sincère. Est-ce très important ?

Il me donna l'impression qu'il s'étouffait, mais je me rendis très vite compte que les bruits secs et saccadés qu'il émettait étaient des gloussements de rire.

— Pas tellement, non, murmura-t-il enfin. Écoutez, je vais vous donner les grandes lignes du... service que je vous demande. Cela me coûte de parler trop longtemps, aussi vous prierai-je de garder vos questions pour la fin.

Il cligna plusieurs fois des paupières et fit un geste de sa main griffue et tachetée en direction du siège couvert d'un drap blanc.

— Voulez-vous vous asseoir ?

Je secouai négativement la tête et demeurai en appui sur une hanche.

— Très bien, fit le vieillard. Mon histoire commence il y

a deux cent soixante-quinze ans moins des poussières, pendant la Chute. L'un des pèlerins des *Cantos* était une amie nommée Brawne Lamia. Je peux vous assurer que c'était quelqu'un de bien réel. Après la Chute — après la fin de l'Hégémonie et la réouverture des Tombeaux du Temps —, Brawne Lamia donna naissance à une fille. L'enfant fut appelée Diana, mais elle avait du caractère et changea son propre nom pratiquement dès qu'elle fut en âge de parler. Pendant quelque temps, elle se fit appeler Cynthia, puis Cate — Hécate en abrégé. À douze ans, elle insista pour que ses amis et sa famille l'appellent Thémis. La dernière fois que je l'ai vue, elle se nommait Énée.

Je compris d'abord qu'il disait « aînée ». Puis le vieillard s'interrompit pour plisser ses yeux ridés.

— Vous pensez peut-être que tout cela n'est pas bien important, mais détrompez-vous. Les noms ont une très grande importance. Si vous n'aviez pas porté celui de la cité où nous sommes, elle-même nommée d'après un très ancien poème, vous n'auriez jamais attiré mon attention et vous ne seriez pas ici aujourd'hui. Vous seriez mort, en train de servir de pâture aux vers scarques de la Grande Mer du Sud. Comprenez-vous bien, Raul Endymion ?

— Non, répliquai-je.

Il secoua la tête.

— C'est sans importance. Où en étais-je ?

— La dernière fois que vous avez vu l'enfant, elle s'appelait Énée.

— Oui. (Il ferma de nouveau les yeux.) Ce n'était pas une enfant particulièrement attrayante, mais elle avait... quelque chose d'unique. Tous ceux qui la connaissaient s'accordaient pour la trouver différente. Ce n'était pas une enfant gâtée, malgré ses caprices au sujet des noms. (Il sourit, exhibant des gencives gris-rose.) Avez-vous déjà rencontré quelqu'un de profondément différent des autres, Raul Endymion ?

Je n'hésitai qu'une seule seconde.

— Non, lui dis-je.

Ce n'était pas tout à fait vrai. Il était lui-même différent. Mais je savais que ce n'était pas le sens de sa question.

— Cate — ou Énée — était profondément différente, reprit-il, les paupières de nouveau closes. Et sa mère le savait. Naturellement, Brawne se doutait, avant sa naissance, que ce ne serait pas un enfant comme les autres. (Il s'interrompit de nouveau et entrouvrit les yeux juste le temps de me jeter un regard perçant.) Vous avez lu cette partie des *Cantos* ?

— Oui, répondis-je. Une entité cybride avait prédit que la femme nommée Lamia donnerait naissance à une fille désignée sous le nom de Celle qui Enseigne.

Un instant, je crus que le vieillard allait cracher.

— Un nom stupide. Personne n'a appelé Énée ainsi pendant toute l'époque où je l'ai connue. Ce n'était qu'une enfant, brillante et têtue, mais une enfant tout de même. Ce qu'elle avait d'unique l'était seulement de manière potentielle. Mais c'est alors que...

Sa voix mourut, et ses yeux semblèrent se voiler. On aurait pu croire qu'il avait perdu le fil de la conversation. J'attendis.

— C'est alors que Brawne Lamia mourut, dit-il quelques minutes plus tard d'une voix plus forte, comme s'il n'y avait pas eu de coupure dans son monologue. Et qu'Énée disparut, reprit-il. Elle avait douze ans. Officiellement, j'étais son tuteur, mais elle ne me demanda pas mon autorisation pour disparaître. Un jour, elle quitta la maison et je ne la revis plus jamais.

Ici, l'histoire fut de nouveau interrompue, comme si le vieillard avait une mécanique interne qu'il fallait remonter à intervalles réguliers.

— Où en étais-je ? demanda-t-il au bout de quelques minutes.

— Vous ne l'avez jamais revue.

— C'est exact. Je ne l'ai jamais revue, mais je sais où elle est allée et à quel moment elle reviendra. Les Tombeaux du Temps sont aujourd'hui un territoire interdit, caché à la vue du public par les troupes de la Pax qui y stationnent, mais est-ce que vous vous souvenez du nom et de la fonction de chacun des tombeaux, Raul Endymion ?

J'émis un grognement. Grandam me posait toujours des colles de ce genre sur certains aspects des récits. Je la trouvais très vieille, mais Grandam était un bébé à côté de la créature ratatinée que j'avais maintenant devant moi.

— Je me souviens des tombeaux, je pense, lui dis-je. Il y avait le Sphinx, le Tombeau de Jade, l'Obélisque, le Monolithe de Cristal, où se trouve la sépulture du soldat...

— Le colonel Fedmahn Kassad, murmura le vieillard en tournant de nouveau vers moi ses yeux mi-clos. Et ensuite ?

— Ensuite, il y a les Trois Caveaux.

— Seul le Troisième Caveau conduisait quelque part, m'interrompit de nouveau le vieillard. Dans des labyrinthes situés sur d'autres mondes. Et la Pax l'a scellé. Poursuivez.

— C'est tout ce dont je me souviens. Ah ! il y a aussi le Palais du gritche.

Le vieillard arbora son sourire en bec de tortue.

— Il ne s'agit pas d'oublier notre vieil ami le gritche ni son palais, bien sûr. Mais c'est tout ?

— Je crois, oui.

Le visage de momie s'inclina en avant.

— La fille de Brawne Lamia a disparu dans l'un de ces tombeaux. Vous devinez lequel ?

— Non.

Je ne connaissais pas la réponse, mais j'avais mon idée.

— Sept jours après la mort de sa mère, la fillette, après avoir laissé un mot dans sa chambre, s'est rendue dans le Sphinx au cœur de la nuit et a disparu sans laisser de traces. Est-ce que vous vous rappelez où conduisait le Sphinx, jeune homme ?

— D'après les *Cantos*, Sol Weintraub et sa fille sont passés par le Sphinx pour voyager dans un avenir lointain.

— C'est exact, murmura l'ancêtre dans son lit flottant. Sol et Rachel, accompagnés de quelques autres, ont disparu dans le Sphinx avant que la Pax en condamne l'accès en même temps que celui de la vallée des Tombeaux du Temps. Beaucoup avaient essayé, à l'époque, de trouver un raccourci vers le futur, mais le Sphinx semblait se réserver le droit de choisir ceux à qui il ouvrait ses galeries à travers le temps.

— Et il a accepté la fillette.

L'aïeul accueillit cette évidence d'un simple grognement.

— Raul Endymion, me dit-il au bout d'un moment de sa voix éraillée, savez-vous quel service je vais maintenant vous demander ?

— Non, répondis-je.

Mais j'avais, là aussi, mon idée.

— Je vais vous demander de retrouver ma petite Énée, me dit-il. Je veux que vous la protégiez de la Pax, que vous restiez avec elle et que, lorsqu'elle aura grandi suffisamment pour devenir ce qu'elle doit devenir, vous lui transmettiez un message. Je veux que vous lui disiez que son oncle Martin est en train de trépasser et que, si elle veut lui parler une dernière fois, il faut qu'elle rentre à la maison.

Je réprimai un soupir. J'avais deviné que cette chose qui ressemblait à une momie avait jadis été le poète Martin Silenus. Tout le monde a entendu parler des *Cantos* et de leur auteur. Par quel miracle il avait pu échapper aux purges de la Pax et continuer à vivre dans cette zone interdite, c'était un mystère que je ne tenais pas vraiment à explorer.

— Ce que vous me demandez, c'est de partir en direction du nord jusqu'au continent d'Equus, de franchir un barrage de plusieurs milliers d'hommes de la Pax, de m'introduire, j'ignore comment, dans la vallée des Tombeaux du Temps, puis dans le Sphinx, en espérant qu'il... m'acceptera, de poursuivre ensuite cette petite fille dans un futur lointain, de rester avec elle durant quelques dizaines d'années et de lui dire alors qu'elle doit retourner en arrière dans le temps pour vous revoir ?

Il y eut un long silence, interrompu seulement par les bruits discrets des équipements de vie de Martin Silenus. Ses machines respiraient.

— Pas exactement, me dit-il enfin.

J'attendis.

— Elle n'a pas gagné un avenir lointain, m'expliqua-t-il. Pas lointain par rapport à nous, en tout cas. Lorsqu'elle est entrée dans le Sphinx il y a deux cent quarante-sept ans, c'est pour accomplir seulement un bref voyage dans le temps. Deux cent soixante-deux années d'Hypérion, pour être exact.

— Comment le savez-vous ? demandai-je.

D'après tout ce que j'avais lu, personne, pas même les spécialistes de la Pax qui avaient eu deux siècles pour étudier les tombeaux scellés, n'avait jamais pu prédire à quelle distance dans l'avenir le Sphinx allait expédier quelqu'un.

— Je le *sais*, affirma le vieux poète. Mettez-vous ma parole en doute ?

Au lieu de lui répondre, je murmurai :

— Donc, l'enfant — Énée — doit ressortir du Sphinx à un moment donné cette année.

— Elle sortira du Sphinx dans quarante-deux heures et seize minutes, déclara le vieux satyre.

J'avoue qu'à cela je battis plusieurs fois des paupières.

— Mais les hommes de la Pax seront là pour l'attendre, poursuivit-il. Ils savent également à la minute près à quel moment elle émergera du futur.

Je ne lui demandai pas d'où ils tenaient l'information.

— La capture d'Énée est l'événement le plus important du calendrier de la Pax pour ces prochains jours, fit le vieux poète de sa voix éraillée. Tout l'avenir de l'univers en dépend.

J'en conclus qu'il était véritablement sénile. L'avenir de l'univers ne pouvait, à ma connaissance, dépendre d'un événement unique. Je gardai le silence.

— Il y a en ce moment plus de trente mille hommes de la Pax dans la vallée et aux alentours des Tombeaux du Temps, me dit-il. Parmi eux, cinq mille au moins sont des gardes suisses du Vatican.

Je laissai échapper un sifflement. Les gardes suisses du Vatican constituent l'élite de l'élite, la mieux entraînée et la mieux équipée de toutes les forces militaires réparties sur le vaste territoire contrôlé par la Pax. Une douzaine de Gardes du Vatican avec leur équipement complet auraient suffi à écraser les dix mille hommes de la Garde Nationale d'Hypérion.

— Si je comprends bien, déclarai-je, j'ai quarante-deux heures pour gagner Equus, traverser la mer des Hautes Herbes, franchir les montagnes, passer à travers un barrage de vingt ou trente mille hommes d'élite de la Pax, et les empêcher de capturer une petite fille ?

— C'est à peu près ça, oui.

Je réussis à ne pas rouler les yeux.

— Et ensuite ? demandai-je. Nous n'aurons aucun endroit où nous cacher. La Pax contrôle la totalité d'Hypérion, des moyens de transport interstellaires, des couloirs spatiaux et des mondes qui faisaient autrefois partie de l'Hégémonie. Si cette petite fille est aussi importante que vous le dites, ils mettront Hypérion sens dessus dessous jusqu'à ce qu'ils la trouvent. Même si nous pouvions quitter la planète, ce qui n'est pas le cas, nous n'aurions aucun endroit où nous réfugier.

— Il existe un moyen de quitter cette planète, me dit le vieux poète d'une voix infiniment lasse. Un certain vaisseau spatial.

Je déglutis avec difficulté. *Un certain vaisseau spatial.* L'idée de voyager entre les étoiles pendant des mois tandis que des décennies ou même seulement des années s'écoulaient chez moi me coupait le souffle. Je m'étais engagé dans la Garde Nationale avec l'espoir puéril d'appartenir un jour aux forces armées de la Pax et de voyager d'une étoile à l'autre. Idée ridicule pour un jeune qui avait déjà décidé de ne pas accepter le cruciforme.

— Même ainsi, murmurai-je, sans croire vraiment à cette idée de vaisseau spatial, aucun membre de la Pax Mercantilus n'accepterait jamais de prendre des fugitifs à son bord. Et si nous réussissions par miracle à rejoindre un autre monde, ils nous auraient quand même. À moins que vous n'ayez dans l'idée de nous faire accumuler des siècles de déficit de temps sur ce vaisseau.

— Ce n'est pas mon intention, me dit le vieillard. Ni des siècles ni des décennies. Ce vaisseau vous fera gagner l'un des mondes de l'ex-Hégémonie les plus proches de nous. De là, vous emprunterez un chemin secret. Vous visiterez les anciens mondes et vous naviguerez sur le fleuve Téthys.

J'étais certain, à présent, que le vieil homme avait perdu la raison. Lorsque les modulateurs distrans avaient cessé de fonctionner et que le TechnoCentre des IA avait abandonné l'humanité, le Retz et l'Hégémonie étaient morts en même temps. La tyrannie des distances interstellaires avait été imposée de nouveau à l'humanité. À présent, seules les forces de la Pax, leur Mercantilus fantoche et les Extros détestés par tout le monde bravaient les ténèbres entre les étoiles.

— Venez, fit le vieillard.

Ses doigts crochus refusaient de se déplier tandis qu'il me faisait signe d'approcher. Je me penchai sur la petite console com. Son odeur me parvint, vague mélange de produits pharmaceutiques, de vieillesse et de quelque chose qui ressemblait à du cuir tanné.

Je n'avais pas besoin du souvenir des récits de feux de camp de Grandam pour expliquer le fleuve Téthys et prendre conscience de la raison pour laquelle j'avais à présent la certitude que le vieil homme était dans un état de sénilité avancée. Tout le monde a entendu parler du Téthys. Au même titre que le Quartier Marchand, il constituait une voie distrans constamment fréquentée entre les mondes de l'Hégémonie. Le Quartier Marchand, en fait, était une longue avenue reliant une centaine de mondes appartenant à autant de systèmes solaires. Ses artères étaient ouvertes à tout le monde et cousues ensemble par des portails distrans qui ne se fermaient jamais. Le fleuve Téthys était une voie moins fréquentée, mais qui avait une importance capitale dans les transports de marchandise et la circulation d'innombrables petits vaisseaux de plaisance qui se laissaient flotter sans effort d'un monde à l'autre à la surface de ce canal unique.

Le Quartier Marchand avait été découpé en plusieurs centaines de tronçons distincts à la Chute du réseau distrans du Retz. Le fleuve Téthys, lui, avait purement et simplement cessé d'exister. Ses portails de liaison étaient devenus inutiles, et le fleuve unique qui coulait dans une centaine de mondes s'était retransformé en une centaine de cours d'eau qui ne seraient plus jamais reliés. Même le vieux poète assis en face de moi avait décrit la mort du fleuve. Je me souvenais des mots des *Cantos* que nous récitait Grandam :

Et le fleuve qui coulait
Depuis deux siècles ou plus
À travers l'espace et le temps
Par les machinations du TechnoCentre
Cessa de desservir
Fuji, le Monde de Barnard,
Actéon et Deneb Drei,
Espérance et Nevermore.
Partout où passait le Téthys,
Tel un ruban traversant

Les mondes humains,
Aucun portail ne s'ouvrait plus,
Le lit des cours d'eau était à sec,
Et les tourbillons du courant avaient disparu.
Perdues étaient les machinations du TechnoCentre,
Perdus à jamais les voyageurs,
Fermés portes et portails.
Jamais plus le Téthys ne coulerait.

— Approchez, murmura le vieux poète en agitant de nouveau vers moi ses doigts crochus et jaunes.

Je me penchai vers lui. Son haleine était comme le souffle sec exhalé par un caveau que l'on vient d'ouvrir. Sans odeur, mais terriblement ancien et chargé du poids de plusieurs siècles d'oubli. Il chuchota alors :

Tout objet de beauté est une joie qui demeure :
Son charme croît sans cesse, et jamais
Ne sombrera dans le néant...

Je rejetai la tête en arrière et acquiesçai muettement comme si le vieil homme avait dit quelque chose de sensé. Mais il était clair qu'il était fou à lier.

Comme s'il lisait dans mes pensées, le poète se mit à glousser.

— Je me suis fait souvent traiter de fou par ceux qui sous-estiment le pouvoir de la poésie. Vous n'êtes pas obligé de décider maintenant, Raul Endymion. Nous nous reverrons à l'heure du dîner, et je finirai de vous décrire l'entreprise à laquelle je vous convie. Vous déciderez alors. Pour le moment, reposez-vous. Votre mort et votre résurrection ont dû vous fatiguer.

Il se pencha en avant et émit la série de craquements secs que j'avais appris à identifier comme un rire.

L'androïde me reconduisit dans ma chambre. Par les fenêtres de la tour, j'apercevais des courettes et des bâtiments annexes. J'entrevis aussi un deuxième androïde, également mâle, qui traversait le déambulatoire de la grande cour.

Mon guide ouvrit la porte et s'effaça pour me laisser

entrer. Je compris alors qu'il n'avait pas l'intention de m'enfermer ici, que je n'étais pas prisonnier.

— Vous trouverez des habits du soir préparés à votre intention, monsieur, me dit la créature à la peau bleue. Vous êtes libre, bien entendu, d'aller où vous voudrez dans les bâtiments de la vieille université, mais je dois vous informer, H. Endymion, que la forêt et les montagnes alentour recèlent de dangereuses bêtes sauvages.

Je hochai la tête avec un sourire. Ce n'étaient pas les bêtes sauvages, dangereuses ou non, qui allaient m'empêcher de partir d'ici si je le désirais. Pour le moment, cependant, tel n'était pas le cas.

Au moment où l'androïde se tournait pour partir, je m'avançai vers lui, poussé par une étrange impulsion, et fis une chose qui allait changer pour toujours le cours de mon existence.

— Attendez, lui dis-je en lui tendant la main. Nous n'avons pas encore été présentés. Je m'appelle Raul Endymion.

Durant un long moment, l'androïde se contenta de regarder ma main en silence, et j'acquis la conviction d'avoir enfreint je ne sais quelle règle de protocole. Les androïdes, après tout, étaient considérés, il y a plusieurs siècles, comme des créatures moins qu'humaines, biofabriquées pour les besoins de l'expansion hégirienne. Mais l'homme artificiel finit par me serrer vigoureusement la main en murmurant d'une voix douce :

— Je m'appelle A. Bettik. C'est un plaisir pour moi que de faire votre connaissance.

A. Bettik. Le nom réveillait en moi des échos que je ne parvenais pas à situer pour le moment.

— J'aimerais bavarder un peu avec vous, A. Bettik, lui dis-je. En apprendre davantage sur... cet endroit et sur le vieux poète.

Les yeux bleus de l'androïde se levèrent vers moi, et je crus entrevoir dans son regard quelque chose comme de l'amusement.

— Certainement, monsieur, me dit-il. Je serais heureux de discuter avec vous. Un peu plus tard, peut-être, car j'ai pour le moment de nombreuses tâches à accomplir.

— Plus tard, c'est entendu, répliquai-je en faisant un pas en arrière. J'y compte bien.

A. Bettik hocha la tête et redescendit l'escalier de la tour.

J'examinai ma chambre en détail. Mis à part le lit, qui venait d'être fait, et un ensemble d'élégants vêtements du soir posés dessus, elle était restée comme dans le passé. Je m'avançai jusqu'à la fenêtre pour contempler les ruines de l'université d'Endymion. De grands arbres bleus à feuilles persistantes ondoyaient sous la brise. Les feuilles mauves des massifs de vort aux abords de la tour se détachaient pour racler les dalles de l'allée vingt mètres plus bas. Les chalmes embaumaient l'air de leur parfum caractéristique de cannelle. J'avais grandi à quelques centaines de kilomètres d'ici à peine en direction du nord-est, sur les landes d'Aquila situées entre ces montagnes et la région tourmentée que l'on appelle le Bec, mais la vigueur froide de l'air des montagnes locales m'était nouvelle, et le ciel me paraissait d'une couleur lapis plus intense que celle des landes et des basses terres de mon enfance. Je humai l'air de l'automne et fis un large sourire. Quels que fussent les événements étranges qui pouvaient m'attendre, j'étais drôlement content d'être en vie.

Quittant la fenêtre, je pris l'escalier de la tour et contemplai l'université et la cité d'où ma famille tirait son nom. Même si le vieux poète était complètement fou, la conversation au dîner promettait d'être intéressante.

Brusquement, alors que j'étais presque arrivé au pied de l'escalier, je m'arrêtai net sur ma lancée.

A. Bettik. J'avais entendu ce nom dans les récits de Grandam tirés des Cantos. *C'était l'androïde qui avait piloté le* Bénarès, *la barge de lévitation des pèlerins, depuis la cité de Keats, sur le continent d'Equus, jusqu'au fleuve Hoolie, en passant par le port fluvial de Naïade, les écluses de Karla et la forêt de Doukhobor, où le fleuve cessait d'être navigable pour se perdre dans la Bordure. De là, les pèlerins avaient continué seuls sur la mer des Hautes Herbes.*

Lorsque, tout enfant, j'écoutais ces récits, je me demandais toujours pourquoi A. Bettik était le seul androïde qui portait un nom, et je me demandais aussi ce qu'il était devenu lorsque les pèlerins l'avaient abandonné dans la Bordure. Mais plus de vingt ans s'étaient écoulés depuis, et le nom s'était perdu dans ma mémoire.

Je secouai la tête. Était-ce le vieux poète qui était fou ou bien moi ? Puis je sortis dans la lumière douce de cette belle fin d'après-midi pour explorer Endymion.

5

Au moment même où je quitte A. Bettik, six mille années-lumière plus loin, dans un système solaire uniquement connu sous sa désignation NGC et ses coordonnées de navigation, un corps expéditionnaire de la Pax constitué de trois vaisseaux-torches rapides et commandé par le père capitaine Federico de Soya est en train d'anéantir une forêt orbitale. Les arbres extros n'ont aucune défense contre les engins de guerre de la Pax, et la rencontre est plutôt un massacre qu'une bataille.

Je me dois ici de vous apporter une précision. Ne croyez pas que je sois en train de me livrer à des spéculations sur cette suite d'événements. Non. Ils se sont produits exactement comme je les décris. Je n'extrapole d'aucune manière, et je n'invente rien, même en ce qui concerne les scènes où vous verrez le père capitaine de Soya et ses hommes se livrer à des exactions sans témoin. Même lorsque je vous décrirai leurs émotions. Ou encore ce qu'ils pensaient. Il s'agit de la stricte vérité. Plus tard, je vous expliquerai comment je suis au courant de ces choses, sans la moindre distorsion. Mais pour l'instant, tout ce que je vous demande, c'est de les accepter pour ce qu'elles sont, c'est-à-dire la vérité pure.

Les trois vaisseaux-torches de la Pax quittent leurs vitesses relativistes sous plus de six cents gravités de décélération. C'est ce que les voyageurs de l'espace appellent, depuis plusieurs siècles, la « v. delta à la confiture de framboises ». Vous avez compris, naturellement, que cela fait allusion au fait que, si les champs de confinement internes venaient à défaillir, ne fût-ce qu'une seule microseconde, l'équipage ressemblerait vite à une fine couche de confiture étalée sur les plaques du pont.

Mais les champs de confinement n'ont aucune raison de défaillir. À une UA de distance, le père capitaine de Soya centre la forêt orbitale dans sa sphère d'observation. Tout le monde, dans la Cabine de Commandement de Combat, interrompt ses activités pour regarder le spectacle. Plusieurs milliers d'arbres modifiés par les Extros, chacun atteignant au moins cinq cents mètres de long, se déplacent en une chorégraphie complexe le long du plan de l'écliptique. Il y a là des bosquets agglutinés par gravité, des troncs torsadés et des configurations d'arbres aux changements subtils, toujours en mouvement, leurs feuilles toujours tournées vers le même soleil de type G, leurs longues branches modifiant lentement leur orientation à la recherche de l'alignement parfait, leurs racines assoiffées plongées dans les brumes vaporeuses des nutriments humides fournis par des comètes bergères évoluant parmi les bosquets comme de gigantesques boules de neige sale. Voletant au milieu des branches ou même d'un arbre à l'autre, des variantes extros sont visibles, avec leurs formes humanoïdes à la peau miroir et aux ailes de papillon ultrafines s'étendant sur des centaines de mètres. Ces ailes leur servent à capter le soleil par intermittence lorsqu'elles se déploient et clignotent comme des boules de Noël contre le feuillage vert de la forêt orbitale.

— Feu ! commande le capitaine Federico de Soya.

À deux tiers d'UA, les trois vaisseaux-torches du corps expéditionnaire MAGES de la Pax ouvrent le feu avec leurs armes longue-distance. Ils sont encore si loin que même les rayons d'énergie sembleraient se traîner vers leurs objectifs comme des vers lumineux sur un couvre-lit noir si les bâtiments de la Pax n'étaient équipés d'armements hypercinétiques à très haute vélocité, essentiellement de petits vaisseaux interstellaires autonomes à propulsion Hawking, parfois munis d'ogives au plasma, lancés en quelques microsecondes à des vitesses relativistes pour exploser au milieu de la forêt. Il y en a aussi qui sont conçus pour retomber dans l'espace réel avec une masse amplifiée et foncer à travers la forêt comme des boulets de canon tirés à bout portant à travers une épaisseur de carton mouillé. Quelques minutes plus tard, les trois vaisseaux-torches sont à portée des rayons d'énergie, et les RCC partent dans mille directions à la fois, leurs rayons visibles grâce aux innombrables particules colloïdales qui remplissent à présent l'espace comme la poussière dans un vieux grenier.

La forêt est en flammes. L'écorce modifiée, les doubles cosses et les feuilles autoscellées éclatent sous l'effet de violentes décompressions ou sont lacérées par les rayons et les vrilles au plasma. Les globules d'oxygène qui s'en échappent alimentent le feu au milieu du vide jusqu'à ce que l'air gèle ou soit consumé. Et la forêt continue de brûler. Des dizaines de millions de feuilles s'envolent, projetées par les explosions, chaque feuille ou grappe de feuilles constituant un foyer à part pendant que les troncs et les branches brûlent contre le fond noir de l'espace. Les comètes bergères, dès qu'elles sont touchées, se volatilisent en un instant, éparpillant les troncs torsadés en ondes de choc centrifuges de vapeur et de fragments de roche fondue. Les Extros modifiés pour l'espace — les anges de Lucifer, comme les forces de la Pax les appellent dédaigneusement depuis des siècles — sont pris dans les explosions comme des papillons de nuit translucides dans une flamme. Certains sont simplement désagrégés par les éruptions de plasma ou les éclatements des comètes. D'autres se font prendre sur la trajectoire des RCC et se transforment à leur tour en objets hypercinétiques juste avant que leurs ailes délicates et leurs organes éclatent dans toutes les directions à la fois. Un certain nombre essaient d'échapper au massacre en déployant leurs ailes solaires au maximum, mais leurs efforts restent vains.

Il n'y a pas un seul survivant.

La rencontre a duré moins de cinq minutes. Après cela, le corps expéditionnaire MAGES décélère à travers la forêt jusqu'à trente gravités, les traînées des flammes de fusion des vaisseaux-torches embrasant tous les fragments libres qui ont échappé à la première attaque. Là où la forêt flottait dans l'espace cinq minutes plus tôt, ses feuilles verdoyantes captant la lumière solaire et ses racines buvant l'eau des sphères-comètes, là où les anges extros étaient en suspens comme autant de somptueuses diaphanes parmi les branches, il ne reste plus qu'un tore de fumée et de débris en expansion qui remplissent le plan de l'écliptique le long de cet arc d'espace.

— Des survivants ? demande le père capitaine de Soya.

Debout devant l'affichage central de la C^3, il a les mains nouées dans son dos et se tient en équilibre sur la pointe des pieds, à la limite du ruban tendu autour de la sphère d'affichage. Malgré le fait que le vaisseau-torche décélère toujours sous trente gravités, la Cabine de Commandement de Combat est maintenue sous une microgravité standard d'un cinquantième de g. Les douze officiers qui occupent la pièce, assis ou debout, ont la tête orientée vers le centre de la sphère. De Soya est un petit homme trapu âgé de trente-cinq années standard au plus. Il a la figure ronde et la peau foncée. Ses amis ont remarqué, depuis quelques années, que son regard reflète de plus en plus la compassion d'un prêtre plutôt que l'inflexibilité d'un militaire. En fait, il semble plutôt troublé pour le moment.

— Aucun, lui répond la mère commandante Stone, son officier en second, jésuite elle aussi.

Elle se détourne de l'affichage tactique pour se brancher sur une unité com en train de clignoter.

De Soya sait qu'aucun des officiers de la C^3 n'est satisfait de la manière dont s'est présenté cet engagement. Détruire les forêts orbitales des Extros fait partie de leur mission, car ces arbres d'apparence inoffensive servent aux essaims de centre d'entretien et de réapprovisionnement en carburant, mais rares sont les soldats de la Pax qui prennent plaisir à opérer des destructions massives qui ne se heurtent à aucune résistance. Leur formation a fait d'eux des chevaliers de l'Église défenseurs de la Pax et non des destructeurs de belles choses ou des assassins de formes de vie désarmées, même si ces formes de vie sont des Extros modifiés qui ont renoncé à conserver leur âme.

— Disposez-vous en formation de recherche habituelle, ordonne de Soya. Que l'équipage demeure à ses postes de combat.

À bord d'un vaisseau-torche moderne, l'équipage n'est composé que de ces douze officiers, plus six membres répartis dans tous les coins du vaisseau.

Soudain, la mère commandante Stone les interrompt.

— Capitaine, nous captons l'écho d'un propulseur Hawking avec une distorsion de soixante-douze, coordonnées deux vingt-neuf, quarante-trois, cent cinq. Point d'émergence C–plus à sept cent cinquante mille kilomètres. Probabilité qu'il s'agisse d'un engin unique, quatre-vingt-seize pour cent. Vitesse relative inconnue.

— Branle-bas de combat, ordonne de Soya.

Il sourit sans en avoir vraiment conscience. Les Extros se décident peut-être à accourir pour porter secours à leur forêt. Peut-être aussi n'avaient-ils vraiment qu'un seul défenseur, qui vient de lancer sur eux un missile à distance de sécurité à partir d'un point situé quelque part au-delà du nuage d'Ört du système. Il se peut également qu'il s'agisse de l'avant-garde d'un essaim entier de chasseurs extros et que sa force de combat soit condamnée. Quelle que soit la menace, cependant, le père capitaine de Soya préfère une bonne bataille à cet acte de... barbarie qu'il vient de commettre.

— Engin inconnu en cours de translation, annonce l'officier d'acquisition de son perchoir au-dessus de la tête du père capitaine.

— Très bien, répond ce dernier.

Il regarde de nouveau les affichages qui scintillent devant lui, remet sa dérivation à zéro et ouvre plusieurs canaux optiques virtuels. La C^3 disparaît progressivement, et il se retrouve au milieu de l'espace, géant de cinq millions de kilomètres de haut, contemplant ses propres vaisseaux qui ont l'aspect de petits points noirs aux traînées flamboyantes, avec la colonne courbe de fumée à l'emplacement de la forêt détruite qui s'étale à hauteur de sa ceinture et cet intrus qui apparaît à sept cent mille kilomètres de là, soit à portée de sa main juste au-dessus du plan de l'écliptique. Les sphères rouges entourant ses vaisseaux représentent des champs de force à leur intensité de combat. D'autres couleurs emplissent l'espace. Ce sont des lectures de capteurs, des rayons pulsants d'acquisition et des préparations d'objectif. Travaillant au niveau tactique à la milliseconde près, de Soya peut lancer des systèmes d'armes ou déchaîner les énergies qu'il veut uniquement en pointant et en faisant claquer ses doigts.

— Signal de transpondeur, annonce l'officier com. Vérification des codes en service. Il s'agit d'un courrier de la Pax. De la classe archange.

De Soya fronce les sourcils. Qu'est-ce qui peut être important au point que le Haut Commandement de la Pax leur envoie le bâtiment le plus rapide du Vatican, qui est en même temps l'arme secrète la plus protégée de la Pax ? De Soya voit les codes qui entourent le minuscule vaisseau dans l'espace tactique. Sa flamme de fusion s'étend sur des dizaines de kilomètres. Il n'utilise pratiquement aucune énergie pour ses champs de confinement intérieurs, et les gravités mises en œuvre vont bien au-delà de la confiture de framboises.

— Automatique ? demande-t-il.

Il l'espère de tout son cœur. Les bâtiments de la classe archange peuvent se déplacer n'importe où dans l'espace connu en quelques jours et en temps réel, alors qu'il faut des semaines de temps de transit — et des années de temps réel — pour accomplir la même chose avec un bâtiment normal. L'ennui, c'est que personne n'est capable de survivre à un voyage archangélique.

La mère commandante Stone rentre avec lui dans l'environnement tactique. Sa tunique noire est presque invisible sur le fond noir de l'espace, de sorte que son visage pâle semble flotter au-dessus de l'écliptique, ses pommettes hautes illuminées par la lumière solaire des étoiles virtuelles.

— Non, murmure-t-elle tout bas.

Seul de Soya peut l'entendre dans ce mode vocal.

— Le signal indique la présence de deux membres d'équipage en état de fugue, ajoute-t-elle une seconde plus tard.

— Doux Jésus, fait de Soya.

C'est plus une prière qu'une exclamation. Même dans des caissons de fugue à g élevés, ces deux passagers, déjà théoriquement tués par la partie C – plus du voyage, ne peuvent pas être autre chose qu'une microcouche de bouillie protéinée auprès de laquelle la confiture de framboises fait figure d'organisme en bonne santé.

— Préparez les couches de résurrection, ordonne-t-il sur bande commune.

La mère commandante Stone touche la dérivation derrière son oreille et plisse le front.

— Message codé en incrustation. Les courriers humains doivent être ressuscités avec priorité alpha. Niveau de dispense oméga.

Le père capitaine de Soya tourne brusquement la tête, et il regarde un instant en silence son officier en second. La fumée de la forêt orbitale qui achève de se consumer tourbillonne au niveau de leur taille. Les résurrections prioritaires sont un défi à la doctrine de l'Église et à tous les règlements du Haut Commandement de la Pax. Il s'agit également d'opérations très dangereuses. Les risques de réintégration incomplète se situent entre des valeurs voisines de zéro, sur le délai habituel de trois jours, et presque cinquante pour cent sur trois heures. Quant au niveau de priorité oméga, il signifie que Sa Sainteté est sur Pacem.

De Soya voit dans le regard de son second qu'elle est en train de se livrer aux mêmes réflexions. Ce vaisseau courrier vient du Vatican. Quelqu'un de là-bas, ou quelqu'un du Haut Commandement de la Pax, ou peut-être les deux, a considéré que ce message était assez important pour dépêcher un vaisseau courrier archange irremplaçable, pour faire mourir deux officiers haut gradés de la Pax — car personne d'autre n'aurait été admis à bord d'un archange — et pour courir le risque d'une réintégration incomplète des officiers en question.

Dans l'espace tactique, de Soya hausse un sourcil en réponse au regard interrogateur de son second. Sur la fréquence de commandement, il déclare :

— Très bien, commandante. Ordonnez aux trois vaisseaux d'aligner leur vitesse. Constituez un groupe d'accostage. J'exige que le transbordement des caissons et les résurrections soient terminés à six heures trente au plus tard. Veuillez transmettre mes compliments au capitaine Hearn à bord du *Melchior* et à la mère capitaine Boulez à bord du *Gaspard*. Demandez-leur de me rejoindre ici à bord du *Balthazar* pour une réunion avec les courriers à sept heures précises.

Le père capitaine sort de l'espace tactique pour réintégrer

la réalité de la C^3. Stone et les autres sont toujours en train de le regarder.

— Pas de temps à perdre, dit-il en quittant d'un coup de talon le périmètre d'affichage.

Il flotte en direction de ses quartiers privés et se hisse dans l'ouverture de la porte circulaire.

— Réveillez-moi quand les courriers seront ressuscités, dit-il aux visages blêmes qui l'observent dans les secondes qui précèdent la fermeture du diaphragme.

6

Je déambulais dans les rues d'Endymion en essayant de faire le point sur ma vie, ma mort et ma nouvelle vie.

Je dois dire ici que je n'étais pas aussi décontracté à propos de toutes ces choses — mon procès, mon « exécution », mon étrange rencontre avec ce vieux poète mythique — que ne semble le suggérer le présent récit. Une partie de moi était secouée jusqu'au tréfonds. Ils avaient essayé de me *tuer* ! J'aurais voulu faire peser la responsabilité de cet acte sur la Pax, mais les tribunaux n'étaient pas des agents de l'autorité religieuse — pas directement, tout au moins. Hypérion avait son propre Conseil intérieur, et les cours de justice de Port-Romance étaient établies conformément à notre politique locale. La peine capitale n'était pas la sentence systématique de la Pax, particulièrement sur les mondes où l'Église gouvernait par l'intermédiaire de sa théocratie, mais représentait plutôt un vestige de l'époque coloniale d'Hypérion. Mon procès expéditif, son inévitable conclusion et mon exécution sommaire étaient plutôt, s'il fallait leur donner une interprétation, l'expression des craintes que nourrissaient les notables de Port-Romance et d'Hypérion de voir fuir les touristes venus d'autres planètes pour cause d'insécurité. J'étais un paysan, un guide de chasse qui avait tué le riche touriste dont il avait la charge. Il fallait faire de moi un exemple, rien d'autre. Je n'avais pas à prendre la chose de manière si personnelle.

Je la prenais pourtant de manière très personnelle. Je m'immobilisai au pied de la tour, sentant la chaleur du soleil qui montait des pavés de la cour, et levai lentement les mains devant mes yeux. Elles tremblaient. Trop de choses étaient arrivées en trop peu de temps, et mon calme forcé pendant le procès ainsi que la brève période de temps qui s'était écoulée avant mon exécution avaient trop mis mes nerfs à contribution.

Secouant la tête, je m'avançai lentement au milieu des ruines de l'université. La cité d'Endymion était bâtie sur les hauteurs d'une colline, et l'université, à l'époque coloniale, se situait encore plus haut sur la crête. La vue au sud et à l'est était merveilleuse. Les forêts de chalmes dans la vallée tout en bas brillaient d'un jaune éclatant. Le ciel lapis n'était gâché par aucune traînée d'engin aérien. Je savais que la Pax ne se souciait aucunement d'Endymion, que ses troupes n'étaient là que pour garder la région du plateau du Pignon au nord-est et que ses robots excavaient toujours le terrain à la recherche des précieux et uniques symbiotes cruciformes, mais tout ce secteur du continent était interdit depuis tant d'années qu'il en avait retrouvé une nouvelle fraîcheur sauvage.

Au bout de dix minutes de promenade sans but précis, je me rendis compte que la tour où je m'étais réveillé et ses annexes semblaient être les seuls bâtiments occupés. Le reste de l'université était complètement en ruine. Ses vastes halls étaient exposés aux éléments, son laboratoire de physique avait été dévasté depuis des siècles, ses stades envahis par la végétation, le dôme de son observatoire éventré. Plus bas sur le versant de la colline, la cité avait un aspect encore plus abandonné. Sur des quartiers entiers, le vort et le kudzu avaient totalement repris leurs droits.

L'université, c'était visible, devait être splendide en son temps. Les bâtiments, de style posthégirien néogothique, étaient en grès extrait des contreforts du plateau du Pignon. Trois ans plus tôt, alors que je travaillais comme assistant du célèbre paysagiste Avrol Hume, qui me chargeait de la plupart des travaux de gros œuvre pendant qu'il remodelait les propriétés des Premières Familles le long de la côte huppée du Bec, la « folie » la plus en vogue consistait à disposer artistiquement de fausses ruines aux abords des étangs, des bois ou des sommets de collines. J'étais devenu expert dans l'art de déplacer les vieilles pierres savamment patinées pour simuler des ruines, le plus drôle étant que la plupart remontaient apparemment à une époque bien plus ancienne que les débuts de la présence humaine sur ce monde des Confins. Aucune des folies de Hume, en vérité, n'avait autant de charme que ces ruines authentiques.

Tout en foulant aux pieds les restes de cette université autrefois grandiose dont j'admirais l'architecture, je songeais à ma famille. La tradition voulait que la plupart des familles autochtones — et la mienne l'était assurément — ajoutent à leur nom celui de leur cité locale. Mes ancêtres descendaient des premiers pionniers des vaisseaux d'ensemencement, arrivés un peu moins de sept siècles plus tôt. C'étaient des citoyens de troisième classe sur leur monde d'origine, et ils étaient restés au troisième rang après les membres de la Pax venus de l'extérieur et les colons de l'Hégire, arrivés des siècles après eux. Durant des centaines d'années, par la suite, mes ancêtres avaient vécu et travaillé dans ces vallées et montagnes, occupant, j'en étais certain, les emplois les plus humbles. Mon père avait trimé jusqu'à ce que la mort l'emporte prématurément, alors que je n'avais que huit ans, puis ma mère avait pris sa relève jusqu'à sa propre mort, cinq ans plus tard, et cela avait été mon tour, jusqu'à la semaine dernière. Ma grand-mère était née durant la décennie suivant la date où tout le monde avait été chassé de la région par la Pax, mais Grandam était assez vieille pour se souvenir de l'époque où les familles de notre clan avaient erré jusqu'au plateau du Pignon pour offrir leur travail dans les plantations de fibroplastes situées au sud d'Endymion.

Je n'avais nullement l'impression de revenir au bercail. Je ne me sentais chez moi que dans les landes glacées situées au nord-est d'Endymion. Quant aux lieux que j'avais choisis pour vivre et travailler, c'étaient les marais du nord de Port-Romance. Cette université et cette cité n'avaient jamais fait partie de ma vie. Elles n'avaient pas plus de rapport avec moi que les récits farfelus évoqués dans les *Cantos* du vieux poète.

Au pied d'une nouvelle tour, je m'arrêtai pour reprendre mon souffle et méditer sur cette dernière pensée. Si la proposition du poète correspondait à quelque chose de réel, les « récits farfelus » des *Cantos* allaient avoir plus d'un rapport avec moi. Je songeai à Grandam, qui m'avait récité plus d'une fois ce poème épique, puis je me souvins des nuits passées à surveiller les moutons dans les collines du Nord, de nos caravanes alimentées par batteries et disposées en cercle protecteur pour la nuit, des feux de camp incapables de ternir la beauté des constellations ou des averses de météorites dans le ciel. Je me souvins aussi des intonations lentes et mesurées de Grandam tandis qu'elle finissait chaque strophe et attendait que je lui récite les vers que je venais d'entendre. Je le faisais avec une certaine impatience, car j'aurais préféré aller m'asseoir sous la lanterne pour feuilleter les pages d'un livre. Mais je souriais maintenant à la pensée que j'allais dîner ce soir en compagnie de l'auteur de ces vers et, qui plus est, l'un des sept pèlerins dont le poème chantait les exploits.

Je secouai de nouveau la tête. C'était trop pour moi, et trop tôt.

Il y avait quelque chose d'étrange qui émanait de cette tour. Elle était plus large et plus haute que celle où je m'étais réveillé. Et elle n'avait qu'une seule fenêtre, une ouverture en arcade située à une trentaine de mètres du sol. Plus intéressant encore, la porte avait été murée. Grâce à mon expérience des travaux de maçonnerie acquise au service d'Avrol Hume, j'étais en mesure d'affirmer que cette entrée avait été condamnée avant l'abandon du secteur, un siècle auparavant, mais pas tellement longtemps avant.

Aujourd'hui encore, j'ignore ce qui m'a attiré vers cette tour alors qu'il y avait tant d'autres ruines à explorer ce jour-là. Mais ma curiosité était excitée. J'examinai le versant de colline escarpé derrière la tour et remarquai la profusion de chalmes feuillus qui entouraient la base de l'édifice comme du lierre aux troncs épais. *En grimpant le talus ici et en pénétrant dans le bosquet de chalmes à cet endroit... juste là... on pourrait atteindre cette grosse branche et arriver presque à hauteur du seuil de cette fenêtre en arcade...*

Je secouai la tête. C'était ridicule. Tout ce que je gagnerais à me lancer dans cette aventure puérile, ce serait de bonnes écorchures aux mains et des vêtements déchirés. Sans compter les risques de chute sur une hauteur de trente mètres. Et qu'est-ce que j'espérais trouver là-haut ? Que pouvait-il y avoir dans une vieille tour condamnée, à part des araignées et leurs toiles ?

Dix minutes plus tard, j'étais sur la grosse branche noueuse et j'avançais centimètre par centimètre en essayant de m'agripper aux creux des pierres ou aux lianes de chalme au-dessus de moi quand elles étaient assez solides pour soutenir mon poids. La grosse branche poussait trop près du mur pour que je puisse y ramper à califourchon, et il me fallait progresser de côté sur les genoux, le chalme au-dessus de ma tête étant trop bas pour me permettre de me tenir debout. J'éprouvais une angoisse terrible à l'idée d'être découvert et poussé vers le vide. Et chaque fois qu'une rafale de vent d'automne soufflait en secouant les branches et les feuilles, je cessais d'avancer et m'agrippais de toutes mes forces.

Je finis par atteindre l'ouverture et laissai échapper un juron à voix basse. Mes calculs, faits à la légère trente mètres plus bas, étaient quelque peu erronés. La branche de chalme passait à près de trois mètres sous le seuil de l'arcade. Et il n'y avait aucune fissure visible dans la pierre, aucune aspérité ni aucune végétation qui eût pu me permettre de franchir cet espace. Le seul moyen était de sauter, en espérant que mes doigts trouveraient une prise. Mais c'était insensé. Il n'y avait rien dans cette tour qui justifiât un tel risque.

J'attendis que le vent se calme, pliai les genoux et fis un bond. Durant une seconde de malaise, mes doigts glissèrent sur la pierre effritée, mes ongles raclèrent la poussière sans trouver aucune prise, puis rencontrèrent l'ancien rebord pourri et s'y accrochèrent. Je me hissai, haletant, déchirant ma chemise au-dessus du coude, raclant la pierre avec les chaussures souples que A. Bettik m'avait données. Je finis par trouver une prise pour un pied.

Je fus rapidement sur le rebord de l'arcade, en me demandant maintenant comment j'allais redescendre sur la branche de chalme. Et mon inquiétude ne fit que s'amplifier, une seconde plus tard, lorsque je me penchai pour scruter l'intérieur sombre de la tour.

— Sainte merde ! soufflai-je sans m'adresser à personne en particulier.

Il y avait un vieux palier en bois qui courait le long du mur juste en dessous du seuil où je me trouvais, mais l'intérieur de la tour était par ailleurs creux. La lumière qui filtrait à travers la fenêtre illuminait un reste d'escalier pourri en haut et en bas du palier. Il spiralait à l'intérieur un peu comme les branches de chalme au-dehors, mais le centre de la tour était plongé dans une obscurité quasi totale. En levant la tête, je vis passer quelques rais de soleil à travers une espèce de toiture provisoire en bois qui coiffait l'édifice trente mètres plus haut environ, et je me rendis compte que la tour n'était guère plus qu'une sorte de silo à grain géant, un simple cylindre de pierre de soixante mètres de haut. Rien d'étonnant à ce qu'elle n'ait eu besoin que d'une seule fenêtre et que sa porte ait été murée avant l'évacuation d'Endymion.

Toujours en équilibre sur le rebord de la fenêtre, peu désireux d'éprouver la solidité du palier en bois, je secouai la tête une dernière fois. Un jour, ma curiosité allait sans doute me tuer.

Plissant les yeux pour essayer de percer les ténèbres au-dessous de moi, si différentes, par contraste, de la riche clarté de l'après-midi qui baignait l'extérieur, je m'avisai soudain qu'elles étaient anormalement noires. Je ne voyais ni le mur ni l'escalier en spirale. Pourtant, il y avait de la lumière qui passait à l'intérieur. On apercevait un pan d'escalier à un endroit, on voyait le mur courbe à quelques mètres au-dessus de ma tête, mais à mon niveau la plus grande partie de l'intérieur était... invisible.

— Seigneur ! chuchotai-je.

Il y avait quelque chose d'immense qui emplissait la majeure partie de cette tour noire.

Lentement, en prenant bien soin de ne pas lâcher l'encadrement de pierre, je me laissai glisser sur le palier de bois. Le bois craqua, mais il semblait assez solide pour supporter mon corps. Je me penchai, toujours sans lâcher prise, en laissant porter une partie de mon poids sur mes pieds.

Il me fallut près d'une minute pour comprendre ce que j'avais sous les yeux. Un vaisseau spatial ! Il remplissait presque tout l'espace intérieur de la tour, comme une balle engagée dans la chambre d'un pistolet ancien.

Je laissai tomber tout mon poids sur le palier, abandonnant toute prudence, et m'avançai pour mieux voir.

Ce n'était pas un très gros vaisseau, comparativement aux autres. Il devait faire une cinquantaine de mètres de hauteur, et sa coque était d'un diamètre plutôt étroit. Le métal qui la constituait — si c'était du métal — était d'un noir mat qui semblait absorber la lumière. Je ne vis pas le moindre éclat ni le moindre reflet. Je ne devinais ses contours qu'en regardant la pierre tout autour et l'endroit où elle s'arrêtait ainsi que la lumière.

Il n'y avait pas eu un seul instant de doute dans mon esprit. C'était bien un vaisseau spatial, dans toute sa splendeur archétypique. J'ai lu quelque part que les jeunes enfants, sur des centaines de mondes, dessinent toujours une maison en traçant une boîte surmontée d'une pyramide avec une cheminée rectangulaire d'où s'élève une fumée spiralante, même s'ils vivent dans des nacelles organiques vivantes juchées au sommet de grands arbres résidentiels ARNés. De même, ils dessinent toujours des montagnes qui ressemblent au mont Cervin, même si celles de leur voisinage ont plutôt l'aspect des collines arrondies qui forment la base du plateau du Pignon. J'ignore ce que l'auteur de l'article donnait comme raison. Une espèce de mémoire atavique, peut-être, ou bien un câblage du cerveau qui le rend réceptif à certains symboles.

La chose que j'étais en train de contempler, ou même d'épier, surtout en tant qu'espace négatif, n'était pas tant un vaisseau spatial que l'archétype du Vaisseau Spatial.

J'ai vu des images des vieilles fusées de l'Ancienne Terre, d'avant la Pax, d'avant la Chute, d'avant l'Hégémonie et d'avant l'Hégire... D'avant presque tout, en somme. Et elles ressemblaient en général à cette masse noire aux formes courbes, haute, fine, dégradée aux deux extrémités, pointue au sommet, avec des ailerons à la base. J'étais en train de contempler l'image archétypique câblée, inscrite dans la mémoire de race, symboliquement parfaite, de la Fusée Spatiale.

Il n'existait pas de vaisseau spatial privé ou égaré sur Hypérion. De cela, j'étais absolument sûr. Les engins spatiaux, même ceux qui appartenaient à la variété interplanétaire la plus simple, étaient tout simplement beaucoup trop rares et beaucoup trop chers pour qu'on les laisse moisir dans de vieilles tours en pierre. À une époque, des siècles avant la Chute, alors que les ressources du Retz semblaient illimitées, il y avait peut-être pléthore de vaisseaux spatiaux : engins militaires de la Force, vaisseaux diplomatiques de l'Hégémonie, des gouvernements planétaires, des multinationales, des fondations, des instituts d'exploration, et aussi quelques vaisseaux privés appartenant à des hypermilliardaires ; mais même en ces temps-là, seule une économie planétaire pouvait se permettre de faire construire un vaisseau spatial. De mon vivant, comme du vivant de ma mère, de ma grand-mère et de leurs propres aïeules, seule la Pax, ce consortium d'Église et de sommaire gouvernement interstellaire, pouvait s'offrir le luxe de posséder des vaisseaux spatiaux de quelque taille que ce fût. Aucun individu — pas même Sa Sainteté sur Pacem — ne pouvait songer à en avoir un dans son jardin.

Mais c'était bien un vaisseau spatial que j'avais devant moi. Je le savais. Ne me demandez pas comment, mais je le savais.

Sans prêter davantage attention à l'état inquiétant des marches, je commençai à descendre puis à remonter l'escalier en spirale. La coque se trouvait à quatre mètres de moi. Sa noirceur insondable me donnait le vertige. À mi-chemin sur la paroi vers le côté opposé de la tour et à quinze mètres au-dessous de moi, juste visible avant que la rotondité noire ne l'occulte, il y avait un palier qui s'étendait presque jusqu'à la coque.

J'y descendis aussi vite que je pus. Une marche pourrie céda sous mon poids, mais je courais si vite que c'est à peine si je m'en aperçus.

Le petit palier n'avait pas de garde-fou et faisait saillie comme une planche de plongeoir. Si j'en tombais, je me romprais certainement tous les os et je resterais indéfiniment dans le noir au fond de cette tour condamnée. Mais je ne voulais pas y penser, et je m'avançai pour poser la main sur la coque.

Elle était chaude. Elle n'avait pas la consistance du métal. Cela ressemblait plutôt à la peau douce d'une créature endormie. Pour renforcer cette illusion, il y avait un léger mouvement, une vibration, comme si le vaisseau respirait, comme si ma main sentait des battements de cœur.

Soudain, le mouvement s'amplifia sous mes doigts. La coque se rétracta littéralement, non pas comme un rideau qui se soulève ni comme une porte qui pivote sur ses gonds, mais plutôt comme des lèvres qui s'arrondissent en arrière.

Des lumières s'allumèrent. Un corridor interne, aux parois et au plafond aussi organiques qu'un col d'utérus géant, brilla d'un éclat feutré.

J'hésitai le temps d'une nanoseconde. Durant des années, ma vie avait été aussi paisible et prévisible que celle de la plupart des gens. Mais en l'espace d'une semaine, j'avais accidentellement tué un homme, j'avais été condamné puis exécuté, et je m'étais réveillé au milieu du mythe préféré de Grandam. Pourquoi m'arrêter en si bon chemin ?

Je pénétrai dans le vaisseau spatial. L'ouverture se referma derrière moi comme une bouche affamée sur un morceau de choix.

Le corridor n'était pas tel que je l'aurais imaginé à bord d'un vaisseau. Je m'étais toujours représenté l'intérieur d'un bâtiment spatial comme la soute du navire transport de troupes qui acheminait mon régiment de la Garde Nationale sur le continent d'Ursus, avec ses cloisons métalliques grises à rivets, ses écoutilles à poignée de sécurité et ses sifflets de vapeur. Rien de tout cela n'était visible ici. Le corridor était lisse et courbe, presque sans forme particulière, et les cloisons étaient revêtues de panneaux d'un bois aussi riche et chaud que de la chair organique. S'il y avait un sas d'entrée, je ne m'en étais pas rendu compte. Les lumières cachées s'allumaient puis s'éteignaient sur mon passage, de sorte que j'étais toujours baigné d'une douce clarté entourée d'ombre. Je savais que le vaisseau ne pouvait avoir plus de dix mètres de diamètre, mais la courbure légère du corridor le faisait paraître bien plus vaste à l'intérieur qu'à l'extérieur.

Le corridor se terminait à un endroit qui devait être le centre du vaisseau. C'était un puits central avec un escalier de métal spiralant vers le haut et le bas pour se perdre dans l'obscurité. Je posai le pied sur la première marche, et la lumière se fit au-dessus de ma tête. Conjecturant que les parties intéressantes devaient être plutôt en haut, je commençai à grimper.

Le pont supérieur occupait toute la périphérie du vaisseau. Il y avait là une fosse de projection holo telle que j'en avais vu dans les illustrations de très vieux livres. Des sièges et des tables dont j'étais incapable d'identifier le style étaient disposés un peu partout. Il y avait aussi un piano à queue. Je dois préciser ici qu'il n'y avait probablement pas sur Hypérion une personne sur dix mille capable de reconnaître un piano, surtout un piano à queue, mais ma mère et Grandam aimaient passionnément la musique, et presque tout l'espace de l'une de nos caravanes électriques était occupé par cet instrument préhégirien. J'avais entendu d'innombrables fois mes oncles et mon grand-père se plaindre de son poids et de son encombrement, qui nous faisaient gaspiller tant d'énergie lorsqu'il fallait le transporter à travers les landes d'Aquila, et leur faire remarquer qu'un synthétiseur de poche, simple question de bon sens, pouvait recréer la musique de n'importe quel piano et même de n'importe quel instrument. Mais ma mère et Grandam insistaient pour dire que rien ne pouvait égaler la sonorité d'un vrai piano, même s'il fallait le réaccorder chaque fois qu'on le transportait. Par contre, ni mes oncles ni mon grand-père n'élevaient la moindre protestation lorsque Grandam jouait du Rachmaninov, du Bach ou du Mozart le soir autour d'un bon feu de camp. C'est cette vieille femme qui m'avait appris tout ce que je savais sur les pianos, y compris les pianos à queue préhégiriens, et voilà que j'en avais un sous les yeux dans cet endroit pour le moins insolite.

Ignorant la fosse holo et le mobilier, ignorant la paroi courbe transparente qui ne laissait voir que les vieilles pierres de l'intérieur de la tour, je m'avançai vers le piano à queue. Les lettres dorées au-dessus du clavier indiquaient

STEINWAY. Je laissai échapper un sifflement et caressai les touches sans oser en enfoncer une. D'après Grandam, cette compagnie avait cessé de fabriquer des pianos avant la Grande Erreur de 08, et aucun n'avait été produit depuis l'Hégire. J'avais sous les doigts un instrument âgé d'au moins mille ans. Steinway et Stradivarius étaient des noms mythiques pour les amateurs de musique. Comment une telle chose était-elle possible ? me demandais-je en laissant mes doigts effleurer les touches en ivoire légendaire, provenant de ces créatures depuis longtemps éteintes que l'on appelait des éléphants. Les humains comme ce vieux poète dans sa tour pouvaient à la rigueur survivre depuis l'époque préhégirienne grâce au traitement Poulsen et aux méthodes de conservation cryotechnique, mais des artefacts en bois, en ivoire et en corde d'acier avaient peu de chances d'accomplir sans dommages un tel voyage à travers le temps et l'espace.

Je jouai un accord : *do mi sol si* dièse. Puis un autre en *ut* majeur. Le son était impeccable, l'acoustique du vaisseau parfaite. Notre vieux piano droit avait besoin d'être réaccordé après chaque voyage de quelques kilomètres à travers la lande, mais celui-ci semblait parfaitement en état après d'innombrables années-lumière et siècles de voyage.

Je tirai le tabouret, m'y assis et me mis à jouer *Für Elise*. C'était un morceau tout simple, un peu trop sentimental, mais qui me semblait correspondre tout à fait au silence et à la solitude de ce lieu obscur. J'eus même l'impression que la lumière baissait autour de moi tandis que les notes remplissaient l'espace circulaire et se répercutaient vers le haut et le bas du ténébreux escalier en spirale. Tout en jouant, je songeais à ma mère et à Grandam, qui n'auraient sans doute jamais imaginé que je puisse mettre un jour leurs leçons à profit sur un Steinway à bord d'un vaisseau spatial dissimulé dans une vieille tour. Et la mélancolie de cette pensée semblait emplir ma musique.

Lorsque j'eus fini, je retirai vivement mes doigts du clavier, comme si j'étais coupable de m'être montré présomptueux en jouant mal une si modeste pièce sur ce merveilleux piano, don du passé. Je demeurai assis en silence un bon moment, en me posant des questions à propos du vaisseau, du vieux poète et de la place que j'occupais dans ce fol agencement d'événements.

— Très joli, murmura doucement une voix derrière moi.

J'avoue que je fis un bond. Je n'avais entendu personne monter ou descendre l'escalier, je n'avais senti aucune présence dans la pièce. Je tournai la tête de tous les côtés.

Il n'y avait personne.

— Il y a très longtemps que je n'avais entendu jouer ce morceau, reprit la voix, qui semblait émaner du centre de la pièce vide. Mon précédent passager préférait Rachmaninov.

J'agrippai d'une main le bord du tabouret pour me stabiliser et pensai à toutes les questions stupides que je pouvais éviter de poser.

— Êtes-vous le vaisseau ? demandai-je enfin, sans savoir si c'était une question stupide ou non, mais curieux d'entendre la réponse.

— Naturellement, fit la voix.

Elle était douce, mais vaguement masculine. J'avais déjà, bien sûr, entendu des machines parlantes — il y avait une éternité que cela existait —, mais aucune n'était véritablement intelligente. L'Église et la Pax avaient banni toutes les véritables IA plus de deux siècles auparavant, et la presque totalité des milliards de milliards de gens qui peuplaient un millier de mondes dévastés étaient d'accord de tout leur cœur après avoir vu la manière dont le TechnoCentre avait aidé les Extros à détruire l'Hégémonie. Je pus constater que j'avais été moi-même dûment endoctriné à cet égard. La seule pensée que j'étais en train de parler à une entité véritablement sentiente me rendait les mains moites et me contractait la gorge.

— Qui était votre... euh... précédent passager ? demandai-je.

Il y eut comme une hésitation.

— Ce monsieur était généralement connu sous le nom de consul, me répondit enfin le vaisseau. Il a joué le rôle de diplomate au service de l'Hégémonie durant la majeure partie de sa vie.

Ce fut mon tour d'hésiter avant de parler. L'idée m'était soudain venue que mon « exécution » à Port-Romance avait perturbé mes neurones au point de me donner l'illusion de vivre dans l'un des poèmes épiques de Grandam.

— Qu'est-il arrivé au consul ? demandai-je.

— Il est mort.

La voix avait pris une légère intonation de regret pour dire cela.

— Comment ? voulus-je savoir.

À la fin des *Cantos* du vieux poète, après la Chute du Retz, le consul de l'Hégémonie avait pris un vaisseau spatial pour retourner sur un monde retzien. Ce vaisseau-là ?

— Où est-il mort ? demandai-je.

D'après les *Cantos*, le vaisseau que le consul avait pris pour quitter Hypérion était habité par la personnalité du second cybride de John Keats.

— Je ne m'en souviens pas, me répondit le vaisseau. Tout ce que je sais, c'est qu'il est mort et que je suis revenu ici. Je suppose que j'ai obéi à une directive programmée à l'époque dans mes banques de commandes.

— Avez-vous un nom ? demandai-je, curieux de savoir si je parlais bien à la personnalité IA de John Keats.

— Non, me répondit la voix. Aucun autre nom que *vaisseau*.

De nouveau, il y eut une pause qui était plus qu'un simple silence.

— Mais je crois me souvenir que j'avais un nom à une certaine époque, reprit le vaisseau.

— Était-ce John ? Ou bien Johnny ?

— C'est possible. Les détails ne sont pas bien nets.

— Pourquoi ? Votre mémoire ne fonctionne pas correctement ?

— Ce n'est pas du tout cela. Pour autant que je puisse me livrer à des déductions, il a dû y avoir un événement traumatique, à peu près deux cents années standard dans le passé, qui a effacé certains de mes souvenirs. Mais depuis lors, ma mémoire et mes autres facultés fonctionnent tout à fait normalement.

— Vous ne vous souvenez pas de l'événement lui-même ? Du traumatisme ?

— Non, fit le vaisseau d'une voix assez détachée. Je

pense que cela s'est produit à l'époque de la mort du consul et de mon retour sur Hypérion, mais je n'ai aucune certitude.

— Et depuis votre retour, vous êtes resté dissimulé ici, dans cette tour ?

— Oui. J'ai passé un certain temps dans la Cité des Poètes, mais je suis ici depuis près de deux siècles locaux.

— Qui vous a conduit dans ce lieu ?

— Martin Silenus. Le poète. Vous avez fait sa connaissance aujourd'hui.

— Vous êtes donc au courant ?

— Bien sûr. C'est moi qui ai communiqué à H. Silenus les détails de votre procès et de votre exécution. C'est moi qui ai acheté la complicité des officiels et organisé votre transport ici.

— Comment avez-vous pu faire une chose pareille ? m'étonnai-je.

L'idée de ce vaisseau massif et archaïque montrant son image sur les réseaux de communication me semblait trop grotesque.

— Hypérion ne possède plus d'infosphère véritable, me répondit-il, mais j'ai vue sur toutes les communications par ondes micrométriques et par satellite, de même que sur certaines bandes dites « de sécurité », par fibres optiques ou masers, sur lesquelles je me suis branché.

— Vous servez donc d'espion au vieux poète.

— Oui.

— Que savez-vous de ses projets à mon égard ?

Je me tournai de nouveau vers le piano et me mis à jouer l'*Air pour la corde de sol* de Bach.

— H. Endymion, fit une autre voix derrière moi.

Cessant de jouer, je me retournai pour voir A. Bettik, l'androïde, à l'entrée de l'escalier circulaire.

— Mon maître commençait à s'inquiéter pour vous. Il avait peur que vous ne vous soyez perdu. Je suis venu vous montrer le chemin du retour. Vous avez juste le temps de vous habiller pour le dîner.

Je haussai les épaules et m'avançai jusqu'à l'escalier. Avant de descendre derrière l'homme bleu, je me tournai pour dire à la pièce qui s'obscurcissait déjà :

— Je suis heureux d'avoir pu bavarder un instant avec vous, Vaisseau.

— Tout le plaisir est pour moi, H. Endymion. À bientôt, j'en suis sûr.

7

Les vaisseaux-torches *Balthazar, Melchior* et *Gaspard* se trouvent à une UA entière des forêts orbitales en flammes et décélèrent toujours autour du soleil sans nom lorsque la mère commandante Stone sonne à l'entrée du compartiment du père capitaine de Soya pour l'informer que les courriers ont été ressuscités.

— Ou, plutôt, l'un des deux a été ressuscité avec succès, précise-t-elle en flottant à travers le diaphragme ouvert.

Le père capitaine de Soya plisse le front.

— Est-ce que... celui qui n'a pas eu de chance... a été remis dans la crèche de résurrection ? demande-t-il.

— Pas encore. Le père Sapieha est avec le ressuscité.

De Soya hoche la tête.

— La Pax ? demande-t-il.

Il espère que c'est bien cela. Les courriers du Vatican, généralement, apportent encore plus de problèmes que les courriers militaires. Mais la mère commandante Stone secoue négativement la tête.

— Ils viennent tous les deux du Vatican. Le père Gawronski et le père Vandrisse sont tous deux Légionnaires du Christ.

De Soya doit faire un gros effort de volonté pour ne pas soupirer. Les Légionnaires du Christ, au fil des siècles, ont pratiquement remplacé les Jésuites plus libéraux. Leur pouvoir a grandi au sein de l'Église depuis la Grande Erreur, et ce n'est un secret pour personne que le pape a eu recours à eux en tant que troupes de choc lorsqu'il y avait des conflits internes à régler dans la hiérarchie ecclésiastique.

— Lequel des deux a survécu ? demande-t-il.

— Le père Vandrisse, fait Stone en jetant un coup d'œil

à son persoc. Il devrait être régénéré à l'heure qu'il est, père capitaine.

— Parfait, déclare de Soya. Réglez le champ interne à un g à six heures quarante-cinq. Accueillez les capitaines Hearn et Boulez à bord et faites-leur part de mes compliments. Vous voudrez bien les conduire à la salle de réunion en proue. Je resterai en compagnie de Vandrisse jusqu'à ce qu'ils y soient.

— À vos ordres, fait la mère commandante en se retirant.

La chambre de régénération attenante à la crèche de résurrection est plus une chapelle qu'une infirmerie. Le père capitaine de Soya fait une génuflexion en direction de l'autel, puis rejoint le père Sapieha près de la table roulante où le courrier est assis. Sapieha est plus âgé que la moyenne des membres d'équipage de la Pax — il a au moins soixante-dix années standard —, et la lumière douce des halogènes se reflète sur son crâne chauve. De Soya a toujours trouvé l'aumônier du vaisseau un peu brusque et pas très malin, à l'image de plusieurs prêtres paroissiaux qu'il a connus dans son enfance.

— Père capitaine, fait l'aumônier en guise de salut.

Il incline la tête et s'avance vers l'homme assis sur la table roulante. Le père Vandrisse est jeune — moins de trente années standard —, et ses longs cheveux bruns sont bouclés à la mode actuelle du Vatican, ou plutôt à la mode naissante la dernière fois que de Soya a vu Pacem et le Vatican, car un déficit de temps de trois ans s'est déjà accumulé durant les deux mois qu'a durés sa mission.

— Père Vandrisse, murmure-t-il, m'entendez-vous ?

Le jeune homme assis sur la banquette hoche la tête et laisse entendre un grognement. Le langage ne vient pas facilement durant les quelques minutes qui suivent la résurrection. C'est du moins ce que de Soya a toujours entendu dire.

— Bon, déclare l'aumônier, je ferais bien de remettre l'autre corps dans la crèche.

Il fronce les sourcils en regardant de Soya, comme si le père capitaine était personnellement responsable de la résurrection avortée.

— Quel gâchis ! murmure l'aumônier. Il va falloir des semaines, peut-être des mois, pour que le père Gawronski soit correctement ressuscité. Et le processus risque d'être très douloureux pour lui.

De Soya hoche la tête.

— Voulez-vous le voir, père capitaine ? insiste l'aumônier. Son corps est... euh... à peine reconnaissable en tant qu'être humain, mais ses organes internes sont visibles et tout à fait...

— Vaquez à vos occupations, père Sapieha, murmure de Soya. Je n'ai plus besoin de vous ici.

L'aumônier fronce de nouveau les sourcils, comme s'il voulait dire quelque chose, mais le klaxon de gravité retentit à ce moment-là, et les deux hommes doivent changer de position de manière que leurs pieds touchent le sol tandis que le champ de confinement interne se redéfinit. La gravité grimpe alors progressivement jusqu'à un *g* tandis que le père Vandrisse se laisse aller en arrière contre les coussins de la table roulante et que l'aumônier sort en traînant les pieds. Même après une seule journée sous gravité zéro, le retour de la pesanteur est lourd à supporter.

— Père Vandrisse, chuchote de Soya, m'entendez-vous ?

Le jeune homme hoche affirmativement la tête. Son regard exprime la douleur qu'il ressent. Sa peau brille comme si elle venait d'être greffée — ou comme celle d'un nouveau-né. La chair est rose et semble à vif, presque brûlée. Le cruciforme, sur sa poitrine, est livide et fait deux fois la taille normale.

— Savez-vous où vous êtes ? demande de Soya.

Et qui vous êtes, ajoute-t-il mentalement. L'état de confusion postrésurrectionnelle peut durer des heures ou des jours. De Soya sait que les courriers sont entraînés de manière à venir rapidement à bout de cette confusion, mais comment peut-on préparer quelqu'un à mourir puis à ressusciter ? L'un de ses instructeurs au séminaire a résumé un jour très clairement la situation : « Les cellules gardent la mémoire de leur mort et la conscience d'être mortes, même si l'esprit pense différemment. »

— Je me souviens, murmure le père Vandrisse d'une voix qui paraît être aussi à vif que sa chair. Vous êtes le capitaine de Soya ?

— Le père capitaine de Soya, c'est exact.

Vandrisse essaie de se soulever sur un coude, mais en vain.

— Plus près, murmure-t-il, trop faible pour décoller la tête de l'oreiller qui le soutient.

De Soya se penche en avant. Il émane de l'autre prêtre une faible odeur de formaldéhyde. Seuls certains membres du clergé sont rompus aux vrais mystères de la résurrection, et de Soya a choisi de ne pas faire partie de leur élite. Il peut officier à un baptême et administrer la communion ou l'extrême-onction — en tant que capitaine de vaisseau spatial, il a eu l'occasion de pratiquer plus souvent la dernière que la première opération —, mais il n'a jamais assisté au sacrement de la résurrection. Il n'a aucune idée des processus mis en œuvre, au-delà du miracle du cruciforme, pour rendre au corps détruit et compressé de cet homme, à ses neurones en ruine et à sa masse cérébrale éparpillée la forme humaine qu'il a en ce moment sous les yeux.

Vandrisse se met à chuchoter quelque chose, et de Soya se penche encore plus en avant. Les lèvres du prêtre ressuscité lui touchent presque l'oreille.

— Dois... vous parler, réussit à dire l'envoyé du Vatican dans un effort surhumain.

De Soya hoche la tête.

— J'ai organisé une réunion dans quinze minutes avec mes deux commandants de bord. Nous vous procurerons un siège flottant et...

Vandrisse secoue la tête.

— Pas de... réunion. Message... pour vous... seul.

De Soya ne laisse voir aucun changement d'expression.

— Très bien. Voulez-vous attendre d'être un peu plus...

De nouveau, le signe de dénégation douloureuse. Le visage du prêtre a la peau tendue et striée, comme si les muscles se voyaient à travers.

— Tout... de suite, murmure-t-il.

De Soya se penche encore, sans rien dire.

— Vous allez... prendre... le vaisseau courrier... archange... immédiatement, halète Vandrisse. Sa... destination... est... déjà programmée.

De Soya demeure sans expression. Mais il est en train de penser : *Ce sera donc une mort douloureuse par accéléra-*

tion... Doux Jésus, ne pouvais-tu pas m'épargner de boire à cette coupe-là ?

— Que dois-je dire aux autres ? demande-t-il.

Le père Vandrisse secoue la tête.

— Ne leur dites... rien. Donnez... à votre second officier... le commandement du... *Balthazar*. Le commandement du... corps expéditionnaire reviendra à la mère capitaine Boulez. La mission MAGES... recevra d'autres ordres... ultérieurement.

— Serai-je informé de ces autres ordres ? demande de Soya.

Sa mâchoire lui fait mal tant elle est tendue dans son effort pour paraître calme. Trente secondes plus tôt, la survie et le succès de son vaisseau et du corps expéditionnaire étaient sa principale raison de vivre.

— Non, lui répond Vandrisse. Ces ordres... ne vous... concernent plus.

Le prêtre ressuscité est blême de douleur et d'épuisement. De Soya se rend compte que cela lui procure une certaine satisfaction, et récite aussitôt une courte prière mentale pour se faire pardonner.

— Je dois partir sur-le-champ, dit-il, répétant ses ordres. Puis-je emporter quelques affaire personnelles ?

Il pense surtout à la miniature en porcelaine que lui a donnée sa sœur peu de temps avant sa mort sur le vecteur Renaissance. La pièce fragile, incluse dans un tube de stase pendant les manœuvres à *g* élevés, ne l'a jamais quitté durant toutes les années où il a bourlingué dans l'espace.

— Non, fait le père Vandrisse. Partez... immédiatement. N'emportez... rien avec vous.

— Et c'est sur ordre de... ?

À travers son expression de douleur atroce, il voit Vandrisse froncer les sourcils.

— Sur ordre direct de... Sa Sainteté le pape Jules XIV, déclare le courrier. Il s'agit d'une priorité... oméga, qui annule... et remplace tous les ordres... précédents du Commandement militaire de la... Pax ou de la Flotte SpaComC... Comprenez-vous bien..., père capitaine... de Soya ?

— Je comprends, murmure le jésuite en inclinant la tête pour marquer sa soumission.

Le vaisseau courrier de la classe archange n'a pas de nom. De Soya n'a jamais considéré les vaisseaux-torches comme des modèles de beauté, avec leur renflement en forme de calebasse et leurs modules de commandement et d'armement qui paraissent minuscules à côté de l'énorme réacteur Hawking et de la sphère à fusion incorporée à la coque. Mais l'archange, en comparaison, est d'une laideur repoussante. C'est une masse de sphères asymétriques, de dodécaèdres, d'appendices, de câbles structuraux et de supports de réacteurs Hawking. La cabine des passagers, au centre de tout ce fouillis, a l'air d'une simple arrière-pensée.

Au cours d'une brève réunion, de Soya a expliqué à Hearn, Boulez et Stone qu'il était appelé à une autre mission. Après avoir réparti les nouvelles responsabilités entre les membres médusés du commandement de la force d'intervention, il a pris une nacelle de transport monoplace pour gagner l'archange, en faisant tous ses efforts pour ne pas regarder derrière lui dans la direction de son cher *Balthazar*. Au dernier moment, cependant, avant de s'arrimer au vaisseau courrier, il n'a pu s'empêcher de contempler avec nostalgie le magnifique vaisseau-torche sur le flanc courbe duquel la lumière solaire peignait une aube en forme de croissant dominant un monde de rêve. Puis il a résolument tourné la tête de l'autre côté.

Il voit en entrant que l'archange n'est équipé que d'un poste virtuel de commandement tactique, de commandes manuelles et d'une cabine centrale extrêmement sommaires. L'intérieur de la nacelle de commandement est à peine plus large que ne l'était sa cabine encombrée du *Balthazar*. Encore est-il occupé en partie par des enchevêtrements de câbles et de fibres optiques, avec des disques techniques interface-contact dans tous les coins et deux couchettes d'accélération au milieu. Le seul autre espace de vie est la minuscule cabine de navigation avec son armoire.

Il voit tout de suite que les couchettes d'accélération ne sont pas du modèle habituel. Il s'agit de plateaux d'acier non capitonnés, à forme humaine, qui ressemblent davantage à des tables d'autopsie qu'à des couchettes. Les plateaux sont munis d'un rebord en gouttière, pour empêcher les fluides de tout éclabousser sous des *g* élevés, sans aucun doute. Le seul champ de confinement compensateur du vaisseau doit se trouver sous ces couchettes, pour empêcher la chair, les os et les matières cérébrales pulvérisés de s'échapper durant les périodes *g*-zéro après la décélération finale. De Soya aperçoit les embouts qui servent à injecter de l'eau ou une solution de nettoyage quelconque à haute pression pour laver l'acier. Le résultat n'est d'ailleurs pas totalement satisfaisant.

— Accélération dans deux minutes, annonce une voix métallique. Sanglez-vous immédiatement.

Pas de temps perdu en politesses, se dit de Soya. Pas le moindre « s'il vous plaît ».

— Vaisseau ? demande-t-il.

Mais il sait qu'aucune IA n'est autorisée à bord des vaisseaux de la Pax. En fait, les IA sont bannies de tout l'espace humain soumis à la domination de la Pax. Mais il se disait que le Vatican avait peut-être fait une exception pour cet archange.

— Accélération dans une minute trente secondes, dit la voix.

De Soya comprend qu'il a affaire à une machine stupide. Il se hâte d'ajuster son harnais. Les sangles sont larges, épaisses et sans doute inutiles. Le champ de confinement suffira probablement à le maintenir en place — lui ou ses restes.

— Trente secondes, fait la voix stupide. Vous êtes informé que la translation C–plus aura des effets mortels.

— Merci, murmure le capitaine Federico de Soya.

Son cœur bat si fort qu'il l'entend dans ses oreilles. Les voyants lumineux de divers instruments clignotent. Il n'y a rien ici qui permette à un occupant humain de prendre manuellement les commandes, aussi s'en désintéresse-t-il totalement.

— Quinze secondes, annonce le vaisseau. Vous désirez peut-être prier.

— Va te faire foutre, fait de Soya.

Il prie depuis qu'il a quitté la chambre de réanimation du courrier. Mais il ajoute maintenant un appendice à sa prière, pour se faire pardonner son obscénité.

— Cinq secondes, dit la voix. Il n'y aura pas d'autre communication. Que Dieu vous bénisse et hâte votre résurrection, au nom du Christ.

— Amen, murmure le père capitaine de Soya.

Il ferme les yeux, et l'accélération commence.

8

La nuit tomba très tôt sur la cité en ruine d'Endymion. De mon point d'observation en haut de la tour où je m'étais réveillé au début de cette interminable journée, je contemplais les dernières lueurs d'automne en train de s'étioler pour mourir. A. Bettik m'avait reconduit dans ma chambre, où m'attendaient, étalés sur le lit, des vêtements de qualité mais d'un goût très simple : pantalon en coton brun fauve, serré au-dessous des genoux, chemise de lin blanc à manches à peine plissées, veste en cuir noir, bas noirs, bottines noires en cuir souple, et bracelet de poignet en or. L'androïde me montra également les toilettes et la salle de bains à l'étage en dessous, puis m'indiqua un gros peignoir de bain en coton pendu derrière la porte et réservé à mon usage. Je le remerciai, fis ma toilette, me séchai les cheveux, utilisai pour m'habiller tout ce qui était sur le lit à l'exception du bracelet en or, et attendis devant la fenêtre que la lumière devienne un peu plus dorée et horizontale à mesure que les ombres glissaient vers le bas des collines entourant l'université. Lorsque la luminosité eut décliné suffisamment pour que toutes les ombres se soient confondues et que les étoiles les plus brillantes du Cygne soient devenues visibles au-dessus des montagnes de l'Est, A. Bettik revint me chercher.

— C'est l'heure ? demandai-je.

— Pas encore, monsieur. Mais vous avez exprimé le désir de bavarder un peu.

— Ah ! c'est vrai, murmurai-je en faisant un geste en direction du lit, qui était le seul meuble de la chambre. Asseyez-vous, je vous prie.

L'homme à la peau bleue demeura immobile près de porte.

— Je suis très bien debout, monsieur.

Croisant les bras, je me penchai contre l'appui de la fenêtre. L'air qui entrait par la fenêtre ouverte était frais et imprégné de l'odeur du chalme.

— Vous n'êtes pas obligé de m'appeler monsieur, déclarai-je. Raul suffira. (J'hésitai.) À moins que vous ne soyez programmé pour vous adresser ainsi aux... euh... (J'allais dire « humains », mais je ne voulais pas donner l'impression de penser que A. Bettik n'était pas humain.)... vous adresser ainsi aux gens, achevai-je piteusement.

Il me sourit alors.

— Non monsieur. Je ne suis pas programmé du tout. Pas à la manière d'une machine, en tout cas. Hormis un certain nombre de prothèses synthétiques, pour augmenter ma force, par exemple, ou bien pour m'offrir une meilleure résistance aux radiations, je ne possède aucun élément artificiel. On m'a simplement appris la déférence pour que je puisse tenir mon rôle. Je vous appellerai H. Endymion, si vous le souhaitez.

Je haussai les épaules.

— Ça n'a pas d'importance. Désolé d'être si ignorant sur la question des androïdes.

Un sourire apparut de nouveau sur les lèvres fines de A. Bettik.

— Inutile de vous excuser, H. Endymion. Très peu d'humains actuellement en vie ont eu l'occasion de voir quelqu'un de ma race.

Ma race. Intéressant, ça.

— Parlez-moi de votre race, lui demandai-je. La biofabrication d'androïdes n'était-elle pas interdite sur le territoire de l'Hégémonie ?

— Oui monsieur, me dit-il.

Je remarquai qu'il était en position de repos militaire, et je me demandai s'il avait jamais servi dans une armée quelconque.

— La biofabrication d'androïdes était illégale sur l'Ancienne Terre et sur de nombreux mondes de l'Hégémonie, même avant l'Hégire, mais la Pangermie autorisait la production d'un certain nombre d'androïdes exclusivement destinés à être utilisés dans les Confins. À l'époque, Hypérion faisait partie des Confins.

— Aujourd'hui aussi, fis-je remarquer.

— Oui monsieur.

— Quand avez-vous été biofabriqué ? Sur quels mondes avez-vous vécu ? Quelles étaient vos fonctions ? demandai-je. Mes questions ne vous dérangent pas ?

— Pas du tout, H. Endymion, me dit l'androïde d'une voix douce teintée d'un accent que je ne connaissais pas, soit parce qu'il était d'un autre monde, soit parce qu'il était ancien. J'ai été créé en l'an 26 de votre calendrier, ajouta-t-il.

— Donc, au XXVe siècle de l'ère chrétienne, commentai-je. C'est-à-dire que vous êtes âgé de six cent quatre-vingt-quatorze ans.

A. Bettik hocha la tête sans rien dire.

— Vous êtes donc né — ou vous avez été biofabriqué — après la destruction de l'Ancienne Terre, repris-je, plus pour moi-même que pour l'androïde.

— Oui monsieur.

— Et Hypérion a été votre première... euh... affectation de travail ?

— Non monsieur. Durant le premier demi-siècle de mon existence, j'ai travaillé sur Asquith, au service de Son Altesse Royale Arthur VIII, souverain du royaume de Windsor-en-Exil, et également au service de son cousin, le prince Rupert de Monaco-en-Exil. À la mort du roi Arthur, j'ai été légué à son fils, Son Altesse Royale Guillaume XXIII.

— Billy le Triste.

— Oui monsieur.

— Vous êtes donc venu sur Hypérion lorsque Billy le Triste a fui la rébellion de Glennon-Height ?

— C'est cela. En fait, mes frères et moi nous avons été envoyés en avant-garde sur Hypérion. Ce n'est que trente-deux ans plus tard que Son Altesse et les autres colons nous ont rejoints. On nous avait dépêchés sur cette planète après la victoire du général Glennon-Height à Formalhaut. Son Altesse avait alors jugé sage de prévoir un site de repli pour un éventuel gouvernement royal en exil.

— C'est là que vous avez rencontré H. Silenus.

Je levai un doigt vers le plafond, imaginant le vieux poète au creux de son réseau de supports de vie ombilicaux.

— Non, répliqua l'androïde. Mes fonctions ne m'ont pas du tout fait entrer en contact avec lui durant les années d'occupation de la Cité des Poètes. Ce n'est que plus tard que j'ai eu le plaisir de faire sa connaissance, à l'occasion de son pèlerinage dans la vallée des Tombeaux du Temps, deux siècles et demi après la mort de Son Altesse Royale.

— Et, depuis, vous n'avez pas quitté Hypérion. Vous avez passé plus de cinq cents ans sur ce monde.

— Oui monsieur.

— Êtes-vous immortel ?

Je savais que ma question était impertinente, mais je tenais à avoir la réponse.

A. Bettik me sourit à sa manière particulière.

— Pas du tout, monsieur. Je mourrai un jour d'accident, ou à la suite d'une blessure trop grave pour être réparée. C'est simplement que, lorsqu'on m'a biofabriqué, mes cellules et mes systèmes de vie ont reçu une forme nanotech de traitement Poulsen en continu, de sorte que je suis, par essence, très résistant au vieillissement et à la maladie.

— C'est pour cela que les androïdes sont bleus ?

— Non monsieur. Nous sommes bleus pour la simple raison qu'aucune race humaine connue à l'époque de ma biofabrication n'avait une pigmentation bleue et que mes créateurs jugeaient impératif de nous distinguer visuellement des humains.

— Vous ne vous considérez pas comme humain ?

— Non monsieur. Je me considère comme un androïde.

J'eus un sourire à l'adresse de ma propre naïveté.

— Vous occupez encore une fonction de service, lui disje. Pourtant, l'utilisation de toute main-d'œuvre androïde est assimilée à l'esclavage et interdite sur tout le territoire hégémonien depuis plusieurs siècles.

A. Bettik attendit sans répondre.

— N'avez-vous donc pas le désir d'être libre ? demandai-je finalement. D'être un individu indépendant, jouissant de ses propres droits ?

L'androïde s'avança jusqu'au lit. Je crus qu'il allait s'asseoir, mais il se contenta de plier la chemise et le pantalon que je portais avant de me changer.

— Je me permets de vous faire observer, H. Endymion, me dit-il, que, bien que les lois de l'Hégémonie soient mortes en même temps que cette dernière, il y a des siècles que je me considère personnellement comme quelqu'un de tout à fait libre et indépendant.

— Pourtant, insistai-je, vous êtes toujours au service de H. Silenus, et vous vous cachez ici avec les autres.

— Peut-être, mais je fais cela de mon propre gré. J'ai été conçu pour servir l'humanité, et je prends plaisir à le faire.

— Vous dites que vous êtes ici par l'effet de votre libre arbitre, insistai-je.

Il hocha la tête avec un sourire.

— Dans la mesure où le libre arbitre existe vraiment pour chacun de nous, monsieur.

Je soupirai en m'écartant de la fenêtre. Il faisait nuit, à présent. Je supposais que le vieux poète n'allait pas tarder à me demander de descendre.

— Et vous avez l'intention de rester ici à vous occuper de ce vieillard jusqu'à sa mort, murmurai-je.

— Non, répliqua l'androïde. Pas si j'ai mon mot à dire sur la question.

Surpris, je haussai un sourcil en me tournant vers lui.

— Vraiment ? Et où aimeriez-vous aller si vous aviez votre mot à dire ?

— Si vous choisissez d'accepter la mission dont vous a parlé H. Silenus, monsieur, j'aimerais beaucoup vous accompagner.

Lorsque je retournai à l'étage supérieur, je constatai que ce n'était plus une infirmerie mais une salle à manger. Le lit flottant en mousse lovée avait disparu, les moniteurs de surveillance médicale n'étaient plus là, les consoles de communication étaient absentes, et le plafond était à ciel ouvert. Je levai la tête pour localiser les constellations du Cygne et des Jumelles avec l'œil exercé d'un ex-berger. Des braseros montés sur de hauts trépieds étaient disposés devant chaque vitrail, ajoutant à la salle une lumière et une chaleur agréables. Au centre, les consoles étaient remplacées par une table à dîner de trois mètres de long. La porcelaine, l'argenterie et le cristal luisaient à la lumière vacillante des bougies de deux somptueux candélabres. Le couvert était mis aux deux extrémités de la table. À l'une d'elles, Martin Silenus attendait, déjà assis sur une chaise à dossier haut.

C'est à peine si le poète était reconnaissable. Il semblait avoir rajeuni de plusieurs siècles depuis que je l'avais quitté. Ce n'était plus une momie à la peau parcheminée et aux yeux enfoncés, mais un simple vieillard assis à sa table de salle à manger. Et un vieillard affamé, à en juger d'après son regard. En m'approchant de mon siège, je remarquai la présence discrète, sous la table, d'un goutte-à-goutte et de plusieurs filaments reliés aux moniteurs. Cela mis à part, cependant, l'illusion d'avoir devant moi quelqu'un qui venait d'être ressuscité d'entre les morts était presque parfaite.

Silenus laissa entendre un gloussement en voyant mon expression.

— Je n'étais pas à mon avantage quand vous m'avez vu cet après-midi, Raul Endymion, me dit-il d'une voix râpeuse. Je sortais à peine de mon cryosommeil.

Il me fit signe de m'asseoir.

— Vous étiez en état de fugue cryotechnique ? demandai-je stupidement en dépliant ma serviette de lin pour la poser sur mes genoux.

Il y avait des années que je n'avais dîné à une table aussi raffinée. Le jour où j'avais été démobilisé de la Garde Nationale, j'étais entré dans le meilleur restaurant du port de Gran Chaco, dans le sud de la péninsule de la Serre, pour commander un repas somptueux qui avait englouti toute ma dernière paye. Mais cela valait le coup.

— Évidemment, répondit le poète. Qu'est-ce que vous croyez ? Vous connaissez un autre putain de moyen de survivre pendant des siècles ? (Il gloussa de nouveau.) Il ne me faut que quelques jours pour devenir opérationnel après avoir été décongelé. Mais il est vrai que je n'ai plus mes vingt ans.

Je pris une profonde inspiration.

— Si je puis me permettre de vous poser cette question, monsieur, quel âge avez-vous exactement ? demandai-je.

Le vieux poète m'ignora. Il fit un signe à l'androïde qui attendait. Ce n'était pas A. Bettik. L'androïde inclina la tête en se tournant vers l'escalier, et plusieurs de ses semblables arrivèrent en silence, chargés de plats. L'un d'eux me remplit mon verre d'eau. A. Bettik vint présenter une bouteille de vin à Silenus, qui hocha la tête. L'androïde déboucha la bouteille, montra le bouchon à son maître et poursuivit le rituel en lui versant un fond de vin dans son verre pour qu'il le goûte. Le vieux poète prit une gorgée dans sa bouche, la retourna plusieurs fois contre sa langue et son palais, l'avala et laissa entendre un grognement. A. Bettik considéra cela comme un signe d'assentiment et nous remplit nos verres.

Les hors-d'œuvre furent servis, deux pour chacun de nous. Je reconnus le *yakitori* ou poulet grillé au charbon de bois et le *carpaccio* d'aragula au bœuf élevé sur Mane. Silenus se servit, en plus, une portion d'un sauté de foie gras enrobé de feuilles de mandragore, dans un plat posé sur la table à côté de lui. Je pris la luxueuse pique en argent où le yakitori était enfilé en brochette et y goûtai. C'était tout à fait excellent.

Martin Silenus devait avoir au moins huit ou neuf cents ans. Ce devait être le plus vieil humain vivant à l'heure actuelle. Mais le salaud avait un sacré appétit. Je vis l'éclat de ses dents blanches parfaites tandis qu'il attaquait le *carpaccio*, et je me demandai fugitivement si c'étaient des prothèses ou des substituts ARNés. Probablement ces derniers.

Je m'aperçus que j'avais très faim. Ma pseudo-résurrection ou l'exercice lorsque j'avais grimpé dans la tour du vaisseau m'avaient mis en appétit. Durant quelques minutes, il n'y eut aucune conversation. Les seuls bruits que l'on entendait étaient les pas feutrés des androïdes qui nous servaient, les craquements des flammes dans les braseros, le souffle irrégulier du vent nocturne au-dessus de nos têtes et nos bruits de mastication.

Lorsque les androïdes reprirent nos assiettes à hors-d'œuvre et nous apportèrent des bols fumants de bisque de moules, le poète s'adressa à moi.

— Il paraît que vous avez fait la connaissance de notre vaisseau aujourd'hui ?

— C'est exact. C'était le vaisseau personnel du consul ?

— Bien entendu.

Silenus fit un geste à l'intention de l'androïde, et on nous apporta du pain qui venait de sortir du four. Son odeur se mêlait aux vapeurs de la bisque et aux senteurs de feuilles d'automne apportées par la brise.

— C'est ce vaisseau que vous voulez me faire utiliser pour sauver la fillette ?

Je m'attendais à ce que le poète me demande alors de prendre ma décision. Mais il se contenta de murmurer :

— Que pensez-vous de la Pax, H. Endymion ?

Je clignai des yeux, la cuiller de bisque devant ma bouche.

— La Pax ? répétai-je.

Il attendit sans rien dire. Je posai la cuiller et haussai les épaules.

— Pas grand-chose, à vrai dire, murmurai-je.

— Pas même depuis que l'une de ses cours de justice vous a condamné à mort ?

Au lieu de lui faire part de la pensée que j'avais eue avant — selon laquelle ce n'était pas à l'influence de la Pax que je devais ma condamnation, mais plutôt au type de justice expéditive qui régnait sur un monde-frontière comme Hypérion —, je répondis simplement :

— Non. La Pax n'a rien à voir avec la plupart des événements qui ont marqué mon existence.

Le vieux poète hocha la tête et porta une cuiller de bisque à ses lèvres avant de demander :

— Et l'Église ?

— L'Église ?

— N'a-t-elle rien à voir non plus avec votre existence ?

— Je ne crois pas, non.

Je me faisais un peu l'effet d'un adolescent intimidé, mais ces questions me paraissaient secondaires par rapport à celle que j'attendais et à la décision que j'étais censé prendre.

— Je me souviens de la première fois que nous avons entendu parler de la Pax, me dit-il. Quelques mois à peine s'étaient écoulés depuis la disparition d'Énée. La flotte de l'Église est arrivée en orbite, et ses troupes ont aussitôt occupé Keats, Port-Romance, Endymion et l'université, ainsi que les ports spatiaux et toutes les autres cités suffisamment importantes. Puis les glisseurs de combat ont décollé, et nous avons compris que c'était après les cruciformes du plateau du Pignon qu'ils en avaient.

Je hochai la tête. Rien de tout cela n'était nouveau pour moi. L'occupation du plateau du Pignon et la recherche des cruciformes avaient représenté le dernier grand pari d'une Église moribonde et les débuts de la Pax. Près d'un siècle et demi s'était ensuite écoulé avant que les vraies troupes de la Pax arrivent sur Hypérion pour ordonner l'évacuation d'Endymion et des autres villes voisines du plateau.

— Mais les vaisseaux qui ont relâché ici pendant la période d'expansion de la Pax, continua le poète, il fallait entendre les récits qu'ils nous amenaient ! Ceux des accomplissements de l'Église, depuis Pacem jusqu'aux vieux mondes du Retz, puis ceux des colonies des Confins...

Les androïdes retirèrent les bols de bisque et revinrent bientôt avec des plats de volaille en sauce à la moutarde et un gratin de manta du fleuve Kans agrémenté d'une sauce mousseline.

— Du canard ? demandai-je.

Le vieux poète exhiba ses dents reconstituées en un sourire malicieux.

— Cela m'a paru approprié après vos... euh... petits ennuis de la semaine dernière.

En soupirant, je touchai du bout de ma fourchette la chair tendre de la volaille. Des vapeurs humides montèrent à mes joues et à mes yeux. Je songeais à l'impatience frétillante d'Izzy au moment où les canards s'étaient approchés des eaux libres. J'avais l'impression que cela s'était passé une vie plus tôt. Je regardai Martin Silenus et essayai d'imaginer ce que cela donnerait si j'avais à me débattre avec des siècles de souvenirs. Comment pouvait-on demeurer sain d'esprit avec des vies entières accumulées dans son esprit ? Le vieux poète était en train de me sourire à sa manière particulière, et je me demandai, une fois de plus, s'il l'était vraiment, sain d'esprit.

— C'est ainsi que nous avons entendu parler de la Pax, en nous interrogeant pour savoir à quoi cela ressemblerait, quand ces gens viendraient s'installer ici, continua le vieux poète. Une théocratie... Impensable durant les siècles de l'Hégémonie. La religion était alors purement une question de choix personnel. J'appartenais à une douzaine de dénominations différentes, et j'en ai même inventé quelques-unes à l'époque de ma célébrité littéraire. (Il tourna vers moi ses yeux brillants.) Mais vous savez déjà tout cela, naturellement, Raul Endymion. Vous connaissez les *Cantos*.

Je goûtai à la manta sans rien dire.

— La plupart des gens que je connaissais étaient des chrétiens zen, continua-t-il. Plus zen que chrétiens, naturellement, mais pas trop de l'un ni de l'autre, en vérité. Les pèlerinages individuels étaient marrants. Les hauts lieux du pouvoir... découvrir son propre point de Baedeker... toutes ces conneries... (Il gloussa.) L'Hégémonie n'aurait jamais imaginé qu'elle aurait un jour quelque chose à voir avec la religion, naturellement. La seule idée de mélanger la politique avec les croyances religieuses était quelque chose de barbare... On ne pouvait trouver cela qu'à Qom-Riyad ou sur un quelconque désert planétaire des Confins. C'est alors que la Pax est arrivée, avec son gant de velours et son cruciforme d'espoir.

— La Pax ne gouverne pas, murmurai-je. Elle conseille.

— Précisément, fit le vieil homme en pointant sa fourchette sur moi pendant que A. Bettik remplissait son verre. La Pax conseille, elle ne gouverne pas. Sur des centaines de mondes, l'Église administre ses fidèles et la Pax les conseille, mais, bien sûr, si vous êtes un chrétien et que vous désirez être régénéré, il n'est pas question que vous ignoriez les conseils de la Pax ni les chuchotements de l'Église, n'est-ce pas ?

Je haussai de nouveau les épaules. L'influence de l'Église était une constante de ma vie depuis aussi longtemps que je me souvenais. Pour moi, il n'y avait là rien d'extraordinaire.

— Mais vous n'êtes pas un de ces chrétiens qui souhaitent la régénération, n'est-ce pas, H. Endymion ?

Je regardai alors le vieux poète, et un terrible soupçon naquit en moi.

Il a arrangé mon simulacre d'exécution et m'a fait transporter ici alors que j'aurais dû officiellement être immergé dans l'océan. Il a de l'influence auprès des autorités de Port-Romance. Se peut-il qu'il ait dicté ma condamnation aux juges ? Que tout cela n'ait été qu'une sorte de test ?

— La question, poursuivit-il, ignorant mon regard de basilic, est de savoir *pourquoi* vous n'êtes pas chrétien. Pourquoi ne voulez-vous pas renaître ? N'aimez-vous donc pas la vie, Raul Endymion ?

— J'aime la vie, murmurai-je.

— Mais vous n'avez pas accepté la croix. Vous n'avez pas accepté le don de la vie prolongée.

Je posai ma fourchette. L'un des serviteurs androïdes crut que j'avais fini et me retira mon assiette, dont je n'avais pratiquement pas touché le contenu.

— Je n'ai pas accepté le *cruciforme*, rectifiai-je.

Comment lui expliquer les suspicions entretenues par mon clan de nomades à travers des générations où nous avions été les expatriés, les étrangers, les indigènes sans point fixe ? Comment lui expliquer l'indépendance farouche de gens comme Grandam ou ma mère ? L'héritage de rigueur philosophique et de scepticisme intrinsèque que m'avaient légué mon éducation et mon environnement familial ? Je n'essayai même pas.

Martin Silenus hocha cependant la tête comme si je lui avais donné une explication.

— Vous voyez dans le cruciforme autre chose qu'un miracle offert aux fidèles grâce à la bienveillante intercession de l'Église, me dit-il.

— J'y vois un parasite.

Je fus moi-même surpris par la véhémence que j'avais mise dans ma voix.

— Vous avez peut-être peur de perdre votre... euh... virilité, fit le poète de sa voix éraillé.

Les androïdes nous apportèrent deux cygnes sculptés dans du moka au chocolat et aux truffes. Je ne touchai pas au mien. Dans les *Cantos*, le prêtre pèlerin Paul Duré raconte comment il a découvert la tribu isolée des Bikuras et comment ils ont appris à survivre durant des siècles grâce au symbiote cruciforme offert par le gritche légendaire. Le cruciforme les ressuscitait à peu près comme il le fait pour nous aujourd'hui, à l'ère de la Pax, à cette exception près que, dans le récit du prêtre, les effets secondaires comportaient des lésions cérébrales irréparables au bout d'un certain nombre de résurrections, ainsi que la disparition des organes sexuels et des pulsions correspondantes. Les Bikuras étaient tous des eunuques mentalement retardés.

— Ce n'est pas cela, murmurai-je. Je sais que l'Église a, d'une manière ou d'une autre, résolu le problème.

Silenus sourit d'une manière qui le faisait ressembler à un satyre momifié.

— La condition préalable est d'avoir communié et d'être régénéré sous les auspices de l'Église, murmura-t-il. Autrement, si l'on a volé un cruciforme, par exemple, on ne connaît que le sort des Bikuras.

Je hochai la tête. Des générations entières avaient essayé de voler l'immortalité. Avant que la Pax interdise l'accès au plateau, les aventuriers y venaient pour alimenter leur trafic de cruciformes. Plusieurs symbiotes avaient été dérobés à l'Église. Le résultat était toujours le même. Abêtissement et disparition de la sexualité. Seule l'Église détenait le secret d'une résurrection réussie.

— Et alors ? demandai-je.

— Alors, pourquoi l'allégeance et la dîme d'une année sur dix de service à l'Église ont-elles été un prix trop élevé pour vous, mon garçon ? Des milliards d'individus ont opté pour la vie.

Je demeurai un bon moment silencieux. Finalement, je répondis à voix basse :

— Chacun est libre de faire ce qu'il veut de sa vie. La mienne est ce qu'il y a de plus important pour moi. Je veux qu'elle reste... la mienne.

Cette déclaration, même pour moi, n'avait pas grand sens, mais le poète hocha de nouveau la tête comme si je m'étais expliqué d'une manière qui le satisfaisait. Il mangea son cygne au chocolat pendant que je l'observais en silence. Puis les androïdes nous retirèrent nos assiettes et versèrent du café dans nos tasses.

— Bon, soupira le poète. Avez-vous réfléchi à ma proposition ?

La question était si absurde que je dus réprimer une envie de rire.

— Oui, répondis-je finalement. J'y ai réfléchi.

— Et alors ?

— Et alors j'ai quelques questions à vous poser.

Martin Silenus attendit.

— Qu'ai-je à gagner dans tout ça ? demandai-je. Vous parlez des difficultés que je rencontrerais si j'essayais de refaire ma vie sur Hypérion. Pas de papiers d'identité et tout le reste. Mais vous savez très bien que je suis parfaitement à l'aise dans les régions désolées. Il me serait mille fois plus facile de me cacher dans les marais que de traverser l'espace avec votre gamine à la remorque. Et d'ailleurs, pour la Pax, je suis mort, ils ne me cherchent pas. Je pourrais rejoindre ma famille sur la lande et rester avec mon clan sans être inquiété.

Martin Silenus hocha la tête. Au bout d'un moment de silence, je demandai :

— Donnez-moi une seule raison d'accepter votre offre insensée.

— Vous avez envie de devenir un héros, Raul Endymion, me dit le vieux poète en souriant.

Je soufflai bruyamment en signe de dérision et posai les deux mains sur la nappe devant moi. Mes doigts étaient lourds et calleux, ils semblaient déplacés sur ce beau linge.

— Vous voulez devenir un héros, répéta le poète. Vous voulez faire partie des rares humains qui font l'Histoire. Vous n'avez pas envie de la voir couler autour de vous comme l'eau autour d'un rocher.

— J'ignore de quoi vous parlez.

Ce n'était pas vrai, naturellement, mais il n'avait aucun moyen de savoir à ce point ce qu'il y avait en moi.

— Je vous connais parfaitement bien, Raul Endymion.

Curieusement, il semblait répondre à mes pensées plutôt qu'à ma dernière remarque.

Je dois dire ici que je n'ai pas envisagé une seule seconde que le vieux poète pût être télépathe. Pour commencer, je ne crois pas à la télépathie ou, plus précisément, je n'y croyais pas à l'époque. Ensuite, j'étais plutôt intrigué par les potentialités d'un être humain qui a vécu près de mille années standard. Même s'il était fou, me disais-je, on pouvait penser qu'il avait eu le temps d'apprendre à lire les expressions du visage et autres signes corporels au point que cela ne faisait pratiquement plus aucune différence avec la télépathie.

Peut-être avait-il simplement essayé de deviner.

— Je n'ai aucune envie d'être un héros, lui dis-je d'une voix placide. J'ai vu ce qui arrivait aux héros quand ma brigade a été envoyée se battre contre les rebelles sur le continent Sud.

— Ah ! Ursus, murmura-t-il. L'ours polaire septentrional. La plus inutilisable de toutes les masses de boue et de glace d'Hypérion. J'ai eu connaissance, en effet, de quelques rumeurs de troubles dans cette région.

La guerre, là-bas, avait duré huit années d'Hypérion et tué des milliers de paysans comme moi qui avaient été assez stupides pour s'enrôler dans la Garde Nationale. Le vieux poète n'était finalement pas si malin que j'avais tendance à le croire.

— Les héros, pour moi, ce ne sont pas les imbéciles qui se jettent sur les grenades à plasma, me dit-il en léchant ses lèvres fines d'un coup rapide de sa langue de lézard. Ce sont les gens dont les prouesses et les accomplissements sont si légendaires qu'ils sont honorés comme des divinités. Le héros, au sens littéraire, est le protagoniste qui accomplit une action d'éclat, celui dont le tragique point faible consommera sa perte.

Le poète se tut et m'observa avec attention, mais je me contentai de lui rendre silencieusement son regard.

— Pas de point faible tragique ? me demanda-t-il finalement. Pas de goût pour les actions d'éclat ?

— Je n'ai pas envie d'être un héros, répétai-je.

Il se pencha sur sa tasse de café. Quand il releva la tête, une lueur malicieuse brillait dans ses yeux.

— Où allez-vous vous faire couper les cheveux, mon garçon ?

— Je vous demande pardon ?

Il passa de nouveau le bout de sa langue entre ses lèvres.

— Vous m'avez bien entendu. Vous avez les cheveux longs, mais ils ne sont pas désordonnés. Qui est votre coiffeur ?

Je soupirai, puis murmurai :

— Parfois, lorsque je reste longtemps dans les marais, je les coupe moi-même ; mais à Port-Romance, je vais généralement chez un petit coiffeur de la rue Datoo.

— Ah ! fit Silenus en se laissant aller en arrière contre le haut dossier de sa chaise. Je connais bien la rue Datoo. Elle se trouve dans le quartier des noctambules. C'est plus une impasse qu'une véritable rue. Il y avait un marché, dans le temps, où l'on vendait des furets dans des cages dorées. Il y avait aussi des barbiers installés sur le trottoir. Mais la meilleure boutique de coiffeur appartenait à un vieil homme nommé Palani Woo. Il avait six fils. Et chaque fois que l'un d'eux atteignait sa majorité il ajoutait un nouveau fauteuil à son salon. (Il leva ses yeux plissés vers moi, et je fus frappé, une fois de plus, par la force de la personnalité qui s'y reflétait.) C'était il y a un siècle, conclut-il.

— Je me fais couper les cheveux chez Woo, déclarai-je. L'arrière-petit-fils de Palani Woo, Kalakaua, est le propriétaire actuel de la boutique. Elle a toujours six fauteuils.

— Oui, fit le poète en hochant la tête. Les choses ne changent pas beaucoup sur notre vieil Hypérion, n'est-ce pas, Raul Endymion ?

— C'est à cela que vous vouliez en arriver ?

— En arriver ? fit-il en écartant les mains comme pour me montrer qu'il n'y cachait rien. Je ne veux arriver nulle part, mon garçon. Simple conversation. Cela m'amuse de penser aux figures historiques mondiales, aux héros des mythes futurs, en train de payer pour qu'on leur coupe les cheveux. C'est une chose qui m'a toujours frappé, d'ailleurs. Depuis des siècles. Ce décalage étrange qui existe entre la substance des mythes et celle de la vie de tous les jours. Savez-vous ce que signifie *datoo*, au fait ?

Je battis des paupières devant ce brusque changement de direction.

— Non, murmurai-je.

— C'est un vent venu de Gibraltar, et chargé d'un merveilleux parfum. Certains artistes et poètes parmi les fondateurs de Port-Romance devaient se dire que le chalme et le vort qui couvraient les collines au-dessus des marais exhalaient des senteurs délicieuses. Savez-vous ce que c'est que Gibraltar, mon garçon ?

— Non.

— Un gros rocher sur la Terre, fit le vieil homme en

exhibant de nouveau ses dents. Vous remarquerez que je ne dis pas l'Ancienne Terre.

Je l'avais remarqué.

— La Terre, c'est la Terre, jeune homme. J'y ai vécu avant qu'elle disparaisse. Je suis donc bien placé pour le savoir.

Cette pensée me donnait le vertige.

— Je veux que vous la retrouviez, me dit le poète, les yeux brillants.

— La retrouver... Vous parlez de la Terre ou de cette fille... Énée ?

Il fit un geste de ses vieilles mains osseuses comme pour écarter ma remarque.

— Vous irez avec elle, avec Énée, et vous retrouverez la Terre, Raul Endymion.

Je hochai la tête. Je me demandais s'il était sage d'essayer de lui expliquer que l'Ancienne Terre avait été engloutie dans un trou noir qui avait été lancé sur elle durant la Grande Erreur de 08. Mais j'avais en face de moi une créature séculaire qui avait fui ce monde ravagé, et il ne me semblait pas avisé de contredire ses illusions. Il mentionnait dans les *Cantos* je ne sais quel complot du TechnoCentre en guerre pour voler l'Ancienne Terre — pour la transporter dans l'amas d'Hercule ou dans le Nuage de Magellan, les *Cantos* étant, de toute manière, incohérents —, mais tout cela était parfaitement fantaisiste. Le Nuage de Magellan était une *galaxie* située à plus de cent soixante mille années-lumière de la Voie lactée, si mes souvenirs étaient exacts, et aucun vaisseau, ni de la Pax ni de l'Hégémonie, n'avait jamais été envoyé plus loin que notre petite sphère d'influence dans l'un des bras spiralés de notre galaxie. Même avec la propulsion Hawking, qui représentait une exception aux réalités einsteiniennes, un voyage jusqu'au Grand Nuage de Magellan aurait demandé de nombreux siècles de temps de transit et accumulé des dizaines de milliers d'années de déficit de temps. Même les Extros, qui savouraient les coins sombres entre les étoiles, n'auraient jamais songé à entreprendre pareil voyage.

D'ailleurs, on ne kidnappe pas une planète.

— Je veux que vous retrouviez la Terre et que vous la

rameniez, reprit le vieux poète. Je veux la revoir avant de mourir. Voulez-vous faire cela pour moi, Raul Endymion ?

Je fixai le vieillard dans les yeux.

— Bien sûr, lui dis-je. Je sauve l'enfant des gardes suisses et de la Pax, je la mets à l'abri jusqu'à ce qu'elle devienne Celle qui Enseigne, je retrouve l'Ancienne Terre et je vous la ramène ici pour que vous puissiez la voir avant de mourir. Rien de plus facile. Il y a autre chose ?

— Oui, me dit Martin Silenus sur le ton de solennité absolue qui accompagne généralement la démence. Je veux que vous découvriez ce que ce putain de TechnoCentre est en train de manigancer, et que vous l'en empêchiez.

De nouveau, je hochai vigoureusement la tête. D'une voix sarcastique, je poursuivis la liste de mes tâches héroïques :

— Je retrouve le TechnoCentre disparu et j'empêche une armée d'IA au pouvoir combiné quasi divin d'accomplir ce qu'elle a décidé. D'accord. C'est comme si c'était fait. Vous n'avez rien d'autre à me demander ?

— Si. Vous négocierez avec les Extros. Voyez s'ils peuvent m'offrir l'immortalité. Une *vraie* immortalité, pas cette connerie de régénération chrétienne.

Je fis semblant d'écrire dans un carnet invisible.

— Extros... immortalité... connerie chrétienne... Comme si c'était fait. D'accord. Rien d'autre ?

— Oui. Je veux que la Pax soit détruite et que la puissance de l'Église soit renversée.

Je hochai la tête. Deux ou trois cents mondes connus avaient rejoint la Pax de leur plein gré. Des billions d'humains s'étaient volontairement fait baptiser au sein de l'Église. La puissance militaire de la Pax dépassait tout ce que la Force de l'Hégémonie avait jamais rêvé de devenir lorsqu'elle était au faîte de son pouvoir.

— D'accord, je m'en occupe, déclarai-je. Quoi d'autre ?

— Vous devez arrêter le gritche. Je ne veux pas qu'il fasse du mal à Énée ni qu'il anéantisse l'humanité.

Là, j'hésitai. D'après le poème épique écrit par le vieillard lui-même, le gritche avait été détruit par le héros Fedmahn Kassad dans un lointain futur. Conscient de la futilité d'un argument logique au milieu d'une conversation démente, je mentionnai néanmoins ce fait au vieux poète.

— Je sais ! glapit-il. Mais c'est *alors*. À des millénaires de nous. Je veux que vous arrêtiez le gritche *maintenant*.

— Comme vous voudrez, répliquai-je.

À quoi bon discuter ?

Martin Silenus se laissa aller en arrière contre le dossier de sa chaise. Toute son énergie semblait envolée. Je regardai de nouveau les replis de peau tannée de cette momie animée, ses yeux enfoncés, ses doigts osseux. Il avait pourtant un regard d'une intensité incroyable. J'essayai d'imaginer la force de sa personnalité à l'époque où il avait tous ses moyens. Mais je n'y parvins pas.

Silenus hocha la tête, et A. Bettik nous apporta deux coupes et une bouteille de champagne.

— Vous acceptez donc, Raul Endymion ? me demanda le poète d'une voix grave et sonore. Vous acceptez cette mission ? Vous sauverez Énée, vous voyagerez avec elle et vous accomplirez tout ce que je vous ai demandé ?

— À une seule condition, répondis-je.

Silenus fronça les sourcils, mais attendit sans rien dire.

— Je veux que A. Bettik m'accompagne, déclarai-je.

L'androïde était toujours là, la bouteille de champagne à la main. Il regardait fixement devant lui, sans faire le moindre mouvement, sans qu'aucune émotion s'inscrive sur son visage.

Le poète parut surpris.

— Mon androïde ? Vous parlez sérieusement ?

— Très sérieusement.

— A. Bettik est avec moi depuis l'époque où votre arrière-arrière-grand-mère se désolait de ne pas voir encore pousser ses nichons, fit le poète d'une voix éraillée.

Il abattit si fort sa main squelettique sur la table que je m'attendis à voir voler les osselets.

— A. Bettik, lança-t-il brusquement, désirez-vous partir avec lui ?

L'homme à la peau bleue inclina la tête sans la tourner.

— Bordel ! s'exclama le poète. Prenez-le donc. Vous voulez emporter autre chose, Raul Endymion ? Mon lit flottant, peut-être ? Ou mon respirateur ? Ou mes dents ?

— Rien d'autre.

— Vous acceptez donc, reprit-il d'une voix solennelle,

d'accomplir cette mission jusqu'au bout, de sauver, servir et protéger l'enfant Énée jusqu'à ce que son destin se réalise... ou de mourir en essayant ?

— J'accepte.

Il leva sa coupe de champagne, et je l'imitai. Trop tard, je me dis que l'androïde aurait pu boire avec nous, mais le poète était déjà en train de porter un toast.

— À la folie, dit-il. À la divine folie. Aux quêtes insensées et aux messies qui pleurent dans le désert. À la mort des tyrans. Et que nos ennemis soient confondus.

Je commençai à porter la coupe à mes lèvres, mais le vieillard n'avait pas encore fini.

— Aux héros, dit-il. Aux héros qui vont chez le coiffeur.

Il vida sa coupe d'un trait.

Et moi aussi.

9

Régénéré, voyant littéralement le monde avec les yeux émerveillés d'un enfant qui vient de naître, le père capitaine Federico de Soya traverse la place Saint-Pierre par les élégantes arcades de Bernin et s'approche de la basilique. Il fait une journée magnifique. La lumière du soleil est froide, le ciel est d'un bleu très pâle et l'air est vif. Le seul continent habitable de Pacem est élevé, à quinze cents mètres au-dessus du niveau standard de la mer, et l'air est très peu dense mais absurdement riche en oxygène. Tout ce que voit de Soya est baigné de cette riche lumière de fin d'après-midi qui crée une aura spéciale autour des majestueuses colonnes et autour des têtes des passants qui se pressent. Cette même lumière entoure d'un halo blanc les statues de marbre et fait ressortir l'éclat des robes rouges des évêques ainsi que les rayures bleues, rouges et orangées des uniformes des gardes suisses en faction. Elle colore l'obélisque du centre de la place et les pilastres cannelés de la basilique, elle pare le grand dôme d'une brillance sans égale qui s'élève à plus de cent mètres du sol. Les pigeons, en prenant leur essor, capturent cette riche lumière horizontale et tournent au-dessus de la place en montrant leurs ailes tantôt blanches contre le ciel et tantôt noires contre le dôme lumineux. La foule avance de part et d'autre de la basilique : simples curés en soutane noire à boutons roses, évêques en blanc à garnitures rouges, cardinaux en robe de sang écarlate et pourpre foncée, citoyens vaticanais en pourpoint d'un noir d'encre, bas noirs et fraise blanche, nonnes en habits froufroutants et cornettes déployées comme des ailes de mouette, ecclésiastiques mâles et femelles en noir tout simple, officiers de la Pax en uniforme d'apparat écarlate et noir, semblable à celui que porte aujourd'hui de Soya, plus une multitude éparpillée d'heureux touristes ou d'hôtes de marque appelés à assister à la messe papale et revêtus de leurs plus beaux atours, généralement noirs, mais d'une richesse de texture qui fait briller et miroiter au soleil la fibre la plus mate. Et toute cette foule se dirige vers la haute basilique de Saint-Pierre en échangeant des propos à voix basse, d'une démarche excitée mais sombre. Une messe papale n'est pas un événement à prendre à la légère.

Aux côtés du père capitaine de Soya aujourd'hui — soit quatre jours à peine après son départ fatal et précipité du corps expéditionnaire MAGES et un jour seulement après sa résurrection —, on peut voir le père Baggio, le capitaine Marget Wu et Monsignor Lucas Oddi. Baggio, rondouillard et comique, est le chapelain de résurrection du capitaine. Wu, maigre et taciturne, est l'aide de camp de l'amiral de la Flotte Marusyn. Et Oddi, âgé de quatre-vingt-sept années standard mais toujours alerte et en bonne santé, est l'homme à tout faire et le sous-secrétaire du puissant Secrétaire d'État du Vatican, Simon Augustino, le cardinal de Lourdusamy. On dit que le cardinal est le deuxième personnage de la Pax, le seul membre de la curie romaine à avoir l'oreille de Sa Sainteté. On dit aussi que c'est un personnage terriblement brillant. Son pouvoir est attesté par le fait qu'il joue aussi le rôle de préfet de la *Sacra Congregatio pro Gentium Evangelizatione se de Propaganda Fide*, la légendaire Congrégation pour l'évangélisation des peuples, ou *De Propaganda Fide.*

Pour le père capitaine de Soya, la présence de ces deux puissants personnages n'est pas plus surprenante que la lumière qui baigne la façade au-dessus de lui tandis que les quatre arrivants gravissent le large escalier de la basilique. La foule, déjà très calme, devient totalement silencieuse tandis qu'ils s'avancent sur le grand espace libre, passent devant les gardes suisses en costume d'apparat et de combat, puis pénètrent dans la nef. Là, même le silence résonne, et de Soya se sent ému jusqu'aux larmes par la beauté de cette vaste perspective et par les œuvres d'art intemporelles devant lesquelles ils passent pour aller rejoindre leur banc : la *Pietà* de Michel-Ange, visible dans la première chapelle sur leur droite, le bronze antique de saint Pierre, d'Arnolfo di Cambrio, au pied droit si poli qu'on dirait qu'il a été usé par des siècles de baisers, et aussi, brillamment éclairée d'en dessous, l'étonnante statue de Giuliana Falconieri Santa Vergine sculptée par Piero Campi au XVIe siècle, plus d'un millénaire et demi auparavant.

Le père capitaine de Soya pleure ouvertement au moment où il se signe avec de l'eau bénite et suit le père Baggio jusqu'au banc qui leur est réservé. Les trois prêtres et la femme officier de la Pax s'agenouillent pour prier tandis que les derniers toussotements et frottements de pieds s'éteignent dans le grand édifice. Il fait presque nuit, à présent, à l'intérieur de la basilique. Seuls quelques spots halogènes éclairent des trésors artistiques et architecturaux qui brillent comme de l'or. À travers ses larmes, de Soya regarde les pilastres cannelés et les sombres colonnes baroques en bronze du baldaquin de Bernin, cet énorme dais ouvragé et doré qui surmonte l'autel principal où seul le pape a le droit de dire la messe. En même temps, il contemple le miracle de sa résurrection de vingt-quatre heures. Il a éprouvé de la douleur et une grande confusion, comme s'il se relevait d'un grand coup sur la tête qui l'aurait particulièrement désorienté. La douleur était plus forte et plus généralisée que n'importe quelle migraine, comme si chaque cellule de son corps se rappelait l'indignité de sa mort et se révoltait contre un tel sort. Mais il y a eu aussi le miracle. Le miracle et l'émerveillement devant le plus petit détail. La saveur du bouillon que lui a fait prendre le père Baggio à son réveil, le spectacle de Pacem, pour la première fois, avec son ciel bleu pâle entrevu à travers la fenêtre du presbytère, l'humanité écrasante des visages qu'il a vus pendant tout le reste de la journée, les voix qu'il a entendues. Le père capitaine de Soya, bien qu'il soit un homme sensible, n'a pas eu l'occasion de pleurer depuis l'âge de cinq ou six années standard, mais il pleure abondamment aujourd'hui. Il pleure ouvertement et sans honte. Jésus-Christ lui a fait le don de la vie pour la seconde fois, Notre-Seigneur a partagé le sacrement de la Résurrection avec lui, modeste et loyal honnête homme issu d'une famille pauvre sur un monde reculé, et chaque cellule de son corps semble à présent se souvenir du sacrement de la régénération en même temps que des affres de la mort. Et il est imprégné de joie.

La messe débute par une explosion de gloire. Les accords des trompettes lacèrent le silence attentif comme autant de lames d'airain, les chorales font entendre leurs voix triomphantes, les notes ascendantes des orgues se réverbèrent dans la vaste nef, et des lumières brillantes, les unes après les autres, s'allument pour éclairer le pape et son cortège qui viennent célébrer la messe.

La première chose qui frappe de Soya, c'est la jeunesse du Saint-Père. La pape Jules XIV, naturellement, a tout juste la soixantaine, malgré le fait qu'il est souverain pontife, pratiquement sans interruption, depuis plus de deux cent cinquante ans. Son règne n'a été interrompu que par sa propre mort et sa régénérescence, par huit fois suivies d'un couronnement, tout d'abord sous le nom de Jules VI, après le règne de huit ans de l'antipape Teilhard Ier, puis sous celui de Jules VII, et ainsi de suite, à l'occasion de chaque incarnation subséquente. Tandis que de Soya contemple le Saint-Père en train de célébrer la messe, le capitaine de la Pax songe à l'histoire de sa filiation, selon la version officielle de l'Église et selon les *Cantos* mis à l'Index, que chaque adolescent instruit lit au péril de son âme, mais lit quand même.

Dans les deux versions, le pape Jules était, avant sa première résurrection, un jeune homme nommé Lénar Hoyt, venu à la prêtrise dans le sillage de Paul Duré, cet archéologue-théologien jésuite et charismatique. Duré était l'apôtre de l'enseignement de saint Teilhard selon lequel l'humanité possédait la potentialité d'évoluer vers la divinité. En fait, d'après Duré, quand il accéda au trône de Saint-Pierre après la Chute, les humains pouvaient devenir des divinités. Et c'est précisément cette hérésie que le père Lénar Hoyt, devenu pape sous le nom de Jules VI, s'était appliqué à combattre après sa première résurrection.

Les deux versions — celle de l'Église et celle des *Cantos* à l'Index — s'accordent pour dire que c'est le père Duré, lors de son exil dans les Confins sur le monde d'Hypérion, qui a découvert le symbiote nommé cruciforme. Mais là, les deux récits divergent de manière irréparable. D'après le poème, Duré a reçu le cruciforme de la créature monstrueuse appelée le gritche. D'après la version officielle, le gritche, émanation de Satan s'il en fut jamais une, n'a rien à voir avec la découverte du cruciforme, mais a soumis, plus tard, le père Duré et le père Hoyt à la tentation. Selon la version de l'Église, seul Duré a succombé à la perfidie du monstre. Mais les *Cantos* racontent, à leur manière confuse où la mythologie païenne rivalise avec les réalités historiques embrouillées, comment Duré s'est volontairement crucifié dans les forêts des flammes du plateau du Pignon d'Hypérion pour ne pas rapporter le cruciforme à l'Église. D'après le poète païen Martin Silenus, il fit cela uniquement pour éviter qu'elle ne tombe sous la dépendance d'un parasite qui aurait remplacé la foi. À en croire la version de l'Église, à laquelle adhère de Soya, Duré s'est crucifié pour soulager la douleur que lui causait le symbiote et, de connivence avec le satanique gritche, pour empêcher l'Église — devenue son ennemie après l'avoir excommunié pour falsification de documents archéologiques — de retrouver sa vitalité à travers la découverte du sacrement de la Résurrection.

Les deux histoires concordent, en tout cas, pour établir que le père Lénar Hoyt a fait le voyage sur Hypérion afin de retrouver son ami et ex-maître à penser. D'après les blasphématoires *Cantos*, Hoyt a accepté le cruciforme de Duré en plus du sien, mais est plus tard retourné sur Hypérion, juste avant la Chute, pour supplier le monstrueux gritche de le soulager de son fardeau. L'Église fait ressortir la fausseté de ces allégations en arguant que le père Hoyt, au contraire, a fait preuve d'un extraordinaire courage en retournant affronter le démon dans son antre. Mais quelle que soit l'interprétation des faits, il est établi que Hoyt trouva la mort pendant ce dernier pèlerinage sur Hypérion et que Duré fut ressuscité porteur de deux cruciformes, celui de Hoyt et le sien, avant de refaire son apparition durant la période troublée de la Chute, pour devenir le premier antipape de toute l'histoire moderne. Ses neuf années standard d'hérésie sous le nom de Teilhard Ier ne firent rien pour rehausser le prestige de l'Église ; mais après la mort du faux pape par accident, la résurrection de Lénar Hoyt à partir du corps partagé conduisit à la gloire de Jules VI, à la découverte de la nature sacramentelle de ce que Duré avait appelé un parasite, et à la révélation divine qu'avait eue Jules — uniquement partagée, encore aujourd'hui, par quelques rares personnes de la hiérarchie ecclésiastique — sur la manière dont les résurrections pouvaient être réalisées avec succès. Grâce à cela, l'Église passa du statut de secte mineure à celui de foi officielle de toute l'humanité.

Le père capitaine de Soya observe le pape — un petit homme maigre d'une pâleur incroyable — tandis qu'il lève l'Eucharistie au-dessus de l'autel. L'officier commandant de la Pax frissonne de pur émerveillement.

Le père Baggio lui a expliqué que les sensations intenses qu'il éprouve sont des effets secondaires de sa résurrection et qu'elles disparaîtront progressivement au bout de quelques semaines, mais que l'impression de bien-être qui les accompagne demeurera et gagnera même de la force à chaque résurrection dans le Christ. De Soya comprend pourquoi l'Église considère toujours le suicide comme un péché très grave, puni d'excommunication immédiate. La sensation de proximité divine est si forte après la résurrection qu'elle pourrait aisément créer une accoutumance si le châtiment n'était pas dissuasif.

Encore tout endolori par sa mort et sa régénérescence, son esprit et ses sens littéralement en proie à un vertigineux tourbillon, le père capitaine de Soya voit la messe papale se rapprocher peu à peu de l'apogée de la communion. La basilique de Saint-Pierre est à présent remplie de la même rumeur glorieuse que lorsque le service divin a commencé. À l'idée que, dans un moment, il va goûter au corps et au sang du Christ transsubstantiés par le Saint-Père lui-même, le soldat se met à pleurer comme un petit enfant.

Après la messe, dans la fraîcheur du soir, sous un ciel de porcelaine pâle, le père capitaine de Soya se promène avec ses nouveaux amis dans l'ombre des jardins du Vatican.

— Federico, lui dit le père Baggio, la réunion à laquelle nous allons participer est d'une très, très grande importance. Avez-vous l'esprit assez clair pour suivre ce qui va se passer ?

— Oui, répond de Soya. J'ai l'esprit parfaitement clair.

Monsignor Lucas Oddi touche l'épaule du jeune officier de la Pax.

— Federico, mon fils, en êtes-vous certain ? Nous pouvons attendre encore un jour, s'il le faut.

De Soya secoue la tête. Il est encore tout émerveillé par la beauté et la solennité de la messe à laquelle il vient d'assister. Sur sa langue, il y a la perfection de l'Eucharistie et du Vin. Il sent que le Christ, en ce moment même, est en train de lui chuchoter quelque chose, mais ses pensées sont claires.

— Je suis prêt, dit-il.

Le capitaine Wu est une ombre silencieuse derrière Oddi.

— Très bien, déclare le monsignor en hochant la tête à l'adresse du père Baggio. Nous n'avons plus besoin de vos services, je vous remercie.

Baggio s'incline et se retire sans un mot. Dans la parfaite clarté de ses pensées, de Soya comprend qu'il ne reverra plus jamais ce brave chapelain de résurrection, et un élan d'amour lui fait monter les larmes aux yeux. Heureusement que l'ombre cache son émoi. Il sait qu'il doit avoir une parfaite maîtrise de lui-même pour cette réunion importante. Il se demande où elle va se tenir. Dans le fabuleux appartement des Borgia ? Dans la chapelle Sixtine ? Dans les bureaux du Saint-Siège ? Peut-être dans les locaux de la Pax, aménagés dans ce que l'on appelait autrefois la tour des Borgia.

Monsignor Lucas Oddi s'immobilise à l'autre extrémité du jardin et fait signe aux autres de s'avancer jusqu'à un banc de pierre où quelqu'un les attend. Le père capitaine de Soya s'avise soudain que l'homme assis sur le banc est le cardinal Lourdusamy, et que l'entretien va se dérouler ici, dans ces jardins parfumés. Le prêtre met un genou sur le gravier devant le monsignor et baise l'anneau de sa main tendue.

— Relevez-vous, lui dit le cardinal Lourdusamy.

C'est un homme corpulent, au visage rond avec des bajoues épaisses. Sa voix grave sonne aux oreilles de De Soya comme la voix de Dieu.

— Asseyez-vous, lui dit le cardinal.

De Soya s'assoit sur le banc de pierre pendant que les autres restent debout. À la gauche du cardinal, un autre homme est assis dans l'ombre. De Soya ne l'avait pas vu avant. Il porte un uniforme qui doit être celui de la Pax, mais la lumière trop faible ne permet de distinguer aucun autre signe distinctif. Ses yeux s'accoutumant à la pénombre, il aperçoit vaguement d'autres silhouettes qui se tiennent dans l'obscurité d'un massif voisin, sur leur gauche. Elles sont debout, à l'exception d'une personne au moins.

— Père de Soya, murmure le cardinal Lourdusamy en tournant la tête vers l'homme assis sur le banc à sa gauche, permettez-moi de vous présenter l'amiral William Lee Marusyn.

De Soya est sur ses pieds d'un bond, au garde-à-vous.

— Pardonnez-moi, amiral, réussit-il à articuler entre ses mâchoires rigides, je ne vous avais pas reconnu.

— Repos, lui dit Marusyn. Restez assis, capitaine de Soya.

Il se rassoit au bord du banc, comme sur des œufs. L'identité des deux personnages qui l'encadrent le brûle comme un soleil à travers les brumes joyeuses de sa résurrection.

— Nous sommes très contents de vous, capitaine de Soya, lui dit l'amiral Marusyn.

— Merci, amiral, bredouille le prêtre.

Il scrute les ombres du massif, où il a le sentiment que les autres ne perdent rien de cette conversation.

— Nous aussi, nous sommes très contents de vous, fait le cardinal Lourdusamy de sa voix grave et rocailleuse. C'est la raison qui fait que nous vous avons choisi pour cette mission.

— Une mission, Votre Éminence ? demande de Soya.

Il se sent de nouveau ivre de tension et de confusion.

— Comme par le passé, vous servirez à la fois l'Église et la Pax, lui dit l'amiral en se penchant vers lui dans la pénombre.

Le monde de Pacem ne possède pas de lune, mais la lumière des étoiles est relativement forte. Quelque part, une cloche appelle les moines aux vêpres. Et les lumières des bâtiments du Vatican entourent le dôme de Saint-Pierre d'un faible halo.

— Et comme par le passé, continue le cardinal, vous répondrez à la fois devant l'autorité militaire et la hiérarchie ecclésiastique.

Le corpulent personnage s'interrompt pour regarder l'amiral.

— Quelle sera ma mission, Votre Éminence ? Amiral ? interroge de Soya, ne sachant auquel des deux s'adresser en premier.

Marusyn est son supérieur hiérarchique ultime, mais les officiers de la Pax prennent généralement leurs ordres des hauts personnages de l'Église.

Aucun des deux ne lui répond cependant. Marusyn fait un signe de tête au capitaine Marget Wu, qui se tient à quelques mètres d'eux, contre une haie. L'officier de la Pax s'avance et tend un cube holo à de Soya.

— Activez-le, lui dit l'amiral.

De Soya touche le dessous du petit bloc de céramique. L'image d'une fillette se forme au-dessus du cube. De Soya fait tourner l'image. Il note les cheveux noirs, les grands yeux et le regard intense de l'enfant, dont le cou et la tête sans corps constituent le point le plus lumineux des jardins du Vatican. Puis il relève la tête et voit briller la lumière du cube holo dans les yeux du cardinal et de l'amiral.

— Elle s'appelle... euh... nous ne sommes pas sûrs de savoir comment elle s'appelle, murmure le cardinal Lourdusamy. Quel âge vous semble-t-elle avoir, père de Soya ?

Il regarde de nouveau l'image, évalue son âge et fait une rapide conversion en années standard.

— Une douzaine d'années, peut-être, dit-il. Peut-être onze années standard.

Il n'a pas beaucoup côtoyé d'enfants depuis qu'il a cessé d'en être un lui-même.

Le cardinal hoche la tête.

— Elle avait onze ans selon le calendrier d'Hypérion quand elle a disparu il y a un peu plus de deux cent soixante années standard, père de Soya.

Ce dernier regarde de nouveau l'image holo. Cela signifie que l'enfant est probablement morte à l'heure actuelle. Il ne se rappelle pas si la Pax avait déjà apporté le sacrement de la Résurrection sur Hypérion il y a deux cent soixante-dix-sept ans. Elle a peut-être été régénérée après sa mort. Il se demande pourquoi ils lui montrent un enregistrement holo de cette personne sous l'aspect d'un enfant qui a vécu il y a des siècles plus tôt.

— C'est la fille de Brawne Lamia, lui dit l'amiral. Ce nom évoque-t-il quelque chose pour vous, père de Soya ?

Le nom ne lui est pas inconnu, effectivement, mais il a du mal, l'espace d'un instant, à se rappeler qui c'est. Puis les vers des *Cantos* lui reviennent à l'esprit, et il se remémore que Brawne Lamia faisait partie des pèlerins de cette histoire.

— Je me souviens, dit-il. Elle accompagnait Sa Sainteté lors du dernier pèlerinage avant la Chute.

Le cardinal Lourdusamy se penche en avant et noue ses grosses mains potelées sur ses genoux. Sa robe brille d'un rouge vif à l'endroit où la lumière du cube holo l'éclaire.

— Brawne Lamia a eu des relations sexuelles avec une abomination, fait le cardinal de sa voix grave. Un cybride. Un assemblage humain cloné dont l'esprit était une intelligence artificielle résidant dans le TechnoCentre. Vous souvenez-vous de l'histoire et du poème à l'Index ?

Le père de Soya bat des paupières. Est-il possible qu'ils l'aient fait venir ici, au Vatican, pour le punir d'avoir lu les *Cantos* quand il était enfant ? Il y a vingt ans qu'il a confessé ce péché et fait pénitence. Il n'a jamais relu, depuis, l'ouvrage interdit. Il rougit.

Le cardinal s'esclaffe doucement.

— Ne vous inquiétez pas, mon fils. Tout le monde, dans l'Église, a commis ce péché-là. La curiosité est trop forte, l'attrait de ce qui est interdit est trop puissant. Nous avons tous lu le poème à l'Index. Vous rappelez-vous que cette femme, Lamia, a eu des relations charnelles avec le cybride de John Keats ?

— Vaguement, fait de Soya.

Puis il s'empresse d'ajouter :

— Votre Éminence...

— Et savez-vous qui était John Keats, mon fils ?

— Non, Votre Éminence.

— C'était un poète préhégirien, fait le cardinal de sa voix grasseyante.

Au-dessus de leurs têtes, les traînées de décélération bleu plasma de trois vaisseaux de descente de la Pax s'inscrivent dans le champ étoilé. Le père capitaine de Soya n'a besoin que d'un coup d'œil pour reconnaître leur classe et leur armement. Il n'est pas surpris de n'avoir pas retenu le nom du poète des *Cantos* qu'il lisait quand il était enfant. Déjà, il était plus intéressé par les vaisseaux et les batailles spatiales que par les récits de l'époque préhégirienne, en particulier quand ils étaient en vers.

— Non seulement l'héroïne du poème blasphématoire, Brawne Lamia, a eu des relations sexuelles avec cette abomination cybride, reprend le cardinal, mais elle a donné un enfant à cette créature.

De Soya hausse les sourcils.

— J'ignorais que les cybrides... Je ne savais pas que... enfin...

Le cardinal Lourdusamy laisse entendre un gloussement.

— Vous pensiez qu'ils étaient stériles ? Comme les androïdes ? Non. Ce sont les obscénités IA qui ont cloné l'homme, et il a imprégné cette fille d'Ève.

De Soya hoche lentement la tête. En ce qui le concerne, le cardinal pourrait aussi bien parler de griffons et de licornes que de cybrides et d'androïdes. Ces créatures ont peut-être existé jadis, mais aucune, à sa connaissance, ne peut plus être en vie aujourd'hui. Les pensées défilent dans sa tête à toute allure. Il essaie d'imaginer en quoi toutes ces histoires de poète mort, de fillette, d'abomination et de femme enceinte peuvent bien le concerner.

Comme pour répondre à ses questions muettes, l'amiral Marusyn déclare :

— La fillette dont l'image flotte en ce moment devant vous est cette même enfant, capitaine. Après la destruction de l'abomination cybride, Brawne Lamia a donné naissance à cette créature sur Hypérion.

— Elle n'était pas entièrement... humaine, chuchote le cardinal Lourdusamy. Bien que le corps de son... père..., le cybride de Keats, ait été détruit, sa personnalité IA a été enregistrée dans une dérivation en boucle de Schrön.

L'amiral Marusyn se penche à son tour vers eux pour murmurer, comme si cette information ne devait être entendue par personne d'autre :

— Nous pensons que l'enfant a communiqué, avant même de venir au monde, avec la personnalité Keats enfermée dans la boucle de Schrön. Nous sommes à peu près certains que le... fœtus était en contact avec le TechnoCentre par l'intermédiaire de la personnalité cybride.

De Soya éprouve mais ignore le besoin de se signer. Toutes ses lectures, toute son éducation lui ont inculqué l'idée que le TechnoCentre était l'incarnation du mal dans toute son horreur, la manifestation la plus active du Malin dans toute l'histoire moderne de l'humanité. La destruction du TechnoCentre a marqué le salut non seulement de l'Église vulnérable, mais aussi de l'humanité elle-même. De Soya essaie d'imaginer ce qu'une âme humaine qui n'est pas encore née peut apprendre au contact de ces intelligences sans corps et sans âme.

— Cette enfant est dangereuse, murmure le cardinal Lourdusamy. Même si le TechnoCentre a été neutralisé par l'abolition des distrans, même si l'Église ne permet plus aux machines sans âme de posséder une véritable intelligence, cette enfant a été programmée pour devenir l'agent de ces IA déchues... et celui du Malin.

De Soya se frotte la joue. Il se sent soudain extrêmement las.

— Vous parlez d'elle comme si elle était toujours vivante, dit-il d'une voix très basse. Et comme si elle avait toujours onze ans, ajoute-t-il.

Les robes du cardinal Lourdusamy laissent entendre un bruit de froissement tandis qu'il change de position sur le banc. D'une voix solennelle de baryton, il réplique :

— Elle vit. Et elle a toujours onze ans.

De Soya regarde de nouveau l'image holo qui flotte entre eux. Il touche le cube, et la représentation s'éteint.

— Stockage cryotechnique ? demande-t-il.

— Sur Hypérion, il y a les Tombeaux du Temps, grasseye Lourdusamy. L'un d'eux, qu'on appelle le Sphinx, et dont vous vous souvenez peut-être pour l'avoir vu mentionné dans le poème ou dans les différentes histoires de l'Église, a été utilisé comme un portail permettant de voyager à travers le temps. Nul ne sait de quelle manière il fonctionne. Pour la plupart des gens, il ne fonctionne pas du tout. (Le cardinal jette un coup d'œil à l'amiral, puis reporte son attention sur le prêtre-capitaine.) La fillette a disparu à l'intérieur du Sphinx il y a deux cent soixante-quatre années standard. Nous savions déjà, à l'époque, qu'elle représentait un grand danger pour la Pax, mais nous sommes arrivés plusieurs jours en retard. Or, nous détenons des informations sûres selon lesquelles elle émergera du tombeau dans moins d'un mois standard... toujours âgée de onze ans, et toujours mortellement dangereuse pour la Pax.

— Dangereuse pour la Pax..., répète de Soya, qui n'y comprend vraiment rien.

— Sa Sainteté avait prévu le danger, continue le cardinal de sa grosse voix. Il y a près de trois siècles, le Seigneur a jugé bon de lui révéler la menace représentée par cette pauvre enfant. Aujourd'hui, Sa Sainteté a décidé de faire face au danger.

— Je suis un peu perdu, avoue de Soya.

Le cube holo est désactivé, mais il a toujours en tête le visage innocent de l'enfant.

— Comment cette petite fille peut-elle représenter un si grand danger, à notre époque ou dans le passé ? demande-t-il.

Le cardinal lui prend le bras pour y exercer une légère pression.

— En tant qu'agent du TechnoCentre, elle sera comme un virus introduit dans le corps du Christ. Il a été révélé à Sa Sainteté que cette petite fille aura des pouvoirs... des pouvoirs qui ne sont pas humains. L'un d'eux lui permettra de persuader les fidèles d'abandonner la lumière de l'enseignement de Dieu et de renoncer à leur salut pour se mettre au service du Malin.

De Soya hoche la tête, mais il ne comprend toujours pas. Son bras, sous la pression des doigts puissants du cardinal, lui fait mal.

— Qu'attendez-vous de moi, Votre Éminence ? demande-t-il.

L'amiral Marusyn répond d'une voix sonore qui fait sursauter de Soya après tous les chuchotements et messes basses qui ont précédé.

— Jusqu'à nouvel ordre, père capitaine de Soya, vous êtes détaché de vos fonctions au service de la Flotte. À partir d'aujourd'hui, votre mission consiste à retrouver cette enfant — cette fillette — et à la conduire au Vatican.

Le cardinal perçoit une lueur d'anxiété dans le regard du père de Soya et murmure d'une voix onctueuse :

— Mon fils, vous avez peut-être peur qu'il ne soit fait du mal à cette petite fille ?

— Oui, Votre Éminence, répond de Soya en se demandant si cet aveu va le disqualifier aux yeux de son supérieur militaire.

Lourdusamy relâche la pression sur son bras, qui devient purement amicale.

— Soyez assuré, mon fils, que personne au Saint-Siège — personne dans toute la Pax, à vrai dire — n'a l'intention de lui nuire en quoi que ce soit. En vérité, les instructions du Saint-Père nous précisent — et vous précisent — que votre priorité numéro deux doit être justement de veiller à ce qu'il ne lui arrive rien de fâcheux.

— Votre priorité numéro un étant, naturellement, de la ramener ici, sur Pacem, au Vatican, et de la remettre au Haut Commandement de la Pax, précise Marusyn. Avez-vous bien compris ?

De Soya hoche la tête et déglutit. La question qui lui occupe l'esprit est : *Pourquoi moi ?* Mais à haute voix il répond :

— Oui, amiral.

— Vous recevrez un disque papal de réquisition vous donnant autorité pour vous procurer toute l'aide et tous les équipements, personnels et facilités de communication qu'il sera possible de réunir. Avez-vous des questions sur ce point ?

— Non, amiral, répond de Soya.

Sa voix est ferme, mais les pensées tournent dans sa tête à une vitesse folle. Un disque papal de réquisition lui donnera plus de pouvoir qu'un gouverneur planétaire de la Pax.

— Vous vous translaterez aujourd'hui même dans le système d'Hypérion, continue l'amiral Marusyn sur le même ton de commandement impérieux. Capitaine Wu ?

L'aide de camp militaire de la Pax s'avance et remet à de Soya un dossier rouge contenant le disque papal. Le père capitaine le prend, mais une voix hurle dans sa tête : *Aujourd'hui même dans le système d'Hypérion ! Encore le vaisseau archange ! Encore la mort ! La douleur ! Non ! Doux Jésus, ne me laisse pas boire de nouveau à cette coupe !*

— Vous aurez le commandement de notre vaisseau courrier le plus moderne et le plus équipé, lui dit l'amiral. C'est le même que celui qui vous a amené dans le système de Pacem, à cette exception près qu'il peut emporter six personnes, qu'il possède un armement égal à celui de votre précédent vaisseau-torche et qu'il est équipé d'un dispositif de résurrection automatique.

— Oui, amiral, fait de Soya.

Un système de résurrection automatique ? Le sacrement administré par une machine ?

Le cardinal Lourdusamy lui tapote de nouveau le bras.

— Le système robot est regrettable, mon fils, mais ce vaisseau vous conduira peut-être dans des lieux où la Pax et l'Église ne sont pas présentes. Nous ne pouvons pas vous refuser la résurrection simplement parce que vous serez hors de portée des serviteurs de Dieu. Soyez certain, mon fils, que Sa Sainteté en personne a béni ce dispositif de résurrection et l'a investi des mêmes attributs sacramentels que ceux qu'une vraie messe de résurrection offrirait.

— Merci, Votre Éminence, murmure de Soya. Mais je ne comprends pas... Ces lieux où l'Église n'est pas représentée... Ne disiez-vous pas que je devais me rendre dans le système d'Hypérion ? Je n'y suis jamais allé, mais je croyais que ce monde était membre de...

— Il fait bien partie de la Pax, interrompt l'amiral. Mais

si vous ne réussissez pas à capturer... à sauver cette fillette..., au cas où, pour une raison quelconque, vous seriez obligé de la suivre sur d'autres mondes, d'autres systèmes..., nous avons jugé préférable, à votre intention, d'équiper le vaisseau d'une crèche de résurrection automatique.

De Soya incline la tête, soumis et confus.

— Nous espérons cependant que vous trouverez l'enfant sur Hypérion, continue l'amiral Marusyn. À votre arrivée sur ce monde, vous vous présenterez devant la commandante Barnes-Avne de la Force au Sol. Vous lui montrerez votre disque papal. Elle est à la tête de la brigade de gardes suisses stationnée sur Hypérion. Vous prendrez le commandement effectif de ces troupes.

De Soya bat des paupières.

Commandant d'une brigade de gardes suisses ? Je suis capitaine de vaisseau-torche de la Flotte ! Je suis incapable de faire la différence entre une manœuvre au sol et une charge de cavalerie !

L'amiral Marusyn laisse entendre un gloussement.

— Nous sommes conscients que cela dépasse quelque peu vos compétences militaires, père capitaine de Soya, mais soyez assuré que le statut de commandant des forces de la Pax vous est nécessaire. Barnes-Avne continuera d'assurer le commandement de ses troupes au jour le jour, mais il est impératif que toutes les ressources locales soient mises à votre disposition pour assurer le sauvetage de l'enfant.

De Soya se racle la gorge.

— Qu'arrivera-t-il à... Vous dites que vous ne connaissez pas son nom ? Je veux parler de l'enfant.

— Avant sa disparition, fait le cardinal Lourdusamy de sa voix grasseyante, elle se faisait appeler Énée. Quant à son sort ultérieur, je vous assure de nouveau, mon fils, que nos intentions sont simplement de l'empêcher de contaminer le corps du Christ avec son virus, mais que nous obtiendrons ce résultat sans lui faire le moindre mal. En fait, notre mission — votre mission, père de Soya — aura pour résultat de sauver son âme immortelle. Le Saint-Père y veillera personnellement.

Quelque chose dans la voix du cardinal indique à de Soya que l'entretien est terminé. Le père capitaine se lève, éprouvant les effets du décalage résurrectionnel comme un vertige à l'intérieur de son corps. *Et je dois mourir encore ce soir !* Il ressent à la fois une excitation joyeuse et une envie de pleurer.

L'amiral Marusyn s'est levé lui aussi.

— Père capitaine de Soya, votre réaffectation provisoire ne prendra fin que lorsque l'enfant me sera apportée ici, au bureau de liaison militaire du Vatican.

— Ce n'est l'affaire que de quelques semaines, nous en sommes certains, fait le cardinal de sa grosse voix, sans se lever.

— C'est une terrible responsabilité qui vous est confiée, reprend l'amiral. Vous utiliserez chaque parcelle de votre foi et de vos capacités militaires pour satisfaire le désir exprimé par Sa Sainteté de mettre cette enfant à l'abri au Vatican avant que le virus destructeur de sa traîtrise programmée ne puisse se répandre parmi nos frères et nos sœurs devant le Christ. Nous savons que nous pouvons compter sur vous, capitaine de Soya.

— Merci, bredouille le père capitaine.

De nouveau, il se dit : *Pourquoi moi ?* et s'agenouille pour baiser l'anneau du cardinal. Quand il se redresse, l'amiral a déjà disparu dans l'ombre du bosquet où les autres silhouettes sont demeurées immobiles pendant tout l'entretien.

Monsignor Lucas Oddi et le capitaine de la Pax Marget Wu s'avancent pour l'encadrer et lui servir d'escorte quand il quitte le jardin. C'est alors que, l'esprit toujours vertigineux sous l'effet du choc et de la confusion, le cœur battant d'excitation et de terreur devant le déploiement de hautes personnalités venues ici uniquement pour lui, le père capitaine de Soya se retourne. Juste à ce moment-là, la traînée de plasma d'un vaisseau qui décolle illumine de sa lueur bleue pulsante le dôme de Saint-Pierre, les toits du Vatican et le jardin. L'espace d'une seconde, les silhouettes à l'abri du massif sont parfaitement visibles. Il y a là l'amiral Marusyn, qui tourne le dos à de Soya, de même que deux officiers de la garde suisse en armure de combat, leurs armes à fléchettes levées à hauteur de la hanche, mais c'est la silhouette assise qui retient l'attention du père capitaine et qui hantera ses pensées et ses rêves durant de nombreuses années à venir.

Sur le banc de pierre du jardin, le regard triste fixé sur de Soya, les sourcils froncés et la mine lugubre éclairée brièvement mais de manière indélébile par la lumière bleue du plasma, se trouve Sa Sainteté le pape Jules XIV, souverain pontife de plus de six cents milliards de catholiques, dirigeant *de facto* de quatre cents milliards d'autres âmes dispersées jusque dans les régions les plus lointaines de la Pax, l'homme qui vient de lancer Federico de Soya dans sa fatidique expédition.

10

C'était le lendemain de notre banquet, et nous étions de nouveau à bord du vaisseau spatial. C'est-à-dire que l'androïde A. Bettik et moi étions présents à bord, après avoir pris, de manière plus commode qu'à l'aller, le souterrain reliant les deux tours, et que Martin Silenus était avec nous sous la forme d'un hologramme. L'image était curieuse, dans la mesure où le vieux poète avait choisi de se faire représenter par l'ordinateur de bord sous une forme plus jeune, celle d'un vieux satyre, certes, mais qui tenait sur ses propres jambes et avait des cheveux sur son crâne aux oreilles en pointe. Regardant le poète avec sa cape marron, sa chemise à manches longues, son pantalon bouffant et son béret mou, je me dis qu'il devait être un sacré dandy à l'époque où ce genre de costume était à la mode. J'avais devant mes yeux le Martin Silenus des *Cantos* tel qu'il devait être quand il était revenu en tant que pèlerin sur Hypérion, trois siècles plus tôt.

— Vous allez me dévisager longtemps comme un putain de bouseux de merde ? me demanda l'image holo, ou pouvons-nous finir cette foutue visite avant de passer aux choses sérieuses ?

Le vieillard devait avoir la gueule de bois après ses libations de la veille, ou il avait peut-être retrouvé suffisamment d'énergie pour être d'une humeur encore plus détestable que précédemment.

— Après vous, lui dis-je.

Dans le souterrain, nous avions pris un ascenseur qui nous avait conduits à l'entrée du sas inférieur du vaisseau. De là, A. Bettik et l'image holo du poète m'avaient précédé dans les étages : d'abord la chambre des machines, avec ses instruments incompréhensibles et ses enchevêtrements de tuyaux et de câbles, puis l'étage du sommeil froid, où se trouvaient les quatre couchettes cryotechniques dans leurs compartiments superfroids. (Il manquait une couchette, enlevée par Martin Silenus pour être utilisée dans sa tour.) Nous grimpâmes ensuite à l'étage central, que j'avais déjà exploré la veille. Les « boiseries » dissimulaient une multitude d'espaces de rangement qui contenaient, entre autres curiosités, des combinaisons spatiales, des véhicules tous terrains, des scooters atmosphériques et même quelques armes archaïques. Nous passâmes ensuite dans la zone de séjour, avec son Steinway et sa fosse holo, puis empruntâmes l'escalier en spirale pour grimper dans ce que A. Bettik appelait la « chambre de navigation ». Il y avait là, effectivement, un compartiment où se trouvaient quelques instruments électroniques de navigation, mais j'y vis surtout une bibliothèque aux rayons bourrés de volumes — de vrais livres imprimés — et meublée de plusieurs fauteuils et lits de repos disposés à proximité des hublots. Pour terminer la visite, enfin, nous grimpâmes dans le nez du vaisseau, occupé par une chambre à coucher circulaire avec un lit au milieu.

— Le consul aimait voir d'ici le temps qu'il faisait tout en écoutant de la musique, déclara Martin Silenus. Vaisseau ?

La cloison arrondie devint transparente de même que toute la proue du vaisseau au-dessus de nous. Il n'y avait autour de nous que les pierres sombres de l'intérieur de la tour, mais le toit délabré du silo laissait filtrer de la lumière. Soudain, une douce musique envahit la chambre. C'était du piano, sans accompagnement, et la mélodie ancienne avait quelque chose d'envoûtant.

— Czerchyvik ? conjecturai-je.

— Rachmaninov, renifla dédaigneusement le vieux

poète, dont les traits de satyre semblaient soudain adoucis par la lumière filtrée. Savez-vous qui est l'interprète ?

J'écoutai attentivement. Le soliste était excellent, mais je n'avais pas la moindre idée de son identité.

— Le consul, me dit l'androïde d'une voix extrêmement douce.

Martin Silenus laissa entendre un grognement bougon.

— Vaisseau... Coque opaque, ordonna-t-il.

La paroi s'opacifia. L'image holo du vieux poète disparut de l'endroit qu'elle occupait près de la cloison et se reconstitua devant l'escalier en spirale. Ce n'était pas la première fois qu'il faisait cela, et l'effet était pour le moins déconcertant.

— Bon, dit-il. Si cette putain de visite est finie, redescendons dans le living et voyons comment on peut faire pour baiser la Pax.

Les cartes étaient à l'ancienne — du papier et de l'encre — et s'étalaient sur le couvercle verni du piano à queue. Le continent d'Aquila déployait ses ailes au-dessus du clavier, et le promontoire chevalin d'Equus était à moitié roulé un peu plus loin sur une autre carte. L'image holo de Martin Silenus s'avança sur ses jambes étonnamment solides pour enfoncer un doigt à l'endroit où aurait dû se trouver l'œil du cheval.

— C'est ici, dit-il. Et ici.

Son doigt immatériel ne faisait aucun bruit sur le papier.

— Le pape a déployé ses putains de troupes sur toute la route qui va de la forteresse de Chronos à ce point. (Le doigt virtuel s'abattit sur l'endroit où finissait la Chaîne Bridée à l'est, juste derrière l'œil.) Jusqu'au mufle, reprit-il. Et ils ont des engins aériens à cet endroit, dans la foutue cité de Billy le Triste. (Son doigt silencieux toucha un point situé à quelques kilomètres à peine au nord-ouest, dans la vallée des Tombeaux du Temps.) Ils ont également massé des gardes suisses dans la vallée, ici.

J'examinai la carte. Hormis la Cité des Poètes abandonnée et la vallée, tout le quart supérieur d'Equus ne représentait qu'un désert inaccessible à tout le monde depuis deux siècles que les troupes de la Pax en interdisaient l'accès.

— Comment savez-vous que la garde suisse est ici ? voulus-je savoir.

Les sourcils du satyre s'arquèrent.

— J'ai mes sources, répondit-il.

— Vos sources vous ont-elles indiqué les noms des unités et leurs armements ?

L'image holo émit un bruit qui donnait l'impression que le vieillard allait cracher sur la moquette.

— Vous n'avez pas besoin de ces détails. Contentez-vous de savoir qu'il y a trente mille soldats entre vous et le Sphinx, où Énée doit émerger demain. Trois mille de ces hommes sont des gardes suisses. Et maintenant, comment comptez-vous franchir leurs lignes ?

Je faillis me mettre à rire. Je doutais que la Garde Nationale d'Hypérion tout entière, même avec un support aérien et spatial, pût s'infiltrer dans une zone défendue par une demi-douzaine de gardes suisses tant leurs armes, leur entraînement et leurs systèmes défensifs étaient efficaces. Mais, au lieu de m'esclaffer, j'étudiai de nouveau la carte avec attention.

— Vous dites que leurs engins aériens sont basés dans la Cité des Poètes. Savez-vous de quels types d'engins il s'agit ?

Le vieux poète haussa les épaules.

— Des chasseurs. Les VEM, ici, ça vaut de la merde. Ils ont amené des avions à réaction.

— Mais de quel type ? insistai-je. Turbo, stato ou aérobie ?

J'essayais de donner l'impression de savoir de quoi je parlais, mais mes connaissances militaires, glanées dans la Garde Nationale, consistaient surtout à être capable de démonter mon arme, de la nettoyer, de faire feu avec, de crapahuter avec, dans les pires conditions atmosphériques, sans la mouiller, de prendre quelques heures de sommeil quand je ne n'étais occupé à aucune de ces autres opérations, de ne pas geler à mort pendant mon sommeil, et — à l'occasion — de baisser la tête pour échapper à une balle tirée par un embusqué d'Ursus.

— Qu'est-ce que ça peut vous foutre, le type d'avion ? grogna Martin Silenus, dont le rajeunissement de trois siècles n'avait certainement pas adouci les mœurs. Nous avons estimé leur vitesse à... Vaisseau ? Quelle était la vitesse estimée de ces foutus chasseurs ?

— Mach trois, fit le vaisseau.

— Mach trois, répéta le poète. Ça suffit pour qu'ils se pointent ici, réduisent ces lieux en cendres et retournent sur le continent Nord avant que leurs bières aient eu le temps de devenir tièdes.

Je levai les yeux de la carte.

— Je me posais justement la question. Pourquoi ne le font-ils pas ?

Il tourna la tête de mon côté.

— Pourquoi ne font-ils pas quoi ?

— Se pointer ici, réduire tout en cendres et retourner boire leurs bières encore fraîches à leur base. Vous représentez pour eux une menace. Pourquoi tolèrent-ils votre présence ?

Martin Silenus laissa entendre un grognement.

— Je suis mort. C'est ce qu'ils croient. Comment un mort peut-il représenter une menace ?

Je soupirai et me penchai de nouveau sur la carte.

— Il doit y avoir un transport de troupes en orbite, mais je suppose que vous ignorez de quels vaisseaux était composée leur escorte ?

Je fus surpris d'entendre la réponse par la voix du système de bord.

— Le transport de troupes est un vaisseau de spin de trois cent mille tonnes de la classe Akira, escorté par deux vaisseaux-torches standard de la Pax, le *Saint-Antoine* et le *Saint-Bonaventure*. Il y a aussi un vaisseau C–cube en orbite haute.

— Qu'est-ce que c'est qu'un putain de vaisseau C–cube ? grommela l'image holo du poète.

Je lui jetai un coup d'œil étonné. Comment peut-on avoir vécu mille ans et ignorer une chose pareille ? Les poètes sont décidément des gens étranges.

— Commandement, contrôle et communications, expliquai-je.

— Donc, le fils de pute qui dirige toute l'opération est là-haut ?

Je me frottai la joue en contemplant la carte.

— Pas nécessairement. Le commandant de la force d'intervention spatiale doit y être, mais celui qui dirige tout est peut-être sur le terrain. La Pax forme ses commandants à assurer des opérations combinées. À voir le nombre de gardes suisses au sol, on peut penser qu'il y a quelqu'un de très important à leur tête.

— Très bien, fit le poète. Comment comptez-vous franchir leurs lignes et récupérer ma petite copine ?

— Pardonnez-moi, leur dit le vaisseau, mais il y a un autre engin spatial en orbite. Il est arrivé il y a environ trois semaines standard, et il a envoyé un vaisseau de descente dans la vallée des Tombeaux du Temps.

— Un engin de quel type ? demandai-je.

La voix marqua une légère hésitation.

— Je ne sais pas. C'est une configuration que je ne connais pas. Il est petit..., un peu comme un courrier, mais... le profil de propulsion est... étrange.

— C'est probablement un courrier, estimai-je. Le pauvre diable doit être en état de fugue cryotechnique depuis des mois, ce qui se soldera pour lui par des années de déficit de temps, uniquement pour remettre un message que Pax Central a oublié de donner au commandant avant son départ.

La main holo de Silenus balaya de nouveau une partie de la carte.

— Revenons à nos moutons, dit-il. Comment allez-vous vous y prendre pour faire échapper Énée à ces empapaoutés ?

Je m'écartai du piano pour répliquer d'une voix où perçait ma fureur :

— Comment voulez-vous que je le sache ? C'est vous qui avez eu deux siècles et demi pour préparer cette fuite insensée. (Je fis des mains un geste vaguement circulaire pour indiquer le vaisseau.) Je suppose que cet engin est notre seul atout pour distancer les vaisseaux de la Pax. (Je marquai une pause.) Vaisseau, êtes-vous capable d'aller plus vite qu'un vaisseau-torche de la Pax en translation C–plus ?

Tous les propulseurs Hawking étaient capables d'atteindre la même pseudo-vitesse supraluminique, naturellement, et notre salut ou notre capture, notre survie ou notre destruction dépendaient de cette course vers le point quantique.

— Bien sûr, me répondit aussitôt le vaisseau. Certaines parties de ma mémoire sont absentes, mais je sais que le consul m'a fait modifier à l'occasion d'un séjour dans une colonie extro.

— Une colonie extro ? répétai-je stupidement.

J'en avais la chair de poule, contre toute logique. J'avais été élevé dans la crainte d'une nouvelle invasion extro. Les Extros étaient nos croque-mitaines.

— Oui, fit le vaisseau avec quelque chose comme une pointe de fierté dans la voix. Nous passerons en surgyration pour atteindre des vitesses C–plus avec une rapidité supérieure d'environ vingt-trois pour cent à celle des vaisseaux-torches de la Flotte.

— Ils peuvent nous anéantir avec leurs missiles à une demi-UA de distance, répliquai-je, guère convaincu.

— C'est vrai, reconnut le vaisseau. Mais il n'y a pas de souci à se faire... à condition d'avoir quinze minutes d'avance au départ.

Je me tournai vers l'image holo qui fronçait les sourcils à côté de l'androïde silencieux.

— Si c'est vrai, c'est très bien, déclarai-je. Mais ça ne me dit pas comment amener la fillette jusqu'au vaisseau ni comment quitter Hypérion avec les quinze minutes d'avance demandées. Les vaisseaux-torches seront en formation POC, c'est-à-dire en patrouille orbitale de combat. À chaque seconde, il y en aura au moins un au-dessus d'Equus, qui couvrira chaque mètre cube d'espace à partir de cent minutes-lumière de distance jusqu'à la haute atmosphère. À trente mille mètres d'altitude, c'est la patrouille de combat aérien qui prend la relève. Ils ont probablement des chasseurs pulsants de la classe Scorpion, capables de se turbopropulser en orbite basse si nécessaire. En aucun cas les patrouilles spatiale et atmosphérique ne nous laisseront prendre quinze secondes d'avance sur leurs écrans, et encore moins quinze minutes. (Je dévisageai l'image du vieux poète rajeuni.) À moins qu'on ne me cache encore quelque chose, ajoutai-je. Vaisseau, est-ce que les Extros vous ont équipé d'une espèce de technologie furtive ou même magique ? Un écran d'invisibilité, quelque chose comme ça ?

— Pas à ma connaissance, fit le vaisseau, qui ajouta au bout d'une seconde : Vous croyez que ce serait possible ?

— Écoutez, dis-je à Martin Silenus en ignorant le vaisseau, j'aimerais bien vous aider à retrouver cette fille...

— Énée.

— J'aimerais bien aider Énée à échapper à ces gens, mais si elle est aussi importante que vous le dites pour la Pax... Trois mille gardes suisses, vous vous rendez compte ? Personne ne pourra s'approcher à moins de cinq cents kilomètres de la vallée des Tombeaux du Temps, même avec un vaisseau superéquipé comme celui-ci.

Malgré la distorsion holo, je vis briller une lueur de doute dans le regard de Silenus.

— Je ne plaisante pas, affirmai-je. Même en l'absence de couverture aérienne et spatiale, même s'il n'y avait ni vaisseaux-torches, ni chasseurs, ni radars, il resterait la garde suisse. (Je m'aperçus que je serrais les poings en parlant, et me forçai à me relaxer.) Ces types-là sont *redoutables*, continuai-je. Ils sont entraînés à travailler par équipes de cinq, et une seule de ces escouades peut venir à bout d'un vaisseau comme celui-ci.

Les sourcils du satyre se plissèrent de surprise ou de doute.

— Écoutez, repris-je. Vaisseau ?

— Oui, H. Endymion ?

— Disposez-vous de boucliers défensifs ?

— Non, H. Endymion. Je dispose de champs de confinement améliorés par les Extros, mais ils sont à usage civil.

J'ignorais ce que c'était qu'un « champ de confinement amélioré par les Extros », mais je poursuivis.

— Pourraient-ils arrêter un RCC ou un missile standard de vaisseau-torche ?

— Non.

— Pourriez-vous échapper à des torpilles C–plus ou cinétiques conventionnelles ?

— Non.

— Les distancer, peut-être ?

— Non.

— Êtes-vous capable d'empêcher d'entrer une expédition d'accostage ?

— Non plus.

— Possédez-vous des capacités défensives ou offensives de taille à lutter contre les croiseurs de la Pax ?

— À part celle de filer comme un dératé, H. Endymion, je n'en possède aucune, répondit le vaisseau.

Je me tournai de nouveau vers Martin Silenus.

— Nous sommes baisés, lui dis-je à voix basse. Même si j'arrive jusqu'à la fillette, ils me captureront en même temps qu'elle.

— Pas forcément, répondit Martin Silenus avec un sourire.

Il fit un signe de tête à l'androïde, et celui-ci grimpa les marches de l'escalier en spirale. Il fut de retour moins d'une minute plus tard, muni d'une espèce de cylindre ou de rouleau.

— Si c'est une arme secrète, déclarai-je, elle a intérêt à être bonne.

— Elle l'est, me répondit l'holo ricanant du poète.

Il fit un nouveau signe de tête, et A. Bettik déroula le cylindre. C'était un tapis, d'un peu moins de deux mètres de long et d'un peu plus d'un mètre de large. Ses bords étaient effrangés et ses couleurs étaient passées, mais je distinguai néanmoins ses motifs complexes et les fils d'or de sa trame, qui étaient demeurés aussi vifs que...

— Mon Dieu ! m'écriai-je, frappé comme par un coup de poing soudain dans le plexus solaire. Un tapis hawking !

L'image holo de Martin Silenus se racla la gorge comme si elle se préparait à cracher.

— Non pas *un*, mais *le* tapis hawking.

Je fis un pas en arrière. J'avais devant moi un objet de pure légende, et j'avais failli le fouler aux pieds. Il n'avait jamais existé au monde que quelques centaines de tapis hawking, et celui-là était le tout premier, fabriqué par Vladimir Cholokov, maître lépidoptériste et légendaire inventeur en systèmes EM, peu après la destruction de l'Ancienne Terre. Cholokov, déjà âgé à l'époque de plus de soixante-dix années standard, était tombé éperdument amoureux de sa nièce encore adolescente nommée Alotila et avait créé ce tapis volant pour la séduire. Après un interlude passionné, l'adolescente avait repoussé le vieil homme. Cholokov s'était donné la mort sur la Nouvelle-Terre quelques semaines à peine après avoir mis au point la propulsion Hawking actuelle, et le tapis avait été perdu durant des siècles, jusqu'à ce que Mike Osho l'achète un jour sur la place du marché de Carvnel et l'emporte avec lui sur Alliance-Maui, où il s'en était servi avec son compagnon de bord Merin Aspic lors de ce qui devait devenir une deuxième légendaire histoire d'amour, celle de Merin et Siri. Tout cela, naturellement, avait été relaté dans les *Cantos* de Martin Silenus, et Siri, s'il fallait en croire ce récit, était la grand-mère du Consul. Dans les *Cantos*, le consul de l'Hégémonie utilisait ce même tapis hawking (avec un *h* minuscule par référence au faucon de l'Ancienne Terre et non au savant préhégirien dont les travaux avaient conduit à l'invention du propulseur interstellaire supraluminique ou C–plus) pour voyager dans l'atmosphère d'Hypérion en un vol épique qui le conduisait de la vallée des Tombeaux du Temps à la cité de Keats pour libérer le vaisseau dans lequel je me trouvais en ce moment et retourner avec dans les tombeaux.

Je me mis à genoux pour toucher l'objet avec révérence.

— Dieu du ciel ! me dit Silenus. Ce n'est qu'un putain de tapis ! Et moche, encore. Je n'en voudrais pas chez moi, il jurerait avec tout le reste.

Je levai les yeux vers A. Bettik.

— Oui, me dit l'androïde, c'est bien le même tapis hawking.

— Et il fonctionne toujours ?

L'androïde s'agenouilla à côté de moi et tendit sa main bleue pour toucher l'un des motifs complexes. Le tapis devint aussitôt rigide comme une planche et se souleva pour flotter à dix centimètres du sol.

— Je n'ai jamais compris comment c'était possible, murmurai-je en secouant la tête. Le champ magnétique, sur Hypérion, est trop instable. Aucun système EM ne peut marcher...

— Les gros systèmes ne fonctionnent pas, c'est vrai, intervint Martin Silenus. Les barges de lévitation, les VEM, par exemple. Mais ce tapis, c'est différent. Et il a été amélioré.

Je haussai un sourcil.

— Amélioré ?

— Toujours les Extros, fit la voix du vaisseau. Je ne me souviens pas bien, mais ils ont touché à pas mal de choses lors de notre visite chez eux, il y a deux siècles et demi.

— Je vois, déclarai-je en me redressant.

J'effleurai du bout du pied le tapis légendaire. Il oscilla comme s'il était ancré sur des ressorts, mais reprit sa position initiale.

— Très bien, murmurai-je. Nous disposons donc du tapis de Merin et Siri qui, si je me souviens bien des *Cantos*, volait à... quelque chose comme vingt kilomètres à l'heure.

— Vingt-six kilomètres au maximum, précisa A. Bettik.

Je hochai la tête et poussai de nouveau le tapis flottant.

— Mettons vingt-six à l'heure si le vent est favorable, répliquai-je. Et la vallée des Tombeaux du Temps est à combien de kilomètres d'ici ?

— Mille six cent quatre-vingt-neuf, fit aussitôt le vaisseau.

— Dans combien de temps Énée sortira-t-elle du Sphinx ?

— Dans vingt heures, me dit Martin Silenus.

Il avait dû se lasser de son image rajeunie, car la représentation holo que j'avais maintenant devant moi était celle que j'avais vue la veille, au complet avec son lit flottant.

— Je suis en retard, ironisai-je en affectant de consulter ma montre de poignet. J'aurais dû partir avant-hier.

Je retournai devant le piano à queue.

— Et même à supposer que je sois parti alors, repris-je. C'est cela, mon arme secrète ? Il y a un superchamp de protection autour pour m'abriter — et abriter cette fillette — des balles et des missiles de la garde suisse ?

— Non, répondit A. Bettik. Le tapis ne possède aucune capacité défensive. Le champ de confinement ne sert qu'à dévier le vent et à maintenir les occupants en place.

Je haussai les épaules.

— Qu'est-ce que je suis censé faire avec, dans ce cas ?

L'emmener avec moi dans la vallée pour l'offrir à la Pax en échange de l'enfant ?

A. Bettik était toujours à genoux devant le tapis flottant, dont ses doigts bleus caressaient les fibres décolorées.

— Les Extros l'ont modifié de manière qu'il conserve plus longtemps sa charge. Un millier d'heures environ.

Je hochai la tête. La technologie, à base de supraconducteurs, était impressionnante, mais de quelle utilité pour moi ?

— Sa vitesse dépasse à présent trois cents kilomètres à l'heure, poursuivit l'androïde.

Je me mordillai la lèvre. Je pouvais donc effectivement y être à temps... à condition d'avoir envie de rester assis sur un tapis volant pendant cinq heures et demie. Mais que se passerait-il ensuite ?

— Je croyais qu'il fallait l'enlever à bord de ce vaisseau, murmurai-je. Que nous devions quitter le système d'Hypérion et tout ça.

— C'est exact, me dit Martin Silenus d'une voix aussi fatiguée que sa très vieille image. Mais d'abord, il faut l'amener dans le vaisseau.

Je m'écartai du piano, m'arrêtai devant l'escalier en spirale et fis volte-face pour regarder tour à tour l'androïde, la représentation holo et le tapis flottant.

— Vous ne voulez pas comprendre, accusai-je d'une voix plus forte et plus aiguë que je ne l'aurais voulu. Ce sont des *gardes suisses* ! Si vous croyez que ce foutu tapis va me faire échapper à leurs radars, à leurs détecteurs de mouvement et à leurs capteurs de toutes sortes, c'est que vous êtes vraiment dingues. Je serai une cible rêvée pour eux, comme un canard qui bat des ailes à trois cents kilomètres à l'heure. Croyez-moi, les gardes suisses au sol, sans parler des chasseurs pulsants ni des vaisseaux-torches en orbite, ne mettraient pas plus d'une nanoseconde pour anéantir ce truc.

Je m'interrompis alors pour les regarder en plissant les yeux.

— À moins que... À moins que vous ne m'ayez pas tout dit. Il y a autre chose ?

— Naturellement, fit Martin Silenus avec son sourire de satyre. Il y a autre chose. Portons le tapis hawking à la fenêtre de la tour, ajouta-t-il en s'adressant à l'androïde. Il va falloir qu'il apprenne à s'en servir.

— Maintenant ? demandai-je d'une voix soudain timide.

Mon cœur s'était mis à battre très fort.

— Maintenant, fit le vieux poète. Il faut que vous sachiez le faire voler avec précision d'ici demain trois heures, lorsque vous partirez.

— Vous croyez ? demandai-je en regardant le tapis.

Je ne rêve pas, me disais-je pour la première fois. Je vais peut-être mourir demain.

— J'en suis sûr, fit Martin Silenus.

A. Bettik désactiva le tapis hawking et le roula. Je le suivis dans l'escalier métallique puis dans le corridor qui menait à l'escalier de la tour. Le soleil pénétrait à flots par la fenêtre ouverte du vieil édifice. *Mon Dieu !* me dis-je tandis que l'androïde étalait le tapis sur le rebord de pierre pour l'activer. La chute était longue jusqu'en bas. *Mon Dieu !* me répétai-je en entendant mon pouls battre précipitamment à mes oreilles.

L'image holo du vieux poète n'était plus avec nous. A. Bettik me fit signe de grimper sur le tapis.

— Je vous accompagne pour votre premier essai, me dit-il.

Il y avait une légère brise qui agitait les feuilles à la cime du chalme voisin.

Mon Dieu ! me dis-je encore en me hissant sur le rebord pour m'installer sur le tapis.

11

Deux heures exactement avant le moment où l'enfant doit sortir du Sphinx, une alarme sonne dans le glisseur de commandement du père capitaine de Soya.

— Contact aérien, position cent soixante-douze nord, vitesse deux cent soixante-quatorze kilomètres, altitude quatre mètres, fait la voix du contrôleur du périmètre de défense

POC dans le vaisseau C^3 en orbite à six cents kilomètres du sol. Distance de l'intrus, cinq cent soixante-dix kilomètres.

— Quatre mètres ! s'exclame de Soya en regardant la commandante Barnes-Avne, assise face à lui à sa console CIC dans la partie médiane du glisseur.

— Il essaie d'échapper à nos systèmes de détection en rasant le sol, explique la commandante.

C'est une petite femme à la peau diaphane et à la chevelure rousse, mais le casque de combat qu'elle porte laisse apercevoir très peu de l'une et de l'autre. Depuis trois semaines qu'il la connaît, il ne l'a jamais vue en train de sourire.

— Visière tactique, déclare-t-elle.

Sa propre visière est déjà en place. De Soya abaisse la sienne.

Le bip est dans la pointe sud d'Equus et se dirige vers le nord en suivant la côte.

— Pourquoi ne l'avons-nous pas détecté avant ? demande-t-il.

— Il vient peut-être de partir.

Barnes-Avne vérifie les paramètres de combat sur son écran tactique. La première heure a été un peu difficile lorsque de Soya lui a présenté son disque papal pour la convaincre que le commandement des meilleures brigades d'élite de la Pax devait être confié à un simple capitaine de vaisseau, mais sa coopération, depuis, a été totale. Bien entendu, de Soya lui laisse le soin de régler le détail des opérations. Pour beaucoup d'officiers des gardes suisses, il n'est qu'un simple agent de liaison du Vatican. Mais de Soya ne s'intéresse nullement à ce qu'ils pensent. Sa seule préoccupation est l'enfant. Tant que les troupes au sol sont bien dirigées vers cet objectif, les détails importent peu.

— Pas de liaison visuelle, l'informe la commandante. Il y a des tempêtes de sable en bas. L'objet arrivera ici avant l'heure S.

L'heure S, c'est le nom de code, depuis plusieurs mois, pour l'ouverture du Sphinx. Seuls quelques officiers savent que l'enjeu du déploiement de toute cette puissance de feu est un enfant. Les gardes suisses ne protestent pas, mais ils n'apprécient sans doute pas cette mission éloignée, si loin de tout théâtre d'action, dans un environnement inconfortable et désertique.

— Le contact continue sa route vers le nord, position toujours cent soixante-douze, vitesse deux cent cinquante-neuf kilomètres, altitude trois mètres, énonce le contrôleur C^3. Distance, cinq cent soixante-dix kilomètres.

— Je crois qu'il est temps de l'abattre, suggère la commandante Barnes-Avne sur leur liaison de commandement privée. Vos recommandations ?

De Soya lève la tête. Le glisseur est en train de virer sur l'aile en direction du sud. Au-delà des globes en œil de manta, l'horizon bascule et les bizarres Tombeaux du Temps défilent à toute vitesse mille mètres au-dessous d'eux. Au sud, la bande de ciel a une coloration jaune brunâtre.

— Vous croyez qu'on peut le descendre depuis un bâtiment en orbite ? demande-t-il.

Elle hoche affirmativement la tête, mais murmure :

— Vous avez trop l'habitude des vaisseaux-torches. Envoyons plutôt une escouade.

Avec son gant tactique, elle touche des pastilles rouges à l'extrémité sud du périmètre défensif.

— Sergent Gregorius ?

Elle s'est de nouveau branchée sur la bande tactique étroite.

— Commandante ? fait la voix du sergent, grave et rocailleuse.

— Vous captez le signal de l'intrus ?

— Affirmatif, commandante.

— Interceptez-le, identifiez-le et détruisez-le, sergent.

— À vos ordres, commandante.

De Soya regarde l'écran tandis que les caméras C^3 zooment en direction du sud, où se trouve le désert. Cinq formes humaines apparaissent soudain derrière la crête des dunes. Leurs polymères caméléons deviennent invisibles tandis qu'elles surgissent derrière un nuage de sable. Sur un monde normal, elles se transporteraient dans les airs à l'aide de répulseurs EM ; sur Hypérion, elles portent sur le dos des paquetages à réaction, beaucoup plus encombrants. Les cinq silhouettes se déploient de telle manière que plusieurs centaines de mètres les séparent, et se dirigent vers le sud, droit sur le nuage de sable.

— Infrarouge, ordonne Barnes-Avne.

L'affichage passe en IR pour les suivre dans le nuage de plus en plus épais.

— Illumination de l'objectif, commande Barnes-Avne.

L'image s'oriente vers le sud, mais l'objectif n'est plus qu'un miroitement de chaleur.

— Trop petit, fait la commandante.

— Un avion ?

Le père capitaine de Soya a surtout l'habitude des affichages tactiques spatiaux.

— Plus petit. À moins qu'il ne s'agisse d'une sorte de parapente motorisé.

Elle dit cela d'une voix neutre, totalement dépourvue de tension.

De Soya la regarde tandis que leur glisseur survole l'extrémité sud de la vallée des Tombeaux du Temps, puis accélère. La tempête de poussière forme un bandeau brun-or devant eux au-dessus de l'horizon.

— Distance d'interception, cent quatre-vingts kilomètres, fait la voix laconique du sergent Gregorius.

Le visière de De Soya est asservie à celle de la commandante, et ils voient tous les deux ce que voit le sergent de la garde suisse, c'est-à-dire rien du tout. L'escouade vole uniquement aux instruments à travers un vent de sable si épais que l'air est noir comme la nuit tout autour d'elle.

— Les paquetages à réaction sont en surchauffe, annonce une nouvelle voix, très calme.

De Soya vérifie sur son affichage. C'est le caporal Kee.

— Le sable bouche les entrées d'air, ajoute la voix.

À travers sa visière, de Soya regarde la commandante Barnes-Avne. Il sait qu'elle a un choix difficile à faire. Une minute de plus dans ce nuage de sable et ce sera peut-être la mort d'un ou plusieurs de ses hommes. Quant à l'intrus, s'il n'est pas identifié immédiatement, il va leur causer de sérieux ennuis plus tard.

— Sergent Gregorius, ordonne la commandante d'une voix aussi calme qu'un roc, éliminez immédiatement l'intrus.

Il y a un bref silence sur la ligne, puis :

— Commandante, nous ne pouvons continuer que pendant quelques...

De Soya entend le hurlement de la tempête de sable qui couvre la voix du sergent.

— Immédiatement, c'est un ordre, sergent, fait Barnes-Avne.

— Affirmatif.

De Soya passe en liaison tactique à longue portée et lève les yeux vers la commandante, qui le regarde.

— Vous pensez qu'il pourrait s'agir d'une feinte ? demande-t-elle. Une diversion destinée à monopoliser notre attention pendant qu'un véritable intrus s'infiltre à un autre endroit ?

— Ce n'est pas impossible, déclare de Soya.

Il voit sur son affichage que la commandante a mis tout le périmètre de défense en état d'alerte de niveau cinq. Le niveau six est celui du combat.

— On va bien voir, dit-elle juste au moment où les hommes de Gregorius font feu.

La tempête de sable est un chaudron mouvant rempli de poussière et d'électricité. À cent soixante-quinze kilomètres de distance, les armes à énergie rayonnante ne sont pas fiables. Gregorius choisit une fléchette type pluie d'acier et la lance lui-même. La fléchette accélère jusqu'à Mach six. L'intrus ne dévie pas sa trajectoire d'un pouce.

— Pas de capteurs, à mon avis, fait Barnes-Avne. Il vole en aveugle. Programmé.

La fléchette dépasse la cible thermique et explose à une distance de trente mètres. La charge creuse propulse les vingt mille aiguilles directement dans la direction de l'intrus.

— Contact touché, fait le contrôleur C^3 au moment même où le sergent Gregorius annonce :

— On l'a eu.

— Retrouvez et identifiez, ordonne la commandante.

Leur glisseur vient de se pencher sur l'aile en direction de la vallée. De Soya regarde à travers l'affichage de la visière. Elle a fait tirer à distance, mais elle n'a pas encore retiré ses hommes du nuage de sable.

— Bien reçu, fait le sergent.

Le nuage est assez important pour perturber sérieusement la communication sur bande étroite. Le glisseur survole à présent la vallée à basse altitude, et de Soya a de nouveau l'occasion d'identifier les tombeaux, qui se présentent dans l'ordre inverse de celui que connaissent habituellement les pèlerins. Il est vrai qu'il n'y a pas eu de pèlerins ici depuis plus de trois siècles. Il y a d'abord le Palais du gritche, celui qui est le plus au sud, avec ses embases et ses flèches hérissées évoquant le monstre lui-même, qui n'a pas été vu dans les parages depuis l'époque des pèlerins. Viennent ensuite les Caveaux, à l'architecture plus subtile. Ils sont au nombre de trois, et leur entrée est creusée dans la roche rose de la paroi du cañon. Le suivant, le plus central et le plus vaste, est le Monolithe de Cristal. Puis il y a l'Obélisque, le Tombeau de Jade et, finalement, le Sphinx, avec ses ombres complexes, sa porte aujourd'hui scellée et ses ailes déployées.

De Soya consulte sa montre.

— Une heure cinquante-six minutes, lui dit la commandante Barnes-Avne.

Le père capitaine de Soya se mord la lèvre. Le cordon de gardes suisses est en place autour du Sphinx. Cela fait des mois qu'il est en place. Plus loin, d'autres troupes sont réparties sur un périmètre plus large. Chaque tombeau a son détachement de soldats en faction, pour le cas où la prophétie serait inexacte. Passé la vallée, il y a encore d'autres troupes. Au-dessus de tout cela, il y a les vaisseaux-torches et le vaisseau de commandement qui veillent. À l'entrée de la vallée, c'est le vaisseau de descente privé de De Soya qui attend, ses réacteurs déjà chauffés, prêt à partir dès que l'enfant sous sédatif sera à son bord. Et, deux mille kilomètres plus haut, le *Raphaël*, vaisseau courrier de la classe archange, attend avec sa couchette d'accélération à la taille de l'enfant.

Préalablement, la fillette dont le nom est probablement Énée devra recevoir le sacrement du cruciforme. La cérémonie aura lieu dans la chapelle du vaisseau-torche *Saint-Bonaventure* en orbite quelques instants avant le transfert de l'enfant dans le courrier. Trois jours plus tard, elle sera ressuscitée sur Pacem et livrée aux autorités de la Pax.

Le père capitaine de Soya passe le bout de sa langue sur

ses lèvres sèches. Il se fait un peu de souci à l'idée que l'on puisse faire du mal à cette petite fille innocente ou que quelque chose puisse tourner mal durant sa période de détention. Il a du mal à imaginer qu'une enfant, même si elle vient du passé et a communiqué avec le TechnoCentre, constitue une menace pour la toute-puissante Pax ou la sainte Église.

Le père capitaine de Soya ravale ses pensées. Son rôle ne consiste pas à imaginer. Son rôle consiste à exécuter les ordres de ses supérieurs et, à travers eux, à servir l'Église et Jésus-Christ.

— Voilà votre intrus, fait la grosse voix du sergent Gregorius.

L'affichage est flou. La tempête de sable est encore violente, mais les cinq gardes suisses ont réussi à se poser sur le site où la cible s'est écrasée.

Le père-capitaine augmente la résolution de sa visière et voit un éparpillement de bois et de carton, avec un tas de ferraille tordue qui était probablement un simple moteur hors-bord à pulsation fonctionnant sur batteries solaires.

— Un drone, décrète le caporal Kee.

De Soya remonte sa visière et sourit à la commandante.

— Encore un exercice, dit-il. Le cinquième aujourd'hui.

Elle ne lui rend pas son sourire.

— La prochaine fois sera sans doute la bonne, dit-elle.

Dans son micro tactique, elle annonce :

— Niveau cinq toujours en vigueur. À l'heure S moins soixante minutes, nous passerons au niveau six.

Le signal de confirmation se fait entendre sur toutes les fréquences.

— Je ne vois toujours pas qui pourrait chercher à s'interposer, ni comment, fait de Soya.

La commandante Barnes-Avne hausse les épaules.

— Les Extros sont peut-être en train de débouler sur nous à une vitesse C–plus pendant que nous parlons.

— Dans ce cas, ils ont intérêt à faire venir un essaim entier. Moins que ça et nous n'aurons pas de mal à les écraser.

— Dans la vie, rien n'est jamais facile, déclare la commandante Barnes-Avne.

Le glisseur se pose. Le sas se met en marche et la rampe

se déploie. Le pilote se tourne dans son fauteuil, remonte sa visière et déclare :

— Commandante, vous vouliez inspecter le Sphinx à l'heure S moins cent dix minutes. Nous avons soixante secondes d'avance.

De Soya se déconnecte de la console du glisseur.

— Je vais me dégourdir un peu les jambes avant l'arrivée de la tempête de sable, dit-il. Vous voulez faire comme moi ?

— Non.

Barnes-Avne abaisse sa visière et commence à chuchoter quelques ordres. À l'extérieur, l'air est raréfié et chargé d'électricité. Au-dessus de leurs têtes, le ciel a toujours la coloration lapis caractéristique d'Hypérion, mais déjà le bord sud du canon miroite à l'approche de la tempête de sable.

De Soya jette un coup d'œil à sa montre. Une heure cinquante. Il prend une profonde inspiration, se promet de ne plus regarder l'heure pendant dix bonnes minutes et s'avance dans l'ombre haute du Sphinx.

12

Au bout de plusieurs heures de conversation, on m'envoya me coucher jusqu'à trois heures du matin. Naturellement, je ne fermai pas l'œil. J'ai toujours eu du mal à trouver le sommeil la veille d'une expédition, et cette nuit-là je ne dormis pas du tout.

La ville dont je portais le nom était parfaitement silencieuse passé minuit. La brise d'automne s'était calmée et les étoiles brillaient d'un éclat vif. Pendant une heure ou deux, je restai allongé en chemise de nuit, mais à une heure du matin je me levai, revêtis les habits de voyage qu'on m'avait donnés la veille et me mis en devoir d'inspecter, pour la cinquième ou sixième fois, le contenu de mon paquetage.

Il n'y avait pas grand-chose, compte tenu du caractère audacieux de mon entreprise. Un ensemble de vêtements et de sous-vêtements de rechange, une lampe laser, deux gourdes, un poignard dont j'avais spécifié le type, passé dans un étui de cuir, une grosse veste en toile à doublure chauffante, une couverture ultralégère, à utiliser comme sac de couchage, un compas inertiel, un vieux sweater, des jumelles de vision nocturne et une paire de gants de cuir.

— Qu'est-ce qu'il te faut d'autre pour explorer l'univers ? murmurai-je.

J'avais aussi précisé le type des vêtements dont j'avais besoin pour mon expédition : une grosse chemise confortable et une veste en toile à poches multiples, un pantalon épais en velours côtelé, comme ceux que je portais pour chasser le canard dans les marais, des bottines hautes du type « boucanier » comme dans les histoires de Grandam — celles-ci étaient peut-être un peu trop serrées —, et un chapeau tricorne souple que je pouvais ranger dans une de mes poches quand je ne m'en servais pas.

Je passai le poignard à ma ceinture, mis la boussole dans une poche de ma veste et me postai devant la fenêtre pour contempler les étoiles qui défilaient lentement au-dessus des cimes jusqu'à ce que A. Bettik vienne frapper à ma porte à deux heures quarante-cinq.

Le vieux poète était éveillé dans son siège flottant au bout de la table au dernier étage de la tour. L'auvent de toile avait été retiré, et les étoiles brillaient d'un éclat froid au-dessus de leurs têtes. Les flammes pétillaient dans les braseros disposés le long du mur, et de vraies torches étaient placées en hauteur contre la pierre. Le petit déjeuner était servi : viandes froides, fruits, galettes de froment au sirop, pain frais, etc. Mais je me contentai d'une tasse de café.

— Vous feriez mieux de manger quelque chose, grommela le vieux poète. Vous ne savez pas quand vous aurez l'occasion de prendre votre prochain repas.

Je le dévisageai tandis que la vapeur du café brûlant me montait au visage. L'air était glacé autour de nous.

— Si tout se passe selon nos plans, je serai à bord du vaisseau dans six heures. Je mangerai à ce moment-là, lui dis-je.

Martin Silenus renifla avec dédain.

— Où avez-vous entendu dire que les choses se passaient selon les plans ? demanda-t-il.

Je bus une gorgée de café.

— À propos de plans, vous étiez sur le point de me parler d'un miracle propre à distraire l'attention de la garde suisse quand j'enlèverai votre petite copine sous leur nez.

Le vieux poète me regarda en silence durant un bon moment.

— Faites-moi confiance sur ce point, voulez-vous ?

Je soupirai. Je m'attendais plus ou moins à ce qu'il me dise un truc comme ça.

— C'est un gros morceau que vous me demandez d'avaler sur parole, mon vieux, murmurai-je.

Il hocha la tête mais n'ouvrit pas la bouche.

— D'accord, déclarai-je finalement. Nous verrons bien ce qui va se passer.

Je me tournai vers A. Bettik, qui se tenait près de l'escalier.

— Tâchez de ne pas oublier d'être là avec le vaisseau quand nous aurons besoin de vous, lui dis-je.

— J'y serai, me répondit l'androïde.

Je m'avançai vers l'endroit où le tapis hawking était déployé par terre. A. Bettik avait posé mon paquetage dessus.

— Pas d'instructions de dernière minute ? demandai-je sans savoir exactement auquel des deux je m'adressais.

Le vieillard se laissa flotter vers moi sur son siège-lit. À la lueur tremblotante des torches, il paraissait plus vieux et plus parcheminé que jamais. Ses doigts n'étaient que des os jaunis.

— Une seule chose, me dit-il. Écoutez.

Dans la mer immense habite un pauvre être isolé
Condamné, avec sa carcasse affaiblie, à prolonger
De dix siècles son existence honnie
Puis à mourir dans un isolement banni.
Qui peut concevoir une autre alternative ? Personne.
Un million de fois le ciel tonne,
Les forces vives de l'océan puissant
Avancent et reculent sur le rivage bruissant

En l'oppressant, mais il ne mourra pas ici
Ce labeur accompli.
Qu'il sonde au maximum les profondeurs de la magie,
Que de toute forme, de tout mouvement et de toute vie
Il explore la signification cachée, qu'à son essence
Symbolique il réduise chaque substance,
Il ne périra qu'à son heure.
Poursuivant son œuvre de joie et de douleur
Il devra pieusement recueillir les amants
Rejetés par les éléments sur le rivage dément
Et les aligner côte à côte jusqu'à ce que le lent
Mouvement du temps
Remplisse l'espace béant.
Cela fait, toutes ces tâches accomplies
Et par ses efforts mûries,
Un jeune homme aimé et poussé par les forces célestes
Se présentera devant lui comme tout le reste
Pour qu'il le guide vers son accomplissement final
Et son destin total.
Mais le jeune élu devra réussir
Sous peine, avec lui, de se voir détruire.

— Hein ? murmurai-je. Je ne vois pas le...

— Taisez-vous, bordel, m'interrompit le poète. Contentez-vous de trouvez Énée, de la conduire chez les Extros et de la ramener ici vivante. Ce n'est pas compliqué. Même un berger devrait être capable de faire ça.

— Pas seulement berger, mais apprenti paysagiste, barman et chasseur, lui rappelai-je en posant ma tasse de café.

— Il est bientôt trois heures, fit Silenus. Il faut partir.

Je pris une grande inspiration.

— Attendez.

Je descendis rapidement l'escalier, allai me soulager aux toilettes et m'adossai, haletant, au mur de pierres froides.

Tu n'es pas fou, Raul Endymion ?

C'était une pensée, mais je l'avais entendue formulée dans ma tête par la voix douce de Grandam.

Complètement, répondis-je muettement.

Je remontai les marches, surpris de sentir trembler mes jambes et battre mon cœur.

— Je suis prêt, déclarai-je.

Ma mère m'avait toujours appris à prendre mes précautions avant un départ.

Le poète millénaire laissa entendre un grognement et fit flotter son siège jusqu'au tapis hawking. Je m'y installai, activai les fils de commande et flottai à un mètre au-dessus du sol.

— Souvenez-vous, me dit Silenus. Dès que vous serez dans la Faille et que vous trouverez l'entrée, le reste sera programmé.

— Je sais, vous m'avez déjà...

— Taisez-vous, fit-il en désignant d'un doigt parcheminé l'un des motifs de vol. Vous vous rappelez comment ça marche. Une fois à l'intérieur, tapez là, là et là, et le programme se chargera de tout. Si vous voulez interrompre la séquence pour passer en vol manuel, vous appuyez sur ce motif d'interruption, ici. (Ses doigts caressèrent l'air au-dessus d'un dessin affadi par le temps.) Mais n'essayez pas de trouver votre chemin tout seul. Vous vous perdriez à coup sûr.

Je hochai la tête en passant le bout de ma langue sur mes lèvres desséchées.

— Vous ne m'avez pas dit qui a fait cette programmation. Qui a déjà accompli ce voyage ?

Le satyre exhiba ses dents neuves.

— Moi, mon garçon. Il m'a fallu des mois, mais j'ai réussi. Il y a près de deux siècles.

— Deux siècles ! m'exclamai-je en tombant presque du tapis. Et s'il y a eu depuis des effondrements ? Des glissements de terrain dus à un séisme ? Si un nouvel obstacle a surgi ?

Il haussa les épaules.

— À deux cents kilomètres à l'heure, vous n'auriez aucune chance, mon garçon. Vous péririez, c'est sûr.

Il me donna une petite tape dans le dos.

— Partez, maintenant. Dites à Énée que son oncle Martin l'aime et qu'il attend de revoir l'Ancienne Terre pour mourir. Dites-lui que le vieux bouc a hâte de l'entendre explorer pour lui la signification de toute forme, tout mouvement et toute vie.

Je fis monter le tapis hawking d'un nouveau demi-mètre. A. Bettik s'avança et me tendit une main bleue. Je la serrai.

— Bonne chance, H. Endymion, me dit-il.

Je hochai silencieusement la tête, ne trouvant rien d'autre à dire. Puis je quittai la tour en m'élevant en spirale.

Pour voler directement de la cité d'Endymion, au milieu du continent d'Aquila, jusqu'à la vallée des Tombeaux du Temps, sur le continent d'Equus, j'aurais dû mettre le cap pratiquement au nord. Mais je pris la direction de l'est.

Mes essais de vol de la veille — mais pour mon esprit fatigué, c'était toujours la même journée — m'avaient montré que je n'avais aucun mal à maîtriser les commandes du tapis hawking, mais je n'avais pas dépassé une vitesse de quelques kilomètres à l'heure. Lorsque je fus à une centaine de mètres au-dessus de la tour, je réglai mon cap, la lampe entre les dents pour éclairer le compas inertiel, en alignant le tapis sur l'itinéraire indiqué par le vieux poète sur la carte d'état-major qu'il m'avait donnée. Puis je posai ma main à plat sur le motif d'accélération du tapis, qui acquit progressivement de la vitesse tandis que s'activait le champ de confinement destiné à me protéger du vent. Trop tard, je tournai la tête pour essayer d'apercevoir une dernière fois la tour et, peut-être, le vieux poète en train de me regarder m'éloigner à la fenêtre, mais déjà les ruines de la vieille université s'étaient fondues dans l'ombre de la montagne.

Il n'y avait pas d'indicateur de vitesse. Je supposai que le tapis volait à sa vitesse maximale en direction des hauts sommets de l'est. La lumière stellaire faisait étinceler des glaciers plus hauts que moi. Par prudence, je rangeai ma lampe, sortis mes lunettes de vision nocturne et continuai de vérifier ma position à l'aide de la carte. À mesure que le relief s'élevait, je m'élevais aussi, maintenant le tapis à une centaine de mètres au-dessus des rochers, cascades et couloirs d'avalanche qui brillaient d'une lueur verdâtre à la lumière amplifiée par les lunettes. Le tapis ne faisait aucun bruit, et même la rumeur du vent était étouffée par l'action de déflexion du champ de confinement. À plusieurs reprises, j'aperçus d'assez gros animaux qui bondissaient pour se cacher, surpris par l'apparition au-dessus d'eux de ce gros oiseau sans ailes. Une demi-heure après avoir quitté la tour, je franchis la ligne de partage des eaux, maintenant le tapis au centre du couloir large de cinq mille mètres. Il faisait plus froid à cet endroit. Malgré la bulle d'air du champ de confinement qui retenait une partie de ma chaleur humaine, j'avais depuis longtemps revêtu ma veste chauffante et mes gants.

Derrière les montagnes, descendant rapidement pour coller le plus possible au terrain, je constatai que la toundra cédait la place à des zones marécageuses puis à des épineux bleus et à des tritrembles. Ensuite, ces arbres de haute montagne se raréfièrent et disparurent complètement lorsque la lueur des forêts des flammes de teslas commença à embraser l'horizon à la manière d'une aube factice.

Je rangeai les lunettes de vision nocturne dans mon paquetage. La vue était à la fois superbe et effrayante. Tout l'horizon à l'est était crépitant d'électricité. La foudre en boule bondissait d'une cime à l'autre des teslas géants de cent mètres de haut. Les éclairs en chaîne se succédaient dans l'air entre les teslas et les prométhées explosants tandis que les buissons-phénix et les feux de terre épars brûlaient dans des milliers d'endroits. Martin Silenus et A. Bettik m'avaient mis en garde contre le danger qu'ils représentaient pour moi, et je repris un peu d'altitude, au risque d'être détecté, plutôt que d'être pris dans l'enfer électrique qui faisait rage au-dessous de moi.

Une heure s'écoula ainsi. Je vis poindre l'aube à l'est, au-delà de la forêt des flammes. Au moment où le ciel commençait à pâlir sérieusement, la forêt prit fin derrière moi et j'aperçus la Faille.

J'avais conscience de n'avoir pas cessé de grimper durant les quarante dernières minutes tout en cherchant ma route au-dessus du plateau du Pignon avec ma carte froissée, mais je ne ressentis vraiment une impression d'altitude qu'au moment où les profondeurs de la crevasse qui fendait cette région d'Aquila devinrent visibles devant moi. D'une certaine manière, la Faille était tout aussi effrayante que la forêt des flammes. Ses parois étroites et verticales plongeaient de trois mille mètres à partir du plateau. Je la pris en enfilade à son extrémité sud et m'enfonçai dans ses profondeurs vers le fleuve qui coulait trois kilomètres plus bas. À un moment, la Faille obliquait à l'est. Le fleuve, au-dessous de moi, coulait bruyamment, dans le même sens et presque à la même vitesse que mon tapis dès que j'eus ralenti un peu. Quelques minutes plus tard, le ciel s'assombrit au-dessus de ma tête et les étoiles se remirent à briller. J'avais l'impression d'être tombé dans un puits profond. L'eau bouillonnait bruyamment au pied des parois vertigineuses, charriant de la glace, cascadant sur des rochers de la taille du vaisseau spatial que j'avais laissé derrière moi. Je survolais toute cette écume à cinq mètres d'altitude. J'avais encore ralenti. Je ne devais plus être très loin.

Je consultai ma montre, puis la carte. Ce devait être devant moi, à deux kilomètres au maximum. Là !

C'était plus grand qu'on ne me l'avait décrit : environ trente mètres de côté. Et cela formait un carré parfait. L'accès du labyrinthe planétaire avait été taillé à la manière d'une entrée de temple à laquelle il ne manquait qu'une porte géante. Je ralentis encore le tapis, l'inclinai sur la gauche et m'arrêtai juste à l'entrée. D'après ma montre, il m'avait fallu un peu moins de quatre-vingt-dix minutes pour arriver ici. La vallée des Tombeaux du Temps était encore à un millier de kilomètres au nord. Quatre heures de vol à une vitesse de croisière élevée. Je consultai de nouveau ma montre. Dans quatre heures vingt minutes, si tout se passait comme prévu, l'enfant sortirait du Sphinx.

J'entrai lentement dans la caverne avec le tapis. J'essayais de me rappeler les détails du récit du prêtre dans les *Cantos*. Je savais seulement que c'était là, juste à l'entrée du labyrinthe, que le père Duré et les Bikuras avaient trouvé le gritche et les cruciformes. Mais il n'y avait pas de gritche en vue. Ce qui ne me surprenait guère. La présence de la créature n'avait pas été signalée depuis la Chute du Retz, deux cent soixante-quatorze ans plus tôt. Et il n'y avait pas de cruciformes. Mais cela ne me surprenait pas non plus. Il y avait longtemps que la Pax les avait tous décollés des parois.

Je n'en savais pas plus que n'importe qui sur le labyrinthe. Il y avait neuf mondes labyrinthiens connus dans l'ancienne Hégémonie. Tous étaient du type Terre — classés 7,9 au moins sur l'échelle de Solmev —, à cette exception près qu'ils étaient tectoniquement morts et ressemblaient davantage à Mars qu'à la Terre sous cet aspect. Des réseaux de galeries taraudaient chacune des neuf planètes labyrinthiennes, Hypérion y compris, sans que personne leur ait jamais découvert une utilité précise. Les galeries dataient d'une époque qui remontait à des dizaines de milliers d'années avant que l'humanité ait quitté l'Ancienne Terre. Cependant, aucune trace de leurs constructeurs n'avait jamais été trouvée. Ces labyrinthes alimentaient d'innombrables mythes, parmi lesquels les *Cantos*, mais leur mystère n'avait jamais été percé. Celui d'Hypérion n'avait jamais fait l'objet d'aucun relevé en dehors de la section que je m'apprêtais à traverser à deux cent soixante-dix kilomètres à l'heure. Et c'était un poète fou qui en avait tracé la carte. Correctement, je l'espérais.

Je remis mes lunettes de vision nocturne tandis que les ténèbres se refermaient autour de moi. Dans un moment, elles allaient être totalement inutiles, car il n'y aurait plus la moindre lumière à amplifier. Je sortis un rouleau d'adhésif de mon paquetage pour fixer la lampe laser à l'avant du tapis, en réglant la diffusion sur faisceau large. Cela donnerait peu de lumière, mais les lunettes se chargeraient de l'amplification. Déjà, j'apercevais l'embranchement. La caverne, à l'intérieur, gardait la forme d'un grand prisme quadrangulaire creux de trente mètres de côté, avec à peine quelques signes d'effritement ou de dégradation. Un peu plus loin, il y avait des galeries qui partaient à droite, à gauche et vers le bas.

Je pris une profonde inspiration et tapai la séquence programme. Le tapis hawking bondit en avant puis accéléra jusqu'à la vitesse préréglée. Le mouvement soudain avait failli me faire tomber en arrière malgré l'effet compensateur du champ de confinement.

Ce champ ne me protégerait nullement si le tapis prenait un mauvais virage et s'écrasait à cette vitesse contre la paroi. La roche défilait de part et d'autre. Le tapis s'inclina pour prendre un virage serré sur la droite, se mit à l'horizontale au centre de la longue caverne, puis s'inclina, cette fois-ci en avant, pour prendre la galerie qui descendait.

C'était terrifiant à voir. Je retirai de nouveau mes lunettes pour les ranger, m'agrippai aux franges du tapis et fermai les yeux. J'aurais pu éviter toute cette peine. L'obscurité était maintenant absolue.

13

À quinze minutes de l'ouverture du Sphinx, le père capitaine de Soya fait les cent pas dans la vallée. La tempête est arrivée depuis longtemps, et un blizzard sifflant répand du sable partout dans l'air. Des centaines de gardes suisses sont déployés au creux de la vallée, mais leurs véhicules de contrôle et de transport, les emplacements de leurs armes lourdes, leurs batteries de missiles et leurs postes d'observation sont invisibles en raison de la tempête de sable. De Soya n'ignore cependant pas qu'ils seraient invisibles de toute manière, dissimulés derrière leurs champs de camouflage et leurs caméléons polymères. Le père capitaine doit faire appel aux infrarouges pour apercevoir quelque chose dans cette tempête.

Même ainsi, avec sa visière étanche en place, les particules de sable trouvent le moyen de s'infiltrer dans le col de sa combinaison de combat et jusque dans sa bouche. Il a de la terre qui craque sous ses dents. La sueur laisse sur son front et ses joues de petits ruisseaux d'un brun roux qui ressemblent à des stigmates de sang.

— Attention ! crie-t-il sur la fréquence générale de commandement. Ici le père capitaine de Soya, qui commande cette mission sous autorité papale. La commandante Barnes-Avne vous répétera ces ordres dans un moment, mais je tiens à vous préciser dès maintenant qu'aucun coup de feu ne devra être tiré, aucune action, aussi bien défensive qu'offensive, ne devra être entreprise s'il y a le moindre risque de mettre en danger la vie de l'enfant qui va sortir de l'un de ces caveaux dans... treize minutes et demie. Je veux que ce soit bien compris de tous les officiers de la Pax, de tous les hommes de troupe, de tout capitaine ou homme d'équipage des vaisseaux-torches, de tout pilote ou officier d'aviation.

Cette enfant devra être capturée vivante et indemne de toute blessure. Tout manquement à mes instructions rendra son auteur passible de cour martiale et même d'exécution sommaire. Puissions-nous tous servir aujourd'hui du mieux possible Notre-Seigneur et l'Église. Au nom de Jésus, Marie et Joseph, je prie pour que nos efforts soient couronnés de succès. Ici le père capitaine de Soya, commandant provisoire de l'expédition d'Hypérion. Terminé.

Il continue de faire les cent pas tandis que des dizaines d'*amen* lui parviennent sur le réseau tactique. Soudain, il s'arrête.

— Commandante ?

— Oui, père capitaine.

La voix de Barnes-Avne est d'un calme parfait dans ses écouteurs.

— Est-ce que cela démolirait votre périmètre défensif si je demandais à l'escouade du sergent Gregorius de me rejoindre ici devant le Sphinx ?

Il y a une brève hésitation, ce qui lui en dit long sur la manière dont la commandante considère les changements de dernière minute. Le « comité de réception », une escouade composée de gardes suisses spécialement sélectionnés, dont un médecin muni d'un sédatif prêt à être administré et un auxiliaire paramédical chargé d'un tube de stase contenant un cruciforme vivant, attend déjà au pied de l'escalier du Sphinx.

— Gregorius et ses hommes seront ici dans trois minutes, annonce la commandante.

De Soya entend les ordres aboyés sur faisceau tactique étroit ainsi que la confirmation qui suit. Une fois de plus, il va forcer cinq personnes à se déplacer par la voie aérienne dans des conditions extrêmement dangereuses.

L'escouade se pose deux minutes quarante-cinq secondes plus tard. De Soya ne l'aperçoit que grâce aux infrarouges. Leurs paquetages à réaction émettent une lueur chauffée à blanc.

— Débarrassez-vous de ces paquetages, leur dit-il. Restez près de moi quoi qu'il arrive. Et surveillez mon dos.

— À vos ordres, père capitaine, fait la grosse voix du sergent, déformée par les hurlements du vent.

Le sous-officier massif se rapproche de lui. Les contours de sa visière et de son costume de combat se découpent dans le champ IR de De Soya. De toute évidence, le sergent veut s'assurer visuellement que c'est bien l'homme dont il doit surveiller le dos qu'il a devant lui.

— S moins dix minutes, annonce la commandante Barnes-Avne. Les capteurs décèlent une activité anentropique inhabituelle aux environs des tombeaux.

— Je la ressens, fait de Soya.

Et c'est vrai. Les oscillations des chronochamps de la vallée lui donnent une sensation de vertige analogue à une nausée. Conjuguée avec les effets de la tempête de sable qui fait rage, elle communique au père capitaine l'impression de n'avoir plus les pieds par terre, d'avoir la tête qui tourne, presque comme s'il était ivre. Regardant soigneusement où il met les pieds, il s'avance vers le Sphinx, suivi de Gregorius et de sa petite troupe disposée en V.

Le « comité de réception » se tient sur les marches du Sphinx. De Soya s'approche, décline son identité radio et IR, discute quelques instants avec le médecin chargé d'administrer l'ampoule de sédatif — en recommandant de nouveau à la femme de ne pas faire de mal à l'enfant — puis attend tranquillement. Il y a à présent treize silhouettes sur les marches, en comptant l'équipe de Gregorius. Il s'avise soudain que leur aspect ne doit pas être spécialement rassurant, avec leurs armes lourdes et tout leur équipement.

— Reculez de quelques pas, ordonne-t-il aux lieutenants des deux escouades. Soyez prêts à agir, mais restez hors de vue.

— Bien compris.

Les dix soldats font une douzaine de pas en arrière. Ils sont à présent complètement cachés par le nuage de sable. De Soya ne doute pas que leur périmètre défensif soit totalement infranchissable par quelque créature vivante que ce soit.

S'adressant au médecin et à l'auxiliaire paramédical chargé du cruciforme, il déclare :

— Rapprochons-nous de l'entrée.

Les silhouettes en uniforme acquiescent, et ils commencent tous les trois à gravir lentement les marches. Les champs anentropiques sont devenus intenses. De Soya se souvient du jour où, enfant, il s'est trouvé pris jusqu'aux épaules, sur son monde natal, par une mauvaise marée montante qui menaçait à chaque instant de le soulever du fond pour l'emporter vers le large. C'est un peu ce qu'il ressent à présent.

— S moins sept minutes, annonce Barnes-Avne sur la fréquence commune.

Puis, s'adressant par faisceau étroit à de Soya, elle ajoute :

— Père capitaine, voulez-vous que le glisseur vienne vous chercher ? Vous aurez une meilleure vue de là-haut.

— Non, merci, répond-il. Je préfère rester avec l'équipe de contact.

Il voit sur son affichage que le glisseur reprend de l'altitude pour se stabiliser finalement à dix mille mètres, au-dessus du gros de la tempête de sable. Comme tout bon commandant, Barnes-Avne veut pouvoir contrôler l'action sans être dedans.

Il entre en liaison privée avec le pilote de son vaisseau de descente.

— Hiroshe ?

— Oui, père capitaine ?

— Soyez prêt à partir dans dix minutes ou moins.

— À vos ordres, père capitaine.

— La tempête ne devrait pas nous poser de problème, n'est-ce pas ?

Comme tous les commandants de vaisseaux spatiaux, il se méfie toujours par-dessus tout des conditions planétaires atmosphériques.

— Aucun problème, père capitaine.

— Parfait.

— S moins cinq minutes, annonce la voix tranquille de la commandante Barnes-Avne. Les détecteurs orbitaux ne décèlent aucune activité spatiale dans un rayon de trente UA. La surveillance atmosphérique de l'hémisphère Nord ne signale aucun véhicule dans son espace aérien. La détection au sol n'annonce aucun mouvement non autorisé entre la Chaîne Bridée et la côte.

— R.A.S. côté POC, fait la voix du contrôleur C^3.

— R.A.S. côté patrouille atmosphérique, annonce le

pilote du scorpion de tête. Il fait encore une journée magnifique là-haut.

— Silence radio et faisceau étroit à partir de maintenant, jusqu'à ce que le niveau six soit levé, ordonne Barnes-Avne. S moins quatre minutes. Les capteurs indiquent une activité anentropique maximale dans la vallée. Équipe de contact au rapport.

— Je suis devant la porte, répond aussitôt le docteur Chatkra.

— Tout est paré de mon côté, fait la voix un peu tremblante du jeune auxiliaire médical, nommé Caf, dont le père capitaine n'a pas encore décidé si c'était un homme ou une femme.

— Ici aussi, annonce-t-il.

Il jette un coup d'œil par-dessus son épaule à travers la visière transparente. Même la base de l'escalier de pierre est invisible dans ce nuage de sable hurlant. L'électricité craque dans l'air. De Soya passe en vision IR et voit les dix gardes suisses qui se tiennent là, avec à la main des armes littéralement portées au rouge.

Au milieu de tout ce tumulte et de toute cette agitation, cependant, un grand calme s'établit soudain. Il entend sa propre respiration dans le casque de son uniforme de combat. Les canaux de communication inutilisés émettent un souffle ponctué de crépitements. Des parasites traversent sa visière com et tactique. Il la remonte d'exaspération. Le portail scellé du Sphinx est à moins de trois mètres devant lui, mais le sable le dissimule ou le révèle tour à tour, comme une tenture qui s'agite sans cesse. De Soya fait deux pas en avant. Le docteur Chatkra et son auxiliaire le suivent.

— Deux minutes, annonce Barnes-Avne. Charge maxi pour toutes les armes. Enregistreurs haute vitesse en automatique. Équipes médicales d'urgence en alerte.

De Soya ferme les yeux pour combattre le vertige des marées du temps. *L'univers*, se dit-il, *est quelque chose de vraiment merveilleux*. Il est désolé d'avoir à mettre l'enfant sous sédatifs dès qu'elle sera entre ses mains. Mais ce sont les ordres. Elle va dormir pendant qu'on lui fixera le cruciforme et qu'ils accompliront leur voyage fatal qui doit les conduire sur Pacem. Selon toute probabilité, il n'entendra même jamais sa voix. Il est vraiment désolé. Il aurait aimé pouvoir lui parler, lui poser des questions sur le passé, sur elle-même.

— Une minute. Contrôle de feu périmétrique en automatique.

— Commandante ! (De Soya doit remettre en place la visière tactique pour identifier la voix, qui appartient à un jeune lieutenant du génie scientifique à l'intérieur du périmètre.) Les champs anentropiques ont une activité maxi autour de *tous* les tombeaux ! Les portes s'ouvrent dans les caveaux, le Monolithe, le Palais du gritche, le Tombeau de Jade...

— Silence sur tous les canaux ! aboie Barnes-Avne. Nous suivons tout d'ici. Trente secondes.

De Soya se rend compte que l'enfant va émerger dans cet environnement étrange pour ne voir que des silhouettes en armure de combat, visière baissée. Il remonte la sienne. Il n'aura peut-être jamais l'occasion de parler à cette fillette, mais elle verra au moins un visage humain avant de sombrer dans le sommeil.

— Quinze secondes.

Pour la première fois, de Soya a décelé de la tension dans la voix de la commandante tandis que le sable volant lui pique les yeux. Il lève une main gantée pour se protéger et bat des paupières à travers ses larmes. Le docteur Chatkra et lui font un pas de plus en avant. Les portes du Sphinx sont en train de s'ouvrir vers l'intérieur. Il fait noir. Il aimerait bien remettre la vision IR, mais il ne rabat pas la visière. Il a décidé que l'enfant verrait ses yeux.

Une ombre bouge au fond des ténèbres. Le docteur Chatkra veut s'avancer vers elle, mais le père capitaine la retient par le bras.

— Attendez.

L'ombre acquiert peu à peu un contour, celui d'une forme humaine, celle d'une petite fille. Plus petite que ce à quoi s'attendait de Soya. Sa chevelure, qui lui arrive aux épaules, est soulevée par le vent.

— Énée ! appelle de Soya.

Il n'avait pas prévu de lui parler ni de prononcer son nom.

Elle tourne les yeux vers lui. Ils sont noirs. Et ils ne recèlent aucune peur, simplement... de l'angoisse ? De la tristesse ?

— N'aie pas peur, Énée, commence-t-il.

Mais Chatkra, à ce moment-là, s'avance rapidement, la seringue levée, et la fillette fait vivement un pas en arrière.

C'est alors que le père capitaine de Soya aperçoit la deuxième silhouette dans l'ombre. C'est alors que les hurlements commencent.

14

Jusqu'à ce voyage, j'ignorais que j'étais claustrophobe. Le vol à grande vitesse à travers les catacombes d'un noir d'encre, le champ de confinement qui m'entourait, bloquant même le déplacement d'air sur mon passage, le sentiment de n'être environné que d'obscurité et de roche, tout cela fit que, vingt minutes après m'être lancé dans ce vol aveugle, je coupai le programme pilote, posai le tapis hawking sur le sol du labyrinthe, désactivai le champ de confinement, m'éloignai de quelques pas et me mis à hurler.

Un peu plus tard, je ramassai la torche laser et fis jouer le rayon sur la roche. J'étais dans un corridor de pierre parfaitement taillé au carré. En l'absence du champ de confinement, la chaleur me frappait. La galerie devait se trouver à une très grande profondeur. Il n'y avait ici ni stalactites, ni stalagmites, ni chauves-souris, ni aucune autre créature vivante. Il n'y avait que cette caverne toute en longueur, qui s'étendait à l'infini. Je balayai le tapis du rayon de ma torche. Il semblait mort, totalement inerte. Dans ma folle précipitation, j'avais peut-être mal quitté le programme, je l'avais peut-être effacé. Si tel était le cas, je n'avais aucune chance de m'en sortir. Il y avait eu plusieurs embranchements, et je ne connaissais aucun moyen de retrouver mon chemin.

Je hurlai de nouveau, mais c'était un cri plus délibéré, plutôt destiné à soulager ma tension qu'à exprimer de la panique. Luttant contre l'impression que les parois de pierre pesaient sur moi, je chassai la nausée qui me paralysait.

Plus que trois heures et demie. Trois heures et demie de cauchemar dans le noir absolu, à la merci d'un tapis volant qui n'arrêtait pas de cahoter. Et tout cela pour gagner quoi ?

Je regrettais de ne pas m'être muni d'une arme. L'idée semblait absurde au départ. Ce n'était pas un pistolet qui m'aurait donné la moindre chance contre un seul garde suisse, ni même contre un irrégulier de la Garde Nationale, mais j'éprouvais maintenant le besoin d'une sécurité quelconque. Je sortis le petit poignard de chasse de son fourreau accroché à ma ceinture, vis briller la lame à la lueur de ma torche et éclatai de rire.

Tout cela était complètement absurde.

Je remis le poignard en place, me laissai tomber sur le tapis, puis entrai le code « continuer ». Le tapis hawking se raidit, se souleva du sol et reprit son vol avec une violente embardée. J'allais maintenant de nouveau quelque part, à toute vitesse.

De Soya aperçoit la forme géante un instant avant qu'elle disparaisse et que les hurlements commencent. Le docteur Chatkra fait un pas vers l'enfant qui recule, bloquant la vue du père capitaine. Il y a un déplacement d'air nettement perceptible malgré le déchaînement du vent tout autour d'eux, et la tête casquée du médecin roule et rebondit à proximité des bottes de De Soya.

— Sainte mère de Dieu ! crie-t-il dans son micro branché.

Le docteur Chatkra est encore debout. La fillette, Énée, se met alors à hurler. Le bruit est presque grave au milieu de celui des éléments. Comme si sa force avait agi sur le corps de Chatkra, celui-ci bascule au sol. L'auxiliaire, Caf, crie quelque chose d'inintelligible et se rue vers la fillette. De nouveau, on devine le mouvement de l'ombre floue dans le noir, et le bras de Caf se sépare de son corps et tombe à terre. Énée court vers l'escalier. De Soya se précipite à son tour vers la fillette, mais se heurte à une sorte d'énorme statue métallique hérissée de barbelures et de pointes tranchantes comme des lames de rasoir. Son armure de combat est percée. Impossible ! Il sent cependant le sang qui coule de multiples blessures superficielles.

— Arrête ! hurle la fillette. Arrête immédiatement ! Je te l'ordonne !

La statue de métal de trois mètres de haut se tourne lentement. De Soya a l'impression confuse que de minuscules yeux rouges se baissent pour poser sur la fillette un regard brûlant, puis la statue de métal disparaît. Le père capitaine fait un pas dans la direction de l'enfant. Il veut toujours la rassurer en même temps qu'il cherche à la capturer, mais sa jambe gauche défaille sous lui, et il se retrouve le genou droit posé sur la large marche de pierre.

La fillette s'avance vers lui, lui touche l'épaule et murmure — d'une manière étrangement audible malgré les hurlements du vent et les gémissements de douleur qui parviennent à ses écouteurs :

— Ne vous inquiétez pas, ça va aller.

Le père capitaine de Soya éprouve une sensation de bien-être, son esprit est empli de joie. Il se met à pleurer.

La fillette n'est plus là. Une silhouette massive se penche sur lui, et de Soya serre les poings. Il essaie de se relever, mais n'ignore pas que sa tentative est futile. La créature est revenue pour le tuer.

— Du calme ! s'écrie le sergent Gregorius.

Le garde suisse massif aide le père capitaine à se relever. Mais il ne tient pas debout. Sa jambe gauche saigne et refuse de le soutenir. Gregorius le maintient de son bras de géant tout en arrosant les alentours de son arme à énergie.

— Ne tirez pas ! s'écrie de Soya. L'enfant...

— Elle n'est plus là, fait le sergent Gregorius.

Il tire de nouveau. Un rayon de pure énergie se perd dans le sable tourbillonnant.

— Merde ! fait Gregorius en hissant le père capitaine sur l'épaule de son armure.

Sur le réseau com, les hurlements se font de plus en plus frénétiques.

Ma montre et ma boussole m'indiquent que je suis presque arrivé. Mais rien d'autre encore ne le laisse voir. Je vole toujours à l'aveuglette, agrippé au tapis qui choisit, à chaque embranchement, de quel côté il va virer brutalement dans le labyrinthe sans fin. Je n'ai pas eu l'impression que les galeries remontaient vers la surface, mais il est vrai que je n'ai pas eu beaucoup d'impressions en dehors du vertige et de la claustrophobie.

Depuis deux heures, je porte mes lunettes de vision nocturne et j'éclaire la voie avec ma lampe torche réglée sur son faisceau le plus large. À trois cents kilomètres à l'heure, la paroi rocheuse défile avec une rapidité terrifiante. Mais mieux vaut ça que l'obscurité.

J'ai toujours mes lunettes lorsque la première lumière surgit, aveuglante. J'ôte la monture IR et je la range dans une poche de ma veste. Puis je bats plusieurs fois des paupières pour chasser les images résiduelles. Le tapis hawking est en train de me précipiter vers un rectangle de clarté éblouissante.

Je me remémore les paroles du vieux poète, qui disait que le Troisième Caveau était fermé depuis plus de deux siècles et demi. Tous les Tombeaux du Temps d'Hypérion avaient été scellés après la Chute, mais le Troisième Caveau avait un mur de roche, *derrière* son portail scellé, qui le séparait du labyrinthe, et je m'attendais plus ou moins, depuis des heures, à m'écraser contre ce mur à près de trois cents kilomètres à l'heure.

Le carré de lumière grandit rapidement. Je comprends que la galerie grimpait depuis quelque temps pour affleurer ici à la surface. Je me couche sur le tapis, qui ralentit, visiblement arrivé à la fin de son programme.

— Joli travail, mon vieux.

J'ai dit cela tout haut. C'est la première fois que j'entends ma voix depuis mes hurlements d'il y a trois heures et demie.

Je pose la main sur les fils d'accélération. J'ai peur que le tapis ne ralentisse à un moment où j'offre une cible trop parfaite. J'ai dit qu'il faudrait un miracle pour échapper aux gardes suisses, et le poète m'en a promis un. Il est temps de voir ce que c'est.

Le sable tourbillonne dans l'entrée du tombeau. Il forme devant l'ouverture un rideau qui ressemble à une cascade sèche. *C'est cela le miracle ?* J'espère que ce n'est pas cela. Les soldats n'ont aucun mal à voir à travers une tempête de sable. J'arrête le tapis juste devant l'entrée, je sors un foulard et des lunettes de soleil de mon paquetage, je noue le foulard sur mon nez et ma bouche, je me recouche sur le ventre, je pose la main sur le motif de vol et je tire le fil d'accélération.

Le tapis hawking franchit le seuil et se retrouve à l'air libre.

Je vire sec sur ma droite, je monte et je descends rapidement, tout en sachant que je n'ai pas beaucoup de chances d'échapper à un système de tir automatique. Mais ça ne fait rien. Mon désir de rester vivant est plus fort que mon sens logique.

Je n'y vois rien. La tempête est si dense que tout ce qui se trouve à plus de deux mètres du tapis est plongé dans une nuit d'encre. C'est complètement fou. Le vieux poète et moi nous n'avons jamais discuté de la possibilité d'une tempête de sable à cet endroit. Je ne suis même pas capable de dire à quelle hauteur je vole.

Soudain, un arc-boutant acéré comme une lame de rasoir passe à moins d'un mètre sous le tapis en mouvement. Immédiatement après, j'évite de justesse une pointe de métal au-dessus de ma tête. Je me rends compte que j'ai failli me jeter contre le Palais du gritche. Je vais dans la mauvaise direction — le sud — alors qu'il faudrait que je gagne le nord de la vallée. Je consulte ma boussole, qui me confirme ma folie, et je fais faire volte-face au tapis. D'après ce que j'ai entrevu du Palais du gritche, le tapis est à une vingtaine de mètres du sol. Je l'arrête, secoué par le vent, et le fais descendre à la manière d'un ascenseur jusqu'à ce qu'il touche la pierre. Puis je remonte de trois mètres, bloque l'altitude et prends la direction du nord à vitesse réduite.

Où sont tous les soldats ?

Comme en réponse à ma question non formulée, des silhouettes noires en armure de combat surgissent soudain de tous les côtés. Je baisse la tête tandis qu'ils font feu de toutes leurs armes baroques à énergie et qu'ils lancent leurs courtes fléchettes, mais ce n'est pas sur moi qu'ils tirent. Ils tirent par-dessus leur épaule, en fait. *Ce sont des gardes suisses, et ils sont en train de fuir*. Jamais je n'avais entendu parler d'une chose pareille.

Soudain, je me rends compte que la vallée, outre le gémissement du vent, résonne de hurlements humains. Je ne vois guère comment la chose est possible. N'importe quel soldat, dans cette tempête, garderait son casque fermé et sa visière abaissée. Mais les hurlements sont là. Je les entends.

Un engin aérien, peut-être un glisseur, passe dans un rugissement d'enfer au-dessus de ma tête, sans doute à moins de dix mètres. Ses canons automatiques font feu des deux côtés. Si je survis, c'est uniquement parce que je me trouve juste sous lui. Mais je suis obligé de ralentir brusquement tandis que le nuage de sable, devant moi, est illuminé par un terrible éclair de lumière et de chaleur. Le glisseur ou avion à réaction ou je ne sais quoi s'est engouffré directement dans l'un des tombeaux qui se trouvent un peu plus loin sur mon chemin. Ce doit être le Monolithe de Cristal, ou peut-être le Tombeau de Jade.

D'autres explosions retentissent sur ma gauche. Je vire à droite, puis je prends la direction du nord-ouest. J'essaie d'éviter les tombeaux. Soudain, j'entends des cris devant moi sur la droite. Des éclairs d'énergie trouent le nuage de sable. Cette fois-ci, c'est bien sur moi que quelqu'un est en train de tirer. Mais il me rate. *Comment est-il possible de me rater à cette distance ?*

Sans attendre de découvrir la réponse, je fais descendre le tapis comme un ascenseur express. Je heurte durement le sol et me laisse rouler de côté. Les éclairs d'énergie ionisent l'air à moins de vingt centimètres au-dessus de ma tête. Le compas inertiel, toujours accroché à une lanière autour de mon cou, me cogne la tête. Il n'y a aucune aspérité de terrain, aucun rocher pour m'abriter. Le sable est absolument plat. J'essaie de creuser un trou avec mes mains tandis que les éclairs bleus se croisent au-dessus de ma tête. Un essaim de fléchettes passe avec son sifflement caractéristique. Si j'étais resté en l'air, je serais en mille morceaux à l'heure qu'il est.

Quelque chose d'énorme se tient à moins de trois mètres devant moi dans le nuage de sable volant. Ses jambes massives sont fermement plantées dans le sol. On dirait un géant en armure de combat hérissée de pointes. Un géant avec trop de bras. Un éclair de plasma le heurte de plein fouet, illuminant un instant ses contours hérissés. Mais la chose ne se volatilise pas, elle n'éclate pas.

Impossible. Bordel ! C'est complètement impossible !

Une partie de mon esprit note froidement que je me mets à penser des obscénités, comme je l'ai toujours fait au moment d'un combat.

La silhouette géante vient de disparaître. J'entends de nouveaux hurlements sur ma gauche, puis des explosions un peu plus loin devant moi.

Comment vais-je faire pour retrouver cette fillette au milieu de ce putain de carnage ? Et, si je la retrouve, comment vais-je pouvoir retourner jusqu'au Troisième Caveau ?

L'idée — le plan de base — était d'enlever Énée à la faveur du miracle promis par le vieux poète, de me ruer avec elle dans le Troisième Caveau puis de programmer mon autopilote pour la dernière section du parcours, longue de trente kilomètres, qui devait me conduire jusqu'à la vieille forteresse de Chronos, en bordure de la Chaîne Bridée, où A. Bettik devait m'attendre avec le vaisseau spatial dans... trois minutes.

Même en tenant compte de toute la confusion qui règne actuellement, quelle que puisse en être la raison, il est impossible d'imaginer que les vaisseaux-torches en orbite ou les batteries au sol puissent rater une cible aussi grosse que le vaisseau, s'il s'attarde plus que les trente secondes prévues pour le rendez-vous. Toute la mission de sauvetage est foutue.

Le sol se met alors à trembler, et une rumeur remplit la vallée. Quelque chose d'énorme a dû exploser — un dépôt de munitions, au moins —, ou bien c'est un engin bien plus important qu'un glisseur qui s'est écrasé. Une lueur rouge flamboyante illumine tout le nord de la vallée. Les flammes sont visibles même à travers la tempête de sable. Elles me permettent de distinguer des dizaines de silhouettes en armure de combat qui courent de tous les côtés en tirant, tombant, tirant encore, fuyant droit devant elles. L'une de ces silhouettes est plus petite que les autres et sans armure. Le géant hérissé de piques se tient juste à côté d'elle. La silhouette plus petite, toujours éclairée par les flamboiements destructeurs, attaque le géant de ses petits poings nus qui tambourinent sur l'armure de piquants.

— Bordel de merde !

Je rampe vers mon tapis hawking, que je ne retrouve plus dans la tempête. Je me frotte les yeux pour essayer de me débarrasser du sable, je rampe en cercles et je finis par trouver une frange sous ma main droite. Il n'y a que quelques secondes que je l'ai laissé, mais il est déjà presque entièrement recouvert de sable. Creusant comme un chien en furie, je dégage les motifs de commande, le réactive et prends mon vol en direction de la lueur rouge. Les deux silhouettes ne sont plus visibles, mais j'ai eu la présence d'esprit de relever leur position sur mon compas. Deux rayons d'énergie traversent l'air à ce moment-là, le premier à un centimètre au-dessus de moi, le deuxième à quelques millimètres au-dessous du tapis.

— Putain ! C'est pas possible !

Mon cri ne s'adresse à personne en particulier.

De Soya rebondit, à moitié conscient, sur l'épaule du sergent Gregorius qui le porte. Le père capitaine perçoit vaguement la présence d'autres formes qui courent avec eux dans la tempête, tirant de temps à autre des rayons de plasma en direction de cibles invisibles. Il se demande si ce sont les membres de l'escouade de Gregorius. Perdant et recouvrant alternativement sa lucidité, il se dit qu'il voudrait désespérément revoir la fillette pour lui parler.

Gregorius se cogne presque à quelque chose, s'arrête et ordonne à son escouade de se regrouper autour de lui. C'est un scarabée, un blindé de combat qui a désactivé son bouclier de camouflage et repose en équilibre sur un rocher. Sa chenille gauche a été arrachée, et les canons de ses mitrailleuses arrière ont fondu comme de la cire sur le feu. Le globe de l'œil droit est crevé, en mille morceaux.

— Par ici, fait Gregorius, essoufflé, en faisant passer avec précaution le père capitaine de Soya par l'ouverture.

Une seconde plus tard, le sergent se glisse à son tour à l'intérieur du scarabée, qu'il illumine avec le rayon de sa lance à énergie. Le siège du chauffeur donne l'impression d'avoir été peint en rouge à la bombe. Tout l'arrière est éclaboussé de diverses couleurs, comme dans l'un de ces absurdes tableaux préhégiriens que le père capitaine a vus un jour dans un musée. Mais la toile est en métal, et la peinture est faite de chair et de membres humains écrabouillés.

Le sergent Gregorius le tire au fond du scarabée désemparé et l'adosse à la paroi. Deux autres silhouettes en armure se glissent à l'intérieur par le globe oculaire crevé.

De Soya frotte le sang et le sable autour de ses yeux et murmure :

— Ça ira, ne vous inquiétez pas.

Il aurait voulu dire cela sur un ton de commandement, mais sa voix est faible, presque enfantine.

— À vos ordres, grogne Gregorius.

Le sergent est en train de sortir un kit médical de son paquetage.

— Pas besoin de ça, fait de Soya d'une voix faible. L'armure...

Toutes les armures de combat possèdent leur propre nécessaire d'étanchéité et une doublure de réparation semi-intelligente. De Soya est certain que les perforations et blessures mineures ont déjà été traitées. Mais il n'a pas encore regardé jusqu'à présent. Il baisse la tête pour estimer les dommages.

Sa jambe gauche a presque été sectionnée. L'armure de combat antichoc, antirayonnement, en omnipolymère, est en morceaux à cet endroit, comme des lambeaux de caoutchouc sur un pneu à bon marché qui a éclaté. On voit le blanc du fémur. L'armure s'est resserrée en un garrot sommaire autour du haut de sa cuisse, et c'est ce qui lui a sauvé la vie, mais il y a une demi-douzaine de perforations sérieuses à hauteur de sa poitrine, et tous les voyants médicaux sont au rouge.

— Seigneur Jésus, murmure le père capitaine.

Et c'est une prière.

— Ça va aller, lui dit le sergent Gregorius en confectionnant son propre tourniquet autour de la cuisse. Nous allons vous évacuer vers l'hôpital du vaisseau en un rien de temps.

Il se tourne vers les deux autres silhouettes en armure, qui sont affaissées d'épuisement dans un coin derrière les sièges du scarabée.

— Kee ? Rettig ?

— Oui, sergent ? fait le plus petit des deux hommes en relevant la tête.

— Mellick et Ott ?

— Morts, sergent. Ils se sont fait avoir par cette chose devant le Sphinx.

— Restez à l'écoute, leur dit Gregorius.

Puis il se tourne de nouveau vers de Soya. Il retire son gantelet et pose le doigt sur la blessure la plus large de sa poitrine.

— Ça fait mal, père capitaine ?

De Soya secoue négativement la tête. Il ne sent absolument rien.

— C'est bien, fait le sergent.

Mais il n'a pas l'air très content. Il commence à parler sur le réseau tactique.

— La fillette, murmure de Soya. Il faut absolument la retrouver.

— À vos ordres, réplique Gregorius.

Mais il continue d'appeler sur un canal totalement différent. De Soya tend l'oreille. Il distingue quelques bribes.

— Attention ! Bon Dieu ! Il revient...

— *Saint-Bonaventure ! Saint-Bonaventure !* Vous êtes en train de vous vider dans l'espace ! Je répète, vous êtes en train de vous vider dans...

— Scorpion dix-neuf à tous les contrôleurs... Bon Dieu ! Scorpion dix-neuf... Réacteur gauche en rideau... Appel à tous les contrôleurs... Je ne vois plus la vallée... Je vais être obligé de...

— Jamie ! Jamie ! Oh, mon Dieu !

— Quittez le réseau ! Bon sang de croix ! Observez la discipline com ! Quittez le foutu réseau !

— Notre Père qui êtes aux cieux, que votre nom soit sanctifié...

— Attention à ce putain de... Bordel ! Ce putain de truc s'est reçu une décharge, mais... Merde !

— Multiples intrus... Je répète, multiples intrus... Commandes de feu ignorées... Il y a des intrus dans tous les...

Des hurlements interrompent la transmission.

— Commandement Un, à vous... Commandement Un, à vous...

De Soya sent la conscience le quitter en même temps que le sang qui s'épanche de ses blessures. Il abaisse sa visière. L'écran tactique est en marmelade. Il active le faisceau étroit pour avoir le glisseur de commandement de Barnes-Avne.

— Commandante, ici le père capitaine de Soya. Commandante ?

La liaison ne fonctionne plus.

— La commandante est morte, lui dit Gregorius.

Le sergent presse une ampoule auto-injectable d'adrénaline contre son bras nu. Le père capitaine n'a pas le souvenir qu'on lui ait retiré son gantelet et son armure de combat.

— J'ai vu tomber son glisseur sur mon écran tactique avant que tout se mette à déconner, continue le sergent.

Il attache la jambe pendante de De Soya à la partie supérieure de son fémur comme s'il arrimait des marchandises mal attachées.

— Elle est morte, reprend-il. Le colonel Brideson ne répond pas. Le capitaine Ranier non plus, à bord du vaisseau-torche. Impossible d'avoir une liaison quelconque avec le C–cube.

De Soya fait des efforts désespérés pour demeurer conscient.

— Que se passe-t-il donc, sergent ?

Gregorius se penche vers lui. Sa visière est levée. Pour la première fois, de Soya s'aperçoit que le sergent est un Noir.

— Nous avions une expression pour décrire ce genre de situation quand j'étais dans les *marines*, avant de m'engager dans la garde suisse, murmure-t-il.

— Charlie Fox, fait de Soya en esquissant difficilement un sourire.

— C'est ce que vous disiez poliment dans la marine, fait Gregorius.

Il fait un signe à ses deux hommes en direction du globe oculaire brisé. Ils se hissent à l'extérieur. Gregorius soulève de Soya et le porte comme un bébé.

— Dans les *marines*, continue le sergent, qui n'est même pas essoufflé, on appelait ça un complet foutoir.

De Soya se sent défaillir. Le sergent le dépose sur le sable.

— Vous restez avec moi, capitaine ! Vous m'entendez, bordel ? Vous restez avec moi ! hurle Gregorius à son oreille.

— Surveillez votre langue, sergent, lui dit de Soya, qui se sent glisser peu à peu dans le néant mais ne peut ou ne veut rien faire pour s'en empêcher. Je suis un prêtre, ne l'oubliez pas, ajoute-t-il. Invoquer en vain le nom du Seigneur est un péché mortel.

Les ténèbres se referment sur lui, et il ne sait même pas s'il a prononcé la dernière phrase à haute voix ou non.

15

Depuis mon enfance sur la lande, lorsque je contemplais de loin la fumée des feux de tourbe, à l'abri du cercle protecteur de nos caravanes, attendant l'apparition des étoiles qui brillaient, froides et indifférentes, dans un ciel lapis de plus en plus sombre, me posant des questions sur mon avenir, impatient d'entendre l'appel du dîner qui me ferait rentrer au calme et à la chaleur, j'ai toujours eu le sens de l'ironie des choses. Il y a tant d'événements importants qui passent rapidement sans être compris sur le coup. Tant de moments puissants enfouis sous l'absurdité de la vie. Je voyais clairement cela étant enfant, et je n'ai jamais cessé de le voir dans ma vie depuis.

Volant en direction des lueurs orangées des explosions, je tombai soudain par hasard sur l'enfant. J'avais vu d'abord deux silhouettes, la petite attaquant la grosse ; mais un instant plus tard, lorsque j'arrivai sur mon tapis ballotté par le vent piquant et hurlant, il n'y avait que la petite fille.

C'est ainsi que nos regards se rencontrèrent. Elle avait une expression de choc et de colère sur son visage, ses yeux étaient rouges et plissés, peut-être de fureur, peut-être pour se protéger du sable. Sa chemise et son sweater ample flottaient au vent comme des drapeaux qui claquent. Sa chevelure, qui lui arrivait aux épaules, était brune, mais avec des mèches blondes que je ne remarquerais que plus tard. Elle était emmêlée par endroits et flottait également au vent. Ses joues étaient sillonnées de traînées jaunâtres de larmes et de morve. Ses chaussures de toile aux semelles de caoutchouc étaient totalement inadaptées à l'aventure dans laquelle elle s'était embarquée, de même que le sac à dos à bon marché qu'elle portait à une épaule. Je devais lui offrir une apparence encore plus échevelée, plus démente. Celle d'un jeune homme massif et musclé, à l'air pas trop éveillé, âgé de vingt-sept ans, à plat ventre sur un tapis volant, le visage en grande partie dissimulé par un foulard et de grosses lunettes noires, les cheveux noirs en désordre, saupoudrés de sable, le paquetage également à une épaule, la veste et le pantalon souillés par le sable boueux.

Les yeux de la fillette s'élargirent comme si elle me reconnaissait, mais il ne me fallut qu'une seconde pour m'apercevoir que c'était plutôt le tapis qu'elle connaissait déjà.

— Monte ! hurlai-je.

Des silhouettes en armure accoururent, tiraillant de tous les côtés. D'autres formes menaçantes se devinaient dans l'obscurité.

La fillette m'ignora. Elle se tourna comme pour retrouver la silhouette énorme à laquelle elle s'était attaquée tout à l'heure. Je remarquai que ses petits poings étaient en sang.

— Le salaud ! hurla-t-elle, au bord des larmes. Le *salaud* !

C'étaient les premiers mots que j'entendais dans la bouche de notre messie.

— Grimpe ! m'écriai-je de nouveau.

Je m'apprêtai à descendre du tapis pour l'attraper par le bras. Mais elle se retourna alors, me regarda directement pour la première fois et me dit clairement par-dessus le bruit de la tempête :

— Enlève ce masque.

Je me souvins du foulard qui me cachait le visage. Je l'abaissai et crachai du sable rouge comme de la boue.

Comme si cette vue la satisfaisait, elle s'avança et sauta sur le tapis. Nous étions à présent installés tous les deux au milieu de l'engin ballotté, elle derrière, mon paquetage entre nous. Je remis mon foulard en place et hurlai :

— Accroche-toi bien à moi !

Ignorant ce que je disais, elle saisit les franges du tapis.

J'hésitai un instant. Je consultai ma montre. Dans moins de deux minutes, le vaisseau allait se poser devant la forteresse de Chronos pour repartir aussitôt. Je n'aurais même pas le temps de retrouver l'entrée du Troisième Caveau avant qu'il décolle. Au milieu de toute cette pagaille, je n'étais même pas sûr de pouvoir la retrouver du tout. Comme pour confirmer cette pensée, un scarabée à chenilles apparut à la crête d'une dune et faillit nous écraser avant de virer sur sa gauche, ses mitrailleuses crachant un feu d'enfer en direction d'un objectif invisible situé plus à l'est.

— Tiens-toi bien ! m'écriai-je.

Je réglai le tapis sur son accélération maximale et gagnai rapidement de l'altitude. J'avais les yeux fixés sur ma boussole et je me concentrai sur le nord jusqu'à ce que nous ayons quitté la vallée. Ce n'était pas le moment de nous écraser sur une falaise.

Une énorme aile en pierre passa à toute vitesse au-dessous de nous.

— Le Sphinx ! criai-je à la fillette blottie derrière moi.

Je réalisai aussitôt que ce que je venais de dire était parfaitement stupide. C'était du Sphinx qu'elle venait d'émerger.

Lorsque je fus certain d'être à plusieurs centaines de mètres d'altitude, je stabilisai le tapis et augmentai la vitesse. L'écran déflecteur se mit en place, mais le sable tournoyait toujours autour de nous dans la bulle d'air piégée.

— On ne devrait plus risquer de collision à cette alti...

Je fus interrompu par la vue d'un glisseur géant qui venait droit sur nous dans la tempête de sable. Je n'avais littéralement pas le temps de réagir, mais je réussis à faire piquer le tapis si rapidement que seul le champ de confinement nous maintint en place. Le glisseur passa au-dessus de nous à moins d'un mètre. Le minuscule tapis hawking fut secoué dans le sillage du monstre, mais tint bon.

— Sang et merde ! fit Énée derrière moi. Enfer et foutre !

C'était la deuxième fois que notre future messie s'exprimait.

Je stabilisai de nouveau le tapis et me penchai pour regarder sur le côté en direction du sol. C'était de la folie de voler si haut. Tous les capteurs tactiques, détecteurs, radars et imageurs de poursuite du secteur devaient nous suivre. Mais je n'avais pas la moindre idée, avec le chaos que nous avions laissé derrière nous, de la raison pour laquelle ils ne nous avaient pas encore abattus. À moins que...

Je regardai de nouveau par-dessus mon épaule. La fillette était penchée sur moi, le visage dans mon dos pour s'abriter du sable piquant.

— Ça va ? lui criai-je.

Elle hocha la tête, le front contre mon dos. J'avais l'impression qu'elle pleurait, mais je ne pouvais en être sûr.

— Je m'appelle Raul Endymion ! hurlai-je.

— Endymion, répéta-t-elle. Oui.

Elle se laissa aller en arrière. Je vis qu'elle avait les yeux rouges, mais secs.

— Et toi, tu es Énée...

Je m'interrompis. Je ne trouvais rien d'intelligent à lui dire. Vérifiant mon compas, je réglai mon cap en espérant que nous avions assez d'altitude pour passer au-dessus des dunes qui marquent cette extrémité de la vallée. Sans grand espoir, je levai les yeux en me demandant si la traînée de plasma du vaisseau serait visible à travers la tempête. Mais je ne vis rien.

— C'est l'oncle Martin qui t'envoie, me dit la fillette.

Et ce n'était pas une question.

— Oui ! lui criai-je. Nous allons... euh... le vaisseau... il devait nous prendre à la forteresse de Chronos, mais nous sommes en retard...

Un éclair déchira les nuages à moins de trente mètres sur notre droite. L'enfant et moi nous baissâmes instinctivement la tête. Aujourd'hui encore, j'ignore s'il s'agissait d'un vrai éclair d'orage ou de quelqu'un qui nous tirait dessus. Pour la centième fois de ce jour sans fin, je maudis le caractère rudimentaire de mon engin de vol, qui ne possédait ni altimètre ni indicateur de vitesse. Le hurlement du vent derrière le champ de déflection indiquait que nous avancions à la vitesse maximale ; mais sans autre repère que le déplacement d'air, ce n'était pas facile à dire. La sensation était aussi désagréable que lorsque j'avais traversé le labyrinthe. Au moins, là, je pouvais compter sur le programme de pilotage. Mais ici, avec toute la garde suisse à mes trousses, il allait bientôt falloir que je ralentisse. La Chaîne Bridée, avec ses parois verticales, ne devait plus se trouver très loin devant nous. À près de trois cents kilomètres à l'heure, nous allions arriver dans les montagnes et à la forteresse dans moins de six minutes. J'avais regardé l'heure au moment où nous avions accéléré. Je la regardai de nouveau. Quatre minutes et demie. D'après les cartes que j'avais étudiées, le désert prenait abruptement fin au pied des Falaises Bridées. Je me donnais encore une minute pour...

Plusieurs choses arrivèrent alors simultanément.

Nous nous trouvâmes soudain en dehors de la tempête de sable. Le changement ne fut pas progressif, mais immédiat, comme si nous avions rejeté brusquement une couverture. En cette même seconde, je vis que nous piquions légèrement du nez — ou que le sol montait à cet endroit — et que nous allions percuter incessamment un amas de gros blocs. Énée se mit à hurler. Je ne fis pas attention à elle. Je tournai le motif de commande à deux mains, et nous nous élevâmes au-dessus des rochers avec assez d'accélération pour nous plaquer fortement contre le tapis. Nous vîmes alors que nous étions à vingt mètres de la falaise, contre laquelle nous nous dirigions tout droit. Et nous n'avions plus le temps de nous arrêter.

Théoriquement, je savais que Cholokov avait prévu de faire voler son tapis en position verticale, le champ de confinement devant empêcher son passager — en l'occurrence sa nièce bien-aimée — de glisser en arrière. Théoriquement.

Le moment était venu de mettre la théorie à l'épreuve.

Les bras d'Énée m'entourèrent la taille tandis que nous accélérions pour entamer une ascension à quatre-vingt-dix degrés. Le tapis utilisa la totalité des vingt mètres libres pour se dresser à la verticale. Lorsqu'il fut en position, la paroi de granite n'était plus qu'à quelques centimètres « sous » nous. Instinctivement, je m'étais mis à plat ventre, les bras tendus pour m'agripper aux franges au-dessus de ma tête, en essayant de ne pas m'appuyer sur les commandes de vol. Poussée par le même instinct, Énée s'était collée à moi, resserrant son étreinte sur ma taille. Le résultat fut que j'eus la respiration coupée durant la minute ou deux que mit le tapis à arriver au sommet de la falaise. Je m'interdis de regarder par-dessus mon épaule tant que dura l'ascension. Nous devions être à mille mètres d'altitude ou plus, et je craignais que mes nerfs ne soient incapables de supporter cette vue.

Lorsque nous fûmes en haut, j'aperçus des marches de pierre, des terrasses, des gargouilles. Je remis le tapis à l'horizontale.

Les gardes suisses avaient établi des postes d'observation, des stations de détection et des batteries anti-aériennes sur les terrasses de la forteresse exposées à l'est. L'édifice, bâti en pierres de la montagne, s'élevait à plus de cent mètres au-dessus de nos têtes. Ses tourelles en encorbellement et ses balcons supérieurs faisaient saillie juste au-dessus de nous. Il y avait des gardes suisses postés partout.

Mais ils étaient tous morts. Revêtus de leurs armures rigides, ils avaient tous des postures sur lesquelles on ne pouvait se méprendre. Certains étaient groupés, et leurs silhouettes déchiquetées indiquaient qu'une bombe au plasma avait dû faire explosion parmi eux.

Mais les armures de la Pax étaient capables de supporter l'impact d'une grenade au plasma à cette distance. Alors que tous ces corps étaient littéralement en morceaux.

— Ne regarde pas ! m'écriai-je par-dessus mon épaule.

Je ralentis le tapis tandis que nous virions à l'extrémité sud de la forteresse. Mais il était trop tard. Énée contemplait le spectacle de mort avec de grands yeux.

— Le salaud ! hurla-t-elle de nouveau.

— De qui parles-tu ? demandai-je. Qui est un salaud ?

Nous survolions déjà, à ce moment-là, les jardins situés au sud de la forteresse, où un spectacle nouveau nous attendait. Plusieurs scarabées étaient en train de brûler, et un glisseur s'était écrasé au milieu d'une pelouse. Des corps gisaient partout, comme des jouets éparpillés par un enfant méchant. Une batterie RCC, dont les rayons étaient capables d'atteindre une cible en orbite basse, était fracassée et encore fumante au bord d'une haie ornementale.

Le vaisseau du consul attendait en vol stationnaire sur un panache de plasma bleu soixante mètres au-dessus du bassin central. La vapeur montait à gros bouillons tout autour de lui. A. Bettik était dans l'ouverture du sas et nous faisait de grands signes.

Je dirigeai le tapis vers le sas, à une telle vitesse que l'androïde dut s'écarter précipitamment pour nous laisser nous engouffrer à l'intérieur. Nous rasâmes littéralement la paroi polie du corridor.

— Grimpez ! hurlai-je au passage.

Mais A. Bettik avait déjà dû donner l'ordre, ou bien le vaisseau n'en avait pas besoin. Les compensateurs inertiels nous empêchèrent d'être réduits en bouillie tandis que le vaisseau prenait son essor. Nous entendîmes le rugissement du réacteur à fusion et le déchirement de l'atmosphère au contact de la coque. Le vaisseau du consul s'arracha à l'attraction d'Hypérion et prit l'espace pour la première fois depuis deux siècles.

16

— Combien de temps suis-je resté inconscient ? demande le père capitaine de Soya en s'agrippant à la tunique du soignant.

— Euh... trente ou quarante minutes, capitaine.

Le soignant essaie de dégager son vêtement, mais n'y réussit pas.

— Où suis-je ?

De Soya commence à sentir la douleur. Elle est intense. Elle irradie partout à partir de sa jambe, mais elle est supportable. Il décide de l'ignorer.

— À bord du *Saint-Thomas Akira*, père capitaine.

— Le transport de troupes...

De Soya a la tête qui tourne. Il se sent vide. Il regarde sa jambe, à présent libérée du garrot. Elle n'est reliée à la cuisse que par des fragments de muscle et de tissu. Il comprend que Gregorius a dû lui faire absorber un analgésique puissant, pas assez pour tuer totalement la douleur mais suffisant pour lui donner cette sensation de vertige.

— Merde, laisse-t-il échapper.

— J'ai bien peur que le chirurgien ne soit obligé d'amputer, fait le soignant. L'hôpital est débordé, mais on va s'occuper de vous tout de suite, père capitaine. Tous les blessés ont été évacués, et...

De Soya se rend compte qu'il tire toujours sur la tunique du jeune soignant. Il la lâche.

— Non, dit-il.

— Pardon, père capitaine ?

— Vous avez entendu. Pas question d'amputation tant que je n'aurai pas parlé au capitaine du *Saint-Thomas Akira*.

— Mais, capitaine... père capitaine... Vous allez mourir si vous ne...

— J'ai déjà connu la mort, mon fils, murmure de Soya en luttant contre une vague de vertige. C'est un sergent qui m'a amené à bord ?

— Oui, père capitaine.

— Il est toujours ici ?

— Oui, père capitaine. On lui a recousu quelques blessures qu'il a...

— Envoyez-le-moi immédiatement.

— Mais, père capitaine, vos blessures nécessitent des...

— Enseigne ? fait de Soya en regardant le grade du jeune soignant.

— Oui, père capitaine ?

— Vous avez vu le disque papal ?

De Soya a déjà vérifié que la plaque de platine pendait toujours à son cou au bout de sa chaînette incassable.

— Oui, père capitaine. C'est pour cela que nous donnons priorité à votre...

— Sous peine... d'exécution sommaire... ou, pis encore... d'excommunication..., taisez-vous immédiatement et envoyez-moi le sergent... au triple galop, enseigne.

Gregorius, même sans son armure de combat, est toujours un géant. Le père capitaine regarde les bandages et les tampons d'urgence qui couvrent ses blessures. Il se dit qu'il les a reçues en le portant sur son dos au risque de sa vie, et prend mentalement note de le payer en retour, mais plus tard.

— Sergent ?

Gregorius se met au garde-à-vous.

— Amenez-moi le commandant de bord ici immédiatement. Faites vite, avant que je ne tourne encore de l'œil.

Le commandant du *Saint-Thomas Akira* est un Lusien d'âge moyen, petit et musclé comme tous les Lusiens. Il est parfaitement chauve, mais arbore une barbe grise taillée en pointe.

— Père capitaine de Soya, je suis le capitaine Lempriere. La situation est critique. Les chirurgiens m'assurent que vous avez besoin de soins immédiats. En quoi puis-je vous être utile ?

— Mettez-moi au courant des derniers événements, capitaine.

C'est la première fois que de Soya le rencontre en personne, mais ils ont déjà échangé quelques mots sur faisceau étroit. La voix du capitaine n'est pas la même en chair et en os. Du coin de l'œil, de Soya voit Gregorius qui recule discrètement vers la porte.

— Restez, sergent, ordonne-t-il. La situation, capitaine ?

Lempriere se racle la gorge.

— La commandante Barnes-Avne est morte. D'après nos informations, la moitié des gardes suisses ont péri dans la vallée des Tombeaux du Temps. Des milliers de blessés sont recensés. Nos équipes médicales au sol ont établi des centres de premiers soins mobiles. Les cas les plus graves sont transportés ici. Les morts sont mis de côté pour être ressuscités dès notre retour sur le vecteur Renaissance.

— Le vecteur Renaissance ?

De Soya a l'impression de flotter dans l'espace confiné de la salle préparatoire. En fait, il s'aperçoit qu'il flotte vraiment dans les limites du harnais de la table roulante.

— Que diable est-il arrivé à votre gravité, capitaine ?

Lempriere esquisse un sourire pâle.

— Le champ de confinement a été endommagé pendant les combats, père capitaine. Quant au vecteur Renaissance, c'est notre base de départ. Les ordres sont de la regagner dès l'achèvement de notre mission.

De Soya se met à rire, puis s'arrête net lorsqu'il s'entend. Ce n'est pas un rire totalement sain.

— Qui a dit que notre mission était achevée, capitaine ? Et de quels combats parlez-vous donc ?

Le capitaine Lempriere jette un coup d'œil au sergent Gregorius. Le garde suisse a les yeux rivés, toujours au garde-à-vous, sur la cloison, et il ne tourne pas la tête.

— Notre force de couverture et de soutien en orbite a été décimée, père capitaine.

— Décimée ! répète de Soya, que la douleur rend furieux. Vous savez ce que ça veut dire, décimée ? Prétendez-vous que dix pour cent de nos hommes soient hors de combat ?

— Non, père capitaine, fait Lempriere. Plutôt soixante pour cent. La capitaine Ramirez, du *Saint-Bonaventure*, est morte, de même que son officier en second. La moitié de l'équipage du *Saint-Antoine* est portée manquante.

— Les vaisseaux sont endommagés ? demande le père capitaine de Soya.

Il sait qu'il ne lui reste qu'une minute ou deux de lucidité, et peut-être d'existence.

— Il y a eu une explosion à bord du *Saint-Bonaventure*. Au moins la moitié des compartiments arrière du CIC ont été aspirés dans l'espace. Mais le propulseur est intact.

De Soya ferme les yeux. En tant que commandant d'un vaisseau-torche, il n'ignore pas qu'une brèche dans la coque d'un vaisseau spatial est un vrai cauchemar. Le cauchemar ultime étant l'implosion du cœur Hawking proprement dit. Mais au moins, dans ce cas, la mort est instantanée. Alors qu'une ou plusieurs brèches signifient une lente et douloureuse agonie.

— Et le *Saint-Antoine* ?

— Quelques avaries, mais il est encore opérationnel. Le capitaine Sati est en vie, et...

— La fillette ? interrompt soudain de Soya. Où est-elle ?

Des taches noires dansent à la périphérie de sa vision. Elles s'agglutinent en un nuage qui grossit...

— La fillette ? répète Lempriere.

Le sergent Gregorius se penche pour lui dire quelque chose. De Soya n'entend pas. Ses oreilles bourdonnent de plus en plus fort.

— Ah ! fait Lempriere. Notre objectif final. Tout semble

indiquer qu'elle a été recueillie à la surface par un vaisseau qui se prépare actuellement à entrer en translation C–plus.

— Un vaisseau ! s'exclame de Soya.

Il lutte de toute sa volonté pour ne pas basculer dans l'inconscience.

— D'où sort-il, ce vaisseau ? réussit-il à demander.

Gregorius lui répond tout en continuant de fixer la paroi.

— De la planète, père capitaine. Il était sur Hypérion. Pendant le... pendant que Charlie Fox était déchaîné, il s'est glissé jusqu'ici dans l'atmosphère et s'est posé devant... la forteresse de Chronos. Là, il a pris l'enfant et la personne qui l'a recueillie sur son... engin volant.

— Un engin volant ? l'interrompt de Soya.

Il n'est pas sûr d'avoir bien entendu, avec ce bourdonnement.

— Une espèce de VEM monoplace, explique le sergent, bien que nos spécialistes ne s'expliquent pas comment il peut fonctionner ici. Quoi qu'il en soit, le vaisseau les a récupérés, a pu franchir les POC pendant le carnage, et se prépare maintenant à entrer en translation.

— Le carnage..., répète stupidement de Soya.

Il s'aperçoit qu'il bave. Il s'essuie le menton du dos de la main, en essayant de ne pas regarder ce qu'il lui reste de jambe.

— Ce carnage, demande-t-il, qu'est-ce qui l'a causé ? Contre qui nous sommes-nous battus ?

— Nous l'ignorons, répond Lempriere. Tout s'est passé comme dans l'ancien temps... comme aux jours de l'Hégémonie, quand les chuteurs sont arrivés ici par les portails distrans... Des milliers de... créatures... en armure... ont surgi partout à la fois, à la même seconde... et la bataille n'a pas duré plus de cinq minutes... Il y en avait des milliers... Et elles ont disparu d'un seul coup.

De Soya fait des efforts pour écouter jusqu'au bout malgré les ténèbres qui se referment sur lui et le bourdonnement incessant de ses oreilles. Mais ce qu'il entend n'a aucun sens.

— Des milliers ? demande-t-il. Des milliers de quoi ? Et qui ont disparu pour aller où ?

Gregorius fait un pas vers le père capitaine et se penche pour murmurer :

— Il n'y en avait pas des milliers mais un seul. Le gritche.

— C'est une légende, proteste Lempriere.

— Rien que le gritche, continue le géant noir en ignorant le capitaine du vaisseau-torche. Il a massacré la plupart des gardes suisses et la moitié des troupes régulières de la Pax sur le continent d'Equus. Il a anéanti tous nos chasseurs Scorpion, mis hors de combat deux vaisseaux-torches, tué tout le monde à bord du vaisseau C–cube, laissé sa carte de visite ici et disparu en moins de trente secondes au total. Tout le reste, ce sont nos propres gars en état de panique qui se sont tiré dessus. Le gritche, je vous dis.

— Ridicule ! s'écrie Lempriere, dont le crâne chauve devient rouge d'excitation. Ce sont des légendes, des racontars, des inventions d'hérétiques ! Ce qui nous a vaincus aujourd'hui n'a rien de...

— Taisez-vous ! l'interrompt de Soya.

Il a l'impression de parler à l'intérieur d'un long tunnel obscur. Ce qu'il a à dire, il faut qu'il le dise très rapidement.

— Écoutez-moi bien... capitaine Lempriere... De par mon autorité... et l'autorité papale... vous autoriserez le capitaine Sati à prendre les survivants du *Saint-Bonaventure* à bord du *Saint-Antoine* pour compléter son équipage... Vous lui donnerez l'ordre de suivre la fillette... le vaisseau qui l'a recueillie... en surgyration, pour s'aligner sur ses coordonnées de translation... et pour ne pas la quitter jusqu'à...

— Mais, père capitaine..., commence Lempriere.

— Taisez-vous ! aboie de Soya.

Il essaie de couvrir le bruit de cascade dans ses oreilles. Il ne voit déjà plus rien d'autre que des taches mobiles.

— Écoutez-moi bien, reprend-il. Vous ordonnerez au capitaine Sati de suivre ce vaisseau où qu'il aille, même s'il y consacre toute sa vie, et de capturer cette fillette à tout prix. Ces ordres priment tous les autres. Qu'il capture cette fille et qu'il la transporte sur Pacem. Gregorius ?

— Oui, père capitaine.

— Ne les laissez pas m'opérer. Mon vaisseau courrier est intact ?

— Le *Raphaël* ? Oui, père capitaine. Il était vide au moment des combats. Le gritche n'y a pas touché.

— Hiroshe — le pilote de mon vaisseau de descente — est toujours là ?

— Non, père capitaine. Il s'est fait tuer.

De Soya entend à peine la voix sonore du sergent, couverte par le bruit de cascade.

— Réquisitionnez un pilote et une navette, sergent, et conduisez-moi, avec le reste de votre escouade...

— Ils ne sont plus que deux, à présent, père capitaine.

— D'accord. Nous irons tous les quatre à bord du *Raphaël*. Le vaisseau saura ce qu'il faut faire. Dites-lui que nous voulons suivre la fillette — son vaisseau — et le *Saint-Antoine*. Là où ces deux vaisseaux iront, nous irons aussi. Et, sergent...

— Oui, père capitaine ?

— Vos hommes et vous, vous êtes régénérés, n'est-ce pas ?

— Oui, père capitaine.

— Préparez-vous à l'être pour de bon, sergent.

— Mais votre jambe...

La voix de Lempriere lui parvint étouffée par une grande, très grande distance, et modulée comme si elle subissait une déformation due à l'effet Doppler.

— Je serai réuni à elle quand je ressusciterai, murmure le père capitaine de Soya.

Il voudrait fermer les yeux, à présent, pour dire une prière, mais il n'a pas besoin de cela pour occulter la lumière. Il est déjà environné de ténèbres absolues. Couvrant le fracas qui l'entoure, sans savoir si quelqu'un l'entend ou si les mots sortent vraiment de sa bouche, il crie :

— Faites vite, sergent. Le temps presse !

17

Aujourd'hui, en écrivant ces mots tant d'années après, j'aurais pensé qu'il me serait difficile de me rappeler Énée enfant. Mais ce n'est pas le cas. Mes souvenirs foisonnent d'images des années ultérieures : le soleil doré jouant sur la peau de la femme qu'elle devait devenir tandis que nous flottions parmi les branches de la forêt orbitale ; la première fois que nous fîmes l'amour sous gravité zéro ; nos promenades sur les passerelles suspendues de Hsuank'ung Su, avec les falaises rose et rouge de Hua Shan captant la riche lumière au-dessus de nous... J'avais peur que mes premiers souvenirs d'elle ne soient trop insubstantiels par comparaison, mais ce n'est nullement le cas. Et je n'ai pas cédé non plus à l'impulsion de sauter par-dessus les années, malgré la peur que ce récit ne soit interrompu d'une seconde à l'autre par le sifflement quantique du gaz empoisonné de Schrödinger. J'écrirai ce que je pourrai. Le sort déterminera la fin de cette narration.

A. Bettik nous précéda dans l'escalier spiralé qui menait à la salle du piano tandis que nous foncions dans l'espace. Le champ de confinement maintenait constante la gravité du vaisseau malgré l'accélération très forte, mais j'étais toujours dans un état d'excitation difficilement contrôlable, dû peut-être aux effets de l'adrénaline sur une période de temps si courte. L'enfant était sale, les cheveux en désordre, et encore en état de choc.

— J'aimerais voir où nous sommes, me dit-elle. S'il te plaît.

Le vaisseau lui donna satisfaction en rendant transparente la paroi qui se trouvait derrière la fosse holo. Le continent d'Equus, au-dessous de nous, était en train de s'éloigner. La tête chevaline était voilée par un nuage de poussière rouge. Au nord, là où les nuages couvraient le pôle, le limbe d'Hypérion s'arquait en une courbe distincte. Une minute plus tard, la planète entière devint un globe, avec seulement deux des trois continents visibles sous les nuages épars, la Grande Mer du Sud, formant une tache d'un bleu intense, et l'archipel des Neuf Queues, entouré du vert émeraude du plateau continental. Puis le globe devint une petite boule de bleu, de rouge et de blanc, et nous le perdîmes de vue. Nous filions à toute vitesse.

— Où sont les vaisseaux-torches ? demandai-je à l'androïde. Ils auraient dû nous lancer des sommations à l'heure qu'il est, ou nous anéantir.

— Le vaisseau et moi nous avons écouté leurs communications sur large bande. Ils ont eu... quelques contretemps.

— Je ne comprends pas, déclarai-je en commençant à faire les cent pas au bord de la fosse holo, trop agité pour prendre place au creux des coussins moelleux. Ces combats... Qui donc...

— Le gritche, me dit Énée en me regardant vraiment pour la première fois. Maman et moi nous espérions que les choses se passeraient autrement, mais c'est arrivé, et je suis désolée, crois-moi, terriblement désolée.

Me disant qu'elle ne m'avait probablement pas entendu dans la tempête, je cessai d'aller et venir, me laissai tomber sur le bras du canapé et murmurai :

— Nous ne nous sommes pas vraiment présentés. Je m'appelle Raul Endymion.

Les yeux de la fillette étaient brillants. Malgré la boue et la crasse qui lui maculaient la joue, je vis qu'elle avait un teint d'une blancheur superbe.

— Je me souviens, me dit-elle. Endymion, comme le poème.

— Le poème ? Quel poème ? C'est le nom d'une vieille cité.

Elle me sourit.

— Je ne connais que le poème. C'est mon père qui l'a écrit. Mon oncle Martin a bien choisi son héros, avec un nom comme ça.

Je me tortillai, embarrassé par ce mot *héros*. L'entreprise était déjà assez absurde comme ça.

La fillette me tendit sa petite main.

— Énée, me dit-elle. Mais tu le sais déjà.

Ses doigts étaient glacés dans les miens.

— Le vieux poète m'a dit que tu avais changé plusieurs fois de nom, murmurai-je.

Elle eut un sourire.

— Et j'en changerai encore, je présume.

Dégageant sa main, elle l'offrit à l'androïde.

— Énée, dit-elle. L'orpheline du temps.

A. Bettik lui serra la main avec plus de grâce que je ne l'avais fait. Il s'inclina très bas en se présentant.

— Je suis tout à votre service, H. Lamia, lui dit-il.

Elle secoua la tête.

— C'est ma mère qui est... qui était... H. Lamia. Moi, je suis juste Énée.

Remarquant un changement dans mon expression, elle se tourna vers moi.

— Tu as entendu parler de ma mère ?

— Elle est célèbre, répliquai-je en rougissant, j'ignore pourquoi. Tous les pèlerins d'Hypérion le sont, poursuivis-je. Ils sont même légendaires, grâce au poème épique, à la véritable épopée de tradition orale qui...

— Ah ! fit Énée en éclatant de rire. Je vois que mon oncle Martin a fini ses foutus *Cantos* !

Je dois admettre que je fus choqué. Et cela dut se voir sur mon visage. Encore heureux que je n'aie pas été en train de jouer au poker ce matin-là.

— Désolée, fit Énée une fois de plus. J'ai l'impression que les gribouillages du vieux satyre sont devenus une espèce de trésor culturel sans prix. Il est encore vivant ? Je veux parler de l'oncle Martin, naturellement.

— Oui, H. La... Oui, H. Énée, fit A. Bettik. J'ai eu le privilège de servir votre oncle durant plus d'un siècle.

La fillette fit la grimace.

— Vous devez être un saint, H. Bettik.

— A. Bettik, corrigea l'androïde. Non, je ne suis pas un saint. Uniquement un admirateur et une connaissance de longue date de votre oncle.

Énée hocha la tête.

— J'ai connu quelques androïdes quand nous allions à Jacktown rendre visite à l'oncle Martin dans la Cité des Poètes, mais je ne vous ai jamais vu. Plus d'un siècle, vraiment ? En quelle année sommes-nous ?

Je le lui dis.

— Enfin, on a quand même réussi pour cette partie-là, déclara Énée.

Elle demeura quelque temps silencieuse, le regard fixé sur l'image holo de la planète qui s'éloignait. Hypérion n'était plus à présent qu'une tête d'épingle.

— Tu viens réellement du passé ? demandai-je.

C'était une question stupide, mais je ne me sentais pas particulièrement en forme ce matin-là.

Elle hocha la tête.

— L'oncle Martin a dû t'en parler.

— Oui. Tu dois fuir la Pax.

Elle leva la tête, les yeux brillants de larmes qui ne coulaient pas.

— La Pax ? C'est ainsi qu'ils s'appellent à présent ?

Je clignai des yeux. L'idée que quelqu'un pût ignorer l'existence de la Pax me faisait l'effet d'un choc.

— Oui, murmurai-je.

— L'Église dirige donc vraiment tout aujourd'hui ?

— D'une certaine manière, oui.

Je lui expliquai le rôle que jouait l'Église au sein de l'entité complexe qu'était la Pax.

— C'est l'Église qui dirige tout, conclut Énée. Nous pensions bien qu'il en serait ainsi. Et c'est ce que j'ai vu dans mes rêves, également.

— Tes rêves ?

— C'est sans importance, murmura-t-elle.

Elle se leva, regarda un peu partout autour d'elle et s'avança jusqu'au Steinway. Ses doigts jouèrent quelques notes sur le clavier.

— Et nous sommes à bord du vaisseau du consul, dit-elle.

— Oui, répondit le vaisseau. Mais je ne garde que des souvenirs très vagues du personnage. Vous l'avez connu ?

Elle sourit, caressant les touches de l'instrument.

— Pas moi, mais ma mère. C'est elle qui lui a fait ce cadeau.

Elle désigna du doigt le tapis hawking couvert de sable, qui était resté près de l'escalier.

— Lorsque nous avons quitté Hypérion après la Chute, il devait retourner dans le Retz. Il n'est pas revenu à mon époque.

— Il n'est jamais revenu, fit le vaisseau. Comme je l'ai déjà dit, mes mémoires ont été quelque peu endommagées, mais j'ai la certitude qu'il est mort quelque part là-bas. (Sa voix changea, devint plus froide et professionnelle.) Nous avons été interpellés quand nous avons quitté l'atmosphère, mais personne ne s'est lancé depuis à notre poursuite. Nous sommes sortis de l'espace cislunaire et quitterons le puits gravifique critique de la planète dans moins de dix minutes. J'ai besoin de régler le cap en vue de la surgyration. Vos instructions, je vous prie.

Je me tournai vers la fillette.

— Les Extros ? C'est là que le vieux poète m'a dit que tu voudrais aller.

— J'ai changé d'avis, fit Énée. Quel est le monde habité le plus proche de nous, vaisseau ?

— Parvati. À un virgule vingt-huit parsec. Six jours et demi de temps de transit. Trois mois de déficit de temps.

— Parvati faisait partie du Retz ? demanda la petite fille.

Ce fut A. Bettik qui répondit.

— Non. Pas à l'époque de la Chute.

— À quelle distance de Parvati se trouve le monde de l'ancien Retz le plus proche ?

— Le vecteur Renaissance est à dix jours de vaisseau supplémentaires, représentant un déficit de temps de cinq mois, répondit aussitôt le système de bord.

Je fronçai les sourcils.

— Je ne sais pas, déclarai-je. Les chasseurs... Ceux qui m'employaient et qui venaient d'un autre monde... Ils étaient généralement originaires du vecteur Renaissance. C'est un monde important de la Pax, avec beaucoup de mouvements de vaisseaux et de troupes, je pense.

— Mais c'est le monde du Retz le plus proche ? demanda Énée. Et il avait des portes distrans ?

— Oui, répondirent en même temps le système de bord et l'androïde.

— Mettez le cap sur le vecteur Renaissance, via le système de Parvati, ordonna Énée.

— Nous gagnerions un jour de translation et deux semaines de déficit de temps en sautant directement dans le vecteur Renaissance, si telle est notre destination, fit remarquer le vaisseau.

— Je le sais, répliqua Énée, mais je veux transiter par le système de Parvati.

Elle dut lire la question dans mes yeux, car elle ajouta :

— Ils vont nous suivre. Je ne veux pas qu'ils connaissent notre véritable destination quand nous quitterons ce système.

— Personne ne nous poursuit pour le moment, déclara A. Bettik.

— Je sais. Mais cela ne va pas tarder. Dans quelques heures, et pour tout le reste de mon existence.

Elle regarda le centre du foyer holo, comme si c'était là que résidait la personnalité du vaisseau.

— Veuillez exécuter vos instructions, dit-elle.

Les étoiles basculèrent dans l'affichage holo tandis que le vaisseau obéissait.

— Translation vers le système de Parvati dans vingt-sept minutes, annonça-t-il. Aucun poursuivant pour le moment, mais le vaisseau-torche *Saint-Antoine* a appareillé, de même que le transport de troupes.

— Et l'autre vaisseau-torche ? demandai-je. Le... *Saint-Bonaventure*, je crois ?

— Les signaux sur bande commune et nos détecteurs indiquent qu'il a des brèches et émet des appels de détresse. Le *Saint-Antoine* vient de lui répondre.

— Mon Dieu, murmurai-je. Qu'est-ce qu'il y a eu ? Une attaque des Extros ?

La fillette secoua la tête et s'éloigna du piano.

— Le gritche, c'est tout, murmura-t-elle. Mon père m'avait prévenue.

Elle baissa la tête et demeura silencieuse.

— Le gritche ? demanda l'androïde. À ma connaissance, et d'après la légende, corroborée par les archives, la créature qu'on appelle le gritche n'a jamais quitté le sol d'Hypérion, ni même la proximité des Tombeaux du Temps, dans un rayon de plus de quelques centaines de kilomètres au maximum.

Énée se laissa tomber en arrière parmi les coussins. Elle avait toujours les yeux rouges et paraissait épuisée.

— Bon, disons qu'il s'éloigne un peu de sa tanière, à présent. Et mon père avait raison, ça ne fait que commencer.

— Le gritche n'a pas été signalé depuis trois cents ans, murmurai-je.

Énée hocha distraitement la tête.

— Je sais. Il n'est pas revenu depuis l'ouverture des tombeaux, juste avant la Chute. (Elle leva les yeux vers l'androïde.) J'ai une de ces faims ! dit-elle. Et j'aurais besoin de me débarbouiller un peu, aussi.

— Je vais aider le vaisseau à préparer quelque chose, fit A. Bettik. Et il y a des douches à l'étage, dans la grande chambre à coucher, et sur le pont de fugue au-dessous de nous. Il y a également une baignoire dans la salle de bains à côté de la chambre.

— J'y vais de ce pas, leur dit Énée. Je vous rejoindrai avant le saut quantique. À tout à l'heure, dans vingt minutes.

Avant de grimper l'escalier, elle s'arrêta pour me prendre la main.

— Désolée si j'ai pu te paraître ingrate, Raul, me dit-elle. Merci d'avoir risqué ta vie pour moi. Merci de m'accompagner dans ce voyage. Merci de t'aventurer dans quelque chose de si complexe et de si gros que personne ne peut savoir où cela nous mènera.

— Il n'y a pas de quoi, balbutiai-je stupidement.

Elle me regarda en souriant.

— Tu as besoin de te décrasser, toi aussi. Un jour, tu verras, nous prendrons notre douche ensemble ; mais pour le moment, je crois préférable que tu te serves de celle du pont de fugue.

Je battis des paupières, incapable de penser, et la regardai grimper les marches deux à deux.

18

Le père capitaine de Soya se réveille dans une crèche de résurrection à bord du *Raphaël*. On lui a permis de baptiser le vaisseau de la classe archange. Raphaël est l'archange chargé de retrouver les amours perdues.

Il n'a été régénéré que deux fois auparavant, mais il y avait, dans les deux cas, un prêtre chargé de l'accueillir et de lui faire boire une gorgée de vin sacramentel dans une coupe, suivie du traditionnel verre de jus d'orange. Il y avait aussi des experts en résurrection pour lui parler, pour lui expliquer ce qui se passait jusqu'à ce que son esprit désorienté recommence à fonctionner normalement.

Cette fois-ci, il n'a autour de lui que les murs courbes et confinés de la crèche de résurrection. Des voyants clignotent et des écrans affichent des lignes de symboles et de caractères. Mais de Soya est incapable de les lire pour le moment. Il estime qu'il a de la chance de pouvoir penser. Il se redresse, les jambes pendantes au bord de la couchette de résurrection.

Mes jambes. J'en ai deux.

Il est nu, naturellement. Sa peau, rose et luisante, a une teinte étrange dans l'atmosphère d'étuve humide de la crèche. Il se tâte les côtes, l'abdomen, la jambe gauche, tous les endroits lacérés et saccagés par le démon. Il est parfaitement intact. Il n'y a plus aucune trace de la terrible blessure qui lui sectionnait la jambe.

— Raphaël ?

— Oui, père capitaine ?

La voix est angélique, c'est-à-dire totalement dénuée d'identité sexuelle. De Soya la trouve apaisante.

— Où sommes-nous ?

— Dans le système de Parvati, père capitaine.

— Et les autres ?

Il n'a qu'un souvenir brumeux du sergent Gregorius et des deux autres survivants de l'escouade. Aucun souvenir d'être monté à bord du courrier avec eux.

— Ils sont en train de se réveiller, père capitaine.

— Combien de temps s'est écoulé ?

— Un peu moins de quatre jours depuis que le sergent vous a transporté à bord, père capitaine. Nous avons fait le saut moins d'une heure après votre installation dans la crèche. Nous sommes restés à dix UA du monde de Parvati, selon vos instructions, que m'a communiquées le sergent Gregorius, durant les trois jours qu'a durés votre résurrection.

De Soya hoche la tête en signe d'approbation. Mais même ce léger mouvement lui est infiniment douloureux. Chaque cellule de son corps souffre de la résurrection. Mais c'est une douleur saine, qui n'a rien à voir avec l'agonie d'un corps endommagé par d'horribles blessures.

— Avez-vous contacté les autorités de la Pax sur Parvati ?

— Non, père capitaine.

— Très bien.

Parvati était une colonie éloignée à l'époque de l'Hégémonie ; aujourd'hui, c'est une colonie éloignée de la Pax. Elle ne possède aucun engin interstellaire — ni militaire, ni Mercantilus — et n'a qu'un faible contingent de troupes, avec quelques vaisseaux interplanétaires rudimentaires. Si la capture de la fillette doit s'effectuer dans ce système, il va falloir que ce soit le *Raphaël* qui s'en charge.

— Dernières informations sur le vaisseau de la petite fille ? demande-t-il.

— Le vaisseau non identifié est entré en surgyration deux heures et dix-huit minutes avant nous, déclare le *Raphaël*. Les coordonnées de translation, sans le moindre doute, étaient celles du système de Parvati. Arrivée estimée dans environ deux mois, trois semaines, deux jours et dix-sept heures.

— Merci, fait de Soya. Quand Gregorius et les autres seront régénérés et opérationnels, dites-leur de me rejoindre dans la salle d'état-major.

— À vos ordres, père capitaine.

Deux mois, trois semaines, deux jours... Sainte Mère, qu'est-ce que je vais faire pendant près de trois mois dans ce système complètement désolé ?

Il n'a peut-être pas réfléchi assez clairement à tout ça. Ses facultés ont dû être obnubilées par les traumatismes répétés, la douleur et les drogues. Mais le système de la Pax le plus proche est le vecteur Renaissance, qui se trouve à dix jours de vaisseau de Parvati, avec cinq mois de déficit de temps. Deux mois et trois jours et demi après l'arrivée du vaisseau de la fillette en provenance d'Hypérion. Il ne devait pas avoir l'esprit clair quand il a fait ses calculs. Et il ne l'a pas plus aujourd'hui, se dit-il. Mais il a eu raison de prendre la décision qu'il a prise. Le mieux était de venir ici pour réfléchir à tout ça.

Je pourrais faire le saut jusqu'à Pacem. Demander de nouvelles instructions directement au Haut Commandement de la Pax. Au pape lui-même. Récupérer pendant deux mois et demi, et refaire le saut ici avec une bonne marge de temps.

De Soya secoue la tête. L'inconfort de sa position lui fait faire la grimace. Il a ses instructions. Capturer la fillette, la conduire sur Pacem. Retourner sans elle au Vatican serait un grave aveu d'échec. Ils enverraient peut-être quelqu'un d'autre à sa place. Au cours des séances de préparation à cette mission, le capitaine Marget Wu a bien insisté sur le fait que le *Raphaël* est unique. C'est le seul courrier de la classe archange à être armé et à pouvoir emporter six personnes. Ils en ont peut-être mis un autre en circulation durant les quelques mois de déficit de temps qui se sont écoulés là-bas depuis son départ, mais il ne faut plus songer à retourner maintenant sur Pacem. Si le *Raphaël* est toujours le seul courrier armé en opération, tout ce qu'il obtiendrait, ce serait d'ajouter les noms de deux soldats de la Pax au rôle du vaisseau.

La mort et la résurrection ne doivent pas être prises à la légère.

Ce précepte lui a été inculqué profondément au catéchisme, quand il était enfant. Ce n'est pas parce que le sacrement existe et qu'il est offert aux fidèles qu'il faut l'exercer avec moins de solennité et de rigueur.

Non, je vais discuter avec Gregorius et les autres pour voir ce que nous pouvons faire localement. Après avoir établi un plan, nous utiliserons les sarcophages de fugue cryotechnique pour laisser passer les deux mois. Lorsque le vaisseau de la fillette arrivera, le Saint-Antoine *sera lancé à sa poursuite. Entre le Raphaël et le vaisseau-torche, nous devrions pouvoir intercepter leur vaisseau, monter à bord et récupérer la petite fille sans problème.*

Logiquement, tout cela est faisable, mais une autre partie du cerveau du père capitaine lui chuchote : *Sans problème... c'est ce que tu te disais avant la mission d'Hypérion.*

Le père capitaine de Soya laisse échapper un grognement, puis il descend de sa couchette de résurrection et s'éloigne à petits pas pour aller prendre une douche, boire une tasse de café bien chaud et s'habiller.

19

Je ne savais pas grand-chose sur le fonctionnement des propulseurs Hawking la première fois que j'en ai utilisé un, il y a de cela des années. Je n'en sais pas beaucoup plus aujourd'hui. Le fait que cette technologie soit essentiellement (bien qu'accidentellement) le fruit de quelqu'un qui a vécu au XXe siècle de l'Ère Chrétienne m'embrouillait l'esprit à l'époque tout comme aujourd'hui, mais pas autant que l'expérience en elle-même.

Nous nous retrouvâmes dans la bibliothèque — officiellement appelée salle de navigation, nous apprit le vaisseau — quelques minutes avant la translation aux vitesses C–plus. J'avais mis mes vêtements de rechange, et j'avais encore les cheveux mouillés, tout comme Énée. L'enfant portait un peignoir de bain épais, qu'elle avait dû trouver dans un placard du consul, car le vêtement était beaucoup trop ample pour elle. Elle ne faisait même pas douze ans dans tous ces replis de tissu éponge.

— Nous devrions peut-être gagner nos couchettes de fugue, suggérai-je.

— Pourquoi ? demanda-t-elle. Tu ne veux pas rester voir le plus intéressant ?

Je fronçai les sourcils. Tous les chasseurs et instructeurs militaires venus d'autres mondes avec qui j'avais eu l'occasion de discuter avaient l'habitude de passer leur temps C–plus en fugue. C'est ainsi que les humains ont toujours voyagé d'une étoile à une autre. C'est dû aux effets du champ Hawking sur l'organisme et l'esprit humain, un truc comme ça. J'imaginais des hallucinations, des cauchemars, une douleur insupportable. Je lui fis part de mes appréhensions d'une voix que je m'efforçais de garder calme.

— Ma mère et mon oncle Martin m'ont dit que le C–plus était facile, et même agréable à supporter, me dit-elle. Simple question d'habitude, je pense.

— Et ce vaisseau a été modifié par les Extros pour vous faciliter la chose, renchérit A. Bettik.

Nous avions pris place, Énée et moi, devant la table basse

en verre qui occupait le centre de la bibliothèque. L'androïde se tenait debout, un peu à l'écart. J'avais beau le traiter en égal, il s'obstinait à se comporter comme un domestique. J'avais décidé de renoncer à mes ridicules efforts égalitaristes et de le laisser agir comme il l'entendait.

— C'est vrai, confirma le vaisseau. Le champ de confinement a été modifié de manière à atténuer les effets secondaires de la translation C–plus.

— Quels sont ces effets secondaires exactement ? m'informai-je.

Je ne tenais pas à étaler mon ignorance, mais je n'avais pas non plus envie de souffrir inutilement.

Nous nous entre-regardâmes, l'androïde, la petite fille et moi.

— J'ai voyagé de nombreuses fois entre les étoiles au cours des siècles passés, nous dit A. Bettik, mais toujours en état de fugue. Et dans la soute, à vrai dire. Nous autres androïdes, nous étions entassés comme des carcasses de bœufs congelées, à ce que l'on raconte.

Gênés, Énée et moi évitions à présent de croiser le regard de notre ami à la peau bleue. Le vaisseau laissa alors entendre un bruit qui ressemblait remarquablement au raclement de gorge d'un humain.

— D'après mes observations sur les passagers humains, qui peuvent cependant être sujet à caution en raison du mauvais état...

— Du mauvais état de votre mémoire, achevâmes-nous à l'unisson, Énée et moi.

Nous nous regardâmes de nouveau, puis éclatâmes de rire.

— Désolée, vaisseau, fit Énée. Continuez.

— J'étais en train de dire que, d'après mes observations personnelles, l'effet le plus marqué, chez les humains, de la translation C–plus est une certaine confusion visuelle accompagnée d'une légère dépression mentale causée par le champ et associée à un simple sentiment d'ennui. Je pense que la fugue cryotechnique a été conçue pour les très longs voyages, et qu'elle n'est utilisée que comme élément de confort pour les courts déplacements comme celui-ci.

— Et vos... euh... modifications apportées par les Extros ont amélioré ces effets secondaires ?

— Elles sont conçues pour cela. Naturellement, elles ne peuvent rien contre l'ennui. Il s'agit d'un phénomène typiquement humain, et je ne pense pas qu'un remède puisse être trouvé. (Il y eut un moment de silence, et le vaisseau continua :) Nous atteindrons le point de translation dans deux minutes dix secondes. Tous les systèmes sont en état de fonctionnement optimal. Personne ne nous poursuit encore, mais le *Saint-Antoine* nous suit sur ses systèmes de détection à longue portée.

Énée se mit debout.

— Descendons voir le passage en C–plus.

— Descendre voir ? m'étonnai-je. Où ça ? Dans la fosse holo ?

— Non, cria-t-elle dans l'escalier. À l'extérieur !

Le vaisseau avait un balcon. Je l'ignorais. On pouvait s'y tenir même quand il était lancé à travers l'espace, prêt à se translater à des pseudovitesses C–plus. Personne ne m'avait jamais dit cela. Et si quelqu'un me l'avait dit, je ne l'aurais pas cru.

— Déployez le balcon, s'il vous plaît, avait demandé Énée.

Le vaisseau s'était exécuté aussitôt. Le Steinway avait même suivi le mouvement, et nous étions tous sortis dans l'espace autour de lui. Pas vraiment dans l'espace, naturellement. Même moi, modeste berger de province, je savais que nos tympans n'auraient pas manqué d'exploser, que nos yeux auraient éclaté et que notre sang aurait bouillonné dans nos corps si nous étions réellement sortis dans le vide spatial. Mais c'était bien l'*impression* que cela nous faisait.

— Il n'y a pas de danger ? demandai-je en allant m'appuyer contre la balustrade.

Derrière nous, la planète Hypérion était une tête d'épingle. L'étoile brillait d'un éclat vif à bâbord, mais la traînée de plasma de notre tuyère à fusion, longue de plusieurs dizaines de kilomètres, donnait l'impression que nous étions perchés de manière précaire sur une haute colonne de feu bleutée. Ce spectacle était nettement générateur d'acrophobie, et l'illusion d'être exposé sans protection au milieu de l'espace créait un sentiment équivalent à l'agoraphobie. Jusqu'à cet instant, j'ignorais totalement être sensible à quelque phobie que ce fût.

— Si le champ de confinement tombe en panne, ne serait-ce qu'une seconde, nous expliqua A. Bettik, à la vitesse et sous le nombre de *g* qui sont les nôtres, nous mourrons sur-le-champ, que nous nous tenions à l'intérieur ou à l'extérieur.

— Et les radiations ? demandai-je.

— Naturellement, le champ agit comme un déflecteur en ce qui concerne les rayonnements cosmiques et solaires dangereux. Il assombrit également la vue du soleil d'Hypérion, pour que nous ne soyons pas aveuglés en le regardant. À part cela, il laisse passer le spectre visible de manière tout à fait satisfaisante.

— Oui, murmurai-je, pas très convaincu, en m'écartant de la balustrade.

— Translation dans trente secondes, fit le vaisseau.

Même sur le balcon, sa voix semblait flotter dans l'air.

Énée s'assit sur le tabouret du piano et commença à jouer. Je ne reconnus pas l'air, mais c'était apparemment du classique. XXVIe siècle, sans doute.

Je suppose que je devais m'attendre à ce que le vaisseau nous prévienne avant la translation. Au moins un compte à rebours, quelque chose comme ça. Mais le changement s'opéra sans avertissement. Soudain, le propulseur Hawking prit la relève de la tuyère à fusion. Il y eut un bourdonnement bref qui semblait venir de mes os mêmes, un terrible vertige me traversa et m'imprégna tout entier, comme si j'étais retourné comme une chaussette, sans douleur, mais de manière implacable. Puis la sensation disparut avant même que j'aie le temps de la comprendre.

Il n'y avait plus d'espace. Par espace, j'entends le spectacle que nous avions sous les yeux moins d'une seconde plus tôt. Le soleil éclatant d'Hypérion, le disque de plus en plus petit de la planète proprement dite, le reflet brillant de la coque, les quelques étoiles visibles à travers cet éclat, et même la colonne de flammes bleues sur laquelle nous étions perchés... tout cela avait disparu, et il n'y avait plus maintenant que... C'est difficile à décrire.

Le vaisseau était toujours là, se profilant « au-dessus et

au-dessous » de nous. Le balcon où nous étions avait toujours l'air substantiel, mais aucune lumière ne semblait l'atteindre. Je me rends compte, en écrivant cela, que c'est absurde, car tout ce qui est visible reçoit nécessairement de la lumière, mais l'effet produit était réellement le même que si mes yeux avaient cessé de fonctionner et que, tout en ayant conscience de la *masse* et de la *forme* du vaisseau, je ne percevais absolument aucune lumière.

Au-delà du vaisseau, l'univers s'était contracté en une sphère bleue à la proue et une sphère rouge à la poupe, derrière les ailerons. J'avais suffisamment de connaissances scientifiques de base pour m'attendre à un effet Doppler, mais cet effet-là était factice dans la mesure où nous étions bien en deçà de la vitesse de la lumière pendant la translation vers C–plus et largement au-delà maintenant que nous nous trouvions pris dans le repli Hawking. Cependant, les cercles de lumière bleu et rouge — je distinguais les étoiles agglutinées dans les deux sphères si je les fixais suffisamment longtemps — étaient maintenant en train de se déplacer vers les deux extrémités du vaisseau en se rétrécissant à la dimension de deux minuscules points colorés. Et entre les deux, il n'y avait... plus rien. Je ne veux pas dire que tout était noir, ou plus ou moins sombre, c'était vraiment le néant. Un vide écœurant, comparable à ce que l'on ressent quand on essaie de fixer un point aveugle. Un néant si intense que le vertige produit se changeait immédiatement en nausée, empoignant tout mon être avec autant de violence que l'avait fait, quelques secondes plus tôt, l'impression fugitive d'être retourné comme une chaussette.

— Mon Dieu ! réussis-je à balbutier en m'agrippant à la balustrade, les yeux fermés.

Cela ne me fut guère d'un grand secours. Le vide était toujours là. Je compris, en cette seconde, pourquoi les voyageurs interstellaires optaient toujours pour la fugue cryotechnique.

Incroyablement, impensablement, Énée continuait de jouer du piano. Les notes étaient pures et cristallines, comme si aucun médium ne les altérait. Malgré mes yeux fermés, je vis A. Bettik près de la porte, son visage bleu levé vers le vide. Ou plutôt, je m'aperçus qu'il n'était plus bleu. Les couleurs n'existaient plus ici. Il n'y avait pas non plus de noir, ni de blanc, ni de gris. Je me demandai alors si c'était de cette manière démente que les humains aveugles de naissance rêvaient de la lumière et des couleurs.

— Je compense, fit la voix du vaisseau, qui avait la même sonorité cristalline que les notes de piano d'Énée.

Soudain, le vide s'effondra sur lui-même, la vision revint et les sphères rouge et bleu se reformèrent à la proue et à la poupe. Quelques secondes plus tard, la sphère bleue de l'arrière se déplaça le long du vaisseau comme un beignet embroché sur un stylo. Le bleu se mélangea au rouge, et des formes géométriques multicolores explosèrent sans avertissement de l'intérieur de la sphère de proue comme des créatures volantes jaillissant d'un œuf. Je dis « formes géométriques multicolores », mais cela ne rend nullement justice à la complexité de la réalité. Les formes fractales pulsaient, s'enroulaient et se tordaient dans ce qui était, quelques instants auparavant, le vide spatial. Des spirales hérissées de leurs propres subgéométries s'enroulaient sur elles-mêmes, crachant des formes plus petites de la même brillance cobalt et rouge sang. Des ovoïdes jaunes se transformaient en explosions de lumière d'une précision de pulsar. Des hélicoïdes indigo et mauve, ressemblant à l'ADN de l'univers, nous dépassaient en spiralant. J'*entendais* leurs couleurs sous la forme d'un lointain tonnerre, ou comme si d'énormes vagues se brisaient juste derrière l'horizon.

Je m'aperçus que ma mâchoire tombait. Je me détournai de la balustrade et m'efforçai de me concentrer sur l'androïde et sur la fillette. Les couleurs de l'univers fractal dansaient sur eux. Énée continuait à jouer doucement, ses doigts courant sur le clavier tandis qu'elle levait les yeux pour me regarder et admirer les cieux fractaux derrière moi.

— Nous ferions peut-être mieux de rentrer, déclarai-je.

J'entendais chaque mot flotter séparément dans l'air, comme des perles de glace le long d'une branche.

— Fascinant, déclara A. Bettik, les bras toujours croisés, le regard posé sur le tunnel de formes qui nous entourait.

Il avait de nouveau la peau bleue.

Énée cessa de jouer. Peut-être venait-elle seulement de prendre conscience de la terreur vertigineuse qui m'étreignait. Elle se leva, me prit la main et me guida à l'intérieur du vaisseau. Le balcon rentra en même temps que nous. La coque se reforma. Je pus respirer de nouveau.

— Nous avons encore six jours, déclara Énée.

Nous étions assis dans la fosse holo parce que les coussins y étaient plus confortables. Nous avions dîné, et A. Bettik nous avait apporté des jus de fruits glacés qu'il avait sortis des tiroirs du réfrigérateur. Mes mains tremblaient légèrement tandis que la conversation suivait tranquillement son cours.

— Six jours, neuf heures et vingt-sept minutes, précisa le vaisseau.

Énée leva les yeux vers la cloison.

— Vaisseau, pourriez-vous vous tenir tranquille pendant quelque temps, à moins que vous n'ayez quelque chose d'important à dire ou que nous n'ayons une question à vous poser ?

— Oui, H. Énée, répondit le système de bord.

— Six jours, répéta la fillette. Il faudrait commencer à nous préparer.

— Nous préparer à quoi ? demandai-je après avoir bu une gorgée de jus glacé.

— Je pense qu'ils nous attendent là-bas. Il faut trouver un moyen d'arriver dans le système de Parvati, puis sur le vecteur Renaissance, sans qu'ils puissent nous intercepter.

Je la dévisageai. Elle avait l'air fatiguée. Ses cheveux étaient encore mouillés et emmêlés après sa douche. Avec tout ce que disaient les *Cantos* sur Celle qui Enseigne, je m'étais attendu à quelqu'un d'extraordinaire, une jeune messie en toge, un phénomène lançant des prédictions obscures. Mais la seule chose extraordinaire qui émanait de cette jeune personne était l'extraordinaire clarté de ses yeux noirs.

— Comment pourraient-ils nous attendre ? demandai-je. Le système mégatrans ne fonctionne pas depuis des siècles. Les vaisseaux de la Pax que nous avons laissés derrière nous n'ont aucun moyen de communiquer si loin comme ils le faisaient à ton époque.

Énée secoua la tête.

— Le système mégatrans a cessé de fonctionner bien

avant ma naissance. Rappelle-toi. Ma mère était enceinte de moi pendant la Chute.

Elle regarda A. Bettik. L'androïde était occupé à boire son jus, mais il ne s'était pas assis comme nous.

— Désolée, dit-elle, mais je ne me souviens vraiment pas de vous. Comme je l'ai déjà dit, j'allais souvent à la Cité des Poètes, et je croyais connaître tous les androïdes.

Il inclina légèrement le front.

— Vous ne pouvez pas vous souvenir de moi, H. Énée. J'avais déjà quitté la Cité des Poètes avant le pèlerinage de votre mère. Mes frères et moi, nous étions employés sur la rive du fleuve Hoolie et sur la mer des Hautes Herbes. Après la Chute, nous avons... quitté le service... et vécu seuls en différents endroits.

— Je vois, fit-elle. Il s'est passé pas mal de choses insensées après la Chute. Je me souviens. Un androïde aurait été en danger à l'ouest de la Chaîne Bridée.

Je captai son regard.

— Sérieusement, insistai-je. Comment quelqu'un pourrait-il nous attendre sur Parvati ? Ils ne peuvent pas se déplacer plus vite que nous — nous avons atteint la vitesse quantique les premiers —, et le mieux qu'ils puissent espérer, c'est se translater dans l'espace de Parvati une heure ou deux après notre arrivée.

— Je sais, me dit Énée. Mais je pense tout de même qu'ils nous attendent là-bas. Il faut que nous trouvions un moyen de déjouer ou de distancer un vaisseau de guerre.

Nous bavardâmes encore quelques minutes, mais aucun de nous, pas même le vaisseau, lorsque nous lui posâmes la question, n'avait la moindre idée. Pendant que nous parlions, je ne cessais d'observer Énée. J'aimais la manière dont ses lèvres se retroussaient légèrement en un sourire lorsqu'elle réfléchissait très fort, et le double sillon qui creusait son front lorsqu'elle parlait très sérieusement, toujours d'une voix très douce. Je comprenais mieux, à présent, pourquoi Martin Silenus tenait tant à la protéger de tout danger.

— Je me demande pourquoi le vieux poète ne nous a pas appelés avant notre départ du système, murmurai-je. Il avait certainement envie de te parler.

Énée passa ses doigts comme un peigne dans ses cheveux.

— Oncle Martin ne songerait jamais à communiquer avec moi sur faisceau étroit ou sur holo. Nous nous sommes mis d'accord pour ne nous parler qu'à la fin du voyage.

Je la regardai bouche bée.

— Tu veux dire que vous aviez tout prévu ensemble ? Ta fuite, le tapis hawking et tout le reste ?

Elle sourit de nouveau à cette pensée.

— C'est ma mère et moi qui avons pensé aux détails essentiels. Après sa mort, mon oncle Martin et moi nous avons revu notre plan, et il m'a accompagnée ce matin jusqu'au Sphinx.

— Ce matin ? demandai-je, l'esprit en proie à la plus grande confusion.

Puis je compris soudain.

— Cela a été une très longue journée pour moi, me dit-elle d'une voix mélancolique. En quelques pas, ce matin, j'ai couvert la moitié du temps que les humains ont passé sur Hypérion depuis l'origine. Tous les gens que je connaissais, à l'exception de l'oncle Martin, doivent être morts.

— Pas nécessairement, répliquai-je. La Pax est arrivée peu après ta disparition. Beaucoup de tes anciens parents et amis ont dû accepter la croix. Il est possible que tu les retrouves.

— Accepter la croix, répéta Énée en frissonnant légèrement. Mais je n'ai jamais eu d'autres parents que ma mère. Et je doute que beaucoup de mes amis ou des siens aient... accepté la croix.

Nous nous regardâmes en silence durant quelques instants. Je compris à quel point cette jeune créature était exotique. La plupart des événements de l'histoire d'Hypérion qui m'étaient familiers ne s'étaient pas encore produits lorsque cette fillette avait porté ses pas à l'intérieur du Sphinx « ce matin ».

— Quoi qu'il en soit, reprit-elle, nous n'avions pas envisagé les détails de l'utilisation du tapis hawking. Nous ne pouvions pas savoir, naturellement, si le vaisseau du consul reviendrait avec ou non. Mais nous avions prévu de passer par le labyrinthe si la vallée des Tombeaux du Temps était déclarée zone interdite. Et cela a parfaitement bien marché.

Pour le reste, nous comptions bien sur le vaisseau du consul pour me faire quitter la planète.

— Parle-moi de ton époque, demandai-je.

Elle secoua la tête.

— Plus tard, me dit-elle. Tu en as déjà entendu parler. Pour toi, c'est de l'histoire et de la légende. Mais moi, je ne connais rien de la tienne — à part mes rêves. Parle-moi du présent. Quelles sont ses dimensions ? Sa largeur ? Sa profondeur ? Combien puis-je en conserver ?

Je ne saisissais pas très bien à quoi ses dernières questions faisaient allusion, mais je me mis à lui parler de la Pax, de la grande cathédrale de Saint-Joseph et de...

— Saint-Joseph ? C'est où, ça ?

— Cela s'appelait Keats à ton époque. La capitale. Elle portait aussi le nom de Jacktown.

— Ah ! fit-elle en se laissant aller en arrière contre les coussins, son verre de jus entre ses petits doigts minces. Ils ont changé le nom, trop païen. Bah ! J'imagine que cela aurait laissé mon père indifférent.

C'était la deuxième fois qu'elle mentionnait son père. Je supposai qu'elle voulait parler du cybride Keats, mais je m'abstins de l'interrompre pour lui poser la question.

— Oui, déclarai-je, beaucoup de cités et de lieux-dits ont été rebaptisés quand Hypérion est entré dans la Pax, il y a deux siècles. Il était même question de rebaptiser le système, mais le nom est resté. De toute manière, la Pax ne gouverne pas directement ce monde, mais les militaires y ont fait régner l'ordre depuis...

Je continuai ainsi durant quelque temps. Je lui parlai de l'évolution technologique, de la culture, du langage et du gouvernement. Je lui décrivis ce que j'avais vu, lu et entendu dire sur les mondes les plus avancés de la Pax, y compris les gloires de Pacem.

— Bah ! me dit-elle lorsque je marquai une pause. Les choses n'ont pas tellement changé, finalement. On dirait que la technologie est au point mort. Elle n'a pas encore rattrapé l'époque de l'Hégémonie.

— C'est la Pax qui est en partie responsable de cet état de choses. L'Église interdit les machines pensantes — l'intelligence artificielle — et préfère mettre l'accent sur le développement spirituel de l'homme plutôt que sur le progrès technologique.

Énée hocha la tête.

— Je comprends ; mais en deux siècles et demi, on pourrait croire qu'ils auraient au moins rattrapé le niveau de l'ancien Retz. On se croirait au Moyen Âge, ma parole.

Je souris, en partie parce que je me rendais compte que j'étais légèrement vexé. Vexé par une critique qui s'adressait à une société régie par la Pax et que je refusais de cautionner.

— Pas tout à fait quand même, répliquai-je. N'oublie pas qu'il y a eu un grand changement, celui de l'immortalité virtuelle. Pour cette raison, la démographie est soigneusement contrôlée, et il y a une tendance à vouloir conserver l'aspect extérieur des choses. La plupart des chrétiens régénérés considèrent qu'ils vivront plusieurs siècles, et même plusieurs millénaires, avec un peu de chance, et ils ne sont pas pressés de changer quoi que ce soit à la société.

Énée me regarda avec attention.

— Ce truc de résurrection du cruciforme, ça marche vraiment, alors ?

— Bien sûr.

— Dans ce cas, pourquoi n'as-tu pas... accepté la croix ?

Pour la troisième fois en quelques jours, je me trouvai incapable de fournir une explication. Je haussai les épaules.

— Par perversité, j'imagine. Je suis têtu de nature. Il faut dire que beaucoup de jeunes comme moi s'en écartent — on se croit éternel quand on est jeune, pas vrai ? — pour se convertir quand la vieillesse commence à s'installer.

— Ce sera ton cas ? fit-elle en me transperçant de ses yeux noirs.

Je m'abstins de hausser une nouvelle fois les épaules, mais j'eus un geste de la main qui était équivalent.

— Je ne sais pas, lui dis-je.

Je ne lui avais pas encore parlé de mon « exécution » et de ma résurrection organisée par Martin Silenus.

— Je ne sais vraiment pas, répétai-je.

A. Bettik pénétra dans le cercle holo.

— Je me permets de vous signaler que ce vaisseau est

pourvu d'une bonne provision de glaces à des parfums variés, nous dit-il. Seriez-vous intéressés ?

Je conçus mentalement une phrase destinée à lui rappeler qu'il n'était pas notre serviteur durant cette croisière, mais Énée me prit de vitesse en s'écriant :

— Oh, oui ! Au chocolat !

A. Bettik hocha la tête en souriant, puis se tourna dans ma direction.

— H. Endymion ?

La journée avait été longue : le voyage en tapis hawking à travers le labyrinthe, la tempête de sable, le carnage — qu'elle attribuait au gritche ! — et, pour finir, mon premier voyage interstellaire. Je n'avais pas eu beaucoup de journées comme ça dans ma vie.

— Moi aussi, déclarai-je. Au chocolat, ça ira très bien.

20

Les deux rescapés de l'escouade du sergent Gregorius sont le caporal Bassin Kee et le lancier Ahranwhal Gaspa K.T. Rettig. Kee est un petit homme trapu et vif, aussi bien en réflexes qu'en intelligence, alors que Rettig est très grand — presque autant que le géant Gregorius, mais aussi maigre que ce dernier est massif. Rettig est originaire des territoires de l'Anneau de Lambert. Il a les marques de radiations, l'ossature et la posture penchée qui caractérisent les stroïdiens. De Soya a appris que l'homme n'avait jamais posé le pied sur un monde de taille et de gravité normales jusqu'à l'âge de vingt-trois années standard. Les médications à base d'ARN et l'exercice militaire soutenu de la Pax l'ont endurci au point qu'il est maintenant capable de se battre sur n'importe quel monde. Réservé au point de n'ouvrir presque jamais la bouche, A.G.K.T. Rettig sait écouter, obéir aux ordres et — comme il l'a montré durant la bataille d'Hypérion — survivre.

Le caporal Kee est aussi loquace que Rettig est taciturne. Durant leur première journée de bavardage, ses questions et commentaires indiquent qu'il est pourvu d'un solide sens de l'intuition et de la clarté malgré les effets obnubilants de la résurrection.

Les quatre hommes sont secoués par l'expérience de la mort. De Soya essaie de les convaincre que l'habitude facilite la chose, mais ses tremblements et ses absences démentent son assurance. À bord de ce vaisseau, sans aide psychologique ou médicale, sans chapelain de résurrection, chacun fait face à son traumatisme du mieux qu'il peut. Et leur réunion, le premier jour dans l'espace de Parvati, est fréquemment interrompue par la fatigue et l'émotion. Seul le sergent Gregorius, en apparence, demeure imperturbable.

Le troisième jour, ils se réunissent dans le carré exigu du *Raphaël* pour préparer leur plan d'action final.

— Dans deux mois et trois semaines, ce vaisseau va se translater dans le système à moins de mille kilomètres de l'endroit où nous sommes stationnaires, explique le père capitaine de Soya. Nous devons être absolument certains de pouvoir les intercepter et nous emparer de l'enfant.

Aucun des gardes suisses n'a demandé pourquoi la fillette avait une telle importance. Aucun ne posera la question tant que leur commandant — de Soya — n'abordera pas le sujet le premier. Ils sont tous prêts à mourir, si nécessaire, pour exécuter des ordres dont ils ne saisissent pas la portée.

— Nous ignorons qui est à bord de ce vaisseau avec elle, n'est-ce pas ? demande le caporal Kee.

Ils ont déjà discuté de tout cela, mais leur mémoire est un peu défectueuse les premiers jours de leur existence régénérée.

— C'est exact, répond de Soya.

— Et nous ne savons pas non plus de quel armement ils disposent, reprend Kee, comme s'il cochait au fur et à mesure une liste qu'il a dans la tête.

— Non.

— Nous ignorons si Parvati est leur destination réelle.

— Vous avez raison.

— Il se pourrait donc, reprend Kee, que leur vaisseau ait rendez-vous ici avec un autre, ou que cette fillette veuille rencontrer quelqu'un à la surface.

De Soya hoche la tête.

— Le *Raphaël* ne possède pas un équipement aussi perfectionné que mon ancien vaisseau-torche, mais nous balayons tout l'espace situé entre le nuage d'Ört et Parvati. Si un autre vaisseau se translatait avant celui que nous attendons, nous ne manquerions pas de le savoir immédiatement.

— Des Extros ? demande Gregorius.

De Soya lève les bras en l'air.

— Toutes les spéculations sont permises. Je peux vous dire que cette enfant est considérée comme une grande menace pour la Pax. Il est donc assez raisonnable de penser que les Extros — si toutefois ils sont au courant de son existence — peuvent vouloir s'en emparer eux aussi. Au cas où ils essaieraient, nous sommes prêts.

Le caporal Kee frotte sa joue imberbe.

— Je n'arrive toujours pas à croire que nous puissions rentrer chez nous en une journée, si nous le voulions. Ou que nous puissions obtenir de l'aide.

Chez nous, pour le caporal Kee, c'est la république de Jamnu, sur Deneb Drei. Ils ont déjà discuté sur l'utilité de demander de l'aide. Le plus proche vaisseau de guerre de la Pax est le *Saint-Antoine*, qui devrait être actuellement, si les ordres de De Soya ont été obéis, à la poursuite du vaisseau de la fillette en temps réel.

— J'ai envoyé un message sur faisceau étroit au commandant de la garnison de la Pax sur Parvati, explique de Soya. Comme nous l'avait déjà indiqué notre inventaire informatique, ils ne disposent que d'un patrouilleur orbital et d'une paire de saute-montagnes. Je lui ai ordonné de placer tous ses appareils en position cislunaire défensive, d'alerter tous les avant-postes de la planète et d'attendre de nouvelles instructions. Si la fillette réussit à franchir notre dispositif et à se poser sur ce monde, la Pax la retrouvera obligatoirement.

— À quoi ressemble Parvati ? demande Gregorius.

Sa voix de basse vibrante ne manque jamais de capter toute l'attention de De Soya.

— Cette planète a été peuplée par des hindous réformés peu de temps après l'Hégire, explique le prêtre-capitaine, qui a trouvé tous ces détails dans l'ordinateur de bord. C'est un monde désertique, qui ne possède pas assez d'oxygène pour permettre la vie humaine. L'atmosphère est surtout composée de CO_2 et le peuplement n'a jamais été assez important pour qu'une terraformation totale soit envisagée. Quand ce n'est pas l'environnement qui est adapté, ce sont les gens. Avant la Chute, il y avait douze millions d'habitants recensés. Aujourd'hui, il y en a moins d'un demi-million, et la plupart vivent dans la capitale, Gandhiji.

— Des chrétiens ? demande Kee.

De Soya devine que sa question n'est pas simplement le reflet d'une curiosité gratuite. Kee parle rarement à la légère.

— Quelques milliers d'habitants de Gandhiji se sont effectivement convertis. Il y a une nouvelle cathédrale dans la capitale : Saint-Malachi. Et la plupart des régénérés sont des notables ou des hommes d'affaires influents qui sont en faveur d'entrer dans la Pax. Ils ont réussi à convaincre le gouvernement planétaire — une sorte d'oligarchie élective — d'accueillir cette garnison de la Pax il y a une cinquantaine d'années standard. Ils sont assez proches des Confins pour s'inquiéter des Extros.

Le caporal Kee hoche lentement la tête.

— J'étais en train de me demander si la garnison pouvait compter sur la population pour qu'elle lui signale l'arrivée éventuelle du vaisseau de la petite fille.

— Peu probable. La planète est déserte à quatre-vingt-dix-neuf pour cent. Même les parties anciennement colonisées ont été reprises par les sables et les lichens. Les zones d'habitation se situent autour des grandes mines de bollite, dans les environs immédiats de Gandhiji. Mais la patrouille orbitale ne manquerait pas de repérer le vaisseau.

— S'il arrive jusque-là, fait Gregorius.

— La chose est effectivement exclue, déclare le père capitaine de Soya.

Il effleure la surface du moniteur qui se trouve devant lui. Un graphique qu'il a préparé s'affiche.

— Voici le plan d'interception, dit-il. Nous serons en sommeil jusqu'au jour T moins trois. Ne vous alarmez pas, la fugue n'a pas du tout les effets désagréables de la résurrection. En une demi-heure, tout est rentré dans l'ordre. Bon. Le réveil sonne à T moins trois. Entre-temps, le *Raphaël* est venu se placer ici. (Il indique sur l'écran un point situé aux deux tiers de la trajectoire ellipsoïde.) Nous connaissons la vitesse d'entrée C–plus de leur vaisseau, ce qui signifie que nous connaissons aussi sa vitesse de sortie. Elle sera égale à environ zéro virgule zéro trois C, de sorte que, s'ils décélèrent en direction de Parvati de la même manière que lorsqu'ils ont quitté Hypérion... (la trajectoire et les diagrammes en lignes de temps se dessinent sur l'écran), ils devraient apparaître *ici*. Tout cela est hypothétique, bien sûr, mais leur point de translation ne l'est pas.

Il place la pointe d'un stylet sur un point rouge situé à dix UA de la planète. L'ellipsoïde de leur propre trajectoire se dirige en pointillés vers ce point.

— Et c'est *ici* que nous les intercepterons, à moins d'une minute de leur point de translation, conclut-il.

Gregorius se penche vers son propre moniteur.

— Nous allons tous être lancés comme des putains de croix de chauves-souris de l'enfer, pardonnez-moi mon langage, père capitaine.

De Soya lui sourit.

— Vous êtes absous, mon fils. C'est vrai, nous serons lancés à de très grandes vitesses, et nos v. delta combinées seront très élevées lorsque leur vaisseau commencera à décélérer en direction de Parvati, mais les vitesses relatives des deux vaisseaux seront presque nulles.

— Serons-nous très près d'eux, capitaine ? demande Kee, dont les cheveux noirs brillent sous les spots du plafond.

— Quand ils émergeront de leur translation, nous arriverons sur eux à une distance de six cents kilomètres. Trois minutes plus tard, nous serons assez près pour leur lancer une pierre.

— Et eux, demande Kee en fronçant les sourcils, qu'est-ce qu'ils vont nous balancer ?

— La réponse m'est inconnue. Mais le *Raphaël* est coriace. Je parie que ses boucliers peuvent encaisser tout ce que le vaisseau non identifié est capable de nous envoyer.

Le lancier Rettig laisse entendre un grognement.

— Ce genre de pari, on n'a pas intérêt à le perdre.

De Soya fait pivoter son siège dans la direction du soldat Il avait presque oublié sa présence.

— C'est vrai, dit-il, mais nous avons l'avantage de la proximité. Quoi qu'ils nous lancent, ils n'auront qu'un temps très limité pour le faire.

— Et nous, qu'est-ce qu'on peut leur tirer ? demande Gregorius de sa grosse voix tonnante.

De Soya a un instant d'hésitation.

— Nous avons passé ensemble en revue l'armement du *Raphaël*. Si c'était à un vaisseau extro que nous avions affaire, nous pourrions le griller, le carboniser, l'éventrer ou le faire sauter. Nous pourrions aussi causer la mort très lente de son équipage sans le détruire.

Le *Raphaël* transporte tout un assortiment d'armes rayonnantes à base de technologie du rayon de la mort. À cinq cents kilomètres de distance, leur efficacité ne saurait susciter aucun doute.

— Mais nous n'allons rien faire de tout cela, reprend le père capitaine. À moins que nous n'ayons absolument besoin de... mettre leur vaisseau dans l'incapacité de manœuvrer.

— Le pourrions-nous sans mettre la vie de la fillette en danger ? demande Kee.

— Nous n'aurions pas une certitude totale.

De Soya s'interrompt de nouveau, respire fort et continue.

— C'est la raison pour laquelle vous allez la prendre à l'abordage.

Gregorius arbore un sourire radieux. Ses dents sont très larges et très blanches.

— Nous avons emporté suffisamment d'armures de combat pour tout le monde quand nous avons quitté le *Saint-Thomas Akira*, dit-il d'une voix joyeuse. Mais il vaudrait mieux s'entraîner avant l'abordage.

— Trois jours, ça ne vous suffit pas ?

— Une semaine, ce serait mieux, fait le géant en souriant.

— D'accord. Nous nous réveillerons donc une semaine avant l'interception. Voici un plan du vaisseau non identifié.

— Je croyais qu'il était... d'un type inconnu, s'étonne Kee en regardant les diagrammes qui occupent maintenant les moniteurs.

Le vaisseau spatial a la forme d'un étroit cigare avec des ailerons au bout. Une caricature d'astronef dessinée par un enfant.

— Nous ignorons son identité spécifique et son numéro

d'immatriculation, explique de Soya, mais le *Saint-Antoine* nous a transmis des images vidéo sur faisceau étroit. Elles ont été prises par le *Bonaventure* et lui avant notre translation. Il ne s'agit pas d'un Extro.

— Ni un Extro, ni un Mercantilus, ni la Pax, ni un vaisseau de spin, ni un vaisseau-torche. Qu'est-ce que c'est, alors ? demande Kee.

De Soya fait défiler plusieurs images, jusqu'à ce que s'affichent quelques plans de coupe.

— C'est un vaisseau privé qui date de l'époque de l'Hégémonie, murmure-t-il. Une trentaine d'exemplaires seulement ont été fabriqués. Il a au moins quatre cents ans, sans doute davantage.

Le caporal Kee siffle doucement entre ses dents tandis que Gregorius se frotte la mâchoire. Même Rettig, derrière son masque d'impassibilité, semble impressionné.

— Je ne savais pas que ça existait, des vaisseaux privés, dit-il. En C–plus, naturellement.

— L'Hégémonie les offrait à ses caciques à titre de récompense, explique de Soya. Le Premier ministre Gladstone en possédait un, ainsi que le général Horace Glennon-Height.

— Ce n'est certainement pas l'Hégémonie qui le lui a donné, fait Kee en gloussant. Glennon-Height fut le plus infâme et le plus légendaire des adversaires que l'Hégémonie ait connus dans ses premiers temps. L'équivalent d'un Hannibal extro pour la Rome du Retz.

— C'est vrai, reconnaît de Soya. Le général avait volé son vaisseau au gouverneur planétaire de Sol Draconi Septem. Quoi qu'il en soit, d'après l'ordinateur, tous ces vaisseaux privés ont été recensés après la Chute, et tous ont été détruits ou reconfigurés pour être utilisés par la Force avant d'être définitivement désarmés. Apparemment, l'ordinateur se trompe.

— Ce n'est pas la première fois, grogne Gregorius. Et ces images à longue portée nous donnent-elles une idée de l'armement ou des systèmes défensifs du vaisseau ?

— Non. La seule chose que nous savons, c'est qu'il s'agissait à l'origine de vaisseaux civils, sans aucun armement. Les détecteurs du *Saint-Bonaventure* n'ont mis en évidence la présence d'aucun radar d'acquisition ni d'aucun lecteur d'impulsions avant que le gritche ait massacré toute l'équipe d'imagerie. Mais ce vaisseau a des siècles, et nous pouvons supposer qu'il a subi des modifications. Cependant, même avec des capacités défensives modernes de type extro, ils ne devraient pas pouvoir empêcher le *Raphaël* de s'approcher de très près tout en demeurant protégé de leurs armes offensives. Dès que nous serons bord à bord, ils ne pourront plus utiliser leurs armes cinétiques. Et lorsque nous lancerons nos grappins, il sera trop tard pour leurs armes rayonnantes.

— Un corps à corps, murmure Gregorius comme pour lui seul.

Le sergent étudie attentivement les diagrammes, puis réfléchit à haute voix.

— Ils nous attendront près du sas. Le mieux serait de créer une ouverture ici... et ici.

De Soya ressent un picotement d'alarme.

— On ne peut pas faire de brèche. Si l'atmosphère s'échappe, la fille...

Gregorius a un sourire de requin.

— Ne vous inquiétez pas pour elle, capitaine. Il faut moins d'une minute pour installer une grande poche étanche sur la coque. J'en ai apporté plusieurs avec les armures. On fait sauter une section de la coque, on s'engouffre à l'intérieur... (Il règle son moniteur pour avoir une image en gros plan.) Je vais programmer une stimsim, pour que nous puissions nous entraîner en 3 D pendant quelques jours. (Il tourne son visage noir vers de Soya.) Nous n'allons peut-être pas jouer longtemps à la Belle au bois dormant, finalement.

Kee est en train de se tapoter les lèvres avec un doigt.

— J'aurais une question, capitaine, dit-il.

De Soya se tourne vers lui.

— J'ai bien compris qu'il ne doit être fait aucun mal à la fille. Mais en ce qui concerne ceux qui l'accompagnent et qui se mettraient en travers de notre chemin ?

De Soya soupire. Il attendait cette question.

— Je préférerais que personne ne soit tué dans le cadre de cette mission, caporal.

— Très bien, capitaine, fait Kee, le regard alerte. Mais s'ils essaient de nous arrêter ?

Le père capitaine éteint le moniteur. Il flotte dans la cabine exiguë une odeur de pétrole, de sueur et d'ozone.

— Mes ordres sont très clairs, dit-il d'une voix lente et réfléchie. Il ne doit être fait de mal à l'enfant en aucun cas. Pour le reste, si quelqu'un ou quelque chose à bord de ce vaisseau tente de s'interposer, n'hésitez pas à agir comme bon vous semblera. Défendez-vous, même si cela signifie que vous tirerez les premiers, avant d'avoir identifié le danger avec certitude.

— On tue tout le monde, murmure Gregorius, à l'exception de l'enfant. Et Dieu reconnaîtra les siens.

De Soya a toujours détesté cette vieille expression de mercenaire.

— Vous ferez ce qu'il y a à faire, à condition de ne pas mettre la santé ni la vie de l'enfant en danger, murmure-t-il.

— Et s'il n'y a qu'une seule chose à bord pour s'interposer entre la fille et nous ? demande Rettig.

Les trois autres se tournent vers le stroïdien, qui finit alors sa phrase.

— Et si cette chose, c'est le gritche ?

La cabine est plongée dans un silence total, à l'exception des bruits habituels du vaisseau : craquements de la coque dont le métal se contracte ou se dilate, susurrement des ventilateurs, bourdonnement des appareils électroniques, crachotement occasionnel d'un moteur...

— Si c'est le gritche... commence le père capitaine de Soya.

Il ne finit pas sa phrase.

— Si c'est le vilain petit gritchou, fait le sergent Gregorius, je crois qu'il peut s'attendre à quelques surprises. Le deuxième round ne sera peut-être pas aussi facile pour ce putain d'enfoiré à épines, pardonnez-moi mon langage, mon père.

— En tant que prêtre, lui dit de Soya, je vous désapprouve d'utiliser un tel vocabulaire. En tant que commandant de ce vaisseau, je vous ordonne de préparer le plus possible de surprises susceptibles d'avoir la peau de ce putain d'enfoiré à épines.

Ils interrompent la réunion pour prendre leur repas du soir et se préparer à leur mise en fugue.

21

Avez-vous remarqué que dans un voyage, même très long, c'est souvent la première semaine qui ressort le plus clairement dans votre mémoire ? C'est peut-être dû à une sorte d'amplification des perceptions induite par le changement, ou à un réflexe des sens, ou simplement au fait que le charme de la nouveauté s'émousse vite. Toujours est-il que, dans mon expérience personnelle, les premiers jours passés dans un endroit, ou bien la rencontre de nouvelles personnes, donnent invariablement le ton à tout le reste du voyage. Et, dans ce cas précis, au reste de mon existence.

Nous passâmes les premiers jours de notre magnifique aventure à dormir. L'enfant était littéralement épuisée, et je dus admettre, en me réveillant au bout de seize heures de sommeil ininterrompu, que je l'étais moi aussi. Je suis incapable de dire comment A. Bettik occupait son temps pendant nos longues périodes de sommeil. J'ignorais encore que les androïdes dorment aussi, mais n'ont besoin que d'une infime fraction du temps que nous passons dans un semi-coma. Je sais cependant qu'il avait installé un hamac dans la chambre des machines, qu'il avait posé autour les maigres possessions que contenait son paquetage, et qu'il passait là une grande partie de son temps quand il n'était pas avec nous. J'avais demandé à Énée d'occuper la « chambre à coucher » du haut, là où elle s'était douchée le matin de son arrivée, mais elle avait jeté son dévolu sur l'une des couchettes du pont de fugue, dont elle avait fait son espace personnel. Je jouissais donc de l'énorme lit moelleux au centre de la chambre circulaire du nez du vaisseau, et je pus même, au bout de quelques jours, surmonter mon agoraphobie au point de laisser la coque devenir transparente et d'admirer le spectacle fractal de l'espace de Hawking qui m'entourait. Je ne la laissais jamais longtemps transparente, cependant. Les géométries pulsantes continuaient de me troubler d'une manière que j'ai peine à décrire.

La bibliothèque et la fosse holo étaient, par accord tacite, notre espace de vie commun. La cuisine — que A. Bettik appelait la « cambuse » — était attenante au salon de la fosse holo, où nous prenions généralement nos repas sur une table basse. Il nous arrivait aussi d'utiliser la table ronde près de la cabine de navigation. J'avoue que j'eus grand plaisir, à mon réveil, après avoir pris mon « petit déjeuner » (c'était l'après-midi sur Hypérion, d'après l'horloge de bord, mais pourquoi nous conformer au temps d'Hypérion alors que j'avais toutes les chances de ne plus jamais revoir ce monde ?), à aller visiter la bibliothèque. Elle était riche en volumes anciens, tous publiés du temps de l'Hégémonie ou avant, et je fus surpris d'y trouver un exemplaire de *La Terre qui meurt*, le poème épique de Martin Silenus, ainsi que des romans d'auteurs classiques que j'avais lus dans ma jeunesse et relus durant les longues nuits où je travaillais dans les marais et au bord du fleuve.

A. Bettik me rejoignit dans la bibliothèque, le premier jour, alors que j'examinais les titres, et sortit d'un rayon un petit volume à couverture verte en disant :

— Celui-ci vous intéressera, je pense.

Le titre était : *Guide du voyageur à travers le Retz, avec une section spéciale sur le Quartier Marchand et sur le fleuve Téthys*.

— Cela m'intéresse beaucoup, en effet, lui dis-je en ouvrant le volume d'une main tremblante.

Ce tremblement, je pense, venait du fait que nous étions véritablement en train de faire route vers ces régions. Nous allions visiter les anciens mondes du Retz !

— En tant qu'artefacts, ces volumes ont une valeur doublement inestimable, me dit l'androïde. Ils viennent d'une époque où les informations étaient instantanément accessibles à tout le monde.

Je hochai la tête. Enfant, lorsque j'écoutais les récits de Grandam sur l'ancien temps, j'essayais d'imaginer un monde où tout le monde portait un implant et pouvait accéder quand il le voulait à l'infosphère. Naturellement, même à cette époque-là, Hypérion n'avait pas d'infosphère — il n'avait jamais fait partie du Retz —, mais la vie, pour la majorité des milliards d'habitants de l'Hégémonie, devait être une stimsim sans fin d'informations visuelles, auditives et imprimées. Rien d'étonnant à ce que la plupart des humains soient restés illettrés dans l'ancien temps. Apprendre à lire à tout le monde fut l'un des premiers objectifs de l'Église et des administrateurs de la Pax lorsque la société interstellaire fut raccommodée, longtemps après la Chute.

Ce jour-là, debout sur la moquette de la bibliothèque, entouré des boiseries vernies de teck et de cerisier qui brillaient à la lumière, j'empruntai une demi-douzaine de volumes sur les rayons et les portai à la table de lecture.

Énée fit également une visite à la bibliothèque cet après-midi-là. Elle sortit immédiatement *La Terre qui meurt* de son rayon.

— Il n'y en avait pas d'exemplaire à Jacktown, m'expliqua-t-elle, et l'oncle Martin a refusé de me laisser le lire quand je lui ai rendu visite. Il disait cependant que c'était la seule chose qu'il avait écrite — à part les *Cantos*, restés inachevés — qui valait la peine d'être lue.

— De quoi est-ce que ça parle ? demandai-je sans lever les yeux du roman de Delmore Deland que j'étais en train de parcourir.

Nous avions chacun une pomme à la main, que nous croquions à belles dents tout en lisant et en parlant. A. Bettik était retourné en bas par l'escalier en spirale.

— Des derniers jours de l'Ancienne Terre, me dit-elle. Et, plus exactement, de l'enfance dorée de Martin dans sa grande propriété familiale de la Réserve d'Amérique du Nord.

Je posai mon livre.

— Qu'est-il arrivé à l'Ancienne Terre, d'après toi ?

Elle cessa momentanément de croquer sa pomme.

— À mon époque, tout le monde croyait que le trou noir de la Grande Erreur de 08 l'avait engloutie. Qu'elle avait disparu à jamais. Kaput.

Je hochai la tête, la bouche pleine.

— Beaucoup de gens croient encore cela, dis-je après avoir dégluti, mais les *Cantos* du vieux poète insistent pour dire que c'est le TechnoCentre qui a kidnappé l'Ancienne Terre pour l'envoyer ailleurs.

— Dans l'amas d'Hercule ou le Nuage de Magellan, précisa la fillette, qui mordit de nouveau dans sa pomme. Ma mère a découvert cela pendant qu'elle enquêtait avec mon père sur son assassinat.

Je me penchai en avant.

— Ça ne t'embête pas de parler de ton père ?

Elle eut un petit sourire.

— Pourquoi est-ce que ça me dérangerait ? Je suppose que je suis une bâtarde, la fille d'une Lusienne et d'un clone cybride, mais ça ne m'a jamais empêchée de dormir.

— Tu n'as pas grand-chose de lusien, lui dis-je.

Les habitants de ce monde à gravité élevée étaient invariablement petits, trapus et très forts. La plupart avaient le teint pâle et les cheveux bruns. Énée était de la même taille qu'un enfant de son âge sur un monde à un *g* de gravité. Ses cheveux bruns étaient parsemés de mèches claires, et elle était plutôt mince. Seuls ses yeux d'un brun lumineux me rappelaient la description de Brawne Lamia dans les *Cantos*.

Elle éclata d'un rire agréable à entendre.

— Je ressemble à mon père, me dit-elle. John Keats était petit, blond et osseux.

J'hésitai une fraction de seconde avant de murmurer :

— Tu m'as dit que tu avais parlé à ton père.

Elle me regarda du coin de l'œil.

— C'est vrai. Et, comme tu le sais, le Centre a tué son corps avant ma naissance. Mais tu sais peut-être aussi que ma mère a porté sa personnalité pendant des mois dans une boucle de Schrön incrustée derrière l'oreille ?

Je hochai la tête. C'était dans les *Cantos*.

Elle eut un haussement d'épaules.

— Je me souviens de lui avoir parlé.

— Mais tu n'étais même pas...

— Née, je sais. Quel genre de conversation peuvent avoir la personnalité d'un poète et un fœtus ? Mais nous avons quand même parlé, je t'assure. Sa personnalité était encore connectée au TechnoCentre. Il m'a montré... C'est compliqué à expliquer, Raul. Crois-moi.

— Je te crois, murmurai-je en jetant un regard circulaire

à la bibliothèque. Savais-tu que, d'après les *Cantos*, lorsque la personnalité de ton père a quitté la boucle de Schrön, elle a résidé quelque temps dans l'IA du vaisseau où nous sommes ?

— Oui, fit Énée avec un sourire. Hier soir, avant de m'endormir, j'ai passé environ une heure à bavarder avec le vaisseau. C'est vrai que mon père a résidé là. Sa personnalité a coexisté avec le cerveau du vaisseau quand le consul est retourné voir ce qui était arrivé au Retz après la Chute. Mais elle n'y est plus du tout à présent, et le vaisseau a presque tout oublié de cette coexistence. Il est incapable de dire ce qui est arrivé à mon père, s'il est parti après la mort du consul ou bien... J'ignore si sa personnalité existe toujours ou non.

— Quoi qu'il en soit, murmurai-je en choisissant mes mots avec toute la diplomatie possible, le Centre n'existe plus aujourd'hui, et il me paraît difficile de concevoir qu'une personnalité cybride ait pu survivre.

— Qui a dit que le Centre n'existait plus ?

J'avoue que je fus choqué par cette déclaration.

— Le dernier geste de Meina Gladstone et de l'Hégémonie fut de détruire toutes les liaisons distrans, les infosphères, les mégatrans et la totalité de la dimension dans laquelle le Centre existait, articulai-je finalement. Même les *Cantos* rapportent ces faits.

L'enfant souriait toujours.

— C'est vrai qu'ils ont fait sauter tous les distrans basés dans l'espace, et que les autres ont immédiatement cessé de fonctionner. Les infosphères avaient également disparu à mon époque. Mais qui a dit que le Centre était mort ? C'est comme si tu concluais, après avoir balayé quelques toiles d'araignée, que l'araignée est morte.

Je la regardai par-dessus mon épaule.

— Tu penses que le TechnoCentre existe encore ? Que toutes ces IA sont encore en train de conspirer contre nous ?

— Je ne suis au courant d'aucune conspiration. Mais je sais que le Centre existe.

— Comment le sais-tu ?

Elle leva un doigt menu.

— Primo, la personnalité cybride de mon père existait

encore après la Chute, pas vrai ? À la base de cette personnalité, il y avait une IA du Centre spécialement façonnée. Ce qui prouve bien que le Centre existait toujours... quelque part.

Je réfléchis quelques instants à ce qu'elle venait de dire. Comme je l'ai déjà indiqué, les cybrides, au même titre que les androïdes, constituaient essentiellement pour moi une espèce mythique. Nous aurions pu aussi bien discuter des caractéristiques physiques des lutins ou des farfadets.

— Secundo, dit-elle en levant un deuxième doigt menu à côté du premier, j'ai communiqué moi-même avec le Centre.

Je battis plusieurs fois des paupières.

— Avant ta naissance ?

— Oui. Et quand je vivais avec maman à Jacktown. Et aussi quand maman est morte. (Elle prit ses livres et se leva.) La dernière fois, c'était ce matin, ajouta-t-elle.

Je demeurai bouche bée.

— J'ai une faim de loup, Raul, me dit-elle du haut de l'escalier. Tu ne veux pas qu'on descende voir ce que la vieille cambuse est capable de nous concocter pour midi ?

Nous nous installâmes progressivement dans une routine ponctuée, *grosso modo*, par les périodes nocturnes et diurnes d'Hypérion. Je commençais à comprendre pourquoi l'Hégémonie avait tellement tenu à maintenir partout, à l'époque du Retz, les rythmes de l'Ancienne Terre basés sur une période de vingt-quatre heures. J'avais lu quelque part que près de quatre-vingt-dix pour cent des mondes terraformés ou de type terrestre qui faisaient partie du Retz avaient adopté des journées qui correspondaient, à deux ou trois heures près, au modèle de l'Ancienne Terre.

Énée aimait beaucoup déployer le balcon et jouer du Steinway sous le ciel de l'espace Hawking. Je la rejoignais souvent pour l'écouter durant quelques minutes, mais je préférais de loin l'intérieur confiné du vaisseau. Personne ne se plaignait des effets de l'environnement C–plus, mais nous les ressentions sous forme de variations soudaines dans notre sens de l'équilibre ou nos émotions, dans l'impression constante que nous avions d'être épiés et dans les rêves très étranges que nous faisions. De terribles cauchemars me réveillaient le cœur battant, la bouche sèche, dans des draps trempés de sueur. Mais je ne me rappelais jamais en quoi ils consistaient exactement. J'aurais voulu demander aux autres quels rêves ils faisaient, mais A. Bettik ne parlait jamais des siens — j'ignorais même si les androïdes étaient capables de rêver —, et Énée, tout en reconnaissant qu'elle faisait des songes étranges et qu'elle s'en souvenait, ne voulait jamais en discuter.

Le deuxième jour, alors que nous étions ensemble dans la bibliothèque, Énée nous suggéra de « faire l'expérience » du voyage dans l'espace. Lorsque je lui demandai comment nous pouvions faire cette expérience plus qu'en ce moment — j'avais surtout à l'esprit les fractales de Hawking —, elle se mit à rire puis demanda au vaisseau d'annuler le champ de confinement interne. Aussitôt, nous nous retrouvâmes dépourvus de poids.

Enfant, j'avais souvent rêvé que je flottais sous gravité zéro. Jeune soldat dans la mer du Sud à forte concentration saline, je fermais les yeux en me laissant flotter, décontracté, et je me demandais si c'était la même impression que l'on ressentait, dans l'ancien temps, lorsque l'on voyageait dans l'espace.

Je peux vous dire, aujourd'hui, que les deux choses sont sans aucun rapport.

La gravité zéro, particulièrement celle que nous fit subir le vaisseau sur la demande d'Énée, est quelque chose d'absolument terrifiant. C'est l'équivalent, tout simplement, de la sensation de chute libre.

C'est, du moins, ce que l'on ressent au début.

Je m'agrippai à mon fauteuil, mais le fauteuil tombait aussi. C'était exactement comme si j'étais assis, depuis deux jours, dans l'une des énormes cabines de téléphérique de la Chaîne Bridée, et que le câble s'était soudain cassé. Mon oreille moyenne protestait, essayant de trouver une ligne d'horizon fiable. Mais aucune ne l'était.

A. Bettik surgit comme un bouchon de l'endroit où il se trouvait en bas et demanda d'une voix calme :

— Il y a un problème ?

— Non, fit Énée en riant. Nous avons seulement décidé de faire l'expérience du vol spatial pendant quelque temps.

L'androïde acquiesça sans rien dire, puis plongea la tête la première dans le trou de l'escalier pour retourner à ses occupations. Énée le suivit jusqu'à l'orée du trou, puis se propulsa dans l'ouverture.

— Tu vois ? me dit-elle. Cet escalier, quand le vaisseau est sous gravité zéro, se transforme en puits central, exactement comme dans les anciens vaisseaux de spin.

— Tu es sûre qu'il n'y a pas de danger ? demandai-je en lâchant le dossier de mon fauteuil pour m'agripper aussitôt à une étagère.

Je remarquai alors, pour la première fois, les élastiques qui maintenaient les volumes en place. Tout ce qui n'était pas attaché — le livre que j'avais posé sur la table, un sweater que j'avais laissé sur le dossier d'un autre siège, des quartiers de l'orange que j'étais en train de manger — était en train de flotter un peu partout.

— Aucun danger, rassure-toi, me dit-elle. Ça fait un peu désordre, c'est tout. La prochaine fois, on s'assurera que tout est bien arrimé avant d'annuler le champ.

— Mais ce champ... Il ne joue pas un rôle important ?

Elle flottait la tête en bas, de mon point de vue. Mon oreille interne appréciait cela encore moins que le reste de l'expérience.

— Le champ nous évite d'être écrasés et ballottés quand nous nous déplaçons dans l'espace normal, m'expliqua-t-elle en se tractant, une main sur la rampe, jusqu'au centre du trou béant sur vingt mètres de dénivelé. Mais dans l'espace C–plus, ajouta-t-elle, nous pouvons ralentir ou accélérer le processus en sorte de... Hop !

Elle avait saisi d'une main la colonne lisse qui traversait le vaisseau dans son axe longitudinal au centre de la cage d'escalier et s'était catapultée dans les puits, la tête la première.

— Seigneur ! murmurai-je.

Lâchant mon étagère, je me propulsai contre la paroi opposée et la suivis dans le puits.

Nous passâmes l'heure suivante à nous amuser à tous les jeux sous gravité zéro : à la cachette *g*-zéro (on pouvait se cacher dans les endroits les plus surprenants quand on n'était pas esclave de la pesanteur), à chat perché *g*-zéro, au football *g*-zéro, avec pour ballon un casque spatial en plastique que nous avions trouvé dans un compartiment de rangement, et même à la lutte *g*-zéro, beaucoup plus difficile que je ne l'aurais imaginé. Ma première tentative de saisir l'enfant nous envoya rebondir tous les deux sur la longueur ou la hauteur entière du pont de fugue.

À la fin, quand nous fûmes épuisés et en sueur (je m'aperçus que les gouttes de transpiration restaient en suspens dans l'air quand nous bougions ou que le moindre souffle des ventilateurs les faisait bouger), Énée demanda de nouveau au vaisseau d'ouvrir le balcon. Je poussai un glapissement d'effroi quand le système de bord s'exécuta, mais il me rappela que le champ extérieur était toujours en place, et nous nous laissâmes flotter jusqu'au Steinway, rivé au plancher, puis jusqu'à la balustrade et au-delà, dans la zone frontière entre la coque et le champ de confinement. Nous pûmes aller jusqu'à dix mètres du vaisseau avant de nous retourner vers lui, environnés de fractales éclatantes qui formaient un somptueux feu d'artifice dans l'espace Hawking tour à tour dilaté et contracté autour de nous au rythme de plusieurs milliards de fois par seconde.

Finalement, nous rentrâmes en nageant et en nous propulsant tant bien que mal (ce qui, constatai-je, n'est pas particulièrement facile, en l'absence de point d'appui), puis avertîmes A. Bettik par l'interphone de bien s'ancrer à une paroi tandis que nous demandions au vaisseau de rétablir une gravité normale de un g. Énée et moi nous éclatâmes de rire lorsque sweaters, sandwiches, fauteuils, livres et bulles d'eau d'un verre resté plein descendirent en pluie pour s'écraser sur la moquette.

Ce jour-là, ou plutôt cette nuit-là, car le vaisseau avait diminué l'éclairage pour la nouvelle période nocturne, lorsque je descendis en chaussettes par l'escalier en spirale jusqu'à l'étage de la fosse holo pour me préparer un sandwich de minuit, j'entendis une série de petits bruits provenant du pont de fugue au-dessous de moi.

— Énée ? appelai-je tout doucement.

Je ne reçus pas de réponse. Je m'avançai jusqu'à l'ouverture de l'escalier et me penchai pour essayer d'apercevoir quelque chose, en souriant au souvenir de nos acrobaties de l'après-midi.

— Énée ?

Toujours pas de réponse, mais les petits bruits continuaient. Regrettant de n'avoir pas de lampe sous la main, je descendis les marches de métal.

Une faible lueur émanait de l'un des moniteurs de fugue fixés au-dessus des couchettes. Les petits bruits que j'avais entendus venaient du compartiment d'Énée. Elle me tournait le dos, la couverture remontée jusqu'à ses épaules, mais je voyais dépasser le col d'une vieille chemise du consul qu'elle s'était appropriée pour s'en faire un vêtement de nuit. Je m'avançai encore. Mes chaussettes ne faisaient aucun bruit sur le plancher. Je me mis à genoux devant la couchette.

— Énée ?

La fillette était en train de pleurer, et elle s'efforçait d'étouffer ses sanglots.

Je lui touchai l'épaule. Elle finit par se retourner. Malgré le très faible éclairage fourni par l'écran, je vis qu'elle devait pleurer depuis un bon moment. Ses yeux étaient rouges et gonflés. Ses joues ruisselaient de larmes.

— Qu'est-ce qu'il y a, ma petite fille ? demandai-je tout bas.

Nous étions deux étages au-dessus de l'endroit où A. Bettik dormait dans son hamac dans la chambre des machines, mais la descente d'escalier était ouverte.

Durant un bon moment, Énée ne me répondit pas. Finalement, cependant, ses sanglots se calmèrent.

— Excuse-moi, me dit-elle alors.

— Ce n'est rien. Tu veux me dire ce qui ne va pas ?

— Donne-moi un mouchoir d'abord.

Je fouillai dans les poches de la vieille robe de chambre que le consul avait laissée. Il n'y avait pas de mouchoir, mais j'avais mangé un gâteau là-haut et j'avais fourré la serviette dans ma poche. Je la lui tendis.

— Merci, dit-elle.

Elle se moucha.

— Je suis bien contente que nous ne soyons plus sous gzéro, me dit-elle à travers le tissu. Il y aurait de la morve en train de flotter partout.

Je souris et lui pris les épaules à deux mains.

— Qu'est-ce qu'il y a, Énée ?

Elle laissa entendre un petit bruit que l'on pouvait interpréter comme un rire.

— Rien ne va, me dit-elle. J'ai une frousse terrible. Tout ce que je peux voir de l'avenir me terrifie. J'ignore comment nous allons échapper aux types de la Pax qui vont nous attendre dans quelques jours. Je voudrais rentrer à la maison. Mais je ne peux pas retourner en arrière, et tous les gens que je connais, à l'exception de l'oncle Martin, ont disparu à jamais. Et celle qui me manque le plus, c'est ma mère.

J'exerçai une pression affectueuse sur son épaule. Brawne Lamia, sa mère, appartenait à la légende. Elle avait vécu et était morte deux longs siècles et demi plus tôt. Ses os étaient déjà en partie retournés à la poussière, où qu'ils soient. Mais pour cette enfant, elle n'était morte que depuis quinze jours.

— Je suis navré, murmurai-je en lui serrant de nouveau l'épaule, sous le pli de la vieille chemise du consul. Mais ça va aller, tu verras.

Elle hocha doucement la tête et me prit la main. La sienne était encore moite. Je m'étonnai de voir à quel point sa paume et ses doigts étaient minuscules dans ma grosse patte.

— Veux-tu monter avec moi dans la cambuse prendre un verre de lait et manger un morceau de gâteau à la racine de chalme ? chuchotai-je. Il est délicieux.

Elle secoua la tête.

— Je crois que je vais dormir, maintenant. Merci, Raul.

Elle serra très fort ma main entre les siennes avant de la lâcher. En cette seconde, je fus frappé par une grande vérité : Celle qui Enseigne, la nouvelle messie, ou quoi que ce soit d'autre que la fille de Brawne Lamia allait se révéler être, était aussi une enfant capable d'avoir le fou rire en faisant des galipettes sous gravité zéro, et qui pleurait la nuit.

Je remontai l'escalier, en m'arrêtant pour la regarder avant de passer la tête dans le trou du pont supérieur. Elle était de nouveau emmitouflée dans sa couverture, la tête tournée de l'autre côté, et sa chevelure captait un faible reflet de la console au-dessus de son compartiment.

— Bonne nuit, Énée, murmurai-je, sachant qu'elle ne m'entendrait pas. Tout va aller bien, tu verras.

22

Le sergent Gregorius et ses deux hommes de troupe attendent devant la sortie ouverte du sas d'abordage du *Raphaël* tandis que le vaisseau archange se rapproche de la cible non identifiée qui vient d'émerger de sa translation C–plus. Leurs armures de combat sont encombrantes, et les trois hommes, avec leurs fusils sans recul à la main et leurs armes rayonnantes en bandoulière, occupent tout le sas. Le soleil de Parvati fait briller leurs visières dorées tandis qu'ils se penchent à l'extérieur.

— Objectif verrouillé, annonce la voix du père capitaine de Soya à leurs écouteurs. Distance, cent mètres, en diminution.

L'astronef en forme de cigare avec des ailerons remplit maintenant leur champ de vision. Les deux vaisseaux continuent de se rapprocher. Leurs champs de confinement défensifs entrent en contact. Ils deviennent flous et lancent des éclairs RCC d'énergie dissipée plus vite que la vision humaine n'est capable de les percevoir. La visière de Gregorius s'opacifie, s'éclaircit, se réopacifie automatiquement au rythme des éclairs de la bataille.

— Bon, vous entrez en deçà du rayon d'action de leurs armes tactiques, leur dit de Soya de son perchoir au Centre de commandement de combat. Allez-y !

Gregorius lève le bras pour donner le signal à ses hommes, et ils se propulsent exactement au même instant que lui. Les tuyères de poussée du paquetage de leurs combinaisons, fines comme des aiguilles, crachent de minuscules flammes bleues pour corriger leurs trajectoires.

— Disrupteurs de champ... en action ! crie de Soya.

Les champs de confinement qui s'affrontent s'annulent durant quelques secondes à peine, mais c'est suffisant. Gregorius, Kee et Rettig ont pu passer dans le cocon défensif du vaisseau adverse.

— Kee, fait Gregorius sur faisceau étroit.

La plus petite des deux silhouettes réoriente ses tuyères et se dirige vers la proue du vaisseau en décélération.

— Rettig.

La deuxième armure de combat se propulse vers le tiers inférieur du vaisseau. Gregorius, pour sa part, attend la dernière seconde pour couper la poussée en avant, opérer un rétablissement et remettre la poussée à fond. Ses semelles épaisses touchent la coque avec un choc presque imperceptible. Il active les fixations mag de ses brodequins, s'assure qu'elles fonctionnent, équilibre sa position et s'accroupit contre la coque, une seule semelle en contact.

— J'y suis, fait la voix du caporal Kee sur faisceau étroit.

— En position, fait Rettig une seconde plus tard.

Le sergent Gregorius déroule de sa taille la longueur de collier d'abordage, la fixe à la coque, active le verrouillage et reste à genoux au milieu. Il est au centre d'un cerceau d'un peu plus d'un mètre cinquante de diamètre.

— Compte à rebours à partir de trois, dit-il dans son micro. Trois... deux... un... Déploiement !

Il enfonce une touche de sa commande de poignet et bat des paupières tandis qu'un dais ultrafin de polymère moléculaire monte du cerceau, se referme au-dessus de sa tête et continue de grossir autour de lui. Dix secondes plus tard, il est à l'intérieur d'un cylindre transparent d'une hauteur de vingt mètres. Vue de l'extérieur, sa silhouette accroupie en armure de combat semble être prisonnière d'une capote géante en excroissance sur la coque.

— Prêt, annonce Kee, presque en même temps que Rettig.

— Phase suivante, ordonne Gregorius en plaquant une charge contre la coque et en posant un doigt de son gantelet sur la commande de poignet. À partir de cinq...

Le vaisseau tourne lentement sous eux à présent. Il met ses tuyères latérales et ses réacteurs en action presque au hasard, mais le *Raphaël* l'a pris dans l'étau de mort de son champ de confinement, et les trois hommes collés à la coque tiennent bon.

— Cinq... quatre... trois... deux... un... C'est parti !

L'explosion, naturellement, ne produit aucun bruit, mais elle se fait également sans recul ni éclair. Une section de coque circulaire de cent vingt centimètres de diamètre s'effondre. Gregorius ne voit que la forme diaphane du sac polymère de Kee se détachant de la courbe de la coque. Il est en train de se gonfler et reflète la lumière solaire. Son propre sac se gonfle aussi comme un ballon géant tandis que l'atmosphère s'échappe de l'intérieur du vaisseau par la brèche et remplit l'espace autour de lui. Ses capteurs externes lui transmettent un sifflement d'ouragan pendant cinq secondes, puis plus rien. La bulle qui l'entoure, d'après les instruments de son casque, contient maintenant un mélange d'oxygène et d'azote et s'est remplie de poussières et de détritus divers attirés lors du bref instant de différence de pression.

— On entre... Maintenant ! crie Gregorius.

Il braque son fusil à plasma sans recul et s'élance à l'intérieur.

Il n'y a pas de gravité. C'est une surprise pour le sergent — il était prêt à se laisser rouler sur le pont pour se mettre à l'abri —, mais il ne lui faut pas plus de deux secondes pour s'adapter. Il s'imprime un mouvement circulaire, scrutant les lieux.

Il s'agit d'une espèce de salon. Il voit les coussins, une sorte d'écran vidéo ancien, des rayonnages avec de vrais livres...

Quelqu'un apparaît dans son champ de vision, débouchant du puits central.

— Halte ! s'écrie-t-il en utilisant à la fois la bande radio générale et le haut-parleur de son casque.

Mais la silhouette — ce n'est guère plus qu'une silhouette indistincte — ne s'arrête pas. Et l'homme tient quelque chose à la main.

Gregorius fait feu à partir de la hanche. Le projectile de plasma perce un trou de dix centimètres dans le corps de l'homme. Le sang et les viscères explosent. La silhouette s'affaisse. Quelques globules aspergent la visière et l'armure du sergent. L'objet tombe de la main du mort, et Gregorius y jette un coup d'œil tout en se propulsant vers le puits d'escalier. C'est un livre.

— Merde ! fait-il entre ses dents.

Il a tué un homme désarmé. Il va perdre des points pour son avancement à cause de ça.

— Je suis à l'intérieur, niveau supérieur. Il n'y a personne ici, annonce Kee à la radio. Je descends.

— Chambre des machines, fait à son tour Rettig. Il y avait juste un homme. Il a voulu s'enfuir et j'ai dû le carboniser. Pas de trace de l'enfant. J'arrive.

— Elle doit être sur le pont du milieu ou près du sas, fait le sergent à son micro. Méfiez-vous.

Les lumières s'éteignent. La lampe de casque de Gregorius et le pinceau lumineux de son fusil à plasma s'allument automatiquement. Leurs rayons sont visibles dans l'atmosphère saturée de poussière, de globules de sang et de débris flottants. Il s'immobilise au bord du puits d'escalier.

Quelqu'un ou quelque chose est en train de monter vers lui. Il penche son casque de manière à l'éclairer, mais le rayon du fusil à plasma illumine la silhouette le premier.

Ce n'est pas la fille. Gregorius a une impression générale confuse de forme massive hérissée de piquants et de barbelés, avec des bras surnuméraires et des yeux rouges comme des escarboucles. Il faut qu'il décide en une seconde ou moins. S'il tire des projectiles au plasma dans le puits d'escalier, il court le risque de toucher l'enfant. S'il ne fait rien, il meurt. Des griffes effilées comme des rasoirs se tendent vers lui au moment même où il hésite.

Gregorius a fixé son bâton de la mort au fusil à plasma avant l'abordage. Il se repousse d'un coup de talon, trouve un angle de tir et fait feu.

La forme hérissée flotte devant lui, ses quatre bras complètement inertes, ses yeux rouges éteints. *Ce foutu monstre est vulnérable au bâton de la mort*, se dit Gregorius. *Ce qui signifie qu'il a des synapses.*

Il aperçoit du coin de l'œil une silhouette au-dessus de lui, fait pivoter son fusil, identifie Kee. Les deux hommes se propulsent la tête la première dans le puits.

Ennuyeux, si quelqu'un remettait la gravité en un moment pareil, se dit-il. *À noter pour une autre fois.*

— Je l'ai ! leur crie Rettig. Elle se cachait dans l'un des compartiments de fugue !

Gregorius et Kee se laissent flotter jusqu'au pont de fugue, où une silhouette massive en armure de combat maintient l'enfant. Le sergent remarque ses cheveux bruns parsemés de mèches blondes, ses yeux noirs et ses petits poings qui tambourinent vainement contre le torse de Rettig.

— C'est bien elle, dit-il en passant sur liaison étroite avec leur vaisseau. Opération de nettoyage achevée. Nous détenons la fille. Deux défenseurs et la créature éliminés cette fois-ci.

— Bien reçu, fait la voix du père capitaine. Deux minutes quinze secondes. La performance est impressionnante. Vous pouvez revenir.

Gregorius hoche la tête, lance un dernier regard à l'enfant captive, qui ne se débat plus, et règle les commandes de son armure.

Il cligne des yeux et voit les deux autres couchés à côté de lui, leurs combinaisons reliées par câble au système tactique RV. De Soya a désactivé les champs internes du *Raphaël* pour mieux entretenir l'illusion. Gregorius ôte son casque, voit ses hommes l'imiter, le visage en sueur, et commence à aider Kee à retirer sa lourde armure.

Tous les trois rejoignent de Soya dans le carré du *Raphaël*. Ils auraient pu aussi bien tenir leur réunion dans la stimsim de l'espace tactique, mais ils préfèrent la réalité physique pour y tenir conseil.

— Ça n'a pas été bien dur, fait de Soya tandis qu'ils prennent place autour de la petite table.

— Trop facile, déclare le sergent. Je ne crois pas qu'on puisse tuer ce gritche avec un bâton de la mort. Et j'ai merdé avec ce type sur le pont de navigation. Il ne tenait qu'un livre à la main.

De Soya hoche lentement la tête.

— Vous avez agi correctement. Mieux valait tirer que prendre un risque.

— Deux hommes non armés ? murmure le caporal Kee. Je n'y crois pas trop. C'est aussi peu réaliste que la douzaine de gardes armés, à la troisième séance. On devrait affronter plus d'Extros, avec un niveau de létalité au moins égal à celui des *marines*.

— Je ne sais pas, fait Rettig en secouant la tête.

Ils se tournent vers lui et attendent qu'il parle.

— Chaque fois, nous capturons la fille sans qu'il lui arrive aucun mal, dit-il.

— Pas dans la cinquième sim, fait remarquer Kee. Elle...

— Je sais, je sais, lance Rettig. Nous la tuons accidentellement. Mais le vaisseau entier était piégé et menaçait de sauter. Ça m'étonnerait que ça se produise dans la réalité. Vous avez déjà entendu parler d'un bâtiment spatial de cent millions de marks équipé d'un bouton d'autodestruction ? C'est dément.

Les trois autres s'entre-regardent, puis haussent les épaules.

— C'est vrai que l'idée est assez stupide, reconnaît le père capitaine de Soya, mais j'ai programmé le réseau tactique avec une très large variété de paramètres qui...

— Je sais, interrompt le lancier Rettig, dont le visage fin est aussi acéré et menaçant qu'une lame de poignard. Ce que je voulais dire, c'est que, si nous en arrivons à utiliser nos armes individuelles à l'intérieur du vaisseau, les chances de carboniser la petite fille seront bien plus grandes que ne le suggèrent ces sims. Rien d'autre.

C'est la plus longue tirade que les trois autres aient jamais entendue dans la bouche de Rettig depuis qu'ils vivent et s'entraînent à bord du petit vaisseau.

— Vous avez raison, lui dit de Soya. À la prochaine sim, j'augmenterai le coefficient de danger pour l'enfant.

Gregorius secoue la tête.

— Capitaine, je suggère de laisser tomber les sims et de reprendre les répétitions physiques. Vous comprenez... (Il consulte son chrono de poignet. Le souvenir de la lourde armure de combat ralentit ses mouvements.) Il ne nous reste que huit heures avant de passer réellement à l'action, conclut-il.

— C'est vrai, fait le caporal Kee. Je préfère m'entraîner à l'extérieur, même si nous ne pouvons pas simuler la présence de l'autre vaisseau.

Rettig grogne pour signifier son assentiment.

— C'est d'accord, déclare de Soya. Mais d'abord, mangeons. Double ration pour tout le monde. L'entraînement était peut-être tactique, mais vous avez perdu chacun dix kilos cette semaine.

Le sergent Gregorius se penche par-dessus la table.

— Pourrions-nous voir le tracé, capitaine ?

De Soya fait apparaître sur le moniteur la longue trajectoire ellipsoïde du *Raphaël* et le point d'émergence du vaisseau fugitif, qui clignote en rouge, juste au bout de la courbe.

— Encore une répétition en espace réel, leur dit-il, et tout le monde ira dormir au moins deux heures avant de procéder à une vérification générale du matériel. Soyez décontractés. Tout se passera bien.

Il consulte sa montre de poignet, bien que le moniteur affiche en permanence l'heure de bord et l'heure d'interception.

— Sauf accident ou fait imprévisible, dit-il, la fille devrait être ici sous bonne garde dans sept heures et quarante minutes. Nous devrons alors être prêts à nous translater immédiatement sur Pacem.

— Capitaine ? fait le sergent Gregorius.

— Oui, sergent ?

— Sauf votre respect, capitaine, il n'existe pas de moyen, dans ce foutu univers du bon Dieu, d'empêcher un accident ou un fait imprévisible de se produire.

23

— Alors, demandai-je, quel est ton plan ?

Énée leva les yeux du livre qu'elle était en train de lire.

— Qui t'a dit que j'avais un plan ?

Je m'assis à califourchon sur une chaise.

— Dans moins d'une heure, nous allons faire irruption dans l'espace de Parvati, déclarai-je. Il y a huit jours, tu m'as dit qu'il nous fallait un plan pour le cas où ils nous attendraient à la sortie. Alors, quel est ce plan ?

Elle referma son livre avec un soupir. A. Bettik venait de monter dans la bibliothèque par l'escalier et se joignit à nous. Il s'assit même devant la table, ce qui était très inhabituel de sa part.

— Je ne suis pas certaine d'en avoir un, me dit enfin Énée.

Je redoutais quelque chose de ce genre. Nous avions passé agréablement la semaine à lire, discuter et jouer. Énée était excellente aux échecs, bonne au go et redoutable au poker. Les jours avaient passé sans incident. J'essayais régulièrement de lui tirer les vers du nez. Où comptait-elle aller ? Pourquoi avoir choisi le vecteur Renaissance ? Le contact avec les Extros faisait-il partie de ses objectifs principaux ? Elle me répondait poliment, mais de manière toujours évasive. Par contre, elle avait l'art de me faire parler. Je n'avais pas fréquenté beaucoup d'enfants dans ma vie, même quand j'en étais un moi-même (il y avait d'autres enfants dans notre caravane, mais j'étais rarement en leur compagnie, car Grandam, pour moi, était infiniment plus intéressante), mais les enfants et adolescents à qui j'avais eu affaire au fil des années n'avaient jamais manifesté une telle curiosité ni une telle aptitude à écouter. Énée me fit décrire mon existence de jeune berger, elle manifesta un intérêt spécial pour mes années d'apprentissage de l'architecture paysagiste et me posa mille autres questions sur la période que j'avais passée à naviguer en barge et à guider les chasseurs dans les marais. En fait, seule la période où j'étais soldat sembla ne l'intéresser que médiocrement. Elle voulut savoir aussi beaucoup de choses sur ma chienne, bien que le seul fait de parler d'Izzy — de la manière dont je l'avais élevée quand elle était toute petite, puis dressée pour le gibier à plumes, et enfin des circonstances dans lesquelles elle était morte — eût le don de me bouleverser passablement.

Je remarquai qu'elle arrivait même à faire parler A. Bettik de ses nombreux siècles de servitude, et là je me joignais souvent à elle pour écouter patiemment l'androïde, qui avait vu et connu des choses étonnantes sur différents mondes, depuis la colonisation d'Hypérion, avec le roi Billy le Triste, jusqu'au pèlerinage final que le vieux poète avait immortalisé, en passant par les premiers carnages du gritche à travers le continent d'Equus. Même les décennies qu'il avait passées en compagnie de Martin Silenus se révélèrent fascinantes à entendre décrire.

La petite fille en disait très peu sur elle-même. Le quatrième soir après notre départ d'Hypérion, elle avoua cependant qu'elle était entrée dans le Sphinx et dans son avenir non seulement pour échapper aux troupes de la Pax, mais surtout pour accomplir son propre destin.

— Ton destin de messie ? Demandai-je, intrigué.

Elle se mit à rire.

— Non, me dit-elle. D'architecte.

Je fus surpris. Ni les *Cantos* ni le vieux poète en personne n'avaient jamais fait mention d'une carrière d'architecte chez « Celle qui Enseigne ».

Elle haussa les épaules.

— C'est un projet. Dans mon rêve, celui qui est capable de m'éduquer vit à cette époque. Alors, je suis venue.

— Capable de t'enseigner ? Mais je croyais que Celle qui Enseigne, c'était toi.

Elle se laissa aller en arrière au creux des coussins de la fosse holo en reposant ses jambes sur l'un des dossiers.

— Sois raisonnable, Raul. Comment pourrais-je enseigner quoi que ce soit à quiconque ? Je n'ai que douze années standard, et je n'avais jamais quitté Hypérion avant ce voyage. Je n'avais même jamais quitté le continent d'Equus jusqu'à la semaine dernière. Qu'est-ce que je pourrais enseigner ?

Je n'avais pas de réponse à cela.

— Je veux être architecte, reprit-elle, et j'ai idée que l'architecte qui peut m'apprendre le métier est quelque part là-bas...

Elle agita les doigts en direction de l'extérieur, mais je compris qu'elle voulait parler de l'ancien Retz hégémonien, vers lequel nous nous dirigions.

— Comment s'appelle-t-il ? demandai-je. Ou bien elle ?

— C'est « il ». Et j'ignore son nom.

— Quel monde habite-t-il ?

— Je l'ignore aussi.

— Tu es sûre que tu ne te trompes pas de siècle ? demandai-je en essayant de ne pas laisser passer dans ma voix l'irritation que je ressentais.

— Je ne sais pas. Je pense que c'est bien ce siècle.

Elle s'était rarement montrée susceptible durant les quelques jours que je venais de passer à bord avec elle, mais sa voix était devenue dangereusement proche de cet état d'humeur.

— Et tu as simplement rêvé de cette personne ?

Elle se redressa au milieu des coussins.

— Pas *simplement* rêvé. Mes songes sont très importants pour moi. Ils sont plus que de simples rêves... Tu comprendras.

Je m'efforçai de ne pas soupirer tout haut.

— Que se passera-t-il quand tu deviendras architecte ?

Elle se mordilla un ongle. C'était une sale habitude, que je m'étais promis de lui faire passer.

— Que veux-tu dire ? demanda-t-elle.

— Le vieux poète attend de grandes choses de toi... Que tu nous serves de messie, entre autres. Quand est-ce que ça se produira ?

Elle se leva pour redescendre dans son compartiment de fugue.

— Je ne voudrais pas te vexer, Raul, mais tu ne pourrais pas me foutre un peu la paix ?

Elle s'était excusée, un peu plus tard, de m'avoir parlé ainsi. Mais, tandis que nous étions assis autour de la table, à une heure de la translation dans un système solaire inconnu, j'étais curieux de savoir si ma dernière question allait me valoir le même genre de réponse.

Ce ne fut pas le cas. Elle commença à se ronger l'ongle, se reprit et déclara :

— Tu as raison, d'accord ; il faut qu'on ait un plan. (Elle se tourna vers A. Bettik.) Vous en avez un ?

L'androïde secoua la tête.

— Maître Silenus et moi, nous en avons souvent discuté, H. Énée. Mais notre conclusion est que, si la Pax arrive avant nous à destination, tout est perdu. Cela semble très peu probable, cependant. Le vaisseau-torche lancé à notre poursuite ne peut pas traverser l'espace Hawking plus vite que nous.

— Je me demande, murmurai-je. Certains chasseurs que

j'ai guidés ces dernières années discutaient parfois de rumeurs selon lesquelles la Pax — ou l'Église — posséderait un nouveau type de vaisseau ultrarapide...

A. Bettik hocha la tête.

— Nous sommes au courant de ces rumeurs, H. Endymion, mais la logique suggère que, si la Pax avait réussi à mettre au point un tel mode de propulsion — que l'Hégémonie n'a jamais possédé —, elle en aurait équipé tous ses vaisseaux de guerre ainsi que ceux de la Mercantilus.

Énée donna un coup sur la table.

— Qu'importe la manière dont ils nous devanceront ? J'ai rêvé qu'ils le feraient. J'ai envisagé plusieurs plans, mais...

— Et le gritche ? demandai-je.

— Quoi, le gritche ? fit-elle en me jetant un regard de côté.

— Eh bien, il a joué le rôle d'un *deus ex machina* bien commode pour nous sur Hypérion. Je m'étais dit que...

— Bon Dieu, Raul, je n'ai jamais demandé à cette créature de massacrer tous ces gens sur Hypérion ! J'aurais préféré qu'il en soit autrement, je t'assure !

— Je sais, je sais.

Je lui touchai la manche pour la calmer. A. Bettik lui avait taillé quelques vêtements dans les chemises du consul, mais sa garde-robe était encore rudimentaire.

Je savais qu'elle avait été bouleversée par le carnage qui avait précédé notre fuite. Elle devait reconnaître plus tard que c'était l'une des raisons pour lesquelles elle avait pleuré le deuxième soir.

— Excuse-moi, lui dis-je, sincèrement désolé. Je ne voulais pas paraître désinvolte à propos de cette... créature. Je me disais seulement que, si quelqu'un cherchait à nous arrêter, peut-être que...

— Non, fit Énée. J'ai rêvé que quelqu'un cherche à nous empêcher d'arriver sur le vecteur Renaissance, mais pas que le gritche intervient. Nous devons nous en sortir tout seuls.

— Et le Centre ? lançai-je timidement.

C'était la première fois que je mentionnais le TechnoCentre depuis qu'elle en avait parlé le premier jour. Mais elle semblait perdue dans ses pensées et ignora tout au moins ma question.

— Si nous voulons échapper au traquenard qui se prépare, dit-elle, il faudra trouver nous-mêmes la solution. À moins que... (Elle tourna la tête.) Vaisseau ?

— Oui, H. Énée ?

— Avez-vous suivi cette conversation ?

— Naturellement, H. Énée.

— Avez-vous une idée susceptible de nous aider ?

— Vous aider à éviter d'être capturés si les vaisseaux de la Pax vous attendent au point d'émergence ?

— Oui, fit Énée d'une voix irritée.

Elle perdait souvent patience quand elle parlait au vaisseau.

— Je n'ai aucune idée vraiment originale, fit celui-ci. J'ai essayé de me rappeler comment le consul échappait aux autorités locales quand nous traversions un système.

— Et alors ? demanda Énée.

— Euh... Comme je l'ai déjà indiqué, ma mémoire n'est pas aussi complète qu'elle devrait l'être...

— Je sais, je sais. Mais vous n'avez vraiment aucun souvenir de la manière dont vous avez échappé aux autorités ?

— Principalement en les distançant, je pense. J'ai déjà mentionné les modifications apportées par les Extros au champ de confinement et au réacteur de fusion. Cela me permet d'atteindre des vitesses de translation C–plus beaucoup plus rapidement que les autres vaisseaux. Il en était ainsi, du moins, lors de mon dernier voyage interstellaire.

A. Bettik noua ses mains l'une dans l'autre et s'adressa à la cloison vers laquelle Énée dirigeait son regard.

— Vous voulez dire que, si les autorités — en l'occurrence, les vaisseaux de la Pax — se lançaient à notre poursuite à partir de la surface ou de l'espace voisin de Parvati, vous seriez capable d'entrer en translation vers le vecteur Renaissance avant qu'ils ne puissent nous intercepter ?

— Assurément, répliqua le vaisseau.

— Et combien de temps durera la transition ? demandai-je.

— La transition ?

— Le temps que nous passerons dans le système avant

de pouvoir accomplir le saut quantique vers le vecteur Renaissance.

— Trente-sept minutes, me répondit le vaisseau. Y compris la réorientation, les calculs de navigation et l'établissement des coordonnées dans le nouveau système.

— Et si un vaisseau de la Pax nous attendait là-bas quand nous serons en dégyration ? demanda Énée. Posséderiez-vous des modifications extros qui pourraient nous aider à lui échapper ?

— Je ne vois pas lesquelles, fit le vaisseau. Il y a les champs de confinement, mais ils ne sont pas suffisants pour résister aux armes d'un vaisseau-torche.

La fillette soupira et se pencha contre la table.

— J'ai retourné la question dans tous les sens, dit-elle, et je ne vois pas ce que nous pourrions faire.

A. Bettik était songeur, mais il est vrai qu'il avait cet air-là la plupart du temps.

— Pendant que nous cachions le vaisseau et assurions son entretien, nous dit-il, une autre modification extro nous est apparue.

— Laquelle ? demandai-je.

Il désigna du doigt l'étage inférieur, celui de la fosse holo.

— Ils ont amélioré les capacités morphiques du vaisseau. La manière dont il sort son balcon, par exemple. Il peut aussi déployer des ailes pendant le vol atmosphérique. Il peut ouvrir chaque étage à l'environnement atmosphérique, en court-circuitant éventuellement l'ancien sas.

— C'est très bien, tout ça, fit Énée, mais je ne vois pas en quoi ça pourrait nous aider, à moins qu'il ne pousse le polymorphisme au point de se faire passer pour un vaisseau de la Pax ou quelque chose comme ça. Vous en êtes capable, vaisseau ?

— Non, H. Énée, fit la voix masculine avec douceur. Les Extros ont pratiqué sur moi d'intéressantes transformations piézodynamiques, mais il ne faut pas oublier la loi de la conservation de la masse.

Au bout d'une seconde de silence, il ajouta :

— Désolé, H. Énée.

— Ce n'était qu'une idée en l'air.

Elle se redressa dans son siège. Il était évident pour tout

le monde que quelque chose venait de la frapper. Ni l'androïde ni moi n'avions envie d'interrompre sa méditation. Cela dura deux minutes. Finalement, elle demanda :

— Vaisseau ?

— Oui, H. Énée ?

— Vous êtes capable de morpher un sas... ou n'importe quelle ouverture simple... à n'importe quel endroit de votre coque ?

— Pratiquement n'importe lequel, H. Énée. Il y a cependant certains carters de communication et certaines zones de propulsion où il me serait impossible de...

— Mais au niveau des espaces de vie, l'interrompit-elle, vous pourriez faire des ouvertures de la même manière que lorsque vous rendez la coque transparente ?

— Oui, H. Énée.

— Et l'atmosphère ne s'échapperait pas par ces ouvertures ?

Le vaisseau répliqua d'une voix légèrement vexée :

— Je ne le permettrais pas, H. Énée. De même que, pour déployer le balcon, je maintiendrais l'intégralité des champs extérieurs, de manière à...

— Vous pourriez ouvrir réellement chaque niveau, et pas seulement le sas, pour le dépressuriser ?

L'obstination de la petite fille m'était encore nouvelle. Elle ne l'est plus aujourd'hui.

— Oui, H. Énée.

A. Bettik et moi, nous écoutions sans faire aucun commentaire. Je ne pouvais pas savoir ce que pensait l'androïde, mais j'ignorais totalement, pour ma part, où l'enfant voulait en venir. Je me penchai vers elle pour demander :

— Cela fait partie d'un plan ?

Elle eut un sourire en coin. C'était ce que je devais appeler plus tard son sourire polisson.

— C'est trop rudimentaire pour être appelé un plan, me dit-elle. Et si je me trompe dans mes suppositions sur la raison pour laquelle la Pax veut me capturer... ça ne marchera sans doute pas. (Son sourire polisson devint carrément une grimace.) Ça ne marchera pas de toute manière, je pense.

Je consultai ma montre de poignet.

— Il nous reste quarante-cinq minutes avant d'entrer en dégyration et de savoir si on nous attend ou non de l'autre côté. Veux-tu nous faire part de ce plan qui ne marchera pas ?

Elle nous expliqua ce qu'elle avait en tête. Cela ne dura pas longtemps. Quand elle eut fini, l'androïde et moi échangeâmes un regard.

— Tu avais raison, déclarai-je en me tournant de nouveau vers l'enfant. Ce n'est pas terrible comme plan, et ça n'a pas beaucoup de chances de marcher.

Le sourire d'Énée ne faiblit pas. Elle me prit le poignet et le tourna pour regarder la montre.

— Quarante et une minutes, dit-elle. Trouves-en un meilleur.

24

Le *Raphaël* est dans la partie finale de son ellipsoïde de retour. Il est lancé dans le système de Parvati en direction de son soleil à la vitesse de 0,03 année-lumière. Le vaisseau courrier de combat de classe archange est lourd d'aspect avec ses baies de propulsion massives, ses nacelles com rafistolées, ses bras de spin, ses tourelles d'armes et les forêts d'antennes dont il est hérissé. La minuscule sphère de vie et le vaisseau de descente collé sur son dos comme une pensée de dernière minute accentuent son aspect hétéroclite, mais il se transforme en véritable vaisseau de guerre en opérant une rotation à 180° qui le précipite la proue la première en direction du point de translation estimé du vaisseau qu'il poursuit.

— Dégyration dans une minute, annonce de Soya sur le canal tactique.

Les trois soldats, dans le sas d'abordage ouvert, n'ont pas besoin d'accuser réception de la transmission. Ils savent que, même lorsque l'objectif émergera dans l'espace réel, il leur demeurera invisible, malgré les amplificateurs de leur visière, durant deux minutes supplémentaires.

Sanglé sur sa couchette d'accélération, les panneaux de commande déployés autour de lui, sa main gantée posée sur le manche universel, sa dérivation tactique en place de manière à n'être qu'un avec son vaisseau, le père capitaine de Soya écoute la respiration des autres sur le canal com tout en guettant et détectant l'approche de l'objectif.

— Je reçois un signal de distorsion Hawking, trente-neuf degrés d'angle, coordonnées zéro zéro zéro trente-neuf, cent quatre-vingt-dix-neuf, dit-il dans son micro. Point d'émergence, zéro zéro zéro neuf cents kilomètres. Probabilité d'un seul vaisseau, quatre-vingt-dix-neuf pour cent. Vitesse relative dix-neuf kilomètres seconde.

Soudain, l'objectif devient visible au radar, au t-dirac et sur tous les capteurs passifs.

— Je l'ai, annonce de Soya à ses hommes. Il est juste à l'heure, comme prévu... Merde !

— Qu'est-ce qu'il y a ? demande le sergent Gregorius.

Ses hommes et lui ont vérifié leurs armes, leurs explosifs et leurs colliers d'abordage. Ils sont prêts à sauter dans moins de trois minutes.

— Le vaisseau a commencé à accélérer au lieu de décélérer comme nous l'avions prévu dans la plupart des sims.

Sur son canal tactique, il autorise le vaisseau à exécuter des solutions de rechange préprogrammées.

— Accrochez-vous bien ! crie-t-il aux soldats.

Mais les tuyères sont déjà mises à feu et le *Raphaël* a commencé son mouvement de rotation.

— Pas de problème, reprend-il tandis que le propulseur principal démarre en les portant d'un coup à 147 gravités. Restez dans le champ protecteur pendant le saut. Il ne faudra pas plus d'une minute pour aligner nos vitesses.

Ni Gregorius, ni Kee, ni Rettig ne répondent. De Soya les entend respirer.

Deux minutes plus tard, le père capitaine annonce :

— J'ai une image.

Le sergent Gregorius et ses deux hommes se penchent pour regarder par l'entrée ouverte du sas. Gregorius aperçoit l'autre vaisseau sous la forme d'une boule de flammes de fusion. Il active son ampli image pour voir au-delà, met des filtres et aperçoit le vaisseau proprement dit.

— Exactement comme dans les sims, fait Kee.

— Il ne faut pas penser comme ça ! aboie le sergent. La réalité n'est *jamais* comme dans les sims.

Il sait que les deux hommes en ont déjà conscience. Ils ont une excellente expérience du combat. Mais Gregorius a été sergent instructeur au Commandement de la Pax sur Armaghast pendant trois ans, et il a parfois du mal à réprimer ses réflexes.

— Il est rapide, fait de Soya, Si nous n'avions pas l'avantage de l'inertie, je crois que nous ne pourrions jamais les rejoindre. Même ainsi, nous ne pourrons aligner nos vitesses que pendant cinq ou six minutes.

— C'est plus qu'il n'en faut, déclare Gregorius. Trois suffiront. Rangez-vous simplement bord à bord, capitaine.

— On y est presque. Ils nous ont sur leurs écrans.

Le *Raphaël* ne possède pas de capacités furtives. Tous ses instruments de détection enregistrent les capteurs de l'autre vaisseau verrouillés sur lui.

— Un kilomètre, annonce-t-il. Aucun système d'armes en activité. Champs de protection au maximum. V-delta en diminution. Huit cents mètres.

Gregorius, Kee et Rettig décrochent leurs fusils à plasma de leur épaule et s'accroupissent.

— Trois cents mètres... Deux cents..., fait la voix de De Soya.

L'autre vaisseau demeure passif. Son accélération est très élevée, mais constante. Dans la plupart des sims, de Soya a programmé une poursuite acharnée avant de pouvoir accoster et annuler les champs de l'autre vaisseau. Mais là, c'est trop facile. Pour la première fois, le père capitaine commence à s'inquiéter réellement.

— Nous entrons en deçà du rayon d'action de leurs armes de bord, annonce-t-il. Sautez !

Les trois gardes suisses jaillissent du sas, leurs paquetages à réaction crachant des flammes bleues.

— Disruption... Maintenant ! crie de Soya.

Les champs du vaisseau adverse refusent de céder durant une éternité qui dure près de trois secondes, chose qui n'est jamais arrivée dans les sims tactiques. Mais ils finissent par tomber.

— Champs ouverts ! crie le père capitaine.

Les autres le savent déjà. Ils se propulsent, se rétablissent, décélèrent et se posent sur la coque ennemie exactement aux endroits prévus : Kee à l'avant, Gregorius sur ce qui était l'étage de navigation d'après les anciens plans, et Rettig au-dessus de la chambre des machines.

— J'y suis, fait la voix de Gregorius.

Les deux autres confirment aussi leur arrivée une seconde plus tard.

— Collier d'abordage posé, annonce le sergent en haletant.

— Posé, fait Kee.

— Posé, crie à son tour Rettig.

— Au compte inverse de trois, déployez, aboie le sergent. Trois, deux, un... Déployez !

Son sac polymère diaphane luit au soleil.

Sur sa couchette de commandement, de Soya surveille leur vitesse delta. L'accélération les a portés à plus de deux cent cinquante gravités. Si les champs se désactivaient maintenant... Il écarte cette pensée. Le *Raphaël* force pour conserver l'alignement des vitesses. Encore quatre ou cinq minutes et il devra décoller s'il ne veut pas risquer de saturer tous les systèmes de propulsion par fusion du vaisseau. *Dépêchez-vous !* pense-t-il à l'adresse des trois silhouettes en armure de combat qu'il voit dans son espace tactique et sur les écrans vidéo.

— Paré, annonce Kee.

— Paré, fait la voix de Rettig, à côté des ailerons de ce vaisseau absurde.

— Posez les charges, ordonne Gregorius en collant la sienne contre la coque. Au compte à rebours de cinq... Cinq, quatre, trois...

— Père capitaine de Soya ! appelle une voix de petite fille.

— Attendez ! ordonne de Soya.

L'image de la fillette apparaît sur tous les canaux de communication. Elle est assise devant un piano. C'est bien l'enfant qu'il a vue à la sortie du Sphinx trois mois plus tôt.

— Stop ! fait à son tour Gregorius, le doigt sur le bouton détonateur de sa plaque de poignet.

Les autres obéissent. Ils sont tous en train de regarder l'image vidéo qui s'incruste sur leur visière.

— Comment savez-vous mon nom ? demande le père capitaine de Soya.

Aussitôt, il regrette cette question stupide. Le problème n'est pas là. Si ses hommes ne sont pas à l'intérieur du vaisseau dans les trois minutes qui viennent, le *Raphaël* va se laisser distancer et ils seront séparés. Ils ont envisagé cette hypothèse dans leurs simulations. Les trois hommes, à ce moment-là, prennent le commandement du vaisseau après avoir capturé la fille et ralentissent pour que de Soya puisse les rattraper. Mais ce n'est pas le scénario idéal.

Il appuie sur un bouton qui envoie son image vidéo à l'autre vaisseau.

— Salut, père capitaine de Soya, dit-elle d'une voix tranquille, sans aucune trace de stress. Si vos hommes essaient de s'introduire à mon bord, je dépressurise et je meurs.

De Soya bat des paupières.

— Le suicide est un péché mortel, dit-il.

Sur l'écran, la petite fille hoche gravement la tête.

— Je sais. Mais je ne suis pas chrétienne. Et, de toute manière, je préfère aller en enfer plutôt qu'avec vous.

De Soya regarde attentivement l'image. Sa main ne semble être à proximité d'aucune commande.

— Capitaine, fait la voix de Gregorius sur leur canal privé à bande étroite, si elle ouvre le sas, je peux arriver jusqu'à elle et l'entourer d'un sac isolant avant que la décompression ne soit achevée.

Sur l'écran, la fillette l'observe. Sans remuer les lèvres, il réplique en subvocal sur bande étroite :

— Elle n'appartient pas à la croix. Si elle meurt, nous n'avons aucune garantie de pouvoir la régénérer.

— Il y a de bonnes chances que l'infirmerie de bord puisse la ranimer et la remettre en état après une simple décompression, déclare Gregorius. Il faudra au moins trente secondes pour que son étage perde toute son atmosphère. J'ai largement le temps de l'avoir avant. Vous n'avez qu'un mot à dire.

— Je ne plaisante pas, fait l'enfant sur l'écran.

Aussitôt, une section de coque circulaire se découpe

autour du caporal Kee et sous lui. L'atmosphère s'échappe, aspirée par le vide, et remplit le collier d'abordage comme un ballon, en le précipitant contre la limite du champ vers la proue du vaisseau. Comme un fou, il met à feu son paquetage à réaction et réussit à se stabiliser avant d'être emporté vers la queue de fusion.

Gregorius pose le doigt sur le détonateur de charge creuse.

— Capitaine ! crie-t-il.

— Attendez, fait de Soya en subvocal.

C'est la vue de la fillette en manches de chemise qui lui étreint le cœur d'angoisse. L'espace qui sépare les deux vaisseaux est maintenant rempli de particules colloïdales et de cristaux de glace.

— Je suis isolée de l'étage supérieur, dit la fillette ; mais si vous ne rappelez pas vos hommes, j'ouvre tous les autres niveaux.

Moins d'une seconde plus tard, le sas explose et un cercle de deux mètres se forme dans la coque à l'endroit où se tenait Gregorius. Le sergent s'est propulsé à travers le collier pour changer de place dès que la fillette a commencé à parler. Il s'éloigne maintenant des remous d'atmosphère et des multiples débris qui jaillissent de l'ouverture, réoriente ses tuyères et plante ses brodequins cinq mètres plus loin sur la coque. Il revoit le diagramme du vaisseau dans sa tête. Il sait qu'elle est juste sous lui, à quelques mètres, presque à portée de sa main. Si elle fait sauter cette section, il a le temps de bondir sur elle, de la mettre dans le sac et de la transporter à l'infirmerie du *Raphaël* en moins de deux minutes. Il jette un coup d'œil à son affichage tactique. Rettig s'est propulsé dans l'espace deux secondes avant que le métal s'éventre sous ses pieds. Et l'autre est à présent stationnaire à trois mètres de la coque.

— Capitaine ! appelle-t-il sur faisceau étroit.

— Attendez, lui dit de Soya.

Il s'adresse à la fillette.

— Nous ne voulons vous faire aucun mal.

— Rappelez vos hommes ! lui crie-t-elle. Sinon, j'ouvre ce dernier niveau.

Federico de Soya a l'impression que le temps ralentit tandis qu'il pèse ses différentes options. Il sait qu'il lui reste moins d'une minute pour agir. Ensuite, il faudra décélérer. Toutes les alarmes, tous les voyants sont au rouge sur ses liaisons tactiques avec le vaisseau et les instruments. Il ne voudrait pas laisser ses hommes derrière, mais le plus important c'est l'enfant. Ses ordres sont clairs et sans équivoque. La fillette doit être ramenée vivante.

Tout son environnement tactique passe au rouge. Il est averti que le vaisseau doit décélérer dans moins d'une minute, ou les commandes automatiques prendront d'autorité la relève. Son panneau de bord lui raconte la même histoire. Il active les circuits audio et parle en même temps sur bande commune et sur faisceau étroit.

— Gregorius, Rettig, Kee... Revenez à bord du *Raphaël*. Immédiatement !

Le sergent Gregorius sent la fureur et la frustration se répandre en lui comme une soudaine explosion de rayonnement cosmique, mais il a la discipline innée d'un garde suisse.

— À vos ordres ! lance-t-il.

Il reprend sa charge creuse et se propulse vers l'archange. Il voit les traînées bleues des tuyères des deux autres qui font comme lui. Les champs fusionnés clignotent juste assez longtemps pour les laisser passer tous les trois. Gregorius se pose le premier sur la coque du *Raphaël*, agrippe une poignée de maintien et pousse littéralement les deux autres dans le sas d'abordage quand ils arrivent en flottant. Il entre après eux, s'assure qu'ils sont correctement maintenus par leurs harnais et active son micro.

— Parés et arrimés, capitaine.

— On décroche.

De Soya est toujours sur le canal en clair, pour que la fillette puisse l'entendre. Il quitte l'espace tactique pour revenir en temps réel et incline le manche universel.

Le *Raphaël* relâche sa poussée à cent dix pour cent, sépare son champ de confinement de l'autre et commence à se laisser distancer. L'écart s'agrandit rapidement. De Soya ne tient pas à rester dans la traînée de fusion du vaisseau plus rapide. Tout indique qu'il ne dispose d'aucun armement, mais c'est une notion toute relative alors que sa traînée peut atteindre cent kilomètres de long dans l'espace. Les champs externes du *Raphaël* sont sur la défensive, ses systèmes de contre-mesures en automatique, prêts à réagir en un millionième de seconde.

La vaisseau de la fille continue d'accélérer en s'éloignant du plan de l'écliptique. Parvati n'est pas la destination de l'enfant.

Un rendez-vous spatial avec des Extros ?

Les détecteurs du *Raphaël* ne signalent aucune activité en dehors des patrouilles orbitales du système de Parvati, mais il pourrait aussi bien y avoir des essaims entiers d'Extros en train d'attendre à la limite de l'héliosphère.

Vingt minutes plus tard, le vaisseau de l'enfant est déjà à des centaines de milliers de kilomètres du *Raphaël*, et la réponse leur est donnée.

— Nous détectons une distorsion de l'espace Hawking, annonce le père capitaine de Soya aux trois hommes toujours sanglés dans leurs harnais à l'entrée du sas. Le vaisseau de la fille se prépare à entrer en surgyration.

— Vers quelle destination ? demande Gregorius.

La voix du massif sergent ne laisse rien percer de la fureur qu'il éprouve encore à l'idée de l'occasion qu'il vient de manquer.

De Soya consulte de nouveau ses affichages avant de répondre.

— L'espace proche du vecteur Renaissance. Pas très loin de la planète.

Gregorius et les deux autres gardes suisses ne disent rien. De Soya devine leurs questions muettes. *Pourquoi le vecteur Renaissance ? C'est une place forte de la Pax... Deux milliards de chrétiens, des dizaines de milliers de soldats, des dizaines de vaisseaux de guerre de la Pax. Pourquoi là ?*

— Elle ignore peut-être ce qu'elle va y trouver, murmure-t-il, plus pour lui-même que pour les autres.

Il réactive l'espace tactique et flotte au-dessus du plan de l'écliptique, où il suit des yeux le point rouge qui surgyre à des vitesses C–plus et disparaît du système solaire. Le *Raphaël* est sur la même trajectoire, à cinquante minutes du vecteur de translation. De Soya quitte l'espace tactique, effectue une vérification de tous les systèmes et annonce :

— Vous pouvez quitter le sas, à présent. Rangez tous les équipements d'abordage.

Il ne leur demande pas leur opinion. Il n'y a pas de discussion pour savoir s'il va translater l'archange dans l'espace du vecteur Renaissance. La trajectoire a déjà été calculée, et le vaisseau s'apprête à accomplir le saut quantique. Il ne leur redemande pas s'ils sont prêts à mourir de nouveau. Ce déplacement va être tout aussi mortel que le précédent, naturellement, mais il les conduira dans l'espace contrôlé par la Pax cinq mois avant le vaisseau de la petite fille. La seule question que se pose de Soya, c'est de savoir s'il doit attendre que le *Saint-Antoine* dégyre dans l'espace de Parvati afin d'expliquer la situation à son capitaine.

Il décide de ne pas attendre. Cela n'a pas grand sens, de vouloir gagner quelques heures sur une avance de cinq mois, mais il n'a pas la patience d'attendre. Il commande au *Raphaël* de préparer un transpondeur balise et y enregistre ses ordres pour le capitaine Sati, du *Saint-Antoine*. Translation immédiate dans le système du vecteur Renaissance, ce qui représente un voyage de dix jours pour le vaisseau-torche, avec le même déficit de temps que la fillette : cinq mois. Et à l'arrivée en dégyration dans l'espace du rendez-vous, le *Saint-Antoine* devra être prêt à combattre immédiatement.

Après avoir lancé la balise et transmis sur faisceau étroit ses ordres d'annulation au commandement de Parvati, il fait pivoter sa couchette d'accélération vers les trois hommes pour leur dire :

— Je comprends votre déception.

Le sergent Gregorius ne dit rien. Son visage noir a l'impassibilité de la pierre. Mais le père capitaine de Soya lit le message que contient son silence : *Trente secondes de plus et je l'avais.*

Tout cela laisse de Soya indifférent. Il y a plus de dix ans qu'il a des hommes et des femmes sous son commandement. Il en a envoyé de plus braves et de plus loyaux à la mort sans se laisser gagner par le remords ou le besoin de fournir des explications. Il ne cille donc pas devant le géant.

— Je pense que la fille aurait mis sa menace à exécution, dit-il d'une voix qui ne souffre pas la contradiction, ni maintenant ni plus tard. Mais cette question est devenue secondaire, ajoute-t-il. Nous connaissons à présent sa destination. Il s'agit peut-être du seul système de cette région spatiale où personne — pas même un essaim extro — ne peut entrer ou sortir sans être repéré et contrôlé par la Pax. Nous disposerons de cinq mois pour nous préparer à les recevoir, et cette fois-ci nous ne serons pas seuls. (Il s'arrête un instant pour respirer profondément.) Vous avez travaillé dur, tous les trois, et l'échec provisoire de Parvati n'est pas de votre fait. Je prendrai des dispositions, dès notre arrivée dans le système du vecteur Renaissance, pour que vous soyez réintégrés le plus tôt possible dans votre unité.

Gregorius n'a pas besoin de regarder ses deux hommes pour parler en leur nom.

— Je vous demande pardon, père capitaine, mais si nous avons notre mot à dire là-dessus, nous préférons rester avec vous sur le *Raphaël* jusqu'à ce que la gamine soit capturée et expédiée sur Pacem.

De Soya essaie de ne pas montrer sa surprise.

— Euh... nous verrons bien ce qui va se passer, sergent. Le vecteur Renaissance abrite l'un des QG de la Flotte, et beaucoup de vos supérieurs seront là. On verra ce qu'ils en penseront. En attendant, nous avons du pain sur la planche. Translation dans vingt-cinq minutes.

— Père capitaine ?

— Oui, caporal Kee ?

— Entendrez-vous nos confessions, cette fois-ci, avant notre mort ?

De Soya fait un nouvel effort pour ne rien laisser voir dans son expression.

— Oui, caporal. Je finis de tout vérifier ici, et je vous attends au carré dans dix minutes pour vous confesser.

— Merci, mon père, murmure Kee avec un grand sourire.

— Merci, dit également Rettig.

— Merci, père capitaine, fait Gregorius de sa grosse voix.

De Soya les regarde se préparer à la translation. Tandis qu'ils s'éloignent, leurs grosses armures de combat sous le bras, il a un bref éclair de prémonition concernant l'avenir et sent un très grand poids sur ses épaules.

Seigneur, prie-t-il, *donne-moi la force d'accomplir Ta volonté... Au nom de Jésus... amen.*

Il fait pivoter de nouveau la lourde couchette de commandement face aux panneaux et commence les vérifications d'usage avant la translation et la mort.

25

Un jour, alors que je guidais dans les marais une chasse au canard dont les participants étaient tous originaires d'Hypérion, je demandai à l'un d'eux, pilote d'aérostat assurant le service hebdomadaire des Neuf Queues entre Equus et Aquila, ce qu'il pensait de son métier.

— Piloter un dirigeable ? me dit-il. Vous connaissez l'ancienne expression. De longues heures de monotonie rompues par quelques minutes de panique totale.

Notre voyage ressemblait un peu à cela. Je ne veux pas dire par là que je m'ennuyais. Ce qu'il y avait dans le vaisseau — ses livres, ses antiques holos et son piano à queue, par exemple — m'intéressait trop pour que je puisse m'en lasser en dix jours, et mes compagnons de voyage me passionnaient, mais nous ressentions déjà les effets de cette succession de longues périodes d'agréable inaction entrecoupées d'intervalles dominés par des giclées d'adrénaline.

Je dois admettre que j'avais été profondément troublé, dans le système de Parvati, en voyant, hors de portée de la caméra vidéo, cette frêle petite fille menacer de se tuer — et nous avec ! — si le vaisseau de la Pax ne nous laissait pas partir. J'avais passé dix mois comme croupier à la table du blackjack à Felix, l'une des îles de l'archipel des Neuf Queues, où j'avais eu l'occasion d'observer les joueurs. Cette fillette de onze ans aurait été sensationnelle au poker. Plus tard, quand je lui demandai si elle aurait exécuté sa menace en ouvrant notre dernier niveau pressurisé au vide spatial, elle se contenta de m'adresser son petit sourire polisson accompagné d'un geste évasif de la main droite, comme pour écarter ce genre de pensée. Des mois et des années plus tard, je devais m'habituer à ce geste.

— Comment connaissais-tu le nom de ce capitaine de la Pax ? lui demandai-je.

Je m'attendais à je ne sais quelles révélations sur les pouvoirs d'une protomessie, mais Énée se contenta de murmurer :

— Il m'attendait devant le Sphinx lorsque j'en suis sortie il y a huit jours. Je suppose que j'ai dû entendre quelqu'un prononcer son nom.

J'avais de sérieux doutes là-dessus. Si le père capitaine était bien au Sphinx, la procédure standard de la Pax l'obligeait à être revêtu de son armure de combat et à communiquer sur des canaux protégés. Mais pourquoi cette enfant me mentirait-elle ?

À quoi bon chercher de la logique ou du bon sens dans tout ça ? me demandai-je sur le moment. *Il n'y en a pas eu beaucoup jusqu'à présent.*

Lorsque la fillette était descendue se doucher après notre départ mouvementé du système de Parvati, le vaisseau avait essayé de nous rassurer, A. Bettik et moi, en nous disant :

— N'ayez pas peur, messieurs. Je ne vous aurais pas laissés mourir de décompression.

L'androïde et moi, nous nous étions regardés à ce moment-là. Je suppose que nous nous demandions tous les deux si le vaisseau savait vraiment quel effet cela aurait eu sur nous, ou si l'enfant possédait un pouvoir spécial sur ce genre de chose.

Tandis que s'écoulaient les jours de la seconde partie du voyage, je me pris à méditer sur la situation et sur mes réactions. Le problème principal, je m'en rendais compte à présent, était la passivité — presque l'inutilité — dont j'avais jusqu'ici fait preuve au cours de cette aventure. Âgé de vingt-sept ans, je n'étais pas sans posséder une certaine expérience de l'armée et des choses du monde, même si j'avais principalement vécu jusque-là dans les régions les plus désolées d'Hypérion. Et voilà que j'avais laissé une enfant faire face toute seule à la première situation d'urgence qui s'était présentée. A. Bettik, au moins, avait une excuse pour sa passivité. C'était un androïde conditionné, par sa bioprogrammation et par des siècles d'habitude, à s'en remettre aux décisions des humains. Mais pourquoi m'étais-je comporté comme une souche ? Martin Silenus m'avait sauvé la vie, il m'avait lancé dans cette quête insensée pour protéger la fille, pour la maintenir en vie et pour l'aider à aller là où il fallait qu'elle aille. Mais tout ce que j'avais fait jusque-là c'était piloter un tapis volant et me cacher derrière un piano à queue pendant qu'elle s'occupait du vaisseau de guerre de la Pax.

Au cours du voyage, nous discutâmes longuement, tous les quatre — y compris le vaisseau —, de la stratégie à adopter vis-à-vis de ce père capitaine de Soya. Si Énée ne se trompait pas, il se trouvait sur Hypérion à l'ouverture du Sphinx. Ce qui signifiait que la Pax avait découvert un moyen de lui faire prendre un raccourci à travers l'espace de Hawking. Les implications étaient non seulement étonnantes, elles me foutaient une trouille pas possible.

Énée ne semblait pas s'en faire outre mesure. Les jours passant, nous nous installâmes dans des habitudes de vie à bord confortables bien qu'un peu claustrophobes. Énée nous jouait du piano après dîner. Nous passions pas mal de temps à la bibliothèque, cherchant dans les holos et les cartes de navigation du vaisseau les endroits où était allé le consul (il y avait beaucoup d'indices, mais aucun n'était concluant). Dans la soirée, nous faisions de longues parties de cartes (elle se révéla effectivement redoutable au poker) ou nous nous livrions à quelques exercices physiques. Pour cela, je demandais au vaisseau d'établir un champ de confinement de 1,3 g limité au puits d'escalier, et je montais et descendais l'équivalent de six étages en spirale durant trois quarts d'heure. J'ignore ce que cela apporta au reste de mon corps, mais ce que je sais c'est que mes mollets, mes cuisses et mes chevilles ressemblèrent bientôt à ceux d'un éléphantoïde originaire de quelque monde de type jupitérien.

Quand Énée découvrit que le champ pouvait être réglé pour n'englober que de toutes petites parties du vaisseau, il n'y eut plus moyen de l'arrêter. Elle se mit à dormir dans une bulle *g*-zéro à l'étage de fugue. Elle s'aperçut que la table de la bibliothèque pouvait être morphée en billard, et insista pour que nous fassions au moins deux parties par jour, chaque fois sous une gravité différente. Un soir, j'entendis un drôle de bruit pendant que je lisais un livre sur le pont de navigation. Je descendis jusqu'à l'étage de la fosse holo et trouvai la coque ouverte en diaphragme, le balcon sorti sans le piano et une sphère géante remplie d'eau flottant entre la balustrade du balcon et la limite extérieure du champ de confinement.

— Qu'est-ce que...

— C'est très marrant ! me cria une voix de l'intérieur de la bulle où l'eau ne cessait de tournoyer.

Une tête aux cheveux ruisselants brisa la surface, orientée vers le bas, à deux mètres au-dessus du balcon.

— Viens ! Elle est chaude ! reprit Énée.

Je reculai d'un pas, m'appuyant à la balustrade de tout mon poids, essayant de ne pas penser à ce qui se produirait si le champ de confinement de cette petite bulle avait une défaillance d'une seule seconde.

— A. Bettik a vu ça ? demandai-je.

Elle haussa ses épaules diaphanes. La bulle émettait des pulsations fractales pyrotechniques qui se propageaient au-delà du balcon, donnant des couleurs et des reflets incroyables à la sphère aquatique. Celle-ci formait une grosse masse d'un bleu changeant, avec des taches plus claires à la surface et à l'intérieur, où des bulles d'air se déplaçaient. En fait, elle me rappelait les photos de l'Ancienne Terre que j'avais eu l'occasion de voir.

Énée rentra la tête sous la surface. Un instant, elle ne fut plus qu'une forme indistincte qui s'agitait dans l'eau. Puis elle émergea de nouveau cinq mètres plus loin à travers la surface courbe. De petits globes s'échappèrent de la grosse sphère, mais retombèrent aussitôt sur elle un peu plus loin, attirés, je suppose, par le différentiel de champ, créant des ondes concentriques complexes à la surface de l'eau captive.

— Viens ! répéta Énée. Tu verras que tu ne le regretteras pas.

— Je n'ai pas de maillot.

Elle se laissa flotter une seconde, se retourna sur le ventre et plongea. Quand elle émergea en bas, la tête complètement à l'envers, de mon point de vue, elle me cria :

— Qui en a un ? On n'en a pas besoin !

Je savais qu'elle ne plaisantait pas parce que j'avais vu, quand elle avait plongé, les pâles vertèbres de son dos, ses côtes et son petit derrière de garçon qui reflétait la lumière fractale comme deux minuscules champignons blancs remontant à la surface d'un étang. Dans l'ensemble, la vue du postérieur de notre messie de douze ans était à peu près aussi excitante, sexuellement parlant, que les holos des petits-enfants nouveau-nés de tante Merth dans leur baignoire.

— Amène-toi, Raul ! me cria-t-elle de nouveau avant de plonger pour gagner le bord opposé de la sphère.

Je n'hésitai qu'une seconde de plus avant de retirer ma robe de chambre et mes vêtements. Mais je gardai mon slip ainsi que le tricot qui me servait parfois de pyjama.

Un instant, je demeurai indécis sur le balcon. Je n'avais pas la moindre idée de la manière dont je devais m'y prendre pour entrer dans la sphère qui flottait à plusieurs mètres au-dessus de moi. Puis j'entendis :

— Saute, idiot !

Cela venait de la partie supérieure de la sphère, que je ne voyais pas. Je sautai.

Le passage en *g*-zéro se fit à environ un mètre cinquante de hauteur. L'eau était glacée.

Je me retournai dans tous les sens, hurlai de saisissement, chaque muscle de mon corps contracté, puis me débattis comme un fou pour essayer de garder la tête à l'extérieur de la bulle. Je ne fus pas surpris de voir sortir A. Bettik sur le balcon, attiré par mes cris. Il croisa les bras et s'adossa à la balustrade, les jambes entrelacées au niveau des chevilles.

— Elle est chaude ! mentis-je en claquant des dents. Vous devriez faire un petit plongeon !

L'androïde sourit et secoua la tête comme un papa qui s'arme de patience. Haussant les épaules, je me retournai puis plongeai.

Il me fallut une seconde ou deux pour me rappeler que nager est un peu l'équivalent de se déplacer sous gravité zéro et que se laisser flotter dans l'eau sous *g*-zéro ressemble passablement à la nage ordinaire. Dans les deux cas, la résistance du liquide rendait l'expérience plus proche de la natation que du *g*-zéro, bien qu'il y eût en plus le plaisir de tomber, quelque part à l'intérieur de la sphère, sur une bulle d'air où l'on pouvait s'arrêter pour reprendre sa respiration avant de s'agiter de nouveau sous l'eau.

Au bout de quelques pirouettes et rétablissements à en perdre tout sens de l'orientation, j'arrivai devant une bulle qui faisait un bon mètre de diamètre, m'immobilisai un instant avant d'y entrer en une folle cabriole, et me retrouvai juste au-dessous d'Énée, dont seules la tête et les épaules émergeaient dans la bulle. Elle me fit un grand signe de la main. Je vis que son torse nu avait la chair de poule, soit à cause de la fraîcheur de l'eau, soit parce que l'air était encore plus froid.

— C'est rigolo, hein ? me dit-elle en s'ébrouant et en repoussant à deux mains ses cheveux en arrière.

Je constatai que sa chevelure blonde et brune paraissait beaucoup plus foncée quand elle était mouillée. J'essayais, en la regardant, de retrouver les traits de sa mère, la détective lusienne aux cheveux bruns, mais en vain. Je n'avais jamais vu la moindre photo de Brawne Lamia. Je n'avais entendu que sa description dans les *Cantos*.

— Le plus dur, c'est de s'empêcher de jaillir hors de l'eau quand on arrive au bord, me dit Énée tandis que notre bulle se déformait et se contractait, le mur d'eau courbe miroitant au-dessus de nous. On fait la course jusqu'à l'extérieur ? ajouta-t-elle soudain.

D'un coup de reins, elle pivota et se propulsa hors de la bulle d'air. Je voulus la suivre, mais commis l'erreur de trop agiter les bras et les jambes dans la bulle. Seigneur ! J'espère que ni l'enfant ni l'androïde ne virent mes efforts pathétiques. J'arrivai au bord de la sphère une bonne demi-minute après elle. Nous restâmes quelques temps la tête hors de l'eau. Le balcon et le vaisseau étaient invisibles, de l'autre côté de la sphère. La surface de l'eau s'incurvait autour de nous, disparaissant comme le bord d'une cascade tandis que les fractales rouges, au-dessus de nos têtes, explosaient, se contractaient puis explosaient de nouveau.

— J'aimerais voir les étoiles, murmurai-je.

Je fus surpris d'avoir dit cela tout haut.

— Moi aussi, déclara Énée.

Son visage était éclairé par les jeux de lumière erratiques, et je crus voir passer une ombre de mélancolie dans ses traits.

— J'ai froid, me dit-elle au bout d'un moment, les dents serrées pour les empêcher de claquer. La prochaine fois que je demanderai au vaisseau de nous faire une piscine, je lui préciserai la température de l'eau.

— Tu devrais sortir, lui dis-je.

Nous fîmes le tour de la sphère. Le balcon nous apparut comme un mur qui se dressait pour nous saluer avec, pour seule anomalie, la silhouette déformée de A. Bettik qui nous attendait, une grande serviette déployée pour accueillir Énée.

— Ferme les yeux, me dit-elle.

J'obéis. Je sentis les grosses gouttes d'eau sous *g*-zéro qui m'aspergeaient le visage tandis qu'elle crevait la tension de surface de la sphère pour se laisser flotter dans l'air à l'extérieur. Une seconde plus tard, j'entendis le bruit de ses pieds nus qui touchaient le balcon.

J'attendis encore quelques secondes, puis rouvris les yeux. A. Bettik avait refermé la grande serviette autour d'Énée, qui s'y blottissait frileusement sans pouvoir s'empêcher de claquer des dents.

— F-f-fais attention, me dit-elle. Ré-ré-rétablis-toi d-d-dès que tu seras hors de l'eau, ou tu t-t-tomberas sur la tête au risque de te rompre le c-c-cou.

— Merci, lui dis-je.

Je n'avais pas l'intention de quitter la sphère d'eau avant que l'androïde et elle soient partis du balcon. Lorsqu'ils rentrèrent, quelques instants plus tard, je me propulsai hors de la sphère, agitant bras et jambes en une vaine tentative de me retourner à cent quatre-vingts degrés avant que la gravité fasse de nouveau valoir ses droits. Mais je pivotai trop, compensai trop et atterris lourdement sur le derrière.

Je pris la serviette que l'androïde avait obligeamment laissée pour moi sur la balustrade, m'essuyai le visage et ordonnai :

— Vaisseau, vous pouvez désactiver le microchamp *g*-zéro, à présent.

Je compris mon erreur une fraction de seconde plus tard ; mais avant que j'aie pu annuler mon ordre, plusieurs centaines de litres d'eau se déversèrent sur le balcon en une cataracte glacée et pesante accentuée par la hauteur de chute. Si j'avais été juste en dessous, j'aurais pu être tué. Quelle fin ironique pour une si grande aventure ! Mais j'étais à deux mètres du centre du déluge, et je fus seulement projeté contre le balcon, pris dans un tourbillon et emporté vers la balustrade au-dessus de laquelle le flot se précipitait avec force, menaçant de me rejeter dans l'espace puis vers la poupe du vaisseau, quinze mètres plus bas, et ensuite au fond de l'ellipsoïde du champ de confinement où je finirais comme un insecte noyé dans une éprouvette ovoïde.

Je m'agrippai à la balustrade et tins bon pendant que le torrent passait en rugissant.

— Désolé, me dit le vaisseau en comprenant son erreur.

Il reforma le champ autour de moi pour contenir et canaliser le déluge. Je remarquai que pas une goutte ne s'était répandue dans l'étage holo par la porte ouverte.

Quand le microchamp eut absorbé toute l'eau par petites sphères clapotantes, je récupérai ma serviette trempée et rentrai dans le salon holo. Tandis que la coque se refermait derrière moi en diaphragme et que l'eau, je suppose, était canalisée dans des réservoirs pour être repurifiée afin d'être affectée à nos besoins ou être utilisée comme masse de réaction, je m'arrêtai subitement pour m'écrier :

— Vaisseau !

— Oui, H. Endymion ?

— Ce ne serait pas, par hasard, une farce de votre part ?

— Vous voulez dire lorsque j'ai obéi à votre ordre de désactiver le microchamp *g*-zéro, H. Endymion ?

— Oui.

— Ce qui s'est passé n'est que la conséquence d'une légère imprévoyance, H. Endymion. Je n'ai pas l'habitude de faire des farces. Soyez assuré que je ne suis pas affecté d'un sens de l'humour quelconque.

— Mmmm.

Je n'étais pas tout à fait convaincu. Mes chaussures et vêtements mouillés à la main, laissant derrière moi un sillage de petites flaques d'eau, je montai dans ma chambre pour me sécher et me rhabiller.

Le lendemain, je descendis voir A. Bettik dans ce qu'il appelait la « chambre des machines ». Cela ressemblait vaguement à l'espace du même nom à bord d'un navire océanique : mêmes tuyauteries brûlantes, mêmes formes géantes et obscures ressemblant à des dynamos, mêmes passerelles et plates-formes de métal. Mais A. Bettik me montra, par l'intermédiaire d'une série de connecteurs stimsim, que la principale fonction de cette salle était d'assurer l'interface avec les propulseurs du vaisseau et les générateurs de champ. J'avoue que je ne me suis jamais particulièrement intéressé aux réalités induites par ordinateur. Après avoir regardé quelques images virtuelles du vaisseau, je laissai tomber et m'assis à côté du hamac de l'androïde pour bavarder un peu avec lui. Il me raconta comment il avait aidé à entretenir et moderniser le vaisseau durant de longues décennies, et comment il en était venu à croire qu'il ne prendrait plus jamais l'espace. Je le sentis soulagé à l'idée que la grande aventure était en cours.

— Vous aviez prévu dès le début que vous participeriez à ce voyage, quelle que soit la personne choisie pour accompagner Énée ? lui demandai-je.

Il me regarda un long moment sans rien dire.

— J'y pense depuis un siècle au moins, H. Endymion, murmura-t-il. Mais j'ai rarement osé espérer que mes désirs se transforment un jour en réalité. Grâce à vous, c'est chose faite, et je vous en remercie.

Sa gratitude était si sincère qu'elle me gêna.

— Vous devriez attendre que nous échappions à la Pax pour me remercier, lui dis-je, histoire de changer de conversation. Je suppose qu'ils nous attendent dans le système du vecteur Renaissance.

— C'est probable, en effet.

L'homme bleu ne semblait pas particulièrement préoccupé par cette perspective.

— Croyez-vous que la menace d'Énée de dépressuriser le vaisseau puisse marcher une seconde fois ? demandai-je.

Il secoua négativement la tête.

— Ils veulent la capturer vivante, mais ils ne se laisseront pas reprendre au bluff.

Je haussai un sourcil.

— Vous croyez vraiment qu'elle bluffait ? J'avais vraiment l'impression qu'elle allait ouvrir notre étage.

— Je ne suis pas de cet avis, fit A. Bettik. Je ne connais pas cette jeune personne depuis très longtemps, bien entendu, mais j'ai eu le plaisir de passer quelques jours en compagnie de sa mère et des autres pèlerins durant leur traversée d'Hypérion. H. Lamia était une femme qui aimait la vie et respectait celle des autres. À mon avis, H. Énée aurait peut-être mis sa menace à exécution si elle avait été seule, mais je ne la crois pas capable de décider de nous faire du mal, à vous ou à moi.

Je n'avais rien à répliquer à cela. La conversation se poursuivit donc sur d'autres sujets : le vaisseau, notre destination, ce que devaient ressentir les gens du Retz après la Chute au bout de tout ce temps.

— Si nous nous posons sur le vecteur Renaissance, demandai-je de but en blanc, est-ce que vous avez l'intention de nous quitter ?

— Vous quitter ? répéta A. Bettik, dont l'expression, pour la première fois, marqua de la surprise. Pourquoi vous quitterais-je pour rester là-bas ?

Je fis un geste vague de la main.

— Euh... Je suppose que... Je veux dire que j'ai toujours pensé que vous aimeriez reprendre votre liberté, et que vous profiteriez du premier monde civilisé sur lequel nous nous poserions pour...

Je m'interrompis, ne voulant pas aggraver mon cas. Je m'étais déjà montré assez idiot comme ça.

— Ma liberté, je la trouve dans le fait d'avoir pu vous accompagner dans ce voyage, H. Endymion, me dit l'androïde en souriant. De plus, je ne vois pas comment je pourrais me mêler à la population locale, si je décidais de rester sur le vecteur Renaissance.

Cela soulevait un problème auquel j'avais déjà pensé.

— Vous pourriez changer la couleur de votre peau, lui dis-je. L'autochirurgien de bord est tout à fait capable de...

Je m'interrompis de nouveau, percevant dans son expression un changement subtil que je ne comprenais pas.

— Comme vous le savez, H. Endymion, me dit-il, nous autres androïdes ne sommes pas programmés comme des machines. On ne nous implante même pas les paramètres de base ni les asimotifs que l'on affectait aux anciennes IA à base d'ADN, qui ont évolué plus tard pour donner les intelligences du TechnoCentre. Mais certaines inhibitions nous ont été... euh... fermement incorporées au moment de la conception de nos instincts. L'une d'elles, naturellement, nous pousse à obéir aux humains chaque fois que la chose est raisonnable et à empêcher qu'il leur arrive du mal. Cet asimotif est plus vieux que la robotique ou la bio-ingénierie, à ce que l'on m'a dit. Mais un autre de mes... instincts est de ne pas changer la couleur de ma peau.

— Vous en êtes incapable ? Vous ne pourriez pas le faire, même si nos vies en dépendaient ?

— Je le pourrais parfaitement, H. Endymion. Je suis doté de libre arbitre. Je n'aurais pas de mal à le faire, particulièrement si une telle action était conforme à des asimotifs tels que vous protéger, H. Énée et vous, mais ce choix me mettrait... mal à l'aise, très mal à l'aise, croyez-moi.

Je hochai la tête, mais je ne comprenais pas très bien. Nous parlâmes d'autre chose.

Ce jour-là, j'inventoriai aussi le contenu des coffres AEV à l'étage du sas principal. Ils étaient mieux fournis que je ne l'avais pensé lors de ma première inspection. Certains articles étaient si archaïques que je dus demander au vaisseau de m'expliquer leur usage. La plupart des objets destinés aux activités extravéhiculaires étaient cependant évidents : scaphandres spatiaux et combinaisons atmosphériques d'urgence, quatre scooters de l'espace habilement pliés dans leurs compartiments de rangement sous les scaphandres, lampes à batterie longue durée, matériel de camping, masques à osmose et équipement de plongée au complet avec palmes et fusils sous-marins, une ceinture de vol EM, trois caisses à outils, deux trousses médicales bien garnies, trois nécessaires de vision nocturne avec lunettes infrarouges, trois casques légers équipés de minicoms, de caméras vidéo et de persocs. Je dus m'enquérir auprès du vaisseau sur l'usage de ces derniers. J'avais grandi sur un monde dépourvu d'infosphère, où ils étaient totalement inutiles. Bordés d'un liséré argenté à l'ancienne, ils devaient être âgés de plusieurs décennies. Certains, massifs, de la taille d'un petit livre, étaient même de véritables antiquités. Tous pouvaient faire office de communicateur, stocker de grandes quantités de données, se brancher sur l'infosphère locale et — surtout les modèles les plus anciens — se connecter à distance aux relais distrans qui donnaient accès à la mégasphère.

Je retournai dans ma main l'un des bracelets, qui pesait moins d'un gramme. Il ne servait plus à rien. Je savais, grâce aux conversations des chasseurs venus d'autres mondes, qu'il existait de nouveau des planètes possédant des infosphères rudimentaires. Le vecteur Renaissance en faisait partie, à ma connaissance. Mais les relais distrans avaient disparu depuis trois siècles. Le distrans, cette bande universelle de communications ultra-rapide dont dépendait toute l'Hégémonie, était silencieux depuis la Chute. Je fis le geste de remettre le persoc dans son étui doublé de velours.

— Il pourrait être utile de le prendre avec vous si vous deviez me quitter pendant quelque temps, me dit le vaisseau à ce moment-là.

Je jetai un coup d'œil par-dessus mon épaule.

— Pourquoi ?

— Pour avoir des informations. Je me ferais un plaisir de déverser le contenu de mes banques de données de base dans un ou plusieurs de ces appareils. Vous pourriez y accéder à volonté.

Je me mordillai la lèvre, essayant d'imaginer l'utilité d'avoir à mon poignet la masse confuse des données du vaisseau. Puis j'entendis la voix de Grandam dans mon enfance : *L'information est toujours précieuse, Raul. Elle ne vient qu'après l'amour et l'honnêteté dans les efforts que peut faire une personne pour comprendre l'univers.*

— Bonne idée, déclarai-je en passant le fin bracelet d'argent à mon poignet. Quand pouvons-nous charger les données ?

— Je viens de le faire, répliqua le vaisseau.

J'avais soigneusement examiné le contenu du coffre à armes avant notre arrivée dans l'espace de Parvati. Il n'y avait rien là qui aurait pu ralentir une seule seconde un garde suisse. Mais je repassai alors en revue tous les objets du coffre dans un esprit différent.

C'est drôle, comme les vieilles choses peuvent paraître vieilles. Les scaphandres, les scooters, les lampes et presque tous les objets que contenait ce vaisseau semblaient archaïques, totalement démodés. Il n'y avait pas de combinaisons-peaux, par exemple, et la forme, la masse et la couleur de chaque objet évoquaient les illustrations holos des documents d'histoire. Pour les armes, cependant, ce n'était pas la même chose. Elles étaient vieilles, certes, mais parfaitement familières à mes yeux et à mes mains.

Le consul, de toute évidence, était un chasseur. Il y avait sur le râtelier une demi-douzaine de fusils bien rangés et parfaitement huilés. J'aurais pu prendre n'importe lequel pour aller chasser le canard dans les marais. Ils allaient d'un petit .310 aux canons superposés à un massif calibre 28 juxtaposé. Je jetai mon dévolu sur un fusil à pompe calibre .16 d'un modèle antique mais parfaitement bien conservé, tirant de vraies cartouches. Je le posai dans le corridor.

Les carabines et fusils à énergie étaient splendides. Le consul devait les collectionner, car ces modèles étaient des œuvres d'art en même temps que des engins à tuer. Leurs crosses étaient ornées de ciselures, l'acier était bleui, les éléments assemblés à la main, le tout parfaitement équilibré. Au fil des siècles — plus d'un millénaire — qui avaient suivi le XXe, où les armes individuelles, fabriquées en série pour avoir un maximum d'efficacité, étaient aussi laides que des arrêts de porte, les gens comme le consul et moi, entre autres, avaient appris à apprécier les belles armes fabriquées à la main, en nombre limité. Sur le râtelier, il y avait des fusils de chasse de gros calibre, des fusils à plasma (qui méritaient parfaitement leur nom, avais-je appris lors de mes classes dans la Garde Nationale, les cartouches à plasma se transformant, naturellement, en décharges de pure énergie à la sortie du canon, mais bénéficiant des rayures avant de se volatiliser), deux fusils à énergie à technologie laser, à la crosse finement gravée (ceux-là étaient mal nommés, par un artifice de langage et non de conception), pas très différents de l'arme avec laquelle H. Herrig avait tué Izzy il n'y avait pas si longtemps, un fusil d'assaut d'un noir mat appartenant à l'arsenal de la Force et probablement analogue à celui que le colonel Fedmahn Kassad avait amené sur Hypérion trois siècles plus tôt, une arme à plasma au canon énorme, que le consul avait dû utiliser pour chasser le dinosaure sur je ne sais quelle planète, et enfin trois pistolets. Il n'y avait aucun bâton de la mort, ce dont je ne pouvais que me réjouir. Je détestais ces sales trucs.

Je retirai du râtelier l'un des fusils à plasma, le fusil d'assaut de la Force et les trois pistolets, que je voulais examiner de plus près.

Le fusil de la Force était particulièrement laid, contrairement aux pièces de collection du consul, mais je compris tout de suite pourquoi il était là. C'était une arme tous usages, un fusil à plasma 18 mm à rayon variable d'énergie cohérente, qui pouvait servir de lance-grenades, de guide de fhees (faisceaux hautes énergies d'électrons) de lance-fléchettes, d'éblouisseur large bande, de lanceur de dards thermosensibles et je ne sais quoi d'autre encore. Je suppose qu'il ne pouvait pas faire cuire les repas des troupiers de la Force, mais on aurait presque pu y arriver, en réglant le faisceau variable sur faible intensité.

Avant notre arrivée dans le système de Parvati, j'avais envisagé d'accueillir avec ce fusil de la Force les gardes suisses qui auraient voulu nous prendre à l'abordage, mais les armures de combat modernes étaient capables de tout arrêter et, honnêtement, je craignais de ne réussir qu'à les rendre furieux.

J'étudiai l'arme un peu plus attentivement. Elle était suffisamment polyvalente pour nous servir si nous nous éloignions un peu du vaisseau et si j'avais à affronter un ennemi un peu plus primitif qu'un garde suisse, disons un homme des cavernes ou un chasseur à réaction, ou encore un pauvre diable équipé comme je l'avais été quand je faisais partie de la Garde Nationale d'Hypérion. Finalement, je renonçai à le prendre. Il pesait beaucoup trop lourd pour quelqu'un qui ne portait pas une de ces anciennes armures de combat exopropulsées de la Force. De plus, il n'y avait pas de réserve de fléchettes, de grenades ou de fhees. Quant aux cartouches pulsantes de 18 mm, il y avait des siècles qu'on n'en trouvait plus. Pour utiliser l'arme en mode rayonnant, il fallait que je sois à proximité du vaisseau ou d'une autre source d'énergie importante. Je remis donc le fusil d'assaut en place, conscient d'avoir peut-être à la main l'arme personnelle du légendaire colonel Fedmahn Kassad. Elle ne correspondait pas à la collection du consul, et il l'avait peut-être gardée pour des raisons sentimentales.

Je posai la question au vaisseau, mais ses souvenirs étaient confus.

— Surprise, surprise, murmurai-je alors entre mes dents.

Les pistolets, encore plus anciens que le fusil d'assaut, étaient cependant beaucoup plus prometteurs. Chacun des trois était une pièce de collection, mais leurs magasins à cartouches étaient encore d'un modèle courant, tout au moins sur Hypérion. Je ne pouvais rien dire en ce qui concernait les mondes où nous allions nous rendre. La plus grosse de ces armes, un Penetrator automatique Steiner-Ginn de calibre .60, était un pistolet redoutable mais lourd. Les matrices à cartouches pesaient presque autant que l'arme elle-même, et celle-ci était conçue pour tirer ses munitions à une vitesse prodigieuse. Je la remis en place. Les deux autres me semblaient plus intéressantes. Il y avait là un petit pistolet à fléchettes, tout à fait maniable, qui aurait pu être l'arrière-grand-père de celui que H. Herrig avait utilisé contre moi. Il était accompagné de plusieurs centaines de petits ovoïdes — le chargeur de la crosse en acceptait cinq à la fois — qui contenaient chacun plusieurs milliers de fléchettes. C'était l'arme idéale pour quelqu'un qui n'était pas forcément bon tireur.

Ce fut le troisième pistolet qui m'étonna le plus. Il était dans un étui de cuir huilé et je le sortis d'une main qui tremblait légèrement. Je ne le connaissais que pour l'avoir vu en photo dans de vieux livres. C'était un .45 semi-automatique, qui utilisait de vraies cartouches à chemise en laiton et non une matrice qui les créait à mesure que l'on tirait. Il avait une crosse moulée, un viseur en métal, un corps en acier bleuté. Je le retournai plusieurs fois dans mes mains. Ce truc-là avait facilement plus de mille ans.

Je regardai à l'intérieur du coffret où je l'avais trouvé. Il y avait là cinq boîtes de cartouches .45, représentant plusieurs centaines de balles. Je me dis qu'elles devaient être aussi anciennes que l'arme, mais il y avait une étiquette : Lusus, environ trois siècles plus tôt.

Est-ce que Brawne Lamia n'avait pas un vieux .45, d'après les Cantos *?*

Lorsque je posai, un peu plus tard, la question à Énée, celle-ci m'affirma qu'elle n'avait jamais vu sa mère avec une arme à feu.

Le .45 et le pistolet à fléchettes me semblaient utiles. Mais j'ignorais si les cartouches du .45 étaient encore bonnes, aussi je sortis avec sur le balcon, prévins le vaisseau que le champ de confinement externe devait empêcher la balle de ricocher et pressai la détente. Rien ne se produisit. Je me souvins alors que ces trucs-là avaient une sécurité manuelle. Je la repérai, la désactivai et tirai de nouveau. Seigneur ! Quel bruit ! Mais cela marchait parfaitement. Je remis l'arme dans sa gaine et accrochai celle-ci à ma ceinture, où elle semblait parfaitement à sa place. Naturellement, lorsque j'aurais tiré ma dernière cartouche, il n'y en aurait plus jamais d'autres, à moins que je ne découvre quelque part un club de collectionneurs qui les faisait fabriquer sur mesure.

Je n'ai pas du tout l'intention de tirer plusieurs centaines de balles avec ce truc-là, me dis-je sur le moment.

Si seulement j'avais pu savoir.

Je montrai les armes que j'avais choisies à la fillette et à l'androïde. Il y en avait quatre : le .45, le pistolet à fléchettes, la carabine et le fusil de chasse à plasma.

— Si nous devons nous aventurer en territoire inconnu, leur dis-je, et particulièrement s'il s'agit de zones inhabitées, il faut que nous soyons prêts à tout.

Je leur proposai tour à tour le pistolet à fléchettes, mais ils refusèrent. Énée ne voulait aucune arme, et l'androïde me rappela qu'il ne pouvait pas en utiliser contre un être humain. Quant aux bêtes sauvages, il me faisait confiance pour le tirer d'affaire si l'une d'elles le chargeait.

Je soupirai, mais rangeai la carabine, le fusil de chasse et le pistolet à fléchettes.

— Je garde ça, leur dis-je en touchant le .45.

— Ça va bien avec le reste de ton équipement, me dit Énée avec un petit sourire.

Il n'y eut pas de discussion de dernière minute pour élaborer un plan, cette fois-ci. Aucun de nous ne pensait que la menace d'Énée de se détruire pourrait marcher une deuxième fois si la Pax nous attendait à l'arrivée. Notre plus sérieux débat sur les événements à venir se déroula deux jours avant la dégyration dans le système du vecteur Renaissance. Nous sortions d'un excellent repas. A. Bettik nous avait préparé un filet de manta en sauce, et nous avions trouvé dans la cave du vaisseau une bonne bouteille de vin du Bec. Énée joua du piano pendant une heure, accompagnée par l'androïde à la flûte. Puis nous nous lançâmes dans une grave discussion sur l'avenir.

— Vaisseau, que pouvez-vous nous dire sur le vecteur Renaissance ? demanda la fillette.

Il y eut un bref silence, que je savais maintenant interpréter comme un profond embarras du vaisseau.

— Désolé, H. Énée, mais à part les renseignements de navigation habituels et quelques cartes qui n'ont pas été mises à jour depuis des siècles, je ne possède absolument aucun renseignement sur ce monde.

— J'y suis déjà allé, intervint A. Bettik. Il y a des siècles de cela, également, mais nous avons capté des émissions radio et télé sur la planète.

— J'ai entendu les conversations de quelques chasseurs originaires du vecteur Renaissance, déclarai-je. En général, c'étaient les plus riches. (Je fis signe à l'androïde.) À vous l'honneur.

A. Bettik hocha la tête puis croisa les bras en disant :

— Le vecteur Renaissance était l'un des mondes les plus importants de l'Hégémonie. Très proche de la Terre sur l'échelle de Solmev, colonisé par les tout premiers vaisseaux d'ensemencement, il était totalement urbanisé à l'époque de la Chute. Il est resté célèbre pour ses universités, ses centres médicaux — c'est là que la plupart des traitements Poulsen ont été administrés aux citoyens du Retz qui pouvaient se les offrir —, son architecture baroque — particulièrement bien illustrée par la forteresse de montagne Enable — et ses performances industrielles. La grande majorité des vaisseaux de la Force ont été construits dans ses chantiers. En fait, le vaisseau sur lequel nous nous trouvons en sort. C'est un produit du complexe Mitsubishi-Havcek.

— Vraiment ? fit la voix du vaisseau. Si je l'ai su un jour, l'information s'est perdue. Très intéressant, en vérité.

Énée et moi, nous échangeâmes, pour la douzième fois au moins au cours de ce voyage, des regards inquiets. Un vaisseau qui avait perdu le souvenir de son passé et de ses origines ne laissait pas d'être un peu inquiétant quant à sa capacité d'effectuer les manœuvres complexes du vol intersidéral. *Bah !* me dis-je pour la vingtième fois. *Il nous a bien fait rentrer dans le système de Parvati puis ressortir.*

— La capitale est Vinci, poursuivit A. Bettik. Mais tout le continent et une partie de l'immense mer planétaire sont fortement urbanisés, de sorte qu'il n'y a pratiquement pas de transition entre un centre urbain et son voisin.

— C'est l'une des planètes de la Pax les plus actives, ajoutai-je. L'une des premières, en fait, à être entrée dans la Pax après la Chute. Les militaires y sont installés en force. Le vecteur Renaissance comme Renaissance M. possèdent des garnisons lunaires et orbitales. Il y a des bases partout sur les deux planètes.

— C'est quoi, Renaissance M. ? demanda Énée.

— Renaissance Minor, expliqua A. Bettik. La deuxième planète à partir du soleil. La troisième est le vecteur Renaissance. Minor est également habitée, mais à un degré moindre. C'est principalement un monde agricole, avec de grandes fermes automatisées qui couvrent presque toute la surface continentale. C'est le grenier du vecteur. Après la fin des distrans, les deux planètes ont bénéficié de cet arrangement. Avant que le commerce interstellaire régulier soit rétabli par la Pax, le système Renaissance était largement autosuffisant. Le vecteur Renaissance fabriquait des biens de consommation, et Renaissance Minor fournissait la matière première pour alimenter ses cinq milliards d'habitants.

— Quelle est la population du vecteur, aujourd'hui ? demandai-je.

— Je pense qu'elle n'a pas évolué. Toujours cinq milliards, à quelque chose près. Comme je l'ai déjà dit, la Pax s'est installée ici très tôt et a immédiatement offert à la population aussi bien le cruciforme que le régime de régulation des naissances qui va avec.

— Vous dites que vous êtes déjà venu ici, fis-je remarquer à l'androïde. À quoi ressemble la planète ?

— Euh... murmura l'androïde avec un sourire mélancolique. Je suis resté moins de trente-six heures en escale sur le vecteur Renaissance. Nous venions d'Asquith, et nous nous apprêtions à coloniser le nouveau territoire d'Hypérion au nom du roi William. Ils nous ont sortis du sommeil cryotechnique, mais sans nous donner l'autorisation de quitter le vaisseau. Mes souvenirs de ce monde se résument donc à peu de chose.

— Est-ce que les habitants de ce monde sont principalement des chrétiens régénérés ? demanda Énée.

Elle paraissait songeuse, comme perdue dans ses pensées. Je remarquai qu'elle se rongeait de nouveau les ongles.

— Bien sûr, lui répondit A. Bettik. La quasi-totalité des cinq milliards, j'en ai bien peur.

— Et je ne plaisantais pas en ce qui concerne la lourde présence militaire de la Pax, ajoutai-je. Les instructeurs qui nous ont fait faire nos classes sur Hypérion étaient basés sur le vecteur Renaissance. C'est l'une des plus importantes planètes de garnison, et une plaque tournante dans la guerre avec les Extros.

Énée hocha la tête, toujours distraite. Je décidai d'aller droit au but.

— Qu'allons-nous faire là-bas ? demandai-je.

Elle leva la tête vers moi. Ses yeux noirs étaient superbes mais lointains.

— Je veux voir le fleuve Téthys, me dit-elle.

Je secouai la tête.

— Le Téthys était un artefact distrans. Il n'avait pas d'existence en dehors du Retz. Ou plutôt, il n'existait que sous la forme de petits tronçons de mille cours d'eau différents.

— Je sais cela. Je veux seulement voir une rivière qui faisait partie du Téthys à l'époque du Retz. Ma mère m'en a tellement parlé. Elle m'a raconté que cela ressemblait au

Confluent, en plus paisible. On pouvait passer d'un monde à l'autre en barge, en naviguant pendant des semaines et même des mois.

Je résistai à l'impulsion de me mettre en colère.

— Tu sais très bien que nous n'avons pratiquement aucune chance de passer à travers les défenses du vecteur Renaissance. Et même si nous réussissons, le fleuve Téthys n'existe plus. Il n'y aura à voir qu'un petit segment sans importance. Tu crois que le jeu en vaut la chandelle ?

Elle voulut hausser les épaules, mais se retint au dernier moment.

— Tu te souviens de ce que je t'ai dit au sujet de l'architecte que j'avais besoin de... que j'avais envie de rencontrer pour étudier avec ?

— Oui. Mais tu ne sais même pas comment il s'appelle. Tu ignores sur quel monde il est. Pourquoi commencer tes recherches par le vecteur Renaissance ? On pourrait au moins le chercher sur Minor ou, mieux encore, laisser tomber ce système et aller sur un monde plus tranquille, comme Armaghast.

Elle secoua la tête. Je remarquai qu'elle s'était coiffée avec un soin particulier. Ses mèches blondes étaient très en valeur.

— Dans mes rêves, dit-elle, l'un des bâtiments construits par cet architecte se trouve au bord du Téthys.

— Il y a des centaines de mondes qui contiennent un fragment du Téthys, ripostai-je en me penchant vers elle pour qu'elle comprenne bien que j'étais extrêmement sérieux. Aucun d'eux ne présente pour nous un aussi grand danger de nous faire capturer ou tuer par la Pax. Sommes-nous vraiment obligés de commencer par le système Renaissance ?

— Je crois, murmura Énée.

Je laissai tomber mes mains à plat sur mes genoux. Martin Silenus ne m'avait jamais promis que cette entreprise serait de tout repos ni qu'elle aurait un sens. Il avait juste dit qu'elle ferait de moi un héros.

— Très bien, déclarai-je, conscient de la très grande lassitude qui perçait dans ma voix. Quel est notre plan, cette fois-ci, ma belle ?

— Il n'y a pas de plan. S'ils nous attendent, je leur dirai la vérité. Que nous voulons nous poser sur le vecteur Renaissance. Je ne pense pas qu'ils nous en empêchent.

— Et que se passera-t-il si nous nous posons ? demandai-je.

J'essayai d'imaginer le vaisseau encerclé par des milliers de soldats de la Pax.

— Nous improviserons à partir de là, fit Énée avec un sourire. Quelqu'un veut faire une partie de billard à un sixième de *g* ? Pour de l'argent, cette fois-ci.

J'allais répliquer vertement, mais changeai de ton au dernier moment.

— Tu n'as pas un sou, lui dis-je.

Le sourire d'Énée s'élargit.

— Alors, je ne peux pas me permettre de perdre, n'est-ce pas ?

26

Durant les cent quarante-deux jours que le père capitaine de Soya passe à attendre la fillette et son vaisseau dans le système Renaissance, il rêve d'elle presque toutes les nuits. Il la revoit clairement telle qu'elle lui est apparue pour la première fois à sa sortie du Sphinx, mince comme un saule, le regard en alerte mais nullement effrayé malgré la tempête qui faisait rage et les silhouettes menaçantes autour d'elle, ses deux petites mains en partie dressées comme pour se cacher la face ou encore pour se précipiter dans ses bras. Souvent, dans ses rêves, c'est sa fille qu'il voit là, et ils se promènent ensemble dans les rues-canaux pleines de monde du vecteur Renaissance, en discutant de la sœur aînée de De Soya, Maria, que l'on vient d'admettre au centre médical de Saint-Jude à Vinci. En rêve, il se voit avancer main dans la main avec l'enfant dans les rues-canaux familières du quartier de l'énorme complexe hospitalier tandis qu'il lui explique ce qu'il compte faire pour sauver la vie de sa sœur cette fois-ci, car il n'a pas l'intention de la laisser mourir comme la première fois.

En réalité, Federico de Soya n'avait que six années standard lorsque sa famille et lui sont arrivés sur le vecteur Renaissance en provenance des régions désolées du Llano Estacado, sur le monde provincial de Madre de Dios. Presque tout le monde, sur cette planète peu peuplée, essentiellement formée de déserts caillouteux, était catholique, mais sans être régénéré par la Pax. La famille de Soya faisait partie du mouvement schismatique marialiste et avait quitté La Nouvelle-Madrid plus d'un siècle auparavant, lorsque cette planète avait manifesté par référendum sa volonté d'entrer dans la Pax et de soumettre toutes ses Églises chrétiennes au Vatican. Les marialistes vénéraient la Sainte Mère du Christ avec plus de ferveur que la hiérarchie orthodoxe du Vatican ne l'autorisait, de sorte que le jeune Federico avait grandi sur un monde-désert marginal où une colonie dévote de soixante mille catholiques hérétiques refusaient, en manière de protestation, d'accepter le cruciforme.

C'est alors que la jeune Maria, âgée seulement de douze ans, avait attrapé un virus venu d'un autre monde qui avait balayé de sa faux les régions agricoles de la planète. La plupart des personnes atteintes de la mort rouge mouraient au bout de trente-deux heures ou guérissaient, mais Maria avait traîné, son visage aux traits naguère si purs assombri par les terribles stigmates pourpres. Sa famille l'avait conduite à l'hôpital de Ciudad de la Madre, dans les régions méridionales balayées par le vent du Llano Estacado, mais les médecins marialistes n'avaient rien pu faire d'autre que prier. Il y avait une mission de chrétiens régénérés de la Pax à Ciudad de la Madre, mal vue mais tolérée par les autochtones. Le prêtre de cette mission, un brave homme qui s'appelait le père Maher, avait supplié le père de Federico d'accepter le cruciforme pour l'enfant agonisante. Federico était alors trop jeune pour se souvenir de tous les détails des discussions, mais il avait gardé l'image de toute la famille — sa mère, son père, ses deux autres sœurs et son jeune frère — agenouillée dans l'église marialiste pour prier la Sainte Mère qu'elle les guide et intercède en faveur de la petite fille.

Les autres fermiers de la coopérative marialiste du Llano Estacado s'étaient cotisés pour envoyer la famille dans l'un des fameux centres médicaux du vecteur Renaissance. Pendant que son frère et ses deux sœurs étaient gardés par une famille voisine, Federico, âgé de six ans, avait été choisi, il ne se rappelait plus pourquoi, pour accompagner ses parents et sa grande sœur mourante dans leur long voyage interplanétaire. Aucun d'eux n'avait jamais fait jusque-là l'expérience du sommeil froid, plus dangereux mais bien moins coûteux que la fugue cryotechnique, et de Soya, plus tard, n'avait jamais oublié cette sensation d'avoir les os glacés jusqu'à la moelle qui ne l'avait jamais quitté durant tout son séjour sur le vecteur Renaissance.

Au début, les médecins de la Pax à Vinci semblèrent arrêter la progression de la mort rouge dans l'organisme de Maria. Ils réussirent même à faire régresser une partie des stigmates sanglants. Mais au bout de trois semaines de temps local, le virus reprit le dessus. De nouveau, un prêtre de la Pax — et même plusieurs, qui faisaient partie du personnel de l'hôpital — supplièrent les parents de la petite fille de faire une entorse à leurs principes marialistes et d'accepter pour elle le cruciforme avant qu'il ne soit trop tard. Des années après, devenu adulte, Federico put mieux imaginer les affres de la décision que ses parents eurent à prendre : la mort de l'une de leurs croyances les plus sacrées, ou la mort de leur fille.

Dans son rêve, où Énée est sa fille et où ils se promènent dans une rue-canal du quartier de l'hôpital, il lui raconte comment Maria lui a fait cadeau de l'un des objets auxquels elle tenait le plus, une figurine en porcelaine représentant une licorne, quelques heures à peine avant de glisser dans le coma. Toujours dans son rêve, il marche à côté de la petite fille de douze ans en lui donnant la main et lui explique comment son père — un homme solide à la fois dans son corps et dans ses croyances — a finalement cédé, en demandant à la Pax d'administrer à sa fille le sacrement de la croix. Les prêtres de l'hôpital acceptèrent, naturellement, mais exigèrent que les parents de Federico et lui-même se convertissent au catholicisme universel avant que Maria pût recevoir le cruciforme.

Il explique tout cela à Énée, sa fille. Il se souvient très bien de la brève cérémonie du second baptême, à la cathédrale locale de Saint-Jean-le-Divin, où ses parents et lui ont renoncé à l'ascendant de la Sainte Mère et accepté la seule domination de Jésus-Christ, représenté par le Vatican, sur leur vie religieuse. Il se souvient d'avoir reçu, ce soir-là, la première communion en même temps que le cruciforme.

L'administration du sacrement de la croix à l'enfant malade était prévue pour vingt-deux heures. Elle mourut subitement à vingt heures quarante-cinq. Compte tenu des règles de l'Église et des lois de la Pax, quelqu'un qui connaissait la mort cérébrale avant de recevoir la croix ne pouvait plus être régénéré artificiellement pour l'accepter.

Au lieu de se mettre en colère ou de s'estimer trahi par sa nouvelle Église, le père de Federico considéra la tragédie comme le signe que Dieu — non pas le Dieu qu'il avait vénéré dans sa jeunesse, le gentil Fils imprégné du principe féminin universel de la Sainte Mère, mais le Dieu plus féroce du Nouveau et de l'Ancien Testament de l'Église universelle, l'avait puni, avec sa famille et le monde marialiste du Llano Estacado tout entier. De retour à leur monde natal avec le corps de la petite fille tout vêtu de blanc pour ses funérailles, de Soya père se fit l'apôtre impénitent du catholicisme selon la Pax. Cela survenait à une époque propice, où les familles du voisinage étaient décimées par la mort rouge. À l'âge de sept ans, Federico fut envoyé à l'école de la Pax de Ciudad de la Madre, et ses sœurs dans un couvent au nord du Llano. Du vivant de son père, et même avant que Federico fût dirigé sur La Nouvelle-Madrid avec le père Maher pour y suivre les cours du séminaire de Saint-Thomas, tous les marialistes survivants de Madre de Dios s'étaient convertis au catholicisme de la Pax. La mort tragique de Maria avait conduit à la régénération de tout un monde.

Dans ses rêves, le père capitaine de Soya n'explique qu'une petite partie de ces choses à l'enfant qui marche à ses côtés dans les rues de Vinci, familières comme un cauchemar. La petite Énée semble déjà au courant de tout.

Il rêve presque chaque nuit durant les cent quarante-deux jours que dure l'attente du vaisseau. Il explique à l'enfant comment il a découvert le secret qui permet de guérir de la mort rouge et de sauver sa sœur. Le premier matin où il se réveille en sueur, le cœur battant, il se dit que le secret réside dans le cruciforme, mais le rêve du lendemain lui donne le démenti.

Le secret, semble-t-il, est de lui rendre sa licorne. Tout ce qu'il a à faire, explique-t-il à Énée, sa fille, c'est retrouver l'hôpital à travers ce dédale de rues, et il la sauvera en lui donnant la licorne. Mais il ne réussit pas à trouver le centre médical. Le dédale a raison de lui.

Près de cinq mois plus tard, la veille de l'arrivée du vaisseau en provenance du système de Parvati, dans une variante du même rêve, de Soya reconnaît le centre médical de Jude, où sa sœur est en train de dormir, mais se rend compte, avec une horreur grandissante, qu'il a perdu la figurine.

Dans ce rêve-là, Énée parle pour la première fois. Sortant la petite statue de porcelaine de la poche de son chemisier, l'enfant murmure :

— Vous voyez, nous l'avons sur nous depuis tout ce temps.

La réalité des mois passés par de Soya dans le système Renaissance est, littéralement comme au figuré, à des années-lumière de son expérience de Parvati.

À l'insu de ses quatre occupants, qui ne sont plus que des cadavres mutilés au cœur des crèches de résurrection du *Raphaël*, le vaisseau est intercepté moins d'une heure après avoir translaté dans le système. Deux croiseurs de reconnaissance de la Pax et un vaisseau-torche se rangent bord à bord avec lui après avoir échangé des codes de transpondeur et des données avec l'ordinateur du *Raphaël*. Il est aussitôt décidé que les quatre corps seront transférés dans un centre de résurrection de la Pax sur le vecteur Renaissance.

Contrairement à leur réveil solitaire dans le système de Parvati, de Soya et ses gardes suisses reprennent conscience entourés des soins et des égards dus à leur état. En fait, la résurrection se passe assez mal pour le père capitaine et pour le caporal. Les deux hommes sont ramenés à la crèche pour y passer trois jours supplémentaires. Plus tard, de Soya spéculera pour savoir si les installations automatiques de résurrection du *Raphaël* auraient été à la hauteur de la tâche.

En l'occurrence, les quatre hommes se retrouvent une semaine après leur arrivée dans le système. Chacun est assisté d'un chapelain-conseil. Le sergent Gregorius ne voit pas très bien l'utilité de la chose. Il est désireux et impatient de retourner à son devoir. Mais de Soya et les deux autres sont heureux d'avoir ce petit répit après le traumatisme de leur mort.

Le *Saint-Antoine* se translate quelques heures seulement après le *Raphaël*. Finalement, de Soya se retrouve face à face avec le capitaine Sati du vaisseau-torche et le capitaine Lempriere du transport de troupes *Saint-Thomas Akira*, de retour à sa base de Renaissance avec plus de dix-huit cents soldats morts et congelés et deux mille trois cents blessés, hommes et femmes, rescapés du carnage du système d'Hypérion. Les hôpitaux et cathédrales du vecteur Renaissance et des bases orbitales de la Pax commencent aussitôt les opérations de chirurgie et de résurrection.

De Soya est présent au chevet de la commandante Barnes-Avne lorsqu'elle reprend vie et conscience. La petite rouquine ne semble plus être la même personne. Elle est diminuée à un point qui fait douloureusement vibrer de pitié le cœur de De Soya. Elle a le crâne rasé, la peau encore rouge et luisante de sa toute récente régénération, et elle ne porte qu'une robe d'hôpital. Mais son agressivité et son mauvais caractère habituels n'ont pas changé. Dès qu'elle le voit ou presque, elle demande :

— Qu'est-ce qui s'est passé, bon Dieu ?

De Soya lui raconte le carnage opéré par le gritche. Il la met au courant des événements des sept mois durant lesquels il a donné la chasse à la fillette pendant qu'elle était en hibernation de quatre mois dans son vaisseau qui la ramenait d'Hypérion.

— Vous avez vraiment emmanché le caniche, hein ? demande-t-elle.

De Soya a un petit sourire. Jusque-là, la commandante de la Force au Sol est la seule à oser lui parler sur ce ton. Il n'a que trop conscience d'avoir eu des relations charnelles métaphoriques avec le caniche proverbial. Par deux fois, on lui a confié le commandement d'une opération de la Pax ne comportant qu'un seul objectif : s'emparer d'une gamine. Et par deux fois, il a échoué lamentablement. Il s'attend, à tout le moins, à être relevé de ses fonctions. Le plus probable est qu'il sera traduit en cour martiale. Dans cette optique, lorsqu'un courrier archange arrive dans le système, deux mois avant le vaisseau de la fillette, de Soya lui ordonne de retourner aussitôt sur Pacem pour annoncer son échec et revenir avec des instructions du Haut Commandement de la Pax. En attendant d'être remplacé, conclut le père capitaine de Soya dans son message, il continuera d'organiser en détail la capture de la fillette à son arrivée dans le système.

Les ressources dont il dispose, cette fois-ci, sont impressionnantes. Outre deux cent mille hommes de troupe, parmi lesquels plusieurs milliers de fusiliers-marins d'élite de la Pax et quelques brigades de gardes suisses rescapés d'Hypérion, il peut faire appel à d'importantes forces spatiales et navales. Actuellement présents dans le système de Renaissance et susceptibles d'être réquisitionnés en vertu de l'autorité de son disque papal, il y a vingt-sept vaisseaux-torches — dont huit de la classe oméga —, cent huit croiseurs gigognes de reconnaissance, dont le rôle consiste à opérer en avant des vaisseaux-torches, six vaisseaux de commandement C^3 escortés de leurs essaims d'attaque de trente-six LMA ultra-rapides, le gros porteur *Saint-Malo*, avec plus de deux cents chasseurs Scorpion aérospatiaux et sept mille hommes à bord, le vieil aviso *Gloire de Bressia*, aujourd'hui rebaptisé *Jacob 2*, plusieurs transports de troupes renforçant le *Saint-Thomas Akira*, une vingtaine de destroyers de la classe Bénédiction, cinquante-huit patrouilleurs de périmètre de défense (dont trois seulement suffiraient à interdire l'accès de toute une planète ou à protéger tout un convoi spatial), auxquels il convient d'ajouter un peu plus d'une centaine de vaisseaux divers, parmi lesquels des frégates interplanétaires porteuses de missiles mortels en combat rapproché, des dragueurs de mines, des courriers interplanétaires, des drones et, naturellement, le *Raphaël*.

Trois jours après le renvoi sur Pacem du second courrier archange, et sept semaines avant l'arrivée d'Énée, le corps expéditionnaire MAGES de la Pax arrive. Il y a là le *Mel-*

chior, le *Gaspard* et le vieux vaisseau du père capitaine de Soya, le *Balthazar*. Au début, de Soya est ému de revoir ses anciens compagnons, mais il se rend compte ensuite qu'ils vont assister à son humiliation. Il va néanmoins les saluer avec le *Raphaël* alors qu'ils sont encore à six UA de Renaissance, et la première chose que fait la mère capitaine Stone à son arrivée sur le *Balthazar* est de lui remettre le sac d'affaires personnelles qu'il a été forcé de laisser derrière lui. Posée sur ses vêtements soigneusement pliés, bien emballée dans de la mousse, il voit la licorne de porcelaine que lui a offerte sa sœur Maria.

De Soya veut être honnête avec le capitaine Hearn, la mère capitaine Boulez et la mère commandante Stone. Il leur résume les préparatifs auxquels il s'est livré, mais leur annonce qu'un nouveau commandant va sans doute arriver avant le vaisseau de la fille. Deux jours plus tard, ses propos sont démentis par la venue du courrier archange qui se translate dans leur système avec deux personnes à son bord : le capitaine Marget Wu, aide de camp de l'amiral de la Flotte Marusyn, et le père Brown, un jésuite qui occupe les fonctions de conseiller spécial auprès de Monsignor Lucas Oddi, sous-secrétaire d'État du Vatican et confident du secrétaire d'État Simon Augustino, cardinal de Lourdusamy.

Les ordres cachetés du capitaine Wu adressés à de Soya sont accompagnés d'instructions autorisant leur ouverture avant la résurrection de celle qui les apporte. Il en prend donc aussitôt connaissance. Les instructions sont parfaitement claires. Il doit poursuivre sa mission consistant à s'emparer de l'enfant et ne sera en aucun cas relevé de ses fonctions. Le capitaine Wu, le père Brown et les autres dignitaires qui viennent d'arriver dans le système n'ont qu'un rôle d'observateurs chargés de souligner — si nécessaire — l'autorité totale du père capitaine de Soya sur tous les officiers de la Pax dans la poursuite de cet objectif.

Cette autorité a été acceptée avec réticence au cours de ces dernières semaines. Il y a actuellement trois amiraux de la Flotte et onze commandants de la Force au Sol dans le système Renaissance, et aucun d'eux n'a l'habitude de recevoir des ordres d'un simple père capitaine. Mais le disque papal a été entendu et obéi. Aujourd'hui, alors que les dernières semaines s'écoulent, de Soya met la dernière main au dispositif qu'il a préparé et rencontre les commandants militaires et les responsables civils à tous les niveaux, jusqu'aux maires de Vinci et de Benedetto, Toscanelli, Fioravante, Botticelli et Masaccio.

Les derniers jours, alors que tous les plans sont au point et que les différentes forces se sont vu assigner leur mission, le capitaine de Soya trouve enfin le temps de se livrer à quelques réflexions et activités personnelles. Dans l'isolement de ses quartiers, à l'écart du chaos contrôlé des réunions d'état-major et des simulations tactiques, séparé, pour une fois, de Gregorius, Kee et Rettig, qui ont accepté de lui servir de gardes du corps, il déambule dans les rues de Vinci, où ses pas le conduisent jusque dans le centre médical de Saint-Jude. Le souvenir de sa sœur Maria le hante. Il découvre alors que, d'une certaine manière, les rêves qu'il fait chaque nuit sont plus impressionnants que la réalité des lieux.

Il a appris que son ancien patron en religion, le père Maher, sert depuis plusieurs années comme recteur au monastère bénédictin de l'Ascension de la cité-région de Florence, dans l'hémisphère du vecteur Renaissance opposé à celui de Vinci. Il prend l'avion pour aller passer un long après-midi en compagnie du vieillard. Le père Maher, à présent âgé de près de quatre-vingt-dix ans et « impatient d'entamer ma première vie nouvelle dans le Christ », est aussi doux, optimiste et patient que lorsque de Soya l'a connu une trentaine d'années auparavant. Il est retourné, semble-t-il, sur Madre de Dios plus récemment que de Soya.

— Le Llano Estacado est désert, lui dit-il. Les ranchs sont à l'abandon. Ciudad de la Madre n'a plus que quelques douzaines d'habitants. Et ce sont uniquement des chercheurs de la Pax, venus voir si la planète vaut vraiment la peine d'être terraformée.

— Je sais, fait de Soya. Ma famille est retournée vivre à Nuevo Madrid il y a un peu plus d'une vingtaine d'années standard. Mes sœurs sont entrées au service de l'Église. Loretta est devenue nonne à Nevermore, et Melinda fait partie de la prêtrise de Nuevo Madrid.

— Et votre frère Esteban ? demande le père Maher avec un sourire chaleureux.

De Soya prend une inspiration profonde.

— Il a été tué par les Extros l'année dernière au cours d'une bataille spatiale. Son vaisseau a été vaporisé. On n'a retrouvé aucun corps.

Le père Maher cligne des paupières comme s'il venait de recevoir un soufflet.

— Je n'étais pas au courant, dit-il.

— Ça ne m'étonne pas. Cela s'est passé très loin, plus loin que les anciens Confins. Même ma famille n'a pas encore été mise officiellement au courant. Je ne l'ai appris que parce que l'une de mes missions m'a conduit non loin de ce secteur et que j'ai rencontré un capitaine qui en revenait et qui m'a tout raconté.

Le père Maher secoue son crâne chauve et tavelé.

— Esteban a trouvé la seule résurrection promise par Notre-Seigneur, murmure-t-il, les larmes aux yeux. La résurrection éternelle dans notre Sauveur Jésus-Christ.

— C'est vrai, fait de Soya. Est-ce que vous buvez toujours du scotch, père Maher ? demande-t-il quelques instants plus tard.

Les yeux chassieux du vieillard se lèvent pour rencontrer le regard de son interlocuteur.

— Oui, mais uniquement pour des raisons médicales, père capitaine de Soya.

Ce dernier hausse ses sourcils bruns.

— Je n'ai pas encore récupéré de ma dernière résurrection, dit-il.

Le vieux prêtre hoche gravement la tête.

— Et moi, je me prépare à ma première, père capitaine. Je dois avoir une bouteille poussiéreuse qui traîne par ici.

Le dimanche suivant, de Soya célèbre la messe dans la cathédrale de Saint-Jean-le-Divin, où il a accepté la croix il y a de nombreuses années de cela. Plus de huit cents fidèles sont présents, parmi lesquels le père Maher et le père Brown, conseiller avisé et intelligent de Monsignor Oddi. Le sergent Gregorius, le caporal Kee et le lancier Rettig sont également là et reçoivent la communion des mains de De Soya.

Cette nuit-là, le père capitaine rêve de nouveau d'Énée.

— Comment se fait-il que tu sois ma fille ? lui demande-t-il. J'ai toujours honoré mon vœu de chasteté.

L'enfant sourit en lui prenant la main.

Cent heures avant la translation prévue du vaisseau de l'enfant, de Soya ordonne à sa flotte de prendre position. Le point de translation est dangereusement proche du puits gravifique du vecteur Renaissance, et plusieurs experts craignent que le vieux vaisseau ne craque, soit sous l'action du couple de gravité dû à la sortie beaucoup trop voisine des vitesses C–plus, soit à cause de la terrible décélération nécessaire pour se poser sur l'une des planètes. Mais ils évitent de trop faire part de leurs doutes, de même qu'ils refoulent leur frustration à l'idée d'être bloqués dans le système Renaissance alors qu'ils avaient, pour la plupart, des missions à accomplir dans la zone frontière ou même dans l'espace extro. Ce contretemps a le don d'exaspérer bon nombre d'officiers.

C'est en grande partie à cause de cette tension sous-jacente que le père capitaine de Soya convoque une assemblée de tous les officiers opérationnels dix heures avant le moment estimé de la translation. Ces réunions, en général, se font sur liaison étroite, mais de Soya demande à toutes les femmes et à tous les hommes concernés de venir physiquement sur le porteur *Saint-Malo*. La salle de conférences de l'énorme vaisseau est assez vaste pour contenir tout le monde.

De Soya commence par passer en revue les scénarios sur lesquels ils travaillent maintenant depuis des semaines et parfois des mois. Si l'enfant menace de nouveau de se détruire, trois vaisseaux-torches — l'ancien corps expéditionnaire MAGES de De Soya — convergeront immédiatement sur son vaisseau, l'entoureront de champs de confinement de classe dix, plongeant tous ses occupants dans l'inconscience et maintenant le bâtiment en état de stase jusqu'à ce que le *Jacob* puisse le prendre en remorque avec ses puissants générateurs de champ.

Si le vaisseau tente de quitter le système comme il l'a fait à Parvati, les chasseurs rapides et croiseurs de reconnaissance le harcèleront pendant que les vaisseaux-torches manœuvreront de manière à lui couper toute retraite.

De Soya marque une pause dans son exposé.

— Avez-vous des questions ? demande-t-il.

Parmi les visages familiers de l'assistance, il aperçoit, dans les travées de l'amphithéâtre, les capitaines Lempriere, Sati, Wu et Hearn ainsi que le père Brown, la mère capitaine Boulez, la mère commandante Stone et la commandante Barnes-Avne. Le sergent Gregorius, Kee et Rettig sont en position de repos réglementaire au fond de la salle. Ils ne figurent parmi cette auguste compagnie qu'à titre de gardes du corps du père capitaine.

Le capitaine Marget Wu prend la parole.

— Et si le vaisseau essayait de se poser sur le vecteur, sur Minor ou sur une lune ?

De Soya descend du podium.

— Nous en avons déjà discuté lors de notre dernière assemblée, dit-il. Si le vaisseau cherche à se poser, nous déciderons en conséquence.

— En fonction de quels critères, père capitaine ? demande un amiral de la Flotte nommé Serra, du vaisseau C^3 *Saint-Thomas d'Aquin*.

De Soya n'hésite qu'une seconde.

— Plusieurs critères, amiral. Pour commencer, la destination exacte du vaisseau. Et ensuite, la sécurité de l'enfant. Il s'agira de déterminer s'il vaut mieux la laisser se poser ou s'il est préférable de la neutraliser en route, et de calculer ses chances d'échapper à notre dispositif.

— Vous pensez qu'il y en aura ? demande la commandante Barnes-Avne, en pleine forme et resplendissante dans son uniforme noir.

— Je ne peux pas prétendre qu'il n'y en ait pas, surtout après ce qui s'est passé sur Hypérion. Mais nous sommes là pour les minimiser.

— Si le gritche se montre..., commence le capitaine Lempriere.

— Nous avons étudié ce scénario, et je ne vois aucune raison, pour le moment, de modifier nos plans. Cette fois-ci, nous ferons appel, dans une bien plus large mesure, au contrôle de tir informatisé. Sur Hypérion, la créature restait en place moins de deux secondes, ce qui est beaucoup trop rapide pour une réaction humaine et désoriente les programmes du système de tir automatique. Nous avons donc reprogrammé tous les dispositifs, y compris ceux des armures individuelles de nos fantassins.

— Ce sont des marines qui prendront leur vaisseau à l'abordage ? demande un capitaine de patrouilleur au dernier rang.

— Uniquement si toutes les autres méthodes ont échoué d'abord, réplique de Soya. Ou si la fillette et ses compagnons ont préalablement perdu conscience dans nos champs de stase.

— Vous utiliserez des bâtons de la mort contre la créature ? demande un capitaine de destroyer.

— C'est prévu, répond de Soya. À condition que la vie de l'enfant ne soit mise à aucun moment en danger. Autres questions ?

L'amphithéâtre demeure silencieux.

— Le père Maher, du monastère de l'Ascension, conclura la séance en nous donnant sa bénédiction, annonce de Soya. Bonne chance à tous.

27

J'ignore au juste ce qui nous a tous poussés à monter dans la chambre du consul, dans le nez du vaisseau, pour assister à la translation dans l'espace normal. Le grand lit — celui où je dormais depuis une quinzaine de jours — était au centre de la pièce, mais il pouvait se replier en une sorte de canapé, et j'ordonnai au système de bord de le faire. Derrière le lit, il y avait deux cubes opaques, celui du dressing et celui des toilettes et de la salle d'eau. Quand la coque devenait transparente, ces deux cubes ressortaient, noirs, contre la voûte étoilée. Dès que le vaisseau entama sa dégyration, nous lui demandâmes de désopacifier la paroi.

La première chose que nous vîmes, avant que le vaisseau commence à s'orienter pour la décélération, ce fut le vecteur

Renaissance. Il était assez près pour nous apparaître sous la forme d'un petit disque bleu et blanc plutôt que comme une étoile, et deux de ses trois lunes étaient même visibles. Le soleil brillait sur la gauche de la planète et de ses satellites éclairés. Des dizaines d'étoiles étaient visibles, chose inhabituelle dans la mesure où seuls deux ou trois corps célestes avaient généralement un éclat suffisant pour ne pas être occultés par celui du soleil. Énée nous fit remarquer l'anomalie.

— Ce ne sont pas des étoiles, nous dit le vaisseau en achevant sa lente rotation.

La tuyère à fusion fut mise à feu dans un rugissement sonore tandis que nous commencions à décélérer vers la surface. Normalement, nous ne serions jamais sortis de C–plus à une si courte distance d'une planète et de ses lunes. Leurs puits gravifiques rendaient les vitesses de dégyration trop dangereuses. Le vaisseau nous avait affirmé que ses champs de force améliorés étaient capables de régler n'importe quel problème. Mais peut-être pas celui-là.

— Ce ne sont pas des étoiles, répéta-t-il. Il y a plus de cinquante vaisseaux en mouvement dans un rayon de cent mille kilomètres autour de nous. Et il y en a des dizaines d'autres en position de défense orbitale. Trois d'entre eux — des vaisseaux-torches, d'après leurs signatures de fusion — se rapprochent actuellement de nous et se trouvent déjà à moins de deux cents kilomètres.

Aucun de nous n'ouvrit la bouche. Le vaisseau aurait pu s'abstenir de nous fournir cette dernière information. Les trois traînées de fusion semblaient être à présent juste au-dessus de nos têtes, brûlant à la poursuite de notre vaisseau en décélération comme des flammes de chalumeaux sur le point de nous lécher la figure.

— Ils nous envoient un signal, nous dit le vaisseau.

— Visuel ? demanda Énée.

— Audio seulement.

La voix du vaisseau semblait plus tendue que d'habitude. Les IA étaient-elles capables d'éprouver du stress ?

— Écoutons ce qu'ils ont à dire, déclara la fillette.

— ... au vaisseau qui vient de pénétrer dans l'espace du système Renaissance, fit la voix.

Elle nous était familière. Nous l'avions déjà entendue dans le système de Parvati. C'était celle du père capitaine de Soya.

— Attention, répéta la voix. Je m'adresse au vaisseau qui vient de pénétrer dans l'espace du système Renaissance.

— De quel bâtiment vient l'appel ? demanda A. Bettik.

Il regardait à nos côtés les trois vaisseaux-torches qui collaient à nous. Sa figure bleue était baignée de la lumière bleutée des réacteurs au plasma au-dessus de nos têtes.

— Origine inconnue, répondit le vaisseau. Il s'agit d'une transmission sur faisceau étroit, dont je n'ai pas réussi à localiser la source. Elle pourrait provenir de n'importe lequel des soixante-dix-neuf bâtiments actuellement sur mes détecteurs.

J'éprouvai alors le besoin de placer un commentaire, de dire quelque chose d'intelligent.

— Taïaut ! m'écriai-je.

Énée me jeta un bref coup d'œil, puis reporta son attention sur les traînées des vaisseaux-torches.

— Temps estimé pour le vecteur Renaissance ? demanda-t-elle tout doucement.

— Quatorze minutes à vitesse delta constante, répondit le système de bord. Mais ce taux de décélération est interdit dans un rayon inférieur à quatre distances planétaires.

— Poursuivez au même taux, ordonna Énée.

— Attention, je m'adresse au vaisseau qui vient de pénétrer dans l'espace du système Renaissance, fit la voix de De Soya. Préparez-vous à être abordés. Toute résistance aura pour conséquence de vous rendre inconscients. Je répète, attention, je m'adresse au vaisseau qui vient de pénétrer dans...

Énée se tourna vers moi avec un sourire jaune.

— Cette fois-ci, le truc de la dépressurisation, ça n'a pas beaucoup de chances de marcher, hein, Raul ?

Je ne trouvai rien à ajouter à mon « taïaut ! » de tout à l'heure. J'écartai les bras, les paumes vers le haut.

— Attention, je m'adresse au vaisseau qui vient de pénétrer dans le système. Nous allons nous ranger bord à bord. Toute résistance de votre part est inutile. Nous allons fusionner nos champs de confinement.

J'ignore pourquoi, à ce moment-là, tandis que l'androïde et Énée levaient la tête pour voir les trois traînées de fusion se séparer et les vaisseaux-torches devenir visibles à moins de mille mètres de nous, formant les trois pointes d'un triangle équilatéral dont nous étions le centre, je fixai les yeux sur le visage de la petite fille. Ses traits étaient légèrement tendus, peut-être — la chose était surtout visible aux commissures de ses lèvres —, mais l'un dans l'autre elle semblait en pleine possession de ses moyens et surtout intéressée par ce qui allait se passer. Ses yeux noirs étaient plus grands et plus lumineux que jamais.

— Attention, du vaisseau, reprit la voix du père capitaine de la Pax. Nous allons fusionner nos champs dans trente secondes.

Énée se leva pour aller au bout de la chambre toucher du doigt la coque transparente. De mon point de vue, elle donnait l'impression de se tenir au sommet d'une haute montagne, avec des étoiles et des queues de comètes bleues tout autour, perchée au bord d'un précipice.

— Vaisseau, branchez-moi sur le système audio à large bande, que tous les bâtiments de la Pax m'entendent, dit-elle.

Le père capitaine de Soya suit les opérations en même temps dans la réalité tactique et dans l'espace réel. En mode tactique, il se tient au-dessus du plan de l'écliptique et voit ses vaisseaux déployés autour de la cible en décélération comme des points lumineux répartis sur les rayons et le cerclage d'une roue de charrette. Près du moyeu, si près du vaisseau de la fillette qu'ils en sont presque inséparables à l'œil nu, il distingue le *Melchior*, le *Gaspard* et le *Balthazar*. Un peu plus loin, mais décélérant en synchronisme parfait avec les quatre vaisseaux du moyeu, il y a plus d'une douzaine d'autres vaisseaux-torches sous le commandement unifié du capitaine Sati, du *Saint-Antoine*. Dix mille kilomètres derrière, déployés autour d'un moyeu fictif en rotation très lente, viennent, toujours en décélérant sur une orbite cislunaire du vecteur Renaissance, trois des bâtiments C^3 et le porteur *Saint-Malo*, à bord duquel de Soya observe les opérations à partir du Centre de commandement de combat. Il aurait préféré, naturellement, rester parmi le corps expéditionnaire MAGES qui referme l'étau sur l'enfant, mais il sait qu'il serait inapproprié pour lui de se trouver si près du cœur de l'action. Il serait particulièrement blessant pour la mère capitaine Stone, promue la semaine dernière à son poste par l'amiral Serra, de voir son autorité ainsi minée.

De Soya assiste donc aux opérations à bord du *Saint-Malo* pendant que son *Raphaël* est sur orbite d'attente autour du vecteur Renaissance parmi les piquets de défense et les LMA défensifs. Il passe rapidement de la réalité CCC du *Saint-Malo*, qui commence à être un peu trop encombrée de lumières rouges clignotantes, à la vue tactique plus générale où les vaisseaux avec leurs flammes de fusion forment des roues en rotation déployées en une sphère géante qui emprisonne de toutes parts le vaisseau de la fillette. Reportant son attention sur le CCC encombré, il remarque les visages congestionnés des observateurs Wu et Brown et de la commandante Barnes-Avne, en contact permanent sur bande étroite avec les cinquante *marines* qui sont à bord des bâtiments du corps expéditionnaire MAGES. Dans un coin du Centre de commandement de combat, il aperçoit Gregorius et ses deux hommes. Ils sont tous trois terriblement déçus de ne pas faire partie de la force d'abordage, mais de Soya les maintient en réserve comme gardes du corps pour le retour sur Pacem avec l'enfant.

Il oriente de nouveau sa liaison étroite sur le bâtiment de la fillette.

— Attention, du vaisseau, dit-il, le cœur battant si fort qu'il le confond presque avec un bruit de fond. Nous allons fusionner nos champs dans trente secondes.

Il se rend compte qu'il est terrifié à l'idée que la vie de la petite fille puisse être mise en danger. Si quelque chose doit mal tourner, ce sera dans les cinq minutes qui viennent. Les simulations ont affiné le processus au point qu'il ne subsiste à présent qu'un faible taux virtuel de six pour cent des chances pour qu'il lui arrive quelque chose, mais c'est encore trop pour lui. Il a rêvé d'elle chacune des cent quarante-deux nuits d'attente.

Soudain, la bande commune grésille, et la voix de la fillette surgit dans les haut-parleurs du Centre de commandement de combat. Il n'y a pas d'image, cette fois-ci.

— Père capitaine de Soya, veuillez vous abstenir d'essayer de fusionner nos champs ou de nous aborder. Toute tentative dans ce sens se solderait par un désastre.

De Soya jette un coup d'œil à ses indicateurs. Fusionnement des champs dans quinze secondes. Ils ont déjà passé tout cela en revue dans les simulations. Aucune menace de suicide, cette fois-ci, n'empêchera l'abordage. Moins d'un centième de seconde après le fusionnement des champs, les trois vaisseaux-torches MAGES arroseront le vaisseau-cible de rayons étourdisseurs.

— Réfléchissez, père capitaine, continue la voix douce de la petite fille. Notre vaisseau est dirigé par une IA datant de l'époque de l'Hégémonie. Si vous nous étourdissez...

— Arrêtez le fusionnement ! aboie de Soya moins de deux secondes avant que le processus ne soit enclenché automatiquement.

Ses voyants indiquent que le *Melchior*, le *Gaspard* et le *Balthazar* ont obéi.

— Vous partez du principe qu'il est à base de silicium, poursuit la fillette. Mais le cerveau IA de ce vaisseau est à cent pour cent organique, du type ancien à banques de processeurs ADN. Si vous nous terrassez avec vos étourdisseurs, vous le mettez également hors circuit.

— Merde de merde de merde, entend de Soya.

Il croit, au début, que c'est lui qui a laissé échapper ces mots à voix basse, mais il se tourne pour voir le capitaine Wu en train de jurer entre ses dents.

— Nous sommes en train de décélérer sous... quatre-vingt-sept gravités, reprend Énée. Si vous neutralisez notre IA... eh bien, c'est elle qui commande nos champs de confinement internes, nos propulseurs et tout le reste.

De Soya se branche sur les bandes techniques du *Saint-Malo* et des vaisseaux MAGES.

— C'est vrai, ce qu'elle dit ? demande-t-il. Cela mettra leur IA hors circuit ?

Il y a un temps de pause insupportable de dix secondes au moins. Finalement, le capitaine Hearn, qui est ingénieur de formation, lui répond sur bande étroite.

— Nous ne savons pas très bien, Federico. Presque tous les renseignements sur la biotechnologie IA ont été perdus ou détruits par l'Église. C'est un péché mortel que de...

— Je sais, je sais, coupe de Soya. Mais est-ce qu'elle dit la vérité ? Il doit bien y avoir quelqu'un qui est au courant. Est-ce qu'une IA à base d'ADN est vulnérable si nous bombardons leur vaisseau avec nos étourdisseurs ?

Bramly, l'ingénieur en chef du *Saint-Malo*, intervient dans la conversation.

— Père capitaine, à mon avis, ceux qui ont conçu cette IA ont dû protéger son cerveau contre une telle éventualité.

— Vous en êtes *certain* ? demande de Soya.

— Non, père capitaine, répond Bramly au bout d'un moment.

— Mais sommes-nous sûrs que cette IA soit à cent pour cent organique ? insiste de Soya.

— Oui, fait la voix du capitaine Hearn sur bande étroite. À part les interfaces électroniques et les mémoires à bulles, on peut penser que les IA de cette époque destinées aux vaisseaux spatiaux avaient toutes une structure ADN croisée en hélice maintenue en suspension au moyen de...

— C'est bon, fait de Soya sur faisceau étroit multiplex s'adressant à tous les vaisseaux. Maintenez vos positions actuelles. Ne laissez pas — je répète —, ne laissez pas le vaisseau de cette fille changer de trajectoire ni tenter de passer en surgyration C–plus. Au cas où il commencerait cette manœuvre, fusionnez les champs et mettez les étourdisseurs en action.

Les voyants accusant réception de l'ordre clignotent, en provenance des vaisseaux MAGES et des autres.

— Je vous en prie, ne provoquez pas de désastre, fait la voix d'Énée sur le canal général. Nous ne désirons qu'une seule chose, c'est nous poser sur le vecteur Renaissance.

De Soya établit la liaison avec son vaisseau sur bande étroite.

— Énée, dit-il d'une voix douce, laisse-nous monter à bord et nous te conduirons sur la planète.

— Je préfère m'y poser moi-même, fait la fillette.

De Soya a l'impression de déceler un certain amusement dans sa voix.

— Le vecteur Renaissance est un vaste monde, reprend le père capitaine tout en surveillant ses affichages tactiques. (Ils vont entrer dans l'atmosphère dans dix minutes.) Où veux-tu te poser exactement ?

Une minute de silence complet. Puis la voix d'Énée reprend :

— Le port spatial Léonard, à Vinci, ça irait.

— Il est fermé depuis plus de deux cents ans. Les mémoires de ton vaisseau ne sont donc pas à jour ?

Nouveau silence sur les canaux de communication.

— Il y a un port spatial de la Pax Mercantilus dans le secteur angulaire ouest de Vinci, indique de Soya. Est-ce que ça irait ?

— Oui, fait Énée.

— Tu vas être obligée de changer de direction, de te mettre en orbite et d'atterrir selon les indications de la tour de contrôle, déclare de Soya sur bande étroite. Je t'envoie immédiatement les nouveaux paramètres v-delta.

— Non ! refuse la fillette. C'est mon vaisseau qui conduira la manœuvre.

De Soya soupire et se tourne vers le capitaine Wu et le père Brown. La commandante Barnes-Avne lui souffle :

— Mes *marines* peuvent les prendre à l'abordage en moins de deux minutes.

— Leur vaisseau entrera dans l'atmosphère dans... sept minutes, réplique de Soya. À cette vitesse, la plus petite erreur de calcul risque d'être fatale. (Il reprend la liaison avec Énée.) Il y a trop de trafic aérien et spatial autour du port de Vinci pour que tu puisses faire ça, dit-il. Demande à ton vaisseau de se conformer aux paramètres d'insertion orbitale que je viens de lui envoyer si tu veux que...

— Désolée, père capitaine, coupe la fillette, mais nous allons nous poser par nos propres moyens. Si vous voulez que la tour de contrôle nous envoie ses instructions d'approche, cela ne peut pas faire de mal. Nous ne reprendrons éventuellement cette conversation qu'après l'atterrissage. C'est moi qui... Terminé.

— Zut ! fait de Soya.

Il entre en liaison avec la tour de contrôle de la Pax Mercantilus.

— Vous avez suivi cet échange, Contrôle ?

— Nous transmettons les indications d'approche, fait la voix d'un contrôleur.

— Hearn, Stone, Boulez, aboie de Soya. Vous nous recevez ?

— Affirmatif, réplique la mère capitaine Stone. Nous allons décrocher dans... trois minutes dix secondes.

De Soya passe en mode tactique suffisamment longtemps pour voir le moyeu et la roue rompre leur formation tandis que le vaisseau-torche passe en v-delta pour se mettre sur orbite de freinage. Ces vaisseaux ne sont pas conçus pour le vol atmosphérique. Le *Saint-Malo* est en orbite autour de la planète et se trouve presque, à présent, sur une trajectoire de collision avec le bâtiment de la fillette, qui ralentit à mort avant de pénétrer dans l'atmosphère.

— Préparez mon vaisseau de descente, ordonne de Soya. Patrouille atmosphérique ? appelle-t-il sur le réseau com planétaire.

— Oui, père capitaine, répond aussitôt la commandante d'escadre Klaus, qui attend en formation de combat avec ses quarante-six autres Scorpion au-dessus de Vinci.

— Vous les avez sur vos instruments ?

— Les tracés sont excellents, père capitaine.

— Je vous rappelle qu'aucun coup de feu ne devra être tiré sans que je l'aie ordonné en personne, commandante.

— Oui, père capitaine.

— Le *Saint-Malo* va lancer... euh... dix-sept chasseurs chargés de suivre l'objectif jusqu'à son atterrissage. Mon vaisseau de descente sera le numéro dix-huit. Nos transpondeurs seront réglés sur zéro cinq neuf.

— Bien reçu, fait Klaus. Signal sur zéro cinq neuf. Un vaisseau ennemi et dix-huit amis.

— Terminé, fait de Soya.

Il débranche l'ombilical qui le relie au panneau du Centre de commandement de combat. L'espace tactique disparaît. Le capitaine Wu, le père Brown, la commandante Barnes-Avne, le sergent Gregorius, Kee et Rettig le suivent à bord du vaisseau de descente. Le pilote, une lieutenante appelée Karyn Norris Cook, les attend, tous systèmes de bord parés. En moins d'une minute, tout le monde est sanglé à sa place et le vaisseau s'éjecte d'un tube de lancement du *Saint-Malo*. Ils ont déjà répété l'opération plusieurs fois.

De Soya se connecte au réseau tactique par l'intermédiaire du système de bord au moment où ils pénètrent dans l'atmosphère.

— Le vaisseau de l'enfant a des ailes, fait le pilote.

C'est une expression ancienne. Depuis des millénaires, « avoir les pieds secs » signifie qu'on survole la terre, « avoir les pieds mouillés » qu'on vole au-dessus de l'eau, et « avoir des ailes » qu'on passe du vol spatial au vol atmosphérique.

Une vue du bâtiment-cible indique que ce n'est pas littéralement exact. Alors que la documentation sur le vaisseau ancien indique qu'il possède certaines possibilités morphiques, il n'a pas déployé de vraies ailes en l'occurrence. Les caméras des sentinelles orbitales indiquent clairement que le vaisseau poursuivi pénètre au contraire dans l'atmosphère la poupe la première, en équilibre sur sa traînée de fusion.

Le capitaine Wu se penche vers de Soya.

— Le cardinal Lourdusamy pense que cette enfant représente une menace sérieuse pour la Pax, chuchote-t-elle de manière à n'être entendue que de lui.

De Soya hoche la tête sans répondre.

— Il voulait peut-être dire que des millions de vies sur le vecteur Renaissance sont en danger à cause d'elle, murmure Wu à son oreille. Une tuyère à fusion représente à elle seule un terrible danger. Une explosion thermonucléaire au-dessus de la ville...

De Soya sent ses tripes se glacer sous l'effet de ces mots, mais il a déjà réfléchi à la question.

— Non, réplique-t-il en chuchotant aussi. Si elle braque sa tuyère sur quoi que ce soit, nous faisons donner nos étourdisseurs, nous lui coupons ses réacteurs et nous la laissons s'écraser au sol.

— Mais la fillette...

— Nous ne pourrons qu'espérer qu'elle survivra au choc. Il n'est pas question d'accepter la mort de milliers... de millions de citoyens de la Pax.

Il se penche en arrière dans sa couchette d'accélération et commande la liaison avec le port spatial, sachant que le faisceau étroit doit maintenant percer la couche ionisée qui entoure le vaisseau de descente hurlant dans l'atmosphère. Il consulte l'écran vidéo externe et voit qu'ils sont en train de franchir le terminateur. Il va faire nuit autour du port spatial.

— Tour de contrôle, émet alors le directeur du trafic de la Pax. Le vaisseau-cible est en train de décélérer sur la trajectoire que nous lui avons attribuée. Vitesse delta élevée — en infraction — mais acceptable. Tout trafic aérien interrompu dans un rayon de mille kilomètres. Atterrissage estimé dans... quatre minutes trente-cinq secondes.

— Port spatial bouclé, annonce la commandante Barnes-Avne sur le même canal.

De Soya sait qu'il y a plusieurs milliers de soldats de la Pax à l'intérieur et aux alentours du port spatial. Lorsque le vaisseau de la fillette se sera posé, il ne pourra plus redécoller. Il regarde la vidéo en direct. Les lumières de Vinci brillent d'un horizon à l'autre. Le vaisseau poursuivi a allumé ses feux de navigation. Le rouge et le vert clignotent. Les puissants phares d'atterrissage s'allument et percent les nuages.

— Trajectoire correcte, fait la voix tranquille du contrôleur de trafic. Décélération nominale.

— Nous recevons une image ! fait la voix de la commandante Klaus sur le réseau.

— Conservez vos distances, ordonne de Soya sur bande étroite.

Les Scorpion peuvent frapper à plusieurs centaines de kilomètres de distance. Il n'a pas envie qu'ils s'agglutinent autour du vaisseau poursuivi.

— Bien reçu.

— Trajectoire conforme. Paramètres de descente nominaux pour atterrissage aux instruments. Temps estimé, trois minutes, fait la voix du contrôleur, qui s'adresse au vaisseau de la petite fille. Engin non identifié, vous êtes autorisé à vous poser.

Silence de la part d'Énée.

De Soya passe en mode tactique. Le vaisseau-cible est à présent un point rouge presque en suspens à la verticale du port spatial à dix mille mètres d'altitude. Le vaisseau de descente de De Soya et les chasseurs évoluent mille mètres plus haut, décrivant des cercles comme des insectes en colère. Ou comme des vautours, rectifie mentalement le père capitaine. Il y avait des vautours sur le Llano Estacado, importés par les colons dans leurs vaisseaux d'ensemencement, nul ne sait pour quelle raison, le « plateau piqueté » (les piquets abritaient en réalité des générateurs d'atmosphère disposés en grille à trente kilomètres d'intervalle les uns des autres) était suffisamment sec et venté pour momifier n'importe quelle charogne en quelques heures.

De Soya secoue la tête pour s'éclaircir les idées.

— Atterrissage dans une minute, annonce le contrôleur. Vaisseau non identifié, vous approchez de la vitesse de descente zéro. Veuillez modifier votre v-delta pour continuer votre approche selon les paramètres indiqués. Vaisseau non identifié, veuillez accuser réception...

— Merde, murmure le capitaine Wu.

— Messieurs, fait la pilote Karyn Cook, le vaisseau a cessé sa descente. Il est en vol stationnaire à deux mille mètres au-dessus du port spatial.

— Nous le voyons bien, lieutenante, fait de Soya.

Les feux rouge et vert du vaisseau clignotent. Les phares d'atterrissage des ailerons de proue sont assez puissants pour illuminer les pistes du port spatial deux kilomètres plus bas. Les autres vaisseaux spatiaux stationnés sur le tarmac sont éteints. La plupart ont été rangés dans des hangars ou sur des pistes secondaires. Les vaisseaux qui décrivent des cercles au-dessus des installations, y compris le vaisseau de descente de De Soya, sont également sans lumières. Sur bande étroite multiplex, le père capitaine ordonne :

— À tous les vaisseaux et engins aériens, maintenez vos distances, et ne tirez surtout pas.

— Vaisseau non identifié, appelle le contrôleur de la Pax, vous déviez de votre position nominale. Veuillez reprendre immédiatement votre descente. Vaisseau non identifié, vous quittez l'espace aérien contrôlé. Veuillez reprendre immédiatement votre descente selon les paramètres indiqués.

— Bordel ! laisse échapper Barnes-Avne.

Ses soldats attendent en cercles concentriques autour du port spatial, mais le vaisseau de la fillette n'y est plus. Il dérive vers le centre de Vinci. Ses feux d'atterrissage s'éteignent.

— Sa tuyère à fusion ne s'est pas rallumée, fait remarquer de Soya au capitaine Wu. Il est uniquement sur ses répulseurs.

Wu hoche la tête, mais elle n'est visiblement pas satisfaite. Un vaisseau à fusion au-dessus d'un centre urbain, c'est un peu comme le couperet d'une guillotine sur un cou nu.

— Patrouille atmosphérique, appelle de Soya, je vais me rapprocher jusqu'à cinq cents mètres. Rabattez-vous sur moi.

Il fait un signe de tête à sa pilote, qui lance le vaisseau de descente dans une courbe de prédateur. Derrière le père capitaine, Gregorius et ses deux troupiers se raidissent dans leurs couchettes, revêtus de leurs armures de combat au complet.

— Que diable est-elle en train de nous préparer ? murmure la commandante Barnes-Avne.

Sur sa bande tactique, de Soya voit que la commandante a autorisé une centaine de troupiers à sortir, propulsés par leurs paquetages à réaction, pour suivre le vaisseau qui dérive. Pour les caméras extérieures, ces troupiers sont encore invisibles.

De Soya se souvient subitement du petit engin ou paquetage volant qui a enlevé la fillette dans la vallée des Tombeaux du Temps. Il ouvre la liaison avec le contrôle au sol et les sentinelles orbitales.

— Détecteurs, est-ce que vous surveillez bien les petits objets qui pourraient quitter le vaisseau-cible ?

Le vaisseau sentinelle de commandement lui répond aussitôt.

— Affirmatif, père capitaine. Ne vous faites pas de souci, rien de plus gros qu'un microbe ne peut quitter ce vaisseau sans être immédiatement détecté.

— Parfait, réplique de Soya.

Qu'est-ce que j'ai donc oublié ?

Le vaisseau d'Énée continue de dériver lentement au-dessus de Vinci. Il fait route nord-nord-ouest à vingt-cinq kilomètres à l'heure environ, tel un gros dirigeable en position verticale poussé par le vent. Au-dessus de lui tournoient les chasseurs qui sont entrés dans l'atmosphère en même temps que le vaisseau de descente de De Soya. Et autour de lui, tel un cyclone pivotant sur son œil, volent les Scorpion de la patrouille atmosphérique. Au-dessous, évoluant au ras des bâtiments et des ouvrages d'art de la cité, suivant les opérations grâce aux capteurs infrarouges et aux radars de poursuite de leurs combinaisons, il y a les *marines* et les soldats du port spatial.

Le vaisseau d'Énée flotte sur ses répulseurs EM silencieux au-dessus des gratte-ciel et des zones industrielles de Vinci sur le vecteur Renaissance. La cité brille des mille feux de ses autoroutes, ses avenues, ses immeubles, ses stades et ses parkings. Des dizaines de milliers de véhicules de sol forment des chenilles lumineuses dont la lente reptation ajoute à la féerie générale.

— Le vaisseau est en train d'amorcer un mouvement de rotation, toujours sur ses répulseurs, annonce la pilote.

Sur sa vidéo comme en mode tactique, de Soya voit le vaisseau d'Énée qui bascule lentement de la verticale à l'horizontale. Aucune aile ne se forme sur la coque. Cette position doit paraître étrange aux passagers, mais n'offre aucune différence pratique. Les champs internes doivent s'adapter pour déterminer le « haut » et le « bas ». Le vaisseau, qui ressemble plus que jamais à un dirigeable argenté dérivant sous l'action d'une douce brise, flotte au-dessus du fleuve et des gares de triage du nord de Vinci. La tour de contrôle continue ses appels impératifs, mais les canaux com demeurent totalement silencieux.

Quel est le détail qui m'a échappé ? se demande une fois de plus le père capitaine de Soya.

Quand Énée ordonna au vaisseau de se mettre à l'horizontale, j'avoue que je ne fus pas loin de perdre momentanément mon calme.

La sensation de perte d'équilibre était presque insupportable. Nous nous trouvions tous les trois à l'entrée de la chambre circulaire, regardant vers le bas comme si nous nous penchions du haut d'un précipice à la paroi lisse et noire. Lorsque nous commençâmes à basculer vers les lumières qui brillaient plus de mille mètres au-dessous de nous, A. Bettik et moi ne pûmes nous empêcher de reculer vers le centre de la chambre. Je brassai même l'air de mes deux mains pour conserver mon équilibre. Seule Énée demeura tranquillement au bord de la coque transparente, contemplant le sol qui montait pour devenir une muraille de lumières et de bâtiments urbains.

J'avais failli me laisser tomber sur ma couchette pour m'y sangler, mais je fis l'effort de demeurer debout et de lutter contre le vertige en me représentant le sol comme un grand mur devant lequel nous passions. Pivotant sur moi-même en un tour complet, je vis les étoiles les plus lumineuses briller derrière moi à travers le halo de lumière de la cité dont les nuages reflétaient la coloration orange.

— Qu'est-ce que nous attendons, à présent ? demandai-je.

À intervalles réguliers, le vaisseau annonçait la présence de multiples engins aériens qui tournaient autour de nous et de nombreux détecteurs qui nous suivaient. Nous lui avions ordonné de couper le son du canal de communication avec la tour de contrôle.

Énée voulait voir le fleuve. Nous étions à présent juste au-dessus de lui. Son ruban noir et sinueux tranchait sur les lumières de la ville. Nous nous laissâmes glisser au-dessus de lui en direction du nord-ouest. De temps à autre, une barge ou un bateau de plaisance illuminé passait en bas. Mais de notre point de vue, cela ressemblait plutôt à des lumières qui montaient ou descendaient collées à la paroi verticale de la cité.

Au lieu de me répondre directement, Énée demanda :

— Vous êtes sûr, vaisseau, que cette partie du fleuve appartenait bien au Téthys ?

— D'après les cartes que je possède, oui. Mais, naturellement, ma mémoire n'est pas...

— Là ! s'écria A. Bettik en indiquant du doigt un point situé plus avant sur la ligne noire du fleuve.

Je ne voyais absolument rien, mais Énée réagit en commandant au vaisseau :

— Descendez ! Vite !

— Les marges de sécurité ont déjà été violées. Si nous descendons encore, nous risquons...

— Faites ce que je vous dis ! hurla l'enfant. Commande prioritaire. Code 6 Prélude *do* dièse. Obéissez !

Le vaisseau piqua du nez et fila en avant.

— Dirigez-vous vers cette arche, là-bas, lui dit Énée en montrant un endroit situé dans le prolongement du fleuve noir, sur le mur de la ville.

— Une arche ? demandai-je.

C'est alors que je l'aperçus. Une corde noire. Un arc de ténèbres sur fond de lumières urbaines.

A. Bettik regarda l'enfant.

— Je m'attendais presque à ce qu'elle ait disparu... ou qu'elle soit tombée en ruine.

Énée découvrit ses dents en un sourire acerbe.

— Impossible de la détruire. Il faudrait des bombes atomiques, et ce n'est pas sûr que ça marche. C'est le TechnoCentre qui les a fait construire. Elles sont conçues pour durer.

Le vaisseau était à présent mû par ses répulseurs. J'apercevais clairement l'arche du portail distrans, qui formait un cerceau géant en travers du fleuve. Un ensemble industriel s'était construit autour de l'ancien artefact, mais les voies ferrées et les entrepôts étaient vides, le béton était craquelé, l'herbe poussait partout, les machines rouillaient et leurs carcasses pourrissaient sur place. Le portail était maintenant à un kilomètre de nous. Je voyais briller les lumières de la ville à travers lui. Ou plutôt, il semblait miroiter légèrement, comme si une cascade mince se déversait du haut de la voûte de métal.

— On va y arriver ! hurlai-je.

Je n'avais pas plus tôt prononcé ces mots qu'une violente explosion ébranlait le vaisseau et que nous commencions à plonger vers le fleuve.

— Le vieux portail distrans ! s'écrie de Soya.

Il avait remarqué l'arche une minute plus tôt, mais il croyait que c'était encore un pont. Il comprend soudain.

— Ils se dirigent vers le portail ! Cette section du fleuve faisait partie du Téthys !

Il passe en mode tactique. Pas d'erreur, le vaisseau est en train d'accélérer en direction de l'arche.

— Calmez-vous, lui dit la commandante Barnes-Avne. Ces portails ne fonctionnent plus. Ils sont hors service depuis la Chute. Il est impossible de...

— Plus vite ! Rapprochez-vous d'eux ! hurle de Soya à l'adresse de la pilote.

Le vaisseau de descente accélère. Ils sont projetés au creux de leurs profondes couchettes. Il n'y a pas de champ de confinement interne à bord de ces bâtiments.

— Rattrapez-les ! glapit de Soya, qui passe sur bande générale de commandement pour ajouter : À tous les engins aériens, convergez immédiatement sur l'objectif !

— Ils y seront avant nous, fait la pilote Cook, plaquée contre le dossier de son fauteuil par une force de trois *g*.

— Commandant de patrouille aérienne ! crie de Soya d'une voix déformée par l'accélération. Ouvrez le feu sur l'objectif ! Visez les moteurs des répulseurs ! Exécution !

Des rayons d'énergie trouent la nuit. Le vaisseau de la fillette semble faire un bond dans les airs, comme une bête frappée à mort, puis tombe dans le fleuve à plusieurs centaines de mètres du portail distrans. Une explosion de vapeur monte en champignon dans la nuit.

Le vaisseau de descente vire autour de la colonne de vapeur à une altitude de mille mètres. L'air est rempli d'avions qui font des cercles, et de troupiers volants. Les canaux com laissent soudain passer des commentaires enthousiastes.

— Silence ! ordonne de Soya sur la fréquence générale. Commandant de patrouille, voyez-vous le vaisseau ?

— Négatif, répond Klaus. Trop de vapeur et de débris dus à l'explosion.

— Y a-t-il vraiment eu une explosion ? interroge de Soya.

Sur bande étroite, il s'adresse aux sentinelles, mille kilomètres plus haut.

— Que disent vos radars ? Vos détecteurs ?

— L'objectif est au sol, lui répond-on.

— Je le sais déjà, imbécile ! Pouvez-vous le détecter sous la surface du fleuve ?

— Négatif, répond la sentinelle. Trop de débris volants ou au sol. Le radar est incapable de séparer...

— Zut ! fait de Soya. Mère capitaine Stone ?

— Oui, répond aussitôt la voix de son ex-officier en second à bord du vaisseau-torche en orbite.

— Scorifiez tout, ordonne le père capitaine. Le portail, le fleuve, tout. Arrosez-moi tout ça pendant une minute entière, jusqu'à ce que tout soit vitrifié. Attendez... Exécution dans trente secondes. (Il repasse sur bande tactique.) À tous les engins et troupiers volant au voisinage du portail... Vous avez trente secondes pour vous retirer avant que le secteur soit arrosé au RCC.

La pilote de son vaisseau de descente réagit aussitôt. Elle vire à mort et accélère en direction du port spatial à Mach 1,5.

— Eh ! oh ! s'écrie de Soya d'une voix déformée par les *g*. Un kilomètre de distance, c'est suffisant. Je veux assister au spectacle.

Les affichages visuels et tactiques se transforment alors en une démonstration vivante de la théorie du chaos. Des centaines d'engins et de troupiers volants fuient le portail comme s'ils étaient poussés par le souffle puissant d'une explosion. Tout le secteur est bientôt vide sur les écrans des radars tandis que le rayon violet descend de l'espace. Il fait dix mètres de large et brille d'un éclat insoutenable. Le RCC frappe l'antique portail distrans en plein dans le mille. Le béton, l'acier et le ferroplaste se fondent en lacs et en rivières de lave sur les deux rives du vrai fleuve. Celui-ci est vaporisé en un instant. Il envoie une onde de choc et un nuage de vapeur sur des kilomètres dans toutes les directions et au-dessus de la cité. Cette fois-ci, le champignon grimpe jusqu'à la stratosphère.

Le capitaine Wu, le père Brown et tous les autres se tournent vers le père capitaine de Soya. Celui-ci les entend presque penser : *la petite fille devait être capturée vivante*.

Il ignore leurs regards et demande à sa pilote :

— Je ne connais pas bien ce modèle de vaisseau de descente. Peut-il rester en vol stationnaire ?

— Seulement quelques minutes, répond-elle, le visage luisant de transpiration sous son casque.

— Descendez jusqu'à l'arche et maintenez-vous au-dessus du portail, ordonne de Soya. Cinquante mètres de distance, si vous pouvez.

— Père capitaine, les ascendants thermiques et les ondes de choc des explosions de vapeur...

— Faites ce que je vous dis, lieutenante.

La voix du père capitaine est mesurée, mais ne souffre pas la contradiction.

Ils se mettent en vol stationnaire. Des jets de vapeur et une bruine dense remplissent l'atmosphère, mais les feux de leurs projecteurs et leur radar haut-profil les percent aisément. L'arche distrans, portée à blanc par le rayonnement, est entourée d'un halo pulsant. Et elle tient toujours debout.

— Incroyable, murmure la commandante Barnes-Avne.

La mère capitaine Stone intervient sur la bande tactique.

— Père capitaine, l'objectif a été touché, mais il est encore debout. Voulez-vous que je l'irradie de nouveau ?

— Non, fait de Soya.

Sous l'arche, le fleuve s'est cautérisé. L'eau reflue à présent dans le sillon superchaud. De nouveaux jets de vapeur montent tandis que les rives d'acier et de béton vitrifié sont inondées. Le sifflement est audible par le truchement des capteurs externes. La surface du fleuve bouillonne. Il y a des tourbillons partout, entraînant les débris de toutes sortes en une ronde folle.

De Soya relève la tête, abandonnant un instant ses moniteurs. Il voit que tous les autres ont les yeux braqués sur lui. *Les ordres étaient de capturer la fillette vivante et de la conduire sur Pacem.*

— Commandante Barnes-Avne, dit-il de sa voix officielle, veuillez ordonner à vos troupes de se poser et de commencer une fouille systématique des abords du fleuve et de tout le secteur environnant.

— À vos ordres, répond Barnes-Avne.

Elle se connecte au réseau de commandement et relaie l'ordre. Ce faisant, elle ne quitte pas un seul instant des yeux le visage du père capitaine de Soya.

28

Durant les jours qui suivent le dragage du fleuve et l'absence de découverte, à part quelques débris peu probants, de l'épave du vaisseau et de tout cadavre de la fillette ou de ses compagnons, le père capitaine de Soya s'attend à être traduit en cour martiale, voire à être excommunié. Le courrier archange est expédié sur Pacem avec la nouvelle. Vingt heures plus tard, le même vaisseau, avec des courriers humains différents, revient porteur du verdict : une commission d'enquête va être constituée. De Soya hoche la tête en écoutant la chose. Il voit là un prélude à son retour sur Pacem et à son passage en cour martiale ou pis.

Le plus surprenant, c'est que le père Brown est chargé de présider la commission d'enquête en tant que représentant personnel du secrétaire d'État Simon Augustino, cardinal de Lourdusamy. Le capitaine Wu remplace l'amiral Marusyn de la Flotte de la Pax. Les autres membres de la commission comprennent deux des amiraux présents durant la débâcle ainsi que la commandante Barnes-Avne. De Soya a le droit de prendre un avocat, mais il refuse.

Le père capitaine n'est pas mis aux arrêts durant les cinq jours où siège la commission. Il n'est même pas assigné à résidence. Mais on lui signifie qu'il doit rester à la base militaire de la Pax, dans les faubourgs de Vinci, jusqu'à la fin de la session. Pendant ces cinq jours, le père capitaine se promène souvent sur le sentier qui longe le fleuve dans l'enceinte de la base. Il regarde les nouvelles à la télévision locale et sur les canaux directs. De temps à autre, il observe le ciel, essayant d'imaginer l'endroit où son *Raphaël* continue de tourner sur son orbite d'attente, vide et silencieux à l'exception des systèmes automatiques. De Soya espère de tout son cœur que son prochain commandant de bord lui apportera plus d'honneurs.

Beaucoup de ses amis viennent lui rendre visite. Gregorius, Kee et Rettig sont toujours officiellement ses gardes du corps, bien qu'ils ne portent plus d'armes et qu'ils soient, comme de Soya, confinés à l'intérieur de la base, aux arrêts virtuels. La mère capitaine Boulez, le capitaine Hearn et la mère capitaine Stone passent tous le voir après avoir témoigné devant la commission et avant de repartir en mission. Ce soir, de Soya a aperçu les flammes bleues de leurs vaisseaux respectifs qui prenaient leur essor vers les étoiles, et il s'est pris à les envier. Le capitaine Sati, du *Saint-Antoine*, prend un verre de vin avec lui avant de regagner son vaisseau-torche et le service actif dans un autre système. Même Lempriere vient le voir après son témoignage, et c'est la sympathie hésitante du capitaine chauve qui a finalement le don de le mettre hors de lui.

Le cinquième jour, de Soya passe devant la commission. La situation est étrange. Il détient toujours le disque papal et se trouve donc techniquement à l'abri de tout reproche et de toute accusation, mais il est implicitement établi que la mise en place de cette commission correspond à la volonté du pape Jules, à travers celle du cardinal Lourdusamy. De Soya, rompu à la discipline par son double entraînement de militaire et de jésuite, se soumet avec humilité. Il ne s'attend pas à être acquitté. Dans la tradition des commandants de vaisseaux depuis le Moyen Âge de l'Ancienne Terre, il sait parfaitement bien que la médaille des prérogatives de celui qui occupe ces fonctions a un revers. Seul maître à bord pendant l'action, il accepte, en contrepartie, la responsabilité totale des échecs qu'il essuie ou des dommages que peut subir son vaisseau.

De Soya n'a fait subir aucun dommage à son bâtiment, ni au corps expéditionnaire qu'il commande, ni au *Raphaël* qu'on lui a confié. Mais il est vivement conscient que son échec est total. Avec à sa disposition les immenses ressources de la Pax à la fois sur Hypérion et dans l'espace de Renaissance, il n'a pas été capable de capturer une fillette de douze ans. Il ne se trouve pas d'excuse, et c'est ce qu'il admet devant la commission.

— Pourquoi avez-vous donné l'ordre d'irradier le portail distrans sur le vecteur Renaissance ? demande le père amiral Coombs après sa déposition.

De Soya lève un bras en l'air puis le laisse retomber.

— J'ai compris subitement que la seule raison de la venue de la fillette sur ce monde était d'atteindre ce portail, dit-il. Notre seul espoir de la capturer était de détruire l'arche avant qu'elle ne l'utilise.

— Mais elle n'a pas été détruite ? interroge le père Brown.

— Non, répond de Soya.

— À votre connaissance, père capitaine de Soya, demande le capitaine Wu, existe-t-il des cibles qu'une minute de RCC continu ne puisse détruire ?

De Soya réfléchit un instant.

— Il en existe, oui. Par exemple les forêts orbitales ou les astéroïdes des essaims extros. Une minute d'irradiation ne suffirait pas à les détruire, mais leur infligerait indubitablement de très sévères dommages.

— Et le portail distrans n'en a pas subi ? insiste le père Brown.

— Pas à ma connaissance.

Le capitaine Wu se tourne vers les autres membres de la commission.

— Nous sommes en possession d'une déclaration de l'ingénieur planétaire en chef Rexton Hamn attestant que l'alliage du portail distrans, bien qu'il ait irradié de la chaleur pendant plus de quarante-huit heures, n'a été en aucune manière endommagé par cette attaque.

Les membres de la commission échangent des commentaires à voix basse durant plusieurs minutes.

— Père capitaine de Soya, fait l'amiral Serra lorsque l'interrogatoire reprend, êtes-vous conscient de ce que votre tentative de détruire le portail aurait pu également causer la destruction du vaisseau de la fillette ?

— Oui, amiral.

— Et, par la même occasion, continue Serra, causer la mort de l'enfant ?

— Oui, amiral.

— Vos ordres — catégoriques — étaient de conduire cette enfant, vivante, sur Pacem. Est-ce exact ?

— Oui, amiral. C'est ce que mes ordres stipulaient.

— Mais vous avez pris sur vous de les contredire ?

De Soya prend une inspiration profonde.

— Dans ce cas précis, amiral, j'ai pensé que le risque calculé en valait la peine. Mes instructions précisaient qu'il était de la plus haute importance de conduire l'enfant sur Pacem le plus rapidement possible. Dans les quelques secondes où j'ai compris qu'elle voulait peut-être utiliser le portail pour nous échapper définitivement, j'ai pensé que notre meilleure chance était de le détruire. Je parle du portail et non du vaisseau, bien sûr. Honnêtement, je ne savais pas si le vaisseau avait déjà franchi le portail ou s'il ne l'avait pas encore atteint. Selon toute vraisemblance, il a été touché et est tombé dans le fleuve. J'ignorais s'il était capable de franchir le portail sous l'eau et si le système distrans pouvait opérer dans ces conditions.

Le capitaine Wu croise les bras.

— À votre connaissance, père capitaine, ce portail a-t-il donné des signes d'activité depuis cette nuit-là ?

— Pas à ma connaissance, capitaine.

— Avez-vous eu connaissance, continue Wu, d'une quelconque activité d'un portail distrans, où que ce soit sur l'un des anciens mondes du Retz ou même dans l'espace, depuis deux cent soixante-dix années standard ou plus ?

— Je n'en ai pas eu connaissance, répond de Soya.

Le père Brown se penche en avant.

— Dans ce cas, père capitaine, vous pouvez peut-être indiquer à cette assemblée la raison pour laquelle vous avez jugé cette fillette capable de faire fonctionner l'un de ces portails et de s'échapper à travers celui qui nous intéresse ?

De Soya écarte les bras, paumes ouvertes.

— Je... je ne sais pas. J'ai eu soudain le sentiment qu'elle était sûre de nous échapper et que sa fuite le long du fleuve ne pouvait que... Je n'en sais pas plus, père Brown. L'utilisation du portail était la seule chose qui donnait un sens à tout ce qui venait de se passer.

Le capitaine Wu se tourne vers les autres membres de la commission.

— Autres questions ?

Au bout d'un moment de silence, elle s'adresse de nouveau à de Soya.

— Ce sera tout pour le moment, père capitaine de Soya. La commission vous fera part de ses conclusions demain matin.

Il incline la tête et se retire.

Ce soir-là, tout en faisant sa promenade le long du fleuve, il essaie d'imaginer ce qu'il deviendra s'il passe en cour martiale et s'il est déchu de sa prêtrise sans être emprisonné. L'idée de demeurer en liberté après un tel échec est encore plus pénible que la perspective d'aller en prison. La commission n'a pas parlé d'excommunication — elle n'a évoqué, en fait, aucun châtiment —, mais de Soya se voit déjà condamné, renvoyé sur Pacem pour y être jugé par une instance supérieure, et finalement banni de l'Église. Seul un terrible échec ou un acte d'hérésie peut valoir à quelqu'un un châtiment aussi terrible, mais de Soya considère — en toute lucidité — que cela correspond à son cas.

Au matin, il est convoqué dans le bâtiment bas où la commission a siégé toute la nuit. Il se met au garde-à-vous devant la douzaine de femmes et d'hommes qui occupent la table longue.

— Père capitaine de Soya, commence le capitaine Wu, prenant la parole au nom des autres, cette commission a été constituée pour répondre aux questions du Haut Commandement de la Pax et du Vatican concernant le déroulement et l'issue des récents événements, plus particulièrement sous l'angle du revers subi par nos forces et leur commandant à l'occasion de la tentative de capture de l'enfant connue sous le nom d'Énée. À l'issue de cinq jours d'enquête et de plusieurs centaines d'heures de témoignages et de dépositions, la présente commission conclut que tous les efforts et tous les préparatifs possibles ont été accomplis pour mener cette mission à bien. Le fait que l'enfant connue sous le nom d'Énée ainsi que les éventuels compagnons ou entités qui voyagent avec elle aient pu s'enfuir par l'intermédiaire d'un portail distrans hors service depuis près de trois siècles standard ne pouvait être prévu par vous ni par aucun officier sous vos ordres. Le fonctionnement inattendu d'un portail distrans représente, naturellement, un souci majeur pour l'Église et pour le Haut Commandement de la Pax, et fera l'objet d'un examen attentif aux plus hauts échelons de la hiérarchie militaire et du Vatican.

» En ce qui concerne votre rôle dans ces événements, père capitaine de Soya, hormis le reproche qui peut vous être adressé d'avoir mis en danger la vie de l'enfant que vous étiez chargé de capturer vivante, nous déclarons que vos actions ont été responsables, correctes, conformes aux priorités de votre mission et, d'une manière générale, totalement licites. La présente commission, bien qu'elle n'ait officiellement que le droit d'enquêter, recommande que vous poursuiviez votre mission à l'aide du vaisseau *Raphaël* de la classe archange, que vous continuiez d'utiliser l'autorité du disque papal et que vous réquisitionniez tous les matériels et personnels utiles à la poursuite de votre mission.

De Soya, toujours au garde-à-vous, bat plusieurs fois des paupières avant de demander :

— Capitaine ?

— Oui, père capitaine ?

— Cela signifie que je peux conserver le sergent Gregorius et ses deux troupiers comme gardes du corps ?

Le capitaine Wu, dont l'autorité dépasse curieusement celle des amiraux et commandants planétaires réunis à cette table, a un petit sourire.

— Père capitaine, déclare-t-elle, vous pouvez, si vous le désirez, ordonner à n'importe quel membre de cette commission de vous accompagner comme aide de camp, et il le fera. L'autorité de votre disque papal demeure absolue.

De Soya, pour sa part, ne sourit pas.

— Je vous remercie, capitaine, ainsi que les membres de cette commission. Le sergent Gregorius et ses deux hommes suffiront. Je pars demain matin.

— Vous partez où, Federico ? demande le père Brown. Comme vous le savez, nos recherches les plus poussées n'ont pas permis de déterminer où le portail distrans a pu envoyer ce vaisseau. Le fleuve Téthys avait des interconnexions variables, et nous n'avons aucune idée du monde qui se raccordait à cet endroit.

— Je sais, père Brown, fait de Soya. Mais le Téthys ne reliait que deux cents mondes environ. Le vaisseau de l'enfant se trouve forcément sur l'un d'eux. Mon vaisseau archange peut les explorer tous — compte tenu du temps de résurrection après translation — en moins de deux ans. Je dois commencer mes recherches immédiatement.

Les hommes et les femmes assis autour de la grande table

lui jettent des regards interloqués. L'homme qui se tient devant eux n'hésite pas à envisager de subir les affres de plusieurs centaines de morts et de résurrections. À leur connaissance, personne, depuis qu'existe le sacrement de la résurrection, ne s'est jamais soumis à un tel cycle de douleur et de régénérescence.

Le père Brown se met debout pour lever la main en signe de bénédiction.

— *In nomine Patris, et Fílii, et Spiritu Sancti*, psalmodie-t-il. Puisse Dieu vous accompagner dans votre quête, père capitaine de Soya. Nous prierons pour vous.

29

Quand ils nous ont abattus, à quelques centaines de mètres à peine du portail distrans, j'étais sûr que nous étions morts, cette fois-ci. Le champ de confinement interne avait cédé à la seconde même où les générateurs étaient frappés. La face de la planète, qui se trouvait pour nous en haut, devint soudain, irrémédiablement, le *bas*. Le vaisseau tomba comme un ascenseur dont les câbles ont été subitement sectionnés.

J'ai du mal à décrire les sensations qui suivirent. Je sais aujourd'hui que les champs internes passèrent automatiquement en mode « catastrophe », ce qui, je peux vous l'assurer, n'est pas un euphémisme, et que, durant les minutes suivantes, nous eûmes exactement l'impression d'être pris au milieu d'une cuve géante de gélatine. Ce qui était plus ou moins le cas, en fait. En une nanoseconde, le champ de catastrophe s'était étendu à tout le vaisseau et nous maintenait absolument immobiles tandis qu'il plongeait dans le fleuve, rebondissait sur le fond vaseux, mettait à feu sa tuyère à fusion, créant un jet de vapeur géant, et nous propulsait tant bien que mal à travers des tonnes d'eau, de vapeur, de boue et de débris des rives en train d'imploser, exécutant le dernier commandement qu'il avait reçu, franchir coûte que coûte le portail distrans. Nous passâmes à trois mètres sous la surface bouillonnante de l'eau, mais cela n'empêcha pas le portail de fonctionner. Le vaisseau nous raconta, par la suite, qu'au moment même où sa proue franchissait l'interface distrans, l'eau, derrière lui, se transforma soudain en vapeur superchaude, comme si l'un des bâtiments de la Pax l'irradiait au RCC. Curieusement, ce fut la vapeur qui dévia le rayon durant la milliseconde qui nous était nécessaire pour achever notre passage.

Ignorant tous ces détails sur le moment, je regardais droit devant moi, totalement hébété. Le champ gélatineux m'aurait empêché de fermer les yeux même si je l'avais voulu. J'avais dans ma zone de vision les moniteurs externes disposés au pied du lit et le nez du vaisseau, demeuré transparent. Je vis le portail distrans se mettre à scintiller à travers la vapeur, et le soleil briller à la surface du fleuve, jusqu'au moment où nous traversâmes le nuage et heurtâmes de nouveau la roche et la vase du fond. Puis nous nous retrouvâmes en travers de la berge, sous le soleil et le ciel bleu.

Les moniteurs s'éteignirent, et la coque s'opacifia. Durant plusieurs minutes, nous demeurâmes prisonniers dans une obscurité de caverne. Je flottais dans les airs ou, du moins, j'en avais l'impression, car j'étais toujours pris dans la gélatine. En réalité, mes mains étaient écartées comme pour brasser l'atmosphère, ma jambe droite était à moitié repliée derrière moi comme pour courir, ma bouche était ouverte pour pousser un cri silencieux, et j'étais incapable de ciller. Au début, la peur de suffoquer avait été très forte. Le champ de catastrophe pénétrait jusque dans ma bouche. Mais je recevais de l'oxygène. Ce champ, je devais l'apprendre plus tard, fonctionnait comme les coûteux masques à osmose utilisés pour la plongée sous-marine du temps de l'Hégémonie. L'air filtrait à travers l'interface qui me collait au visage et à la gorge. Ce n'était pas une expérience particulièrement agréable. J'ai toujours été très sensible aux sensations d'étouffement. Mais mon angoisse restait assez supportable. Ce qui me troublait le plus, en fait, c'était l'obscurité, ainsi que la sensation d'être englué dans une toile d'araignée géante. Durant les longues minutes où je demeurai ainsi paralysé dans le noir, j'eus la vision d'un vaisseau définitivement désemparé, maintenant autour de nous son champ indestructible, nous laissant mourir de faim dans la position grotesque où nous nous trouvions, jusqu'à ce que ses réserves d'énergie se vident un jour et que nos squelettes blanchis par le temps s'écroulent sur le pont avec un bruit de castagnettes, nos osselets roulant comme s'ils avaient été lancés par la main d'un sorcier invisible.

En réalité, le champ se dilua progressivement au bout de cinq minutes. Les lumières revinrent, vacillèrent et furent remplacées par la lumière rouge des éclairages de secours tandis que nous étions doucement déposés sur ce qui était une paroi peu de temps avant. La coque redevint transparente, mais il y avait très peu de lumière qui filtrait à travers la boue et les débris.

Mon angle de vision figé ne m'avait permis de voir ni Énée ni l'androïde pendant que nous étions pris dans la gélatine. Mais je les retrouvai lorsque le champ de force les déposa à côté de moi sur le pont. Je fus surpris d'entendre un cri sortir de ma propre gorge et m'aperçus que c'était celui que j'avais commencé à pousser au moment de la collision au sol.

Durant quelques instants, nous restâmes assis tous les trois sur la paroi courbe, en nous tâtant les bras, les jambes et la tête pour nous assurer que nous étions en un seul morceau. Ce fut Énée qui rompit enfin le silence.

— Sainte merde ! s'écria-t-elle en se mettant debout sur ses jambes tremblantes.

— Vaisseau ! appela l'androïde.

— Oui, A. Bettik, répondit la voix imperturbable.

— Êtes-vous endommagé ?

— Oui, A. Bettik. Je viens d'achever une évaluation complète. Mes bobines de champ, mes répulseurs et mes translateurs Hawking ont subi de sérieuses avaries, de même que plusieurs sections de la coque arrière et deux des quatre ailerons d'atterrissage.

— Vaisseau, croassai-je.

Je fis un effort pour me remettre sur mes pieds et aller regarder à travers le nez transparent de la coque. Le soleil pénétrait par la paroi courbe au-dessus de nos têtes, mais la plus grande partie de la paroi était opacifiée par la boue, le sable et les autres débris qui s'y agglutinaient. L'eau noire du fleuve montait aux deux tiers des côtés, contre lesquels elle battait. J'avais l'impression que nous nous étions échoués sur une rive sablonneuse après avoir glissé sur plusieurs mètres dans le lit du fleuve.

— Vaisseau, répétai-je, vos capteurs externes fonctionnent ?

— Uniquement le radar et les visuels.

— Sommes-nous poursuivis ? Les vaisseaux de la Pax ont-ils franchi le portail derrière nous ?

— Négatif, H. Endymion. Il n'y a aucun objet inorganique au sol ni dans l'air à portée de mes radars.

Énée s'avança jusqu'à la paroi verticale qui était antérieurement le sol moquetté de la chambre.

— Il n'y a pas non plus de troupiers ? demanda-t-elle.

— Non, répondit le vaisseau.

— Le portail fonctionne toujours ? interrogea l'androïde.

— Négatif, A. Bettik. Le portail a cessé de fonctionner dix-huit nanosecondes après notre passage.

Je me détendis un peu. Je regardai la fillette pour m'assurer visuellement qu'elle n'était pas blessée. Hormis le désordre de ses cheveux et la lueur d'excitation qui brillait dans ses yeux, elle avait l'air tout à fait indemne. Elle m'adressa un grand sourire.

— Comment fait-on pour sortir d'ici, Raul ?

Levant les yeux, je compris ce qu'elle voulait dire. L'escalier central était à trois mètres au-dessus de nos têtes.

— Vaisseau, demandai-je, pouvez-vous refaire marcher le champ interne suffisamment longtemps pour que nous sortions ?

— Désolé, fut la réponse. Les champs sont en panne et ne peuvent être réparés dans l'immédiat.

— Pouvez-vous morpher une ouverture dans la coque au-dessus de nous ?

Je sentais que ma claustrophobie revenait en force.

— C'est malheureusement impossible, fit le vaisseau. Je fonctionne en ce moment sur mes batteries. Le morphage exigerait plus d'énergie que ce dont je dispose. Le sas principal fonctionne, cependant. Si vous pouvez y arriver, je vous l'ouvrirai.

Nous échangeâmes tous les trois des regards ennuyés.

— Bravo, murmurai-je au bout d'un moment. Il va falloir

ramper sur trente mètres alors que tout est sens dessus dessous.

Énée avait toujours la tête levée vers l'ouverture de l'escalier.

— La gravité n'est pas la même ici, dit-elle. Vous ne le sentez pas ?

Elle avait raison. L'air semblait plus léger. Je l'avais remarqué confusément, mais j'avais attribué cela à l'absence de champ de confinement interne. En fait, nous étions sur un monde différent, doté d'une gravité différente ! Je regardai de nouveau l'enfant.

— Tu dis qu'on peut voler jusque-là ? demandai-je en désignant le lit accroché au mur au-dessus de nous et l'escalier béant à côté.

— Non, répliqua-t-elle. Mais la gravité locale semble inférieure à celle d'Hypérion. À vous deux, vous pouvez me faire grimper là-haut. Je vous lancerai une corde ou quelque chose, et nous arriverons jusqu'au sas.

Nous fîmes exactement ce qu'elle venait de proposer. Nous la hissâmes jusqu'à l'ouverture de l'escalier. Elle se rétablit là-haut, tendit le bras pour tirer une couverture du lit, en noua une extrémité à la balustrade et laissa pendre la corde improvisée jusqu'à nous. Lorsque A. Bettik et moi nous fûmes en haut, nous avançâmes tous les trois en rampant sur la colonne centrale de l'escalier, en nous tenant à la paroi circulaire pour conserver notre équilibre. Peu à peu, nous progressâmes à travers le vaisseau en désordre éclairé en rouge : d'abord la bibliothèque, où coussins et volumes s'étaient entassés contre la coque inférieure malgré les élastiques destinés à maintenir les livres sur les rayons, puis l'étage de la fosse holo, où le Steinway était toujours vissé au même endroit, contrairement à toutes nos affaires personnelles, qui avaient dégringolé jusqu'en bas. Nous fîmes une petite halte à ce niveau, le temps pour moi de récupérer le paquetage et les armes que j'avais laissés sur le canapé. Je glissai le pistolet à ma ceinture et sortis la corde que j'avais préparée dans mon paquetage. Avec ça, je me sentais plus prêt que tout à l'heure à affronter ce qui nous attendait à l'extérieur.

Lorsque nous arrivâmes dans la coursive inférieure, nous

pûmes constater que le choc qui avait endommagé la zone de propulsion avait également dévasté les soutes. Une partie de la coursive était noircie et déformée vers l'extérieur. Les contenus des coffres de rangement étaient éparpillés le long des parois éventrées. La porte intérieure du sas était ouverte, mais à plusieurs mètres au-dessus de nous. Je dus prendre mon élan pour franchir la dernière longueur verticale de coursive et lancer une extrémité de la corde aux autres, accroupi au bord du sas. Puis je sautai sur la coque extérieure et me retrouvai au soleil. Je glissai la main dans le sas éclairé en rouge et rencontrai le poignet d'Énée, que je hissai à mes côtés. Quelques secondes plus tard, je fis de même avec A. Bettik. Nous prîmes alors le temps de regarder autour de nous.

Un nouveau monde étrange ! Je ne saurais expliquer l'excitation qui s'empara de moi en cet instant, malgré notre accident, malgré nos difficultés, malgré tout ce qui nous était arrivé. *J'avais sous les yeux un nouveau monde !* L'effet sur moi était bien plus profond que je ne l'aurais attendu dans tous mes rêves d'exploration intersidérale. Cette planète ressemblait beaucoup à Hypérion. L'air était respirable, le ciel était bleu — quoique d'une couleur plus claire que le lapis d'Hypérion —, et parsemé de nuages effilochés qui flottaient à haute altitude. Le fleuve, derrière nous, était plus large que sur le vecteur Renaissance. Les deux rives étaient couvertes d'une végétation très dense, une vraie jungle qui s'étendait à perte de vue sur ma droite et sur ma gauche, où le portail distrans était à peine visible au milieu de toute cette luxuriance. Devant nous, la poupe du vaisseau avait tracé un véritable fossé dans le lit du fleuve et s'était échouée sur une bande sablonneuse. Au-delà, la jungle reprenait ses droits, recouvrant tout comme un rideau vert en loques sur une scène de théâtre.

Même si tout cela vous paraît familier, ce n'étaient pour moi que sensations étranges. De drôles d'odeurs flottaient dans l'air, la pesanteur n'était pas normale, le soleil brûlait un peu trop et les « arbres » de la jungle ne ressemblaient à rien de ce que je connaissais. Si on m'avait demandé de les décrire, j'aurais alors parlé de gymnospermes géantes, environnées de nuées de petits oiseaux blancs d'une espèce qui ne ressemblait à rien de ce que je connaissais et qui s'étaient égaillés au bruit maladroit de notre arrivée dans leur monde.

Nous remontâmes la coque jusqu'à la grève. Une douce brise décoiffait Énée et faisait battre un pan de ma chemise. L'air avait de subtiles senteurs d'épices. Des traces de thym et de cannelle, peut-être, mais en plus doux et plus riche. Le nez du vaisseau n'était pas transparent de l'extérieur. Mais j'ignorais, à l'époque, s'il l'avait opacifié à notre départ ou s'il n'était transparent que de l'intérieur. Même couché ainsi sur le flanc, il aurait été trop haut et trop abrupt pour que nous puissions nous laisser glisser jusqu'au sol s'il ne s'était pas enfoncé à demi dans le sable. J'utilisai ma corde pour faire descendre A. Bettik le premier, puis ce fut le tour d'Énée. Finalement, je mis mon paquetage au dos, avec le fusil à plasma attaché dessus, et me laissai glisser jusqu'en bas, en faisant un roulé-boulé pour amortir mon arrivée sur le sol compact.

C'était mon premier pas sur un monde étranger, et ce n'était pas vraiment un pas. Plutôt du sable plein la bouche.

L'androïde et la petite fille m'aidèrent à me relever. Énée avait la tête levée vers la coque.

— Comment fait-on pour retourner ? demanda-t-elle.

— On construira une échelle, ou on se servira d'un arbre abattu, ou encore (je tapotai mon paquetage) j'ai apporté le tapis hawking.

Nous reportâmes notre attention sur la grève et la jungle. La première était très étroite. À quelques mètres à peine de la proue en direction de la forêt, le sable brillait dans le rouge sous les rayons éclatants d'un soleil anormalement dense et sombre. La brise était rafraîchissante, mais la chaleur était palpable dès que l'on avançait sous le couvert des grands arbres. Vingt mètres plus haut, les gymnospermes agitaient leurs frondaisons et vibraient comme les antennes de gros insectes.

— Attendez une seconde, dis-je en m'avançant sous les arbres.

Les sous-bois étaient denses, principalement envahis par une sorte de fougère grimpante. Le sol était couvert de tant de couches d'humus qu'il était plus spongieux que terreux.

La jungle dégageait des odeurs d'humidité et de décomposition. Je songeai aux tiques draculéennes et aux jars mordeurs de ma propre jungle natale, et regardai soigneusement où je mettais les pieds. Des vrilles descendaient des troncs des gymnospermes, formant des tonnelles entrelacées dans la pénombre devant moi. Je regrettai de n'avoir pas mis une machette dans ma liste de matériel de base.

Je n'avais pas fait dix mètres à l'intérieur de la végétation lorsque, soudain, à un mètre de mon visage, un gros buisson rouge orné d'énormes feuilles explosa, et les « feuilles » s'envolèrent vers la voûte de la forêt en faisant battre leurs lourdes ailes caoutchouteuses avec un bruit qui évoquait celui de nos grosses chauves-souris frugivores d'Hypérion, importées par nos ancêtres dans leurs vaisseaux d'ensemencement.

— Zut ! m'exclamai-je.

Je rebroussai vivement chemin, en m'égratignant au passage. Ma chemise était déchirée en plusieurs endroits lorsque j'émergeai sur la grève où l'androïde et la petite fille m'attendaient.

— C'est une vraie jungle, là-dedans, leur dis-je.

Nous marchâmes jusqu'au bord de l'eau. Assis sur une souche en partie submergée, nous contemplâmes notre vaisseau en silence. La pauvre chose ressemblait à une baleine échouée comme on peut en voir dans les holos de l'Ancienne Terre.

— Je me demande s'il revolera un jour, murmurai-je en rompant une barre de chocolat pour en donner une moitié à l'enfant et l'autre à l'androïde à la peau bleue.

— Oh ! je pense que oui, fit une voix à mon poignet.

J'avoue que je dus faire un bond de plusieurs centimètres. J'avais complètement oublié le bracelet persoc.

— Vaisseau ? demandai-je en levant le bras à hauteur de ma bouche pour parler dans le bracelet comme je le faisais avec ma radio portable dans la Garde Nationale.

— Vous n'êtes pas obligé de faire ça, me dit la voix du vaisseau. Je vous entends très clairement, merci. Vous avez demandé si je revolerais un jour ? La réponse est oui, très probablement. J'ai eu des réparations plus compliquées à effectuer à mon arrivée dans la cité d'Endymion, lorsque je suis retourné sur Hypérion.

— Parfait, déclarai-je. Je suis heureux que vous puissiez... euh... vous autoréparer. Avez-vous besoin de matières premières ? De pièces de rechange ?

— Non, merci, H. Endymion. Il s'agit surtout pour moi de réaffecter des matériaux existants et de refaçonner certaines unités endommagées. Les réparations ne devraient pas demander longtemps.

— Pas longtemps, c'est-à-dire ? demanda Énée en finissant sa barre de chocolat et en se léchant les doigts.

— Six mois standard. À moins que je ne me heurte à des difficultés imprévues.

Nous nous entre-regardâmes tous les trois. Je me tournai de nouveau vers la jungle. Le soleil semblait à présent plus bas. Ses rayons illuminaient horizontalement le faîte des gymnospermes, plongeant les régions inférieures dans une pénombre encore plus profonde.

— Six mois ? répétai-je.

— Sauf difficultés imprévues.

— Une idée ? demandai-je à mes compagnons.

Énée se rinça les doigts dans l'eau, se rafraîchit la figure et lissa ses cheveux en arrière.

— Nous sommes sur le Téthys, dit-elle. Nous pourrions le descendre jusqu'au portail suivant.

— Tu peux refaire ton tour de passe-passe ?

Elle s'essuya le visage d'un revers de main en demandant :

— Quel tour de passe-passe ?

Je fis un geste vague de la main.

— Oh ! trois fois rien. Faire marcher une machine qui n'a pas fonctionné depuis trois siècles. Ce genre de truc.

Elle tourna vers moi ses yeux foncés où brillait une lueur de sincérité.

— Je n'étais pas sûre d'y arriver, Raul. (Elle se tourna vers A. Bettik, qui suivait, impassible, notre conversation.) Je vous jure ! fit-elle.

— Que se serait-il passé si tu n'avais pas réussi ? demandai-je.

— Ils nous auraient capturés. Je pense qu'ils vous

auraient relâchés tous les deux. Ils m'auraient conduite sur Pacem. Et plus personne n'aurait jamais entendu parler de moi.

Il y avait quelque chose, dans la manière froide et impersonnelle dont elle disait cela, qui me donnait la chair de poule.

— D'accord, murmurai-je. Ça a marché. Mais *comment* as-tu fait ça ?

Elle fit son petit geste de la main qui commençait à me devenir familier.

— Je ne sais... pas très bien, dit-elle. J'ai vu dans mes rêves que le portail me laisserait probablement passer...

— Te *laisserait* passer ?

— Oui. Je pensais bien qu'il me... reconnaîtrait, et c'est ce qui est arrivé.

Je posai les mains à plat sur mes genoux, les jambes tendues, les talons de mes bottes plantés dans le sable rouge.

— Tu parles du portail comme s'il s'agissait d'un organisme vivant et intelligent, lui fis-je remarquer.

Elle se retourna vers l'arche, qui se trouvait à cinq cents mètres derrière nous.

— Dans un sens, c'est bien ce qu'il est, dit-elle. Ce n'est pas facile à expliquer.

— Mais tu es sûre que les troupes de la Pax ne peuvent pas nous suivre ?

— Oh ! oui. Le portail ne s'activera pour personne d'autre.

Je haussai légèrement les sourcils.

— Dans ce cas, A. Bettik et moi... et le vaisseau... comment avons-nous fait pour passer ?

Elle sourit.

— Vous étiez avec moi.

— D'accord, déclarai-je en me redressant subitement. On mettra ça au clair plus tard. Tout d'abord, il faut que nous établissions un plan. Est-ce que nous partons sans attendre en reconnaissance, ou est-ce que nous retournons d'abord chercher toutes nos affaires dans le vaisseau ?

Énée laissa errer un regard songeur à la surface de l'eau noire.

— C'est alors que Robinson Crusoé se déshabilla, plongea pour nager jusqu'à son navire, remplit ses poches de biscuits et retourna sur le rivage.

— Hein ? demandai-je en mettant mon paquetage sur le dos, les sourcils froncés.

— Ce n'est rien, dit-elle en se levant aussi. Juste un passage d'un vieux livre préhégirien que mon oncle Martin me lisait parfois. Il disait tout le temps que les correcteurs d'épreuves étaient des trous du cul incompétents, même quatorze cents ans dans le passé.

Je me tournai vers l'androïde.

— Vous comprenez ce qu'elle dit, A. Bettik ?

Il eut ce petit tressaillement au coin des lèvres que j'avais appris à considérer comme un sourire chez lui.

— Mon rôle n'est pas de comprendre H. Énée, H. Endymion.

Je soupirai.

— Très bien. Revenons à nos moutons. Vaut-il mieux partir en reconnaissance avant la tombée de la nuit ou sortir nos affaires du vaisseau ?

— Je suis pour aller faire un tour, déclara Énée.

Elle jeta un regard à la jungle qui s'obscurcissait à vue d'œil.

— Mais pas là-dedans, ajouta-t-elle.

— D'accord, murmurai-je.

Je sortis le tapis hawking de mon paquetage, où il était roulé sous le rabat, et le déployai sur le sable.

— Nous allons voir si ça marche sur cette planète, déclarai-je.

Je rapprochai soudain mon bracelet persoc de mes lèvres pour demander :

— Sur quel monde sommes-nous, à propos, vaisseau ?

Il y eut une seconde d'hésitation, comme si le vaisseau était absorbé dans des problèmes tout à fait différents, puis il répondit :

— Désolé, je suis dans l'incapacité de l'identifier en raison de l'état présent de mes banques de mémoire. Mes systèmes de navigation pourraient procéder à une analyse, naturellement, mais il faut que j'observe préalablement les étoiles. Je peux vous dire qu'il n'y a aucune émission électromagnétique ou sur hyperfréquences de provenance autre que naturelle actuellement détectable dans ce secteur. Aucun satellite relais, aucun objet artificiel en orbite synchrone au-dessus de nos têtes.

— Très bien, murmurai-je. Mais cela ne nous dit pas où nous sommes.

Je me tournai vers la fillette.

— Comment pourrais-je le savoir ? demanda-t-elle.

— C'est toi qui nous as amenés ici.

Je me rendis compte que j'étais en train de perdre patience avec elle. J'étais excédé, je n'y pouvais rien.

— Je n'ai rien fait d'autre qu'activer le portail, Raul, me dit-elle en secouant la tête. Ma seule motivation était d'échapper à ce père capitaine je ne sais plus qui et à tous ses vaisseaux. Rien de plus.

— Et de trouver ton architecte.

— C'est vrai, reconnut-elle.

Je me tournai vers la jungle et le fleuve.

— Ça n'a pas l'air d'un endroit très prometteur pour trouver un architecte. Je suppose que tu as raison. La meilleure chose à faire, c'est de descendre le fleuve jusqu'à ce qu'on arrive au portail suivant.

L'arche environnée de végétation du portail distrans qui nous avait conduits ici attira alors mon regard. Je compris pourquoi nous nous étions échoués sur cette bande de sable. Le fleuve formait ici une courbe sur la droite, à environ cinq cents mètres du portail. Le vaisseau avait continué tout droit sur sa lancée, et il s'était échoué sur la rive.

— Une seconde, déclarai-je. Est-ce qu'on ne pourrait pas reprogrammer ce portail pour une autre destination ? Pourquoi faut-il que nous en cherchions un autre ?

A. Bettik recula pour avoir une meilleure perspective de l'arche.

— Les portails du fleuve Téthys ne fonctionnaient pas comme les millions de terminaux distrans en activité, murmura-t-il. Ils ne fonctionnaient pas non plus comme ceux du Confluent ou comme les portails spatiaux. (Il sortit un petit livre de sa poche et me montra le titre : *Guide du Voyageur à travers le Retz*.) Il semble que le Téthys ait été conçu à l'origine pour la promenade et la relaxation. La distance entre les portails variait de quelques kilomètres à plusieurs centaines.

— Plusieurs centaines ! m'exclamai-je.

Je m'étais attendu à trouver le portail suivant au détour du prochain méandre.

— Parfaitement, poursuivit A. Bettik. L'idée, si je comprends bien, était d'offrir au voyageur la plus grande variété possible de mondes, de paysages et d'expériences. À cet effet, seul le portail situé en aval était programmé pour s'activer, et sa destination était choisie de manière aléatoire. Les sections du fleuve, chacune sur un monde différent, étaient comme les cartes d'un paquet que l'on remue sans cesse.

Je secouai la tête.

— Les *Cantos* du vieux poète disent que ces sections ont été dissociées après la Chute, et qu'elles se sont desséchées comme des points d'eau abandonnés dans le désert.

Énée renifla.

— L'oncle Martin raconte n'importe quoi, parfois, Raul. Il n'a jamais vu ce qu'est devenu le Téthys après la Chute. N'oublie pas qu'il se trouvait alors sur Hypérion. Il n'est jamais retourné dans le Retz. Il a inventé tous ces trucs.

Ce n'était pas très gentil de parler ainsi du plus grand monument littéraire de ces trois derniers siècles, ni du vieux poète légendaire qui l'avait composé, mais je fus pris d'un rire que j'eus du mal à arrêter. Lorsque je me calmai, je vis qu'Énée me regardait d'une drôle de manière.

— Tu es sûr que ça va, Raul ?

— Oui, répliquai-je. Je suis heureux, c'est tout.

Je me tournai avec un geste de la main qui englobait la jungle, le fleuve, le portail distrans et même notre vaisseau échoué sur le sable comme une baleine.

— Je ne sais pas pourquoi, mais je suis heureux, répétai-je.

Énée hocha la tête comme si elle me comprenait parfaitement. Je me tournai vers l'androïde pour lui demander :

— Votre livre vous dit-il sur quel monde nous sommes ? Un ciel bleu, la jungle... À mon avis, il est au moins à neuf et demi sur l'échelle de Solmev. La chose me paraît plutôt rare. Que dit votre bouquin ?

A. Bettik feuilleta rapidement les pages.

— Je ne me souviens pas d'avoir lu la description d'une telle jungle dans ses chapitres, H. Endymion. Mais je le relirai attentivement.

— Allons jeter un coup d'œil, fit Énée d'une voix impatiente.

— Il faudrait d'abord aller chercher un certain nombre de choses à bord, proposai-je. J'ai établi une petite liste...

— Ça va prendre des heures, protesta Énée. Le soleil va se coucher avant que nous ne soyons prêts.

— Mais il faut d'abord nous organiser, ripostai-je, décidé à défendre mon point de vue.

— Si je peux me permettre de suggérer quelque chose, fit A. Bettik d'une voix douce, vous pourriez peut-être partir tous les deux en... reconnaissance pendant que je m'occupe de sortir du vaisseau les objets qui figurent sur votre liste. À moins que vous ne jugiez préférable de passer la nuit à bord.

Nous regardâmes notre pauvre vaisseau. Le courant bouillonnait autour de lui. Juste au-dessus du niveau de l'eau, ses ailerons de queue n'étaient plus que des moignons déformés et noircis. L'idée de dormir au milieu du fouillis qu'était devenu l'intérieur, éclairé par cette horrible lumière rouge, me rebutait.

— Nous serions peut-être plus en sécurité à bord, c'est vrai, reconnus-je. Mais le mieux est de sortir d'abord les affaires dont nous aurons besoin pour descendre le fleuve. Ensuite, nous déciderons.

L'androïde et moi, nous discutâmes encore plusieurs minutes. J'avais mon fusil à plasma avec moi, ainsi que le 45 dans son étui à ma ceinture. Mais j'avais besoin du calibre 16 que j'avais mis de côté, ainsi que de l'équipement de camping que j'avais vu dans les coffres AEV. Je ne savais pas encore comment nous allions nous y prendre pour descendre le fleuve. Le tapis hawking pourrait probablement nous prendre tous les trois, mais il n'y aurait plus de place pour nos affaires. Nous décidâmes donc de sortir trois des quatre scooters pliés dans leur logement sous les coffres à scaphandres. Il y avait aussi une ceinture de vol qui pourrait nous servir, et quelques accessoires de camping : un cube de chauffage, des sacs de couchage, des matelas de mousse, une torche laser pour chacun de nous, et le casque com que j'avais déjà remarqué.

— Ah ! il faudrait aussi une machette, si vous en trouvez une, ajoutai-je. Il y a plusieurs boîtes de couteaux et de lames universelles dans les coffres AEV, mais je ne me souviens pas d'en avoir vu une.

A. Bettik et moi, nous nous avançâmes jusqu'au bout de l'étroite langue de sable, trouvâmes un arbre abattu sur la rive et le traînâmes (l'exercice m'essouffla et m'arracha quelques jurons) jusqu'au vaisseau, pour qu'il nous serve d'échelle afin de grimper sur la coque.

— Voyez aussi si vous trouvez une échelle de corde dans tout ce fouillis, demandai-je à l'androïde. Et peut-être un radeau gonflable ou un truc comme ça.

— C'est tout ? demanda A. Bettik d'une voix sarcastique.

— Non. Un sauna, si possible. Et un bar bien garni. Avec un orchestre de douze musiciens pour nous jouer quelque chose pendant que nous faisons nos bagages.

— Je ferai de mon mieux, H. Endymion, me dit l'androïde.

Il commença à grimper sur la coque le long du tronc.

Je me sentais coupable de lui laisser tout le travail, mais il me semblait avisé d'essayer de savoir le plus tôt possible à quelle distance nous étions du portail suivant, et je n'avais pas l'intention de laisser Énée partir toute seule en reconnaissance. Elle prit place derrière moi sur le tapis, et je tirai sur les fils de l'activateur. Le tapis se raidit aussitôt et s'éleva à quelques centimètres du sable mouillé.

— Teigne, me dit-elle.

— Hein ?

— Ça veut dire « méchant ». L'oncle Martin disait ça quand il était petit sur l'Ancienne Terre.

Je soupirai de nouveau et appuyai sur le motif de vol. Nous nous élevâmes en spirale et grimpâmes bientôt au-dessus de la cime des arbres. Le soleil était maintenant beaucoup plus bas dans la direction que je supposais être l'ouest.

— Vaisseau ? demandai-je dans mon bracelet persoc.

— Oui ?

Le ton de sa voix me donnait toujours l'impression que je venais d'interrompre une tâche cruciale.

— Est-ce bien à vous que je parle, ou à la banque de données que vous avez chargée ?

— Tant que nous sommes à portée de communicateur, H. Endymion, c'est bien à moi que vous vous adressez.

— Quelle est cette portée ?

Nous survolions le fleuve à une trentaine de mètres d'altitude. A. Bettik nous fit un grand signe. Il se trouvait à présent devant le sas ouvert.

— Vingt mille kilomètres ou bien la courbure de la planète, me répondit le vaisseau. Le cas qui se présente le premier. Comme je vous l'ai déjà dit, il n'y a pas de satellites détectables autour de cette planète qui pourraient me servir de relais.

J'appuyai sur le motif de vol et nous commençâmes à remonter le fleuve en direction de l'arche envahie par la végétation.

— Pouvez-vous communiquer avec moi à travers un portail distrans ? interrogeai-je.

— Un portail en activité ? Comment pourrais-je faire une chose pareille, H. Endymion ? Vous seriez à des années-lumière de distance !

Ce vaisseau avait une façon bien à lui de me faire paraître complètement stupide et provincial à mes propres yeux. J'appréciais généralement sa compagnie, mais j'avoue que l'idée de le laisser derrière pendant quelque temps ne me déplaisait pas forcément.

Énée se pencha contre moi et parla directement dans mon oreille pour couvrir le bruit du vent causé par notre accélération.

— Les anciens portails étaient reliés par des lignes en fibres optiques, me dit-elle. Et ça marchait. Peut-être pas aussi bien que le distrans, mais ça marchait quand même.

— Donc, si nous voulons continuer à communiquer avec le vaisseau quand nous descendrons le fleuve, il suffit de tendre une ligne téléphonique ? demandai-je par-dessus mon épaule.

Du coin de l'œil, je la vis sourire. Mais la bêtise de ma remarque m'inspira néanmoins une pensée.

— Si on ne peut pas remonter le fleuve à l'aide des portails, comment fera-t-on pour retourner au vaisseau ?

Elle posa la main sur mon épaule. Le portail approchait maintenant très rapidement.

— Il suffit de descendre toujours dans le même sens jusqu'à ce qu'on ait fait un tour complet, cria-t-elle pour couvrir le bruit du vent. Le fleuve Téthys formait une grande boucle.

Je me tournai pour la regarder.

— Tu parles sérieusement, ma belle ? On dit qu'il y avait... deux cents mondes reliés par ce fleuve.

— Au moins deux cents, rectifia Énée. À notre connaissance.

Je ne comprenais pas le sens de cette dernière remarque. Je soupirai de nouveau. Je ralentis à l'approche du portail.

— Si chaque section du fleuve fait une centaine de kilomètres, murmurai-je, cela représente vingt mille kilomètres à parcourir au bas mot.

Elle demeura silencieuse.

J'arrêtai le tapis en vol stationnaire tout près du portail. Je ne m'étais pas rendu compte, jusqu'ici, de ses dimensions réelles. Le cadre de l'arche semblait être en métal, gravé de nombreux motifs complexes, de compartiments, d'indentations, peut-être de caractères d'écriture cryptique. Mais la jungle l'avait recouvert de ses lianes et de ses mousses tropicales. Ce que j'avais pris tout d'abord pour de la rouille n'était rien d'autre que des chauves-souris en forme de feuilles, agglutinées aux enchevêtrements de plantes grimpantes. Je m'écartai d'elles le plus possible.

— Et s'il s'active ? demandai-je tandis que nous demeurions en vol stationnaire à un mètre ou deux du dessous de l'arche.

— Essaie, me dit Énée.

Je fis avancer le tapis très lentement, en m'arrêtant presque au moment où ses franges atteignaient le plan invisible de l'arche.

Rien ne se produisit. Nous passâmes au travers. Je fis faire au tapis un demi-tour complet, et nous revînmes par le sud. Le portail distrans n'était qu'une arche de métal orné qui enjambait le fleuve à une très grande hauteur.

— Il est mort, déclarai-je. Aussi raide que la queue de Kelsey.

C'était l'une des expressions favorites de Grandam. Elle ne l'utilisait que quand aucun enfant n'était censé être à portée d'oreille, mais je m'avisai subitement que j'avais une petite fille derrière moi.

— Excuse-moi, lui dis-je par-dessus mon épaule, le visage empourpré.

J'avais peut-être passé trop d'années dans l'armée, ou parmi les bateliers de barges, ou encore comme croupier dans les casinos. J'étais devenu un malotru.

Elle rejeta la tête en arrière pour éclater de rire.

— Tu oublies que j'ai grandi au contact de mon oncle Martin, me dit-elle. J'en ai entendu d'autres, Raul.

Nous retournâmes au vaisseau. A. Bettik était en train de décharger des palettes de matériel sur la rive. Il nous fit un signe de sa main bleue en réponse aux nôtres.

— Veux-tu que j'aille vers l'aval pour essayer de voir le portail suivant ? demandai-je.

— Bien sûr, me dit Énée.

Nous descendîmes donc dans le sens du courant. Il y avait très peu d'autres plages de sable ou d'interruptions dans la jungle. La végétation recouvrait tout jusqu'au bord de l'eau. Cela m'ennuyait de ne pas savoir dans quelle direction nous allions. Je sortis donc mon compas inertiel du paquetage et l'activai. Il m'avait bien servi sur Hypérion, où le champ magnétique était trop erratique pour qu'on puisse s'y fier, mais il ne m'était d'aucune utilité ici. Comme dans le cas du système de guidage du vaisseau, il ne fonctionnait parfaitement que s'il connaissait son point de départ, mais c'était un renseignement précieux que nous avions perdu en franchissant le portail.

— Vaisseau, demandai-je en m'adressant à mon bracelet persoc, pouvez-vous faire un relevé de notre position au compas magnétique ?

— Oui, fut la réponse immédiate, mais en l'absence de tout renseignement précis sur le nord magnétique de cette planète, la direction de votre déplacement ne pourra faire l'objet que d'une estimation.

— Donnez-moi cette estimation, je vous prie.

J'inclinai légèrement le tapis pour lui faire suivre une large courbe du fleuve. Il s'était de nouveau élargi. Il devait faire près d'un kilomètre à cet endroit. Le courant semblait rapide, mais pas particulièrement dangereux. Mon expérience des barges sur le Kans m'avait appris à repérer les tourbillons, les troncs d'arbres, les bancs de sable et autres embûches. Ce cours d'eau me paraissait parfaitement navigable.

— Vous faites route approximativement est-sud-est, m'annonça le persoc. Votre vitesse propre est de soixante-huit kilomètres à l'heure. Les capteurs indiquent que le champ de déflection de votre tapis hawking est à huit pour cent. Votre altitude est de...

— D'accord, d'accord. Est-sud-est.

Le soleil descendait derrière nous. Ce monde avait le même sens de rotation que l'Ancienne Terre et Hypérion.

Le cours du fleuve était à présent rectiligne. J'accélérai légèrement. Dans les labyrinthes d'Hypérion, je filais à près de trois cents kilomètres à l'heure, mais je n'avais nullement l'intention de battre des records ici, à moins d'y être forcé. Les fils de vol de ce vieux tapis conservaient leur charge pendant longtemps, mais il n'y avait aucune raison de les épuiser plus vite que nécessaire. Je pris mentalement note de les recharger sur les accus du vaisseau avant notre départ, même si nous choisissions les scooters comme mode de transport.

— Regarde, me dit Énée en me montrant quelque chose sur ma gauche.

Au loin en direction du nord, illuminé par les rayons du soleil à présent en train de décliner nettement, j'aperçus quelque chose qui ressemblait à un sommet de mesa ou à une énorme construction qui s'élevait au-dessus de la voûte de la jungle.

— On va jeter un coup d'œil ? me demanda-t-elle.

Je n'aimais pas trop ça. Nous avions un objectif, nous avions une limite de temps — le coucher du soleil, pour commencer —, et nous avions mille raisons de ne pas prendre de risques en nous approchant des artefacts que nous rencontrions. Cette mesa ou cette tour pouvait très bien être, après tout, le QG planétaire de la Pax.

— Comme tu voudras, répondis-je.

Tout en me donnant mentalement des claques parce que je réagissais comme un idiot, j'inclinai le tapis hawking en direction du nord.

La chose se trouvait bien plus loin que je ne l'avais cru de prime abord. J'accélérai jusqu'à deux cents kilomètres à l'heure, mais il nous fallut néanmoins dix bonnes minutes pour y arriver.

— Excusez-moi, H. Endymion, me dit la voix du vaisseau à mon poignet, mais vous avez dévié de votre cap initial, et vous faites route, à présent, au nord-nord-est, soit un angle de cent trois degrés environ par rapport à votre direction première.

— Nous allons voir une tour, ou un monticule, ou je ne sais pas trop quoi, qui émerge au-dessus de la jungle droit devant nous au nord. Vous n'avez rien sur votre radar ?

— Négatif, fit la voix du vaisseau. (Je crus déceler, de nouveau, une certaine sécheresse dans son intonation.) Mon angle de balayage, coincé ici dans la boue, n'est pas idéal. Tout ce qui se trouve au-dessous d'un angle d'inclinaison de vingt-huit degrés par rapport à l'horizon est perdu dans le fouillis. Vous êtes juste à la limite de mon angle de détection. Encore vingt kilomètres au nord et je vous perds.

— Ce n'est pas grave, lui dis-je. Nous allons juste voir ce que c'est, et nous retournons vers le fleuve.

— Pourquoi ? Ce n'était pas prévu dans votre plan de vol.

Énée se pencha en avant et me souleva le poignet.

— Parce que nous sommes humains, articula-t-elle.

Le vaisseau ne répondit pas.

La structure, lorsque nous l'atteignîmes finalement, s'élevait à cent mètres au-dessus de la voûte feuillue. Sa base était si entourée de gymnospermes géantes qu'on eût dit un piton dentelé par l'érosion se dressant au milieu d'un océan vert.

Elle semblait à la fois naturelle et artificielle, modifiée par la main de l'homme ou de quelque autre créature intelligente. Elle faisait environ soixante-dix mètres de diamètre et semblait faite de roche rouge, peut-être une espèce de grès. Le soleil couchant, à présent à dix degrés ou moins de la voûte-horizon de la jungle, la baignait d'une riche lumière rosée. Çà et là, sur ses faces est et ouest, on distinguait des ouvertures que nous prîmes, au début, pour des échancrures naturelles, dues à l'érosion du vent ou de l'eau. Nous pûmes cependant constater, en nous approchant encore, qu'elles avaient été creusées dans la roche. Sur la face ouest, il y avait aussi des creux taillés à égale distance les uns des autres et suffisamment rapprochés pour pouvoir servir de prise à des mains et des pieds humains. Mais ils n'étaient peut-être pas assez profonds, et l'idée de grimper le long de ce piton rocheux sur plus de cent mètres avec pour seule aide ces échancrures superficielles me nouait les boyaux d'angoisse.

— On ne peut pas se rapprocher ? me demanda Énée.

J'avais fait lentement le tour du piton à une cinquantaine de mètres de distance.

— Je ne sais pas si ce serait prudent, lui dis-je. Nous sommes déjà à portée d'arme à feu. Je ne voudrais pas tenter quelqu'un ou quelque chose qui disposerait d'un javelot ou d'un arc et de flèches.

— Avec un arc, on pourrait nous tirer dessus à la distance où nous sommes, répliqua Énée, mais sans insister pour que je me rapproche.

Un instant, je crus voir l'éclat de quelque chose qui se déplaçait dans l'une des ouvertures de la paroi. Mais je décidai qu'il s'agissait d'un effet du soleil couchant.

— Ça te suffit comme ça ? demandai-je.

— Pas vraiment, me répondit-elle.

Ses petites mains s'agrippèrent à mes épaules tandis que le tapis penchait pour prendre son virage. Le vent décoiffait mes cheveux coupés court. Lorsque je me retournai pour regarder Énée, je vis que sa chevelure flottait derrière elle.

— Il faut qu'on retourne quand même, déclarai-je.

J'orientai le tapis vers le sud, où se trouvait le fleuve, et accélérai de nouveau. La voûte des gymnospermes, quarante mètres plus bas, semblait douce et unie comme du duvet. On avait l'impression qu'on pouvait s'y poser en toute sécurité. Un élan de panique me traversa tandis que je songeais aux conséquences si jamais nous étions amenés à le faire.

Mais A. Bettik a la ceinture de vol et les scooters, pensai-je. *Il peut venir nous chercher, s'il le faut.*

Nous arrivâmes de nouveau en vue du fleuve, à un kilomètre environ au sud-est de l'endroit où nous l'avions quitté. L'horizon, à une trentaine de kilomètres devant nous, était dégagé, mais il n'y avait pas le moindre portail distrans en vue.

— De quel côté ? demandai-je.

— Continuons encore un peu.

Je hochai la tête et virai sur la gauche, m'alignant sur le cours du fleuve. Nous n'avions vu jusque-là aucun signe de vie animale excepté les oiseaux blancs et les chauves-souris végétales. J'étais en train de songer aux marches creusées dans le monolithe rouge lorsque je sentis qu'Énée me tirait par la manche. Elle désignait quelque chose qui se trouvait en bas.

C'était très gros, et cela se déplaçait juste sous la surface de l'eau. Le soleil bas créait trop de reflets pour que nous puissions discerner suffisamment de détails, mais cela avait une peau comme du cuir et une sorte de queue hérissée de piquants, avec des ailerons ou des franges de cils sur le côté. La créature devait faire huit ou dix mètres de long. Elle plongea, et nous la dépassâmes avant que j'aie pu voir d'autres détails.

— C'était une espèce de manta d'eau douce, me cria Énée par-dessus mon épaule.

Nous avions maintenant acquis une bonne vitesse, et le bruit du vent contre le champ de déflexion était assez assourdissant.

— En plus gros, répliquai-je.

J'avais longtemps travaillé avec des attelages de mantas sur le fleuve Kans, mais je n'en avais jamais vu d'aussi grosse. Soudain, notre tapis hawking me paraissait bien léger et insubstantiel. Je descendis d'une trentaine de mètres. Nous rasions à présent la cime des arbres, de sorte qu'une chute du vieil engin volant n'aurait pas nécessairement des conséquences fatales s'il décidait de nous laisser subitement en plan.

Nous virâmes en direction du sud pour suivre un nouveau méandre. Là, le fleuve devenait rapidement plus étroit et nous entendîmes bientôt un grondement caractéristique annonçant un mur d'écume blanche.

La cataracte n'était pas vraiment spectaculaire. Sa dénivellation ne dépassait pas quinze mètres. Mais d'énormes volumes d'eau se déversaient entre des parois rocheuses distantes d'une centaine de mètres, alors qu'en amont le fleuve avait un kilomètre de large, et la force de la chute était impressionnante. En bas, il y avait un rapide qui passait sur l'éboulis de la cataracte, puis un lac assez large, et le fleuve reprenait son cours d'une manière relativement paisible. Un instant, je me demandai stupidement si la créature que nous avions dépassée savait ce qui l'attendait.

— Je ne crois pas que nous puissions découvrir ce portail à temps pour rentrer avant la nuit, dis-je à Énée par-dessus mon épaule. Nous ne savons même pas s'il y en a un en aval.

— Il y en a un, affirma le fillette.

— Nous avons parcouru au moins cent kilomètres.

— Ce n'est qu'une moyenne que nous a donnée A. Bettik. Il faudra peut-être en faire deux ou trois cents pour trouver le prochain portail. Toutes les sections du Téthys en avaient plusieurs. Et elles n'étaient jamais égales en longueur, y compris sur un même monde.

— Comment sais-tu tout ça ? demandai-je en tordant la nuque pour la regarder.

— C'est ma mère qui me l'a dit. Elle était détective. Elle s'est occupée un jour d'une affaire de divorce où il a fallu qu'elle suive un type marié et sa maîtresse pendant trois semaines sur le Téthys.

— C'est quoi, une affaire de divorce ?

— Peu importe.

Elle pivota sur son derrière de manière à me tourner complètement le dos. Elle avait toujours les jambes croisées sous elle, et ses cheveux battaient maintenant son visage.

— Tu as raison, me dit-elle. Allons retrouver le vaisseau et A. Bettik. On reviendra demain.

Je pris un virage à cent quatre-vingts degrés et accélérai en direction de l'ouest. Nous traversâmes la cataracte à basse altitude, en riant aux éclats tandis que les embruns nous aspergeaient le visage et les mains.

— H. Endymion ?

La voix qui sortait du persoc n'était plus celle du vaisseau, mais de l'androïde.

— Oui, répondis-je. Nous arrivons dans vingt-cinq à trente minutes.

— Je sais, fit la voix calme de l'homme bleu. J'ai vu la tour, la chute d'eau et tout le reste dans la fosse holo.

Énée et moi, nous nous regardâmes avec une expression qui devait être des plus comiques.

— Vous voulez dire que ce persoc vous renvoie des images ?

— Naturellement, fit la voix du vaisseau. Holo ou vidéo, au choix. Nous vous avons suivis en holo.

— Bien que le résultat soit un peu curieux, déclara A. Bettik, dans la mesure où la fosse holo ressemble à présent à une niche dans la paroi. Mais ce n'est pas pour savoir où vous êtes que je vous appelais.

— Pourquoi, alors ?

— Il semble que nous ayons de la visite.

— Une grosse créature du fleuve ? demanda Énée. Une espèce de manta, en plus grand ?

— Pas exactement, fit la voix placide de l'androïde. Il s'agit du gritche.

30

Notre tapis hawking dut présenter l'aspect d'un objet flou en mouvement durant notre retour précipité au vaisseau. Je demandai à celui-ci s'il pouvait nous transmettre une image holo en temps réel du gritche, mais il me répondit que la plupart de ses capteurs de coque étaient couverts de boue et qu'il ne voyait pas bien la grève.

— Il est sur la grève ? interrogeai-je.

— Il y était il y a un instant, quand je suis sorti pour déposer un nouveau chargement, me répondit la voix de l'androïde.

— Ensuite, il est allé dans l'anneau accumulateur de la tuyère Hawking, précisa A. Bettik.

— Quoi ? Il n'y a pas d'accès à cette partie du vaisseau. (Je m'interrompis avant de me ridiculiser complètement.) Où est-il, à présent ?

— Nous ne savons plus très bien, fit A. Bettik. Je vais sortir sur la coque avec l'une des radios. Le vaisseau vous relaiera mes observations.

— Attendez..., commençai-je.

— H. Endymion, m'interrompit l'androïde, je n'ai pas appelé pour précipiter votre retour ici. Je suggère au contraire que H. Énée et vous prolongiez un peu votre... euh... excursion, jusqu'à ce que le vaisseau et moi en sachions plus sur les... intentions de notre... euh... visiteur.

Cela me paraissait logique. Mon rôle était de protéger la fillette, et qu'est-ce que je faisais quand la plus formidable machine à tuer de toute la galaxie se montrait dans le coin ? Je me précipitais à sa rencontre. J'étais décidément de plus en plus con aujourd'hui. Je tendis la main vers les fils de vol pour nous ralentir et mettre le cap à l'est, mais la petite main d'Énée se posa sur la mienne pour m'en empêcher.

— Non, me dit-elle. On rentre.

Je secouai la tête.

— Cette créature est...

— Cette créature peut aller exactement où elle veut, me dit Énée d'une voix très grave. Si c'était moi qu'elle voulait, ou toi, elle apparaîtrait ici même, sur ce tapis hawking.

L'idée me faisait froid dans le dos. Je tournai la tête de tous les côtés.

— Rentrons, répéta Énée.

Je soupirai et remontai de nouveau le fleuve, un peu plus lentement cette fois-ci. Je sortis le fusil à plasma de mon paquetage et dépliai la crosse pour la bloquer.

— Il y a une chose que je ne saisis pas très bien, murmurai-je. Je croyais que ce monstre n'avait jamais été signalé en dehors d'Hypérion.

— C'est vrai, me dit Énée.

Elle était de nouveau collée à mon dos, le nez entre mes deux omoplates, essayant de se protéger du vent que laissait passer le champ de déflexion atténué.

— Comment expliques-tu ça ? insistai-je. Ne me dis pas qu'il te suit !

— C'est une explication logique.

La voix de la fillette était étouffée au contact de ma chemise en coton.

— Pourquoi ? demandai-je.

Elle se repoussa en arrière si fortement que je tendis instinctivement la main pour l'empêcher de basculer du tapis. Mais elle écarta ma main.

— Écoute, Raul, me dit-elle, je ne connais pas les réponses à toutes ces questions, d'accord ? Je ne savais pas du tout si cette chose pouvait quitter Hypérion. Et ce n'est certainement pas ce que je voulais, crois-moi.

— Je te crois.

Je posai de nouveau la main sur le tapis, en m'étonnant de la voir si grande à côté de la menotte d'Énée, de son petit genou, de son pied menu.

— Retournons, dit-elle en posant sa main sur la mienne.

— D'accord.

Je chargeai le fusil avec un magasin à cartouches à plasma. Les enveloppes des munitions n'étaient pas séparées, mais se moulaient dans le magasin à mesure qu'elles étaient tirées. Il y avait cinquante projectiles par magasin. Quand le dernier était tiré, il fallait remplacer le tout. Je mis le magasin en place d'un coup sec de la main, comme j'avais appris à le faire dans la Garde Nationale, réglai le sélecteur au coup par coup et m'assurai que la sécurité était bien mise. Puis je déposai l'arme sur mes genoux.

Énée me toucha l'épaule en me soufflant à l'oreille :

— Tu crois que ce truc-là peut servir à quelque chose contre le gritche ?

Je tournai la tête pour la regarder.

— Non, répliquai-je.

Nous continuâmes en direction du soleil couchant.

A. Bettik était seul sur l'étroite langue de sable quand nous arrivâmes. Il nous fit un grand signe de main pour nous rassurer en nous laissant entendre qu'il n'y avait pas de danger, mais je décrivis tout de même un cercle au-dessus des arbres avant de me poser. Le soleil était maintenant une sphère rouge en suspens au-dessus de la jungle à l'ouest.

Je posai le tapis devant la pile de caisses et de matériel préparée sur le sable par A. Bettik, à l'ombre de la coque du gros vaisseau. Puis je me dressai d'un bond, le fusil à la main, le doigt sur la sécurité.

— Il n'est pas revenu, me dit l'androïde.

Il nous en avait déjà informés par radio, mais je demeurais les sens en alerte. L'androïde nous conduisit à un emplacement où une double empreinte — si on pouvait appeler cela ainsi — s'incrustait dans le sable. Mais on aurait plutôt dit que quelqu'un avait appuyé un très lourd accessoire de machine agricole, hérissé de lames, en deux endroits différents.

Je m'accroupis pour examiner les empreintes en bon pisteur que j'étais. Puis je compris la futilité de cet exercice.

— Il est apparu là, puis à l'intérieur du vaisseau, et il a disparu ?

— Oui, me dit l'androïde.

— Vaisseau, est-ce que vous l'avez détecté au radar ou sur vos écrans ?

— Négatif, fut la réponse qui sortit de mon bracelet. Il n'y a pas d'enregistreurs vidéo dans l'accumulateur de la tuyère Hawking.

— Comment savez-vous qu'il y était, alors ?

— J'ai un détecteur de masse dans chacun de mes compartiments. Pour les besoins du vol, il est nécessaire que je sache exactement quelle masse est déplacée dans chaque section de ma coque.

— Quelle est la masse qu'il déplace ?

— Une tonne métrique virgule zéro soixante-trois.

Je demeurai figé.

— Hein ? Plus de mille kilos ? C'est ridicule. (Je me penchai de nouveau pour regarder les empreintes.) Pas question !

— Question, riposta le vaisseau. Pendant que la créature était dans l'anneau accumulateur de ma tuyère Hawking, j'ai mesuré un déplacement de masse égal à mille soixante-trois kilos exactement, et...

— Doux Jésus ! m'exclamai-je en me tournant vers

A. Bettik. Je me demande si quelqu'un d'autre a jamais essayé de peser ce bâtard.

— Le gritche fait près de trois mètres de haut, me dit l'androïde. Rien n'empêche qu'il soit très dense. Il est également possible qu'il fasse varier sa masse en fonction des besoins.

— Quels besoins ? grommelai-je en suivant des yeux la ligne des arbres.

Il faisait maintenant très noir dans l'ombre des gymnospermes dont la cime captait les derniers rayons du soleil. Des nuages s'étaient amassés dans le ciel durant les dernières minutes de notre retour. Après avoir capté quelques reflets rouges, ils étaient maintenant d'un gris terne.

— Pouvez-vous faire un relevé sur les étoiles, à présent ? demandai-je au vaisseau.

— Je suis prêt, répondit ce dernier. Mais il faudrait que les nuages se dissipent un peu. En attendant, je me suis livré à un ou deux autres petits calculs.

— Par exemple ? demanda Énée.

— Par exemple, si l'on prend pour base le mouvement du soleil au cours des quelques heures qui viennent de s'écouler, la journée, sur cette planète, a une durée de dix-huit heures, six minutes et cinquante et une secondes. En unités standard de l'ancienne Hégémonie, naturellement.

— Naturellement, murmurai-je.

Je me tournai vers A. Bettik.

— Votre petit guide parle-t-il d'un monde de villégiature avec un jour d'une durée de dix-huit heures ?

— Je n'en ai trouvé aucun, H. Endymion.

— Tant pis. Mais il faut décider maintenant de ce que nous allons faire ce soir. Allons-nous camper ici, rester à l'intérieur du vaisseau ou charger tout cet équipement sur les scooters et descendre le fleuve jusqu'au prochain portail sans attendre ? Nous pourrions prendre le radeau gonflable en remorque. C'est cette dernière solution que je préconise. Je n'ai pas trop envie de m'attarder sur ce monde si le gritche y rôde.

A. Bettik leva le doigt comme un écolier pour demander la parole.

— J'aurais dû vous le dire plus tôt par radio, fit-il d'un

air légèrement embarrassé. Comme vous le savez, le compartiment AEV a subi d'importants dommages. Je n'ai pas trouvé trace d'un radeau gonflable, bien que le vaisseau se souvienne qu'il y en avait un dans son inventaire. En outre, trois des quatre scooters sont hors d'état de marche.

Je fronçai les sourcils.

— Complètement ?

— Oui, H. Endymion, me dit l'androïde. Le quatrième est réparable, d'après le vaisseau, mais cela prendra plusieurs jours.

— Merde ! m'écriai-je.

— Quelle charge ont ces scooters ? interrogea Énée.

— Cent heures d'utilisation normale, répondit mon persoc. La fillette fit un geste d'indifférence.

— Je ne crois pas qu'ils nous auraient été très utiles, de toute manière. Ce n'est pas un scooter qui va changer quelque chose. Nous ne pourrions probablement pas le recharger au bout de cent heures.

Je me frottai la joue. Je sentis le piquant de ma barbe. Dans l'excitation de ces derniers jours, j'avais complètement oublié de me raser.

— J'y ai déjà pensé, murmurai-je. Mais si nous emportons du matériel avec nous, le tapis hawking n'est pas assez grand pour nous accueillir tous les trois, avec nos fusils et tout le reste.

Je pensais que la fillette allait nous demander d'abandonner l'équipement, mais elle fit une autre proposition.

— Prenons tout, dit-elle, mais pas par la voie aérienne.

— Pas par la voie aérienne ?

L'idée de nous frayer un chemin à pied à travers cette jungle me donnait carrément la nausée.

— Sans radeau gonflable, il faut ou marcher ou voler..., commençai-je.

— Rien ne nous empêche d'avoir un radeau, déclara Énée. Nous pourrions le construire avec des troncs d'arbres et le laisser flotter dans le courant. Pas seulement sur cette section du fleuve, mais sur toutes les autres.

Je me frottai de nouveau la joue.

— La cataracte...

— On peut faire plusieurs voyages avec le tapis hawking.

Construire le radeau en aval de la cataracte. À moins que tu ne juges la chose techniquement impossible.

Je tournai la tête en direction des gymnospermes. Leur tronc était droit, solide, juste du diamètre qu'il fallait.

— C'est possible, décrétai-je. C'est ce que nous faisions sur le Kans pour remorquer de gros chargements avec les barges.

— Parfait, déclara Énée. On campe ici. La nuit ne devrait pas être très longue, si le jour fait dix-huit heures standard. On commence à l'aube.

J'eus un instant d'hésitation. Je ne voulais pas prendre le pli de nous laisser commander par une fillette de douze ans, mais ce qu'elle proposait me paraissait raisonnable.

— Dommage que le vaisseau ne soit plus en état, murmurai-je. Nous aurions pu descendre le fleuve en utilisant ses répulseurs.

Énée se mit à rire très fort.

— Jamais je n'envisagerais une chose pareille, dit-elle en se frottant le nez. C'est tout ce qui manque. Nous passerions aussi inaperçus qu'un teckel qui veut se faire tout petit sous des arceaux de croquet.

— Qu'est-ce que c'est qu'un teckel ? demandai-je.

— Qu'est-ce que c'est qu'un arceau de croquet ? demanda A. Bettik.

— Peu importe, fit Énée. Vous êtes d'accord tous les deux pour passer la nuit ici et construire un radeau demain ?

Je regardai l'androïde.

— Cela me paraît éminemment raisonnable, dit-il, bien que cela s'inscrive dans la logique d'un voyage tout aussi éminemment déraisonnable.

— Je considère cela comme un oui, fit Énée. Et toi, Raul ?

— C'est d'accord. Mais où est-ce qu'on dort cette nuit ? Ici, sur le sable, ou bien à l'intérieur du vaisseau, où nous serions plus en sécurité ?

— Je ferai de mon mieux pour que mon intérieur soit aussi sûr et hospitalier que possible, compte tenu des circonstances, déclara le vaisseau. Deux des couchettes du pont de fugue pourront vous servir de lits, et il y a des hamacs que l'on pourrait...

— Je suis d'avis de camper sur la rive, murmura Énée. Le vaisseau n'est pas plus à l'abri du gritche que l'extérieur.

Je me tournai vers la forêt enténébrée.

— Il y a peut-être là-bas d'autres créatures avec lesquelles nous n'aurions pas envie de nous trouver nez à nez dans le noir, leur dis-je. Le vaisseau me semble plus sûr.

A. Bettik me montra une petite caisse.

— J'ai trouvé des alarmes périphériques, me dit-il. Nous pourrions les disposer autour du camp. Je me propose pour monter la garde toute la nuit. J'avoue que l'idée de dormir à la belle étoile après tout le temps que nous avons passé à bord n'est pas pour me déplaire.

Je soupirai et haussai les épaules en signe de renoncement.

— Nous établirons des tours de garde, déclarai-je. Assemblons ce fouillis pendant qu'on y voit encore un peu.

Le « fouillis » consistait en divers équipements de camping que j'avais demandé à l'androïde de sortir du vaisseau : une tente en polymère ultrafin, aussi légère qu'une toile d'araignée mais d'une très grande solidité, totalement imperméable et assez compacte pour tenir dans une poche de pantalon, le cube de chauffage à supraconduction, froid sur cinq faces et assez chaud sur la sixième pour faire cuire n'importe quel repas, les alarmes périphériques mentionnées par A. Bettik — en fait, une version pour chasseurs des bons vieux détecteurs militaires de mouvement, consistant en petits disques de trois centimètres de diamètre qui pouvaient être enfoncés dans le sol pour couvrir une zone dans un rayon allant jusqu'à deux kilomètres —, des sacs de couchage, des matelas de mousse infiniment compressibles, des lunettes de vision nocturne, nos communicateurs, des vivres et des ustensiles de cuisine.

Nous commençâmes par disposer les alarmes, en les répartissant en demi-cercle depuis l'orée de la forêt jusqu'au bord de l'eau.

— Et si ce gros truc que nous avons vu sortait de l'eau pour nous dévorer ? demanda Énée tandis que nous achevions de délimiter notre camp.

Il faisait nuit pour de bon à présent, et les nuages cachaient les éventuelles étoiles. La brise agitait les frondaisons proches, qui émettaient un bruit encore plus sinistre que précédemment.

— Si ce truc ou n'importe quoi d'autre sort du fleuve pour nous croquer tout vifs, répliquai-je, tu regretteras de n'avoir pas voulu passer une nuit de plus dans le vaisseau.

Je plaçai le dernier détecteur au bord de l'eau. Puis nous dressâmes la tente au centre de la langue de sable, à proximité de l'avant du vaisseau endommagé. Le microtissu n'avait pas besoin d'armature ni de piquets pour se tendre. Il suffisait de le pincer fortement aux endroits que l'on voulait rigidifier, et il était capable de résister à un ouragan. Mais c'était une opération qui demandait quelque dextérité, et les deux autres me regardèrent faire avec intérêt. Je pliai d'abord la toile en forme de A, avec un espace assez haut au milieu pour pouvoir se tenir debout. Puis j'enfonçai les bords devenus soudain rigides dans le sable, pour bien ancrer la tente. J'avais laissé une bonne longueur de microtoile par terre pour former le tapis de sol, et en la tendant d'une certaine manière nous eûmes notre rabat d'entrée. A. Bettik hocha la tête d'un air satisfait pour saluer le tour de main. Énée étala les sacs de couchage à leur place pendant que je posais une casserole sur le cube de chauffage et m'occupais d'ouvrir une boîte de bœuf en daube. Au dernier moment, je me souvins que la fillette était végétarienne. Elle n'avait mangé, pratiquement, que des salades durant les deux semaines que nous avions passées à bord du vaisseau.

— Ce n'est pas grave, dit-elle en passant la tête par l'ouverture de la tente. Je mangerai du pain que A. Bettik est en train de décongeler, avec un bout de fromage.

L'androïde avait fait un petit tas de bois sec, et il était en train de disposer des galets en rond pour délimiter un foyer.

— On n'a pas besoin de ça, lui dis-je.

J'indiquai le cube de chauffage et la casserole de daube qui commençait déjà à bouillonner.

— Je sais, fit l'androïde, mais je me suis dit qu'un feu de camp serait plaisant et que sa lumière serait la bienvenue.

Il n'avait pas tort. La lumière des flammes fut effectivement la bienvenue. Nous nous assîmes sous l'auvent-vestibule que j'avais pratiqué avec art et regardâmes le feu de camp cracher des étincelles vers le ciel tandis que la tempête s'installait. Elle était plutôt curieuse. Il n'y avait pas d'éclairs dans le ciel, mais plutôt des rais de lumière changeante. Les bandes pâles de couleurs miroitantes dansaient depuis la base des nuages en mouvement accéléré jusqu'à une distance de quelques mètres de la cime des gymnospermes que le vent de plus en plus violent agitait dans tous les sens. Le phénomène n'était pas accompagné de tonnerre, mais d'une sorte de grondement à la limite de l'audition, qui avait le don de me mettre les nerfs à fleur de peau. Dans la jungle proprement dite, de pâles globes de phosphorescence rouge et jaune dansaient et sautaient d'une manière saccadée qui n'avait rien à voir avec la grâce des somptueuses diaphanes des forêts d'Hypérion, mais évoquait plutôt quelque chose de nerveux, de presque malveillant. Derrière nous, le fleuve venait lécher la grève par petites vagues de plus en plus hardies. Assis auprès du feu, mon casque sur la tête, réglé sur la fréquence des détecteurs périphériques, le fusil à plasma sur les genoux, les lunettes de vision nocturne sur le front, prêtes à être abaissées en une fraction de seconde, je devais offrir un spectacle plutôt hilarant. Mais cela ne me faisait pas rire un seul instant. J'avais trop à l'esprit l'image des empreintes du gritche dans le sable.

— Est-ce qu'il vous a paru menaçant ? avais-je demandé à l'androïde quelques minutes plus tôt.

J'avais essayé de lui faire prendre le calibre .16 pour son tour de garde — c'était l'arme la plus facile à utiliser pour un novice —, mais il n'avait rien voulu savoir. Tout ce qu'il acceptait, c'était que je pose le fusil à portée de sa main près du feu.

— Il n'a fait aucun geste que l'on puisse interpréter d'une manière ou d'une autre, m'avait répondu A. Bettik. Il est juste resté un moment sur le sable, dressé de toute sa hauteur, hérissé de piquants, sa silhouette sombre contre le ciel mais ses yeux rouges et lumineux.

— Il vous regardait ?

— Il regardait vers l'est, en aval.

Comme s'il guettait le retour d'Énée et le mien, m'étais-je dit alors.

Assis devant les flammes bondissantes du feu de camp, contemplant les phénomènes lumineux qui se multipliaient au-dessus des frondaisons secouées par le vent, suivant des yeux la sarabande des feux follets au-dessus de la jungle obscure, écoutant le tonnerre subliminal gronder comme les borborygmes de quelque monstrueuse bête affamée, je me demandai, une fois de plus, comment j'avais fait pour me fourrer dans une telle situation. Il pouvait y avoir, en ce moment même, de féroces vélocirapteurs ou des meutes affamées de kalidergas qui sortaient des ténèbres pour ramper vers nous, qui étions stupidement groupés autour d'un feu. Ou bien le fleuve allait grossir, et un mur d'eau allait nous engloutir d'une seconde à l'autre. Camper sur une langue de sable au bord d'un cours d'eau inconnu n'était pas ce qu'il y avait de plus génial. Nous aurions dû passer la nuit à bord du vaisseau, après avoir soigneusement refermé le sas.

Énée contemplait les flammes, allongée à plat ventre.

— Tu connais des histoires ? me demanda-t-elle.

— Des histoires ? répétai-je stupidement tandis que l'androïde tournait la tête pour nous regarder, les mains nouées autour de ses genoux.

— Oui, murmura la fillette. Des histoires de fantômes, par exemple.

J'émis un vague grognement. Elle se prit le menton dans les mains. Les flammes donnaient des couleurs à ses joues habituellement pâles.

— Ce serait amusant, dit-elle. J'adore les histoires de fantômes.

Plusieurs répliques me vinrent à l'esprit, mais je les gardai pour moi.

— Tu ferais mieux d'aller dormir, lui dis-je finalement. Si le vaisseau ne s'est pas trompé sur la durée du cycle de cette planète, la nuit ne va pas être bien longue. (*Le ciel fasse que ce soit vrai !* criait une voix en moi). À ta place, j'irais me coucher tout de suite.

— D'accord, fit Énée.

Jetant un dernier regard à la jungle secouée par le vent, aux feux follets et aux phénomènes lumineux dans le ciel, elle se glissa dans son sac de couchage et ne tarda pas à s'endormir.

A. Bettik et moi nous demeurâmes quelque temps silencieux. De temps à autre, je disais quelques mots dans mon persoc, pour demander au vaisseau de nous informer immédiatement si le niveau du fleuve venait à monter ou s'il détectait une masse en mouvement.

— Je prendrai volontiers la première garde, H. Endymion, me dit l'androïde à un moment.

— Non, non, vous pouvez dormir, répliquai-je.

J'oubliais que l'homme bleu n'avait besoin que de très peu de sommeil.

— Nous veillerons ensemble, dans ce cas, me dit-il. Mais ne vous gênez pas pour sommeiller, s'il vous en prend l'envie, H. Endymion.

Je dus m'assoupir quelque temps, effectivement, un peu avant l'aube tropicale, six heures plus tard. Le vent avait soufflé toute la nuit. Les nuages étaient toujours là. Le vaisseau n'avait pas pu faire le point sur les étoiles. Aucun vélocirapteur, aucun kalidergas n'était venu nous dévorer. La tempête électrique ne nous avait pas fait de mal, et les boules de feu des marais n'étaient pas sorties de la forêt pour nous brûler.

Ce dont je me souviens le mieux, à propos de cette nuit, en dehors de ma parano galopante et de la terrible lassitude qui lui succéda, c'est la vue d'Énée dans son sac de couchage rouge, la tête auréolée de sa chevelure brun et blond, le poing contre la joue, comme un très jeune enfant qui s'apprête à sucer son pouce. C'est cette nuit-là que je compris vraiment l'importance et la terrible difficulté de la tâche qui m'attendait : protéger cette gamine des piques et des crocs d'un univers étranger et indifférent.

Je crois que c'est sur ce monde inconnu, par cette nuit de tempête, que je compris pour la première fois ce que c'est que d'être père.

Nous nous mîmes en route à la première lueur de l'aube. Je ressentais plus que jamais ce mélange de fatigue, de paupières lourdes, de joues mal rasées, de mal au dos et de pure exaltation que j'avais toujours connu au réveil de ma première nuit de camping. Énée descendit se laver au bord de l'eau, et je dois admettre qu'elle me parut, quand elle revint, plus fraîche et plus en forme qu'elle n'aurait dû l'être dans ces circonstances.

A. Bettik avait fait du café à l'aide du cube. Nous en bûmes une tasse tout en contemplant la brume du matin qui flottait au-dessus du courant rapide. Énée but une gorgée d'eau à la bouteille qu'elle avait apportée du vaisseau, et nous croquâmes les céréales de nos sachets-rations.

Lorsque le soleil se montra au-dessus de la voûte de la jungle, chassant les derniers restes de brume qui flottaient au ras de l'eau, nous avions déjà commencé à transporter le matériel avec le tapis hawking. Comme Énée et moi nous avions eu le beau rôle la veille, je laissai à l'androïde le soin de faire la navette avec le tapis pendant que j'allais chercher de nouvelles affaires dans le vaisseau, pour faire en sorte que nous ne manquions de rien.

L'habillement posait un problème. J'avais emporté le maximum de linge, mais Énée n'avait que les vêtements qu'elle portait en sortant du Sphinx, plus quelques robes que nous lui avions taillées dans les chemises du consul. On aurait pu croire que le vieux poète, qui avait disposé de plus de deux cent cinquante ans pour préparer l'évasion de la fillette, aurait pensé à ce genre de détails, mais il n'en avait rien été. Énée se satisfaisait de ce qu'elle avait sur elle, mais je me disais que ce ne serait pas suffisant si nous rencontrions du froid ou de la pluie en chemin.

Les coffres AEV me furent, là encore, d'un grand secours. Il y avait plusieurs doublures intérieures destinées aux scaphandres, et la plus petite me semblait à peu près de sa taille. Je savais que le tissu microporeux la maintiendrait au chaud et au sec quelles que soient les conditions extérieures. Je pris également une doublure pour l'androïde et pour moi. Il pouvait sembler absurde de s'encombrer de vêtements chauds dans ce climat tropical, mais on ne savait jamais. Je trouvai également dans une armoire une vieille veste de chasse du consul. Elle était longue et munie de plus d'une douzaine de poches à fermeture à glissière, à lacet ou à bouton-pression. Certaines, même, étaient secrètes. Énée poussa un cri lorsque je la sortis du fouillis de l'armoire. Elle la mit, et ne la quitta pratiquement plus dès cet instant.

Nous trouvâmes encore deux poches à échantillons AEV,

avec des bretelles, qui faisaient d'excellents sacs à dos. Énée en mit une à l'épaule et la bourra de tout un bric-à-brac qu'elle trouva sur place.

J'étais certain qu'il devait y avoir quelque part un radeau gonflable, mais impossible de mettre la main dessus.

— H. Endymion, me dit le vaisseau lorsqu'il m'entendit faire part à l'enfant du but de mes recherches acharnées, j'ai un vague souvenir...

Énée et moi, nous interrompîmes nos activités pour l'écouter. Il y avait quelque chose d'étrange, de presque douloureusement peiné dans la voix du vaisseau lorsqu'il poursuivit :

— J'ai le vague souvenir du consul en train de s'éloigner sur un radeau gonflable et de me faire des signes de main pour me dire au revoir.

— Où ? demandai-je. Sur quel monde ?

— Je l'ignore, me dit le vaisseau de la même voix peinée. Ce n'était peut-être même pas un monde. Je me souviens que les étoiles brillaient sous le fleuve.

— Sous le fleuve ? répétai-je.

Je commençais à m'inquiéter pour son intégrité mentale à la suite de l'accident.

— Le souvenir est fragmenté, reprit le vaisseau d'une voix plus claire. Mais je me souviens très bien du consul en train de s'éloigner sur le radeau, qui était suffisamment grand pour transporter confortablement huit ou dix personnes.

— Parfait, déclarai-je en faisant claquer la porte d'un casier de rangement.

Énée et moi avions transporté le dernier chargement. Nous avions improvisé une échelle pliante en métal pour entrer et sortir du sas plus facilement. A. Bettik avait effectué son dernier voyage au pied de la cataracte, et il ne restait plus à emporter que mon sac à dos rempli d'affaires personnelles, celui d'Énée, les communicateurs de rechange, les lunettes de vision nocturne, quelques rations supplémentaires et le fusil à plasma, sans oublier la machette que l'androïde avait fini par trouver hier. Malgré sa gaine de cuir, le coutelas n'était pas commode à porter, mais les quelques minutes que j'avais passées la veille dans la jungle m'avaient amplement convaincu de son éventuelle nécessité. J'avais également déniché une hache et un outil encore plus compact, une de ces pelles pliantes que, depuis des millénaires, les fantassins appellent « outil de sape ». Toute notre quincaillerie commençait à prendre pas mal de place.

J'aurais volontiers échangé la hache contre un laser de coupe pour abattre les arbres nécessaires à la construction du radeau — même une vieille tronçonneuse aurait été préférable —, mais le laser d'éclairage dont je disposais ne pouvait être utilisé ainsi, et l'armurerie du vaisseau était curieusement dépourvue de tout instrument tranchant. Un instant, je me laissai aller à imaginer que nous pourrions faire le travail avec le vieux fusil d'assaut de la Force, en fauchant les troncs à la base pour les fendre ensuite, si nécessaire, avec des rayons pulsants, mais je repoussai rapidement cette idée. Ce serait beaucoup trop bruyant, bordélique et imprécis. Il allait falloir se servir de la hache et transpirer un peu. Je pris une caisse à outils avec un marteau, des clous, des vis, des tournevis et des goupilles, tout ce qu'il fallait pour la construction d'un radeau. J'emportai également quelques rouleaux de plastalum étanche, qui serviraient à assembler un plancher rudimentaire mais solide, ainsi que trois rouleaux de cordelette de nylon représentant plusieurs centaines de mètres. Dans un sac rouge étanche, j'avais trouvé des fusées de détresse et quelques pains de plastic tout simple, du genre que l'on utilise depuis des siècles pour faire sauter les souches et les roches dans les champs cultivés, accompagnés d'une douzaine de détonateurs. Je les emportai aussi, bien qu'il y eût peu de chances que nous nous en servions pour abattre les arbres. Je n'oubliai pas de mettre de côté, pour le voyage suivant, deux trousses médicales et un purificateur d'eau.

J'avais déjà sorti la ceinture de vol EM, mais elle était encombrante avec son harnais et son bloc d'alimentation. Je la posai néanmoins à côté de mon paquetage, en me disant que nous en aurions peut-être besoin. Quant au calibre 16, que l'androïde n'avait pas voulu emporter sur le tapis hawking, je l'avais posé contre le mur, à portée de la main, avec trois boîtes de munitions. J'avais aussi insisté pour prendre le pistolet à fléchettes, bien que ni Énée ni A. Bettik n'aient accepté de le garder sur eux.

À ma ceinture, il y avait l'étui dans lequel se trouvait mon .45 chargé, une pochette où j'avais glissé la vieille boussole magnétique que nous avions trouvée dans la soute, des jumelles de jour, une gourde et deux chargeurs pour le fusil à plasma.

— Vous pouvez vous amener, maintenant, les vélocirapteurs ! murmurai-je en poursuivant mon inventaire.

— Quoi ? me demanda Énée en relevant la tête.

— Rien du tout.

Elle avait soigneusement rangé ses affaires dans son nouveau sac lorsque A. Bettik se posa sur la langue de sable. Elle avait même eu le temps de mettre les affaires personnelles de l'androïde dans le second sac à dos.

J'ai toujours aimé le moment de lever le camp, encore plus, peut-être, que d'en établir un. Ce qui me plaît surtout, dans ce moment magique, je pense, c'est le fait de ranger méticuleusement les bagages.

— Nous n'avons rien oublié ? demandai-je aux deux autres lorsque nous eûmes passé en revue tout ce qu'il restait à transporter.

— Moi, fit alors le vaisseau dans mon persoc.

J'aurais juré qu'il avait une voix légèrement plaintive.

Énée s'avança vers la coque de métal pour la toucher gentiment.

— Comment ça va ? demanda-t-elle.

— J'ai déjà commencé les réparations, H. Énée. Merci de vous préoccuper de mon état.

— Vous prévoyez toujours six mois pour les achever ? demandai-je.

Les derniers nuages étaient en train de se dissiper au-dessus de nos têtes. Le ciel avait repris sa couleur bleu pâle habituelle contre laquelle s'agitaient les frondaisons vert et blanc.

— Six mois standard, à peu de chose près, en ne comptant que ma coque et mes aménagements internes, naturellement. Je ne dispose pas des micromanipulateurs requis pour réparer vos scooters endommagés, par exemple.

— Ne vous inquiétez pas pour ça, lui dit Énée. Nous les laissons ici. Nous les réparerons à notre retour.

— Quand comptez-vous revenir ?

La voix qui sortait du persoc était nettement plus timide que d'habitude. L'enfant se tourna vers A. Bettik puis vers moi. Aucun de nous n'ouvrit la bouche. Finalement, ce fut Énée qui reprit la parole pour répondre d'une voix ferme :

— Nous allons avoir encore besoin de vous, vaisseau. Pouvez-vous vous camoufler pendant des mois... ou des années, peut-être, pendant que vous vous autoréparerez ?

— Oui, répondit le vaisseau. Le lit du fleuve, est-ce que cela vous convient ?

Je regardai l'énorme coque au bord de l'eau. Le fleuve était très large à cet endroit, et probablement très profond, mais l'idée que sa coque éventrée pourrait trouver refuge au fond de l'eau me paraissait bizarre.

— Est-ce qu'il n'y a pas de risque de... fuite ? demandai-je.

— H. Endymion, répliqua le vaisseau sur un ton que je jugeai, cette fois-ci, légèrement condescendant, je suis un engin interstellaire capable de pénétrer des nébuleuses et de survivre confortablement dans l'enveloppe externe d'une géante rouge. Il serait étonnant que je sois victime d'une... « fuite », comme vous dites, simplement parce que je me trouverai immergé pendant une ou plusieurs années dans un milieu composé d'H_2O.

— Désolé, murmurai-je. (Puis, décidé à ne pas lui laisser le dernier mot, j'ajoutai :) N'oubliez quand même pas de refermer votre sas.

Il ne releva pas mon impertinence.

— Quand nous reviendrons vous chercher, fit Énée, est-ce que nous pourrons communiquer avec vous ?

— Utilisez la fréquence du persoc ou la bande radio générale à quatre-vingt-dix virgule un. J'installerai une antenne neuf-queues au ras de l'eau pour vous capter.

— Une antenne neuf-queues, répéta doucement A. Bettik. L'expression est poétique.

— Désolé, mais je ne me souviens pas de l'origine du terme. Ma mémoire n'est plus ce qu'elle était avant.

— Ne vous inquiétez pas, lui dit Énée en donnant plusieurs petites tapes à la coque. Vous nous avez très bien servis. Récupérez bien. Nous espérons vous trouver en pleine forme à notre retour.

— Oui, H. Énée. Nous resterons en contact. Je suivrai votre progression jusqu'à ce que vous franchissiez le premier portail.

A. Bettik et Énée prirent place sur le tapis hawking avec leurs sacs à dos et le reste du matériel. Je me harnachai dans la ceinture de vol. Il me fallait porter mon paquetage sur la poitrine, avec les sangles sur les épaules et le fusil à la main, mais ça marchait. Je n'avais jamais fait fonctionner ces engins EM — ils étaient inopérants sur Hypérion —, mais j'avais étudié leur mode d'emploi. Les commandes étaient simples et intuitives. L'indicateur de charge était au maximum, je ne risquais donc pas de tomber à l'eau pendant ce premier voyage.

Le tapis m'attendait déjà à une dizaine de mètres au-dessus du fleuve lorsque j'appuyai sur le bâton de commande pour prendre mon essor, passai au ras d'une feuille de gymnosperme, trouvai mon équilibre et m'approchai enfin du tapis. Rester suspendu au harnais n'était pas aussi confortable que demeurer assis sur un tapis volant, mais les sensations étaient encore plus fortes. Le bâton de commande au creux de ma main, je leur fis signe que tout allait très bien, et nous prîmes la direction de l'est au-dessus du fleuve, vers le soleil levant.

Il n'y avait pas beaucoup d'autres langues de sable entre le vaisseau et la cataracte, mais nous avions repéré un bon emplacement, juste après les rapides, à l'endroit où le courant tumultueux faisait place à un petit lac. C'est là que l'androïde et moi nous déballâmes notre équipement de camping et les premières caisses de matériel. Le bruit de la cataracte était assourdissant tandis que nous empilions les derniers cartons. Je pris la hache et me tournai vers les gymnospermes les plus proches.

— J'ai réfléchi, me dit A. Bettik d'une voix si faible que je ne l'entendais presque pas.

Je m'immobilisai, la hache à l'épaule. Le soleil commençait à taper dur. Ma chemise me collait déjà à la peau.

— Le Téthys était censé être un cours d'eau d'agrément, reprit l'androïde. Je me demande comment les organisateurs de croisières se débrouillaient avec ça.

Il montra d'un doigt bleu le courant bouillonnant un peu plus loin.

— Je me suis fait la même réflexion, nous dit Énée en hochant la tête. Je sais qu'ils avaient des barges de lévitation, à l'époque, mais ceux qui descendaient le Téthys pour leur plaisir n'acceptaient certainement pas toujours d'y monter. Imaginez que vous vouliez faire un voyage romantique et qu'on vous demande de franchir ça sur une barge.

Les yeux fixés sur les embruns irisés aux abords de la chute d'eau, j'étais en train de me demander si j'étais aussi intelligent que je me plaisais parfois à le penser. Le fait est que cette évidence ne m'avait pas effleuré un seul instant.

— Il y a près de trois siècles standard que personne ne navigue plus sur ce fleuve, déclarai-je. La cataracte n'existait peut-être pas avant.

— C'est possible, fit A. Bettik, mais j'en doute. Ces chutes me semblent issues du même matériel tectonique que celui qui traverse la jungle sur des kilomètres au nord et au sud. Vous voyez la dénivellation qu'il y a ici ? Il a fallu des millénaires d'érosion pour creuser ça. Remarquez la taille des blocs dans les rapides. À mon avis, cette cataracte est aussi ancienne que le fleuve lui-même.

— Mais elle n'est pas signalée dans votre guide du Téthys ? demandai-je.

— Non, fit l'androïde en tendant le livre à Énée, qui le feuilleta rapidement.

— Nous ne sommes peut-être pas sur le Téthys, suggéraije.

Les deux autres me regardèrent curieusement.

— Le vaisseau n'a pas pu faire le point sur les étoiles, poursuivis-je, mais supposez qu'il s'agisse d'un monde qui ne figurait pas, à l'origine, dans le circuit du Téthys.

Énée hocha la tête.

— J'y ai pensé, dit-elle. Les portails sont les mêmes que ceux qui demeurent aujourd'hui sur les vestiges du fleuve, mais qui peut affirmer que le TechnoCentre n'en avait pas d'autres, pour relier des cours d'eau sur des mondes différents, par exemple ?

Je posai la tête de ma hache par terre et m'appuyai sur le manche.

— Si c'est le cas, nous avons un problème, déclarai-je. Tu ne trouveras pas ton architecte, et nous ne réussirons jamais à retourner au vaisseau puis chez nous.

Elle sourit.

— Il est trop tôt pour s'inquiéter de ça. C'est vrai que près de trois siècles se sont écoulés. Le fleuve s'est peut-être creusé un autre chemin depuis l'époque du Téthys. Il est également possible que nous ayons raté un canal et des écluses parce qu'ils ont été envahis par la jungle. Ce n'est pas notre préoccupation première. Ce qu'il faut faire avant toute chose, c'est descendre le courant pour essayer de trouver un autre portail.

Je mis un doigt en avant.

— Il m'est venu une autre pensée, leur dis-je, en me sentant un peu moins idiot que tout à l'heure. Supposons que nous nous donnions tout ce mal pour construire un radeau ici et que nous tombions sur une nouvelle cascade en aval avant le portail ? Pourquoi pas dix, d'ailleurs ? Nous n'avons pas vu de portail hier soir. Nous ignorons à quelle distance il peut se trouver.

— J'y ai pensé, me dit Énée.

Je pianotai impatiemment sur le manche de ma hache. Si cette gamine disait ça encore une fois, j'allais envisager sérieusement de lui en donner un bon coup sur les fesses.

— H. Énée m'a demandé d'effectuer une petite reconnaissance, fit l'androïde. J'ai profité de mon dernier voyage ici pour le faire.

Je m'aperçus que j'étais en train de froncer les sourcils.

— Reconnaissance ? Vous n'allez pas me dire que vous avez eu le temps de parcourir plus de cent kilomètres et retour !

— Non, reconnut l'androïde. Mais je suis monté très haut avec le tapis, et j'ai utilisé l'autre paire de jumelles pour repérer notre chemin. Il semble que le cours du fleuve soit rectiligne sur près de deux cents kilomètres. Il n'a pas été très facile de m'en assurer, mais je crois avoir aperçu une arche à environ cent trente kilomètres d'ici en aval. Je ne pense pas qu'il y ait d'autres cascades ou obstacles naturels sur notre route.

Les plis de mon front durent s'accentuer.

— Vous avez pu voir tout ça ? demandai-je. À quelle altitude étiez-vous ?

— Le tapis n'est pas équipé d'un altimètre. Mais, à en juger par la courbure de la planète et l'assombrissement du ciel, je pense que j'étais à une centaine de kilomètres de la surface.

— Vous aviez un scaphandre spatial ?

À cette altitude, le sang d'un homme se mettait à bouillonner dans ses veines et ses poumons éclataient de décompression.

— Un respirateur ? ajoutai-je en regardant autour de moi. Je ne voyais rien de semblable parmi notre modeste tas de matériel.

— Non, me répondit l'androïde en se tournant pour soulever une autre caisse. J'ai juste retenu ma respiration.

Secouant la tête, je m'éloignai pour couper quelques arbres, en me disant que l'exercice et la solitude me feraient du bien.

La nuit tomba avant que nous n'ayons terminé le radeau. J'aurais été obligé de travailler toute la nuit si A. Bettik ne m'avait pas relayé dans mon labeur de bûcheron. Le produit fini n'était pas d'une très grande beauté, mais il flottait. Notre petit radeau faisait six mètres de long sur quatre de large environ, et il était guidé par une longue perche taillée en forme de godille qui reposait sur une fourche solidement fixée à l'arrière, sur une plate-forme légèrement surélevée où Énée avait modelé la tente en coupe-vent, avec une ouverture à l'avant et une autre à l'arrière. Sur les côtés du radeau, il y avait aussi des tolets rudimentaires, avec de longs avirons prévus pour demeurer contre les flancs de l'esquif et n'être utilisés qu'en cas d'urgence, pour ramer dans des eaux stagnantes ou pour franchir des rapides. J'avais craint, au début, que les troncs des gymnospermes ne s'imbibent d'eau et n'aient pas assez de flottaison pour être utilisés à cet usage, mais il avait suffi de deux couches croisées, solidement attachées avec de la cordelette et chevillées aux endroits stratégiques, pour maintenir le pont à quinze centimètres au-dessus de l'eau.

Énée s'était montrée fascinée par la microtente, et je dus admettre qu'elle avait une manière de sculpter la toile qui dépassait en adresse et en efficacité tout ce que j'avais réalisé avec mes années d'expérience. Notre coupe-vent pouvait abriter de la pluie et du soleil à la fois celui qui godillait et ceux qui se trouvaient au centre, sans leur couper la vue d'aucune manière. Il ménageait aussi, sur les côtés, de beaux espaces pour garder nos caisses bien au sec. Énée avait déjà disposé nos sacs et matelas de couchage en différents coins de la tente, en préservant un espace central où nous pouvions nous asseoir pour admirer la vue devant nous. Cet espace s'ornait d'un superbe galet plat d'un mètre de diamètre, destiné à servir de foyer, avec le cube chauffant et les ustensiles de cuisine posés dessus. L'une des lampes, accrochée à un fil, éclairait le tout, et je dois reconnaître que l'effet produit était des plus intimes.

Énée n'avait cependant pas passé tout l'après-midi à décorer la tente. Alors que je m'attendais à ce qu'elle nous regarde transpirer sous le soleil — j'avais ôté ma chemise au bout d'une heure de rude besogne —, elle s'était mise, elle aussi, à l'ouvrage, en traînant les troncs abattus jusqu'au chantier pour les dégrossir, les clouer, mettre en place les chevilles et les articulations à pivot, faisant tout ce qu'elle pouvait, en bref, pour nous faciliter la tâche. Elle me fit remarquer que la manière dont j'avais appris à monter une godille était inefficace, et que le trépied qui la soutenait devait être plus bas et plus écarté pour que la godille soit plus facile à manier et donne de meilleurs résultats. Par deux fois, elle me montra différentes manières de nouer les traverses dans la partie inférieure du radeau pour qu'elles soient plus résistantes. Lorsque nous avions besoin de retailler un tronc, c'était elle qui s'en chargeait avec la machette. A. Bettik et moi, nous n'avions plus alors qu'à reculer pour ne pas recevoir de copeaux dans l'œil.

Malgré nos efforts conjugués, cependant, la nuit était

presque déjà là lorsque le radeau fut terminé et le matériel chargé.

— On pourrait camper ici et partir à l'aube, déclarai-je.

Au moment même où je disais ces mots, je savais que ce n'était pas du tout ce que j'avais envie de faire. Les deux autres pensaient la même chose que moi. Nous montâmes à bord et j'écartai le radeau de la rive à l'aide de la longue perche qui devait être notre principal moyen de propulsion en l'absence de courant. A. Bettik était au gouvernail, et Énée se tenait à l'avant pour guetter les bancs de sable ou les roches traîtresses.

Durant la première heure, tout sembla presque magique. Après la chaleur lourde de la jungle et nos pénibles efforts de la journée, nous étions comme au paradis sur ce radeau qui glissait lentement au fil de l'eau. Tout ce que nous avions à faire, c'était corriger occasionnellement sa course en prenant appui sur la vase du fond, et regarder défiler les murs de jungle, de plus en plus sombres. Le soleil se coucha bientôt juste derrière nous. Durant quelques instants, le fleuve fut aussi rouge que de la lave en fusion. Les feuilles des gymnospermes, de chaque côté, reflétaient la lumière du couchant. Puis le gris devint noir. Nous n'eûmes pas le temps d'apercevoir beaucoup les étoiles, car déjà les nuages arrivaient de l'est comme ils l'avaient fait la nuit précédente.

— Je me demande si le vaisseau a pu faire le point, murmura Énée.

— Appelons-le pour le lui demander, proposai-je.

Aucun relevé n'avait été effectué.

— J'ai pu cependant établir que nous n'étions ni sur Hypérion ni sur le vecteur Renaissance, nous assura la petite voix issue de mon persoc.

— Quel soulagement ! dis-je. Pas d'autres nouvelles ?

— Je suis maintenant au fond de l'eau. C'est très confortable. Je m'apprête à...

Soudain, les éclairs colorés crépitèrent aux horizons nord et ouest, et le vent balaya le fleuve avec une telle violence que nous nous précipitâmes tous les trois pour empêcher nos affaires de s'envoler. Le radeau se mit à dériver en direction de la rive sud en même temps que les moutons du fleuve, et le persoc ne cracha plus que des parasites. Je l'éteignis et me concentrai sur la manœuvre avec la perche pendant que A. Bettik tenait la godille. Durant plusieurs minutes, je fus certain que le radeau allait se briser sur les vagues dans le vent rugissant. L'avant se soulevait et retombait avec fracas, et notre seul éclairage venait des éclairs pourpres et écarlates qui striaient le ciel. Le tonnerre, ce soir, était audible, sous la forme de sons creux, par vagues successives, comme si quelqu'un faisait rouler vers nous des fûts d'acier géants dans un escalier. Les phénomènes atmosphériques ne dansaient plus dans le ciel comme la veille, mais le déchiraient de part en part. Nous nous figeâmes tous les trois durant plusieurs secondes lorsque l'un de ces éclairs pourpres frappa une gymnosperme sur la rive nord, causant son explosion immédiate dans une gerbe de flammes et d'étincelles de toutes les couleurs. En tant qu'ex-batelier, je maudis ma stupidité pour nous avoir laissés venir ici, au milieu d'un si large fleuve — il faisait de nouveau près d'un kilomètre de large à cet endroit —, sans paratonnerre ni tapis isolants en caoutchouc. Nous nous faisions tout petits en grimaçant chaque fois que les éclairs colorés frappaient la rive ou éclairaient l'horizon à l'est, devant nous.

Soudain, la pluie se mit à tomber et les éclairs s'apaisèrent. Nous courûmes nous réfugier sous la tente. Énée et A. Bettik s'accroupirent dans la partie antérieure, toujours à l'affût de bancs de sable ou de troncs flottants, et je demeurai debout à l'arrière, où la personne qui tenait la godille pouvait manœuvrer à l'abri de la pluie.

Il pleuvait souvent, parfois de manière intense, sur le fleuve Kans, du temps où j'étais batelier. Je me souviens d'être resté transi durant des heures sur le gaillard d'avant d'une vieille barge, en me demandant si elle n'allait pas sombrer sous le poids de l'eau tombée du ciel. Mais je n'avais jamais connu de pluie aussi violente que celle-ci.

Un instant, j'avais même cru que nous étions tombés sur une nouvelle cataracte, encore plus puissante que la dernière, et que nous avions été entraînés à notre insu sous son assourdissant rideau. Mais nous étions toujours entraînés par le courant, et l'eau continuait de tomber sur nous avec une intensité jamais égalée dans mon expérience.

Il eût été plus intelligent de nous réfugier sur la rive en

attendant la fin du déluge, mais nous n'avions plus aucune visibilité en dehors des rares éclairs rouges qui trouaient le mur d'eau. Je n'avais pas la moindre idée de la distance à laquelle nous étions de la rive la plus proche, et j'ignorais si nous avions des chances d'accoster sans heurt et sans risque de perdre le radeau. Je bloquai donc la godille dans sa position la plus haute, de sorte qu'elle ne ferait plus que maintenir le radeau sur une course à peu près rectiligne, abandonnai mon poste et allai me blottir sous la tente avec l'enfant et l'androïde tandis que les cieux s'ouvraient sur nous, déversant des rivières, des lacs et des océans.

Il faut dire au crédit de la fillette, que ce soit dû à la chance ou à son habileté, que la toile ne menaça à aucun moment de se déchirer ou de se détacher des supports qui l'ancraient fermement au pont du radeau. J'ai dit que j'étais allé me blottir avec eux, mais la vérité m'oblige à préciser que nous étions tous les trois occupés à maintenir les caisses qui menaçaient de briser leurs attaches tandis que le radeau était ballotté, secoué et mis à mal de tous les côtés à la fois. Nous ne savions plus dans quelle direction nous allions. Nous ignorions si nous étions toujours au milieu du courant ou emportés par des rapides, en train de rebondir sur de gros blocs, ou même de foncer sur notre lancée en direction d'un mur de roche alors que le fleuve avait pris un tournant que nous avions raté. Aucun de nous ne se souciait plus de savoir où nous en étions à ce stade. Notre seul objectif était de maintenir notre matériel sur le radeau, de nous y maintenir nous-mêmes et d'aider de notre mieux les deux autres à s'y maintenir.

À un moment, un bras autour de notre petit tas de sacs à dos, agrippant de l'autre main le collet de la fillette, qui se penchait dangereusement pour rattraper un ustensile de cuisine en train de quitter la tente à toute vitesse, j'entrevis la partie avant du radeau et constatai que celui-ci, à l'exception de la plate-forme surélevée où était plantée la tente, était entièrement submergé. Le vent soulevait des moutons qui prenaient des reflets rouges ou jaunes en fonction des éclairs qui faisaient rage à ce moment-là dans le ciel. Je me souvins tout à coup d'une chose que j'avais oublié de chercher dans les coffres du vaisseau. Des gilets de sauvetage.

Je tirai Énée en arrière à l'abri de la tente pour lui crier dans la tempête :

— Tu sais nager quand tu n'es pas sous *g*-zéro ?

— Quoi ?

Je vis ses lèvres bouger pour former le mot, mais n'entendis rien.

— Est-ce que... tu sais... nager ?

A. Bettik leva les yeux de l'endroit où il se trouvait parmi les caisses qui penchaient dangereusement. L'eau ruisselait sur son crâne chauve et sur la longue arête de son nez. Ses yeux bleus prenaient une coloration violette chaque fois que le ciel s'illuminait d'éclairs.

Énée secoua la tête. Je ne savais pas si c'était pour répondre à ma question par la négative ou pour me faire savoir qu'elle ne m'entendait pas. Je l'attirai contre moi. Sa veste à poches multiples était trempée et battait au vent comme un drap mouillé dans la tempête.

— Est-ce que... tu sais... nager ? hurlai-je littéralement à pleins poumons.

L'effort me coupait la respiration. Je mimai des deux mains, frénétiquement, des mouvements de natation. Le radeau fit une embardée qui nous sépara puis nous rapprocha.

Je vis briller une lueur de compréhension dans ses yeux. La pluie et les embruns agglutinaient ses longues mèches. Elle me sourit. Même ses dents semblaient ruisseler de pluie. Elle se pencha pour me crier à l'oreille :

— Merci ! J'aimerais... aller nager avec toi, mais... pas maintenant.

Nous dûmes, à ce moment-là, passer sur un tourbillon, à moins que le vent, en s'engouffrant sous la tente, ne s'en soit servi comme d'une voile pour faire pivoter le radeau sur son axe. Toujours est-il qu'il se mit à tournoyer, parut hésiter, puis continua son mouvement. Nous renonçâmes tous les trois à essayer de maintenir quoi que ce soit en dehors de notre propre vie et de celles des autres. Nous demeurâmes blottis au centre de la plate-forme surélevée. Je me rendis alors compte que la fillette était en train de hurler. C'était une sorte de « you-hou ! » d'allégresse. J'ouvris la bouche pour lui crier de se taire, mais ce fut la même clameur qui sortit. Cela faisait du bien, de hurler dans la tempête et le déluge. On n'entendait pas grand-chose, mais c'était bon d'entendre l'écho de son propre cri résonner dans son crâne et dans ses os en même temps que les roulements du tonnerre. J'aperçus, sur ma droite, à la faveur d'un éclair rouge qui illumina le fleuve entier, un énorme rocher rond qui émergeait d'au moins cinq mètres. Le radeau le contourna, emporté comme un toton par le courant. Je fus encore plus surpris de voir A. Bettik à genoux, la tête rejetée en arrière, en train de crier « you-hou ! » au plus fort de ses poumons d'androïde.

La tempête dura toute la nuit. À l'approche de l'aube, la pluie se calma au point de n'être plus qu'une précipitation régulière. Les phénomènes lumineux et le tonnerre avaient dû cesser entre-temps, mais j'en ai perdu le souvenir. J'étais, comme mes deux compagnons, en train de ronfler, profondément endormi.

Nous nous réveillâmes alors que le soleil était déjà haut dans le ciel. Il n'y avait plus aucun nuage en vue, le fleuve était large et paisible, et la jungle, de chaque côté, formait une tapisserie sans fin qui se déroulait sur notre passage sous un ciel bleu.

Longtemps, nous fûmes incapables de quoi que ce soit, excepté demeurer assis au soleil, les coudes sur les genoux, les vêtements encore trempés. Aucun de nous ne disait mot. Je pense que nous avions tous dans les yeux la vision tumultueuse de la nuit, avec ses explosions de couleurs.

Au bout de quelque temps, Énée se leva sur des jambes chancelantes. Le pont du radeau était mouillé, mais au-dessus de la surface de l'eau. Un tronc s'était détaché à tribord, et la cordelette s'était effilochée en plusieurs endroits, mais dans l'ensemble notre radeau tenait bon. Nous vérifiâmes le matériel. La lampe que nous avions fixée à l'avant avait été emportée, de même qu'une caisse de vivres, mais tout le reste semblait intact.

— Je vais préparer le petit déjeuner, nous dit Énée.

Elle régla le cube au maximum de chaleur, fit bouillir de l'eau en moins d'une minute, remplit sa théière et notre cafetière, puis étala dans une petite poêle des lanières de jambon avec de fines tranches de pomme de terre qu'elle coupait au fur et à mesure.

En voyant frire le lard, je lui dis :

— Je croyais que tu étais végétarienne.

— Je le suis, répliqua-t-elle. Je vais prendre des pétales de blé et un verre de cet horrible lait reconstitué du vaisseau, mais je veux bien faire la cuisine, pour une fois, et veiller à ce que vous soyez bien nourris.

Nous mangeâmes à satiété, assis au soleil à l'avant de la plate-forme pour faire sécher nos vêtements. Je sortis le tricorne écrasé qui se trouvait dans la poche de ma veste, le tordis pour bien l'essorer et le posai sur ma tête pour me faire de l'ombre. Énée pouffa de rire en me voyant. Je regardai A. Bettik du coin de l'œil, mais l'androïde avait repris son impassibilité d'observateur, comme si sa période « youhou » n'avait jamais existé.

Il redressa un espar à l'avant du radeau. Je l'avais muni d'un socle pivotant, afin de pouvoir y accrocher une lanterne la nuit. Il ôta sa chemise blanche en lambeaux et l'y étendit pour la faire sécher. Le soleil faisait luire sa peau d'un bleu uni.

— Un drapeau ! s'écria Énée. C'est exactement ce qu'il manquait à notre expédition.

— Pas un drapeau blanc, tout de même, lui dis-je en riant. C'est un symbole de...

Je m'interrompis au milieu de ma phrase. Le courant nous avait poussés lentement au milieu d'un coude du fleuve d'où nous apercevions l'énorme portail ancien qui enjambait l'eau à une hauteur de plusieurs centaines de mètres. Il était tellement envahi par la végétation à sa base que des arbres entiers poussaient sur ses côtés et que des lianes pendaient de ses échancrures et de ses incrustations.

Chacun de nous prit aussitôt son poste. J'allai à la barre, A. Bettik se prépara à utiliser la perche, et Énée s'accroupit à l'avant.

Durant une longue minute, je fus certain que ce portail était mort, qu'il n'allait jamais fonctionner. Je voyais la jungle et le ciel bleu à travers lui, et le fleuve coulait normalement dessous. Tout était parfaitement en ordre, jusqu'au moment où nous passâmes dans l'ombre de l'arche géante. J'aurais pu voir un poisson bondir à la surface de l'eau dix mètres devant nous. Le vent ébouriffait la chevelure d'Énée et faisait onduler la surface du fleuve. Au-dessus de nos têtes, des tonnes de métal ancien étaient en suspens dans l'air, comme une esquisse de pont maladroitement dessinée par un enfant.

— Il ne s'est rien passé..., commençai-je.

L'air s'emplit soudain d'électricité d'une manière encore plus terrifiante que la tempête de la nuit dernière. C'était comme si un rideau s'était subitement abattu sur nous du haut de l'arche. Je tombai à genoux sous le poids, éprouvant immédiatement après une curieuse sensation d'apesanteur. L'espace d'un instant trop court pour être mesuré, j'eus la même impression que lorsque le champ de catastrophe s'était déployé autour de nous à bord du vaisseau désemparé. Celle d'un fœtus en train de se débattre dans une poche de liquide amniotique.

Puis nous fûmes de l'autre côté. Le soleil avait disparu. La lumière du jour avait disparu. Les rives et la jungle n'étaient plus là. L'eau s'étendait de tous côtés à perte de vue. Des étoiles en nombre, d'une magnitude que je n'aurais jamais pu imaginer et encore moins observer, remplissaient un ciel qui paraissait bien trop vaste.

Droit devant nous, éclairant Énée comme autant de projecteurs orangés, il y avait trois lunes, chacune de la taille d'une bonne planète.

OUVRAGES DE LA COLLECTION « SCIENCE-FICTION »

ALDISS Brian
Cryptozoïque
Frankenstein délivré

ANDERSON Poul
Le barde du futur (Le grand temple de la S.-F.)
Tempête d'une nuit d'été
Trois cœurs, trois lions

ANTHONY Piers
Les livres magiques de Xanth
1 — Lunes pour Caméléon
2 — La source de magie
3 — Château-Roogna
4 — L'(A)ile du Centaure
5 — Amours, délices et ogres
6 — Cavales dans la nuit
7 — Dragon sur piédestal
8 — La Tapisserie des Gobelins

ANTHONY Piers/LACKEY Mercedes
Cher démon

ASIMOV Isaac
Asimov présente
1 — Futurs sans escale
2 — Futurs en délire
3 — Futurs à gogos
4 — Futurs pas possibles
5 — Futurs tous azimuts
6 — Futurs sens dessus dessous
7 — Futurs qui craignent
8 — Futurs mode d'emploi
10 — Futurs bien frappés
11 — Futurs en voie d'extinction
L'avenir commence demain
Azazel
Les courants de l'espace
Destination cerveau
Les fils de Fondation
Némésis
Prélude à l'éternité (Le grand temple de la S.-F.)
Prélude à Fondation

ASIMOV Isaac/SILVERBERG Robert
L'enfant du temps
Le retour des ténèbres

BALLARD J. G.
Crash !
Sécheresse
Les statues chantantes (Le grand temple de la S-F.)
Le vent de nulle part
Vermilion Sands

BARJAVEL René
Les dames à la licorne
Le grand secret
La nuit des temps
Une rose au paradis

BLISH James
Les apprentis sorciers
1 — Faust Aleph Zéro
2 — Le lendemain du jugement dernier

BLOCH Robert
La boîte à maléfices
L'embarquement pour Arkham
Retour à Arkham

BOULLE Pierre
La baleine des Malouines
Contes de l'absurde
L'énergie du désespoir
La planète des singes

BRACKETT Leigh
Le livre de Mars
1 — L'Epée de Rhiannon
2 — Le Secret de Sinharat

3 — Le Peuple du Talisman
4 — Les Terriens arrivent

BRADLEY Marion Zimmer
Les amazones libres
Unité
Chasse sur la lune rouge
La romance de Ténébreuse
1 — La Planète aux vents de folie
2 — Reine des orages!
3 — La Belle Fauconnière
4 — Le Loup des Kilghard
5 — Les Héritiers d'Hammerfell
6 — Redécouverte
7 — La Chaîne brisée
8 — La Maison des Amazones
9 — La Cité Mirage
10 — L'Epée enchantée
11 — La Tour interdite
12 — L'Etoile du danger
13 — Soleil sanglant
14 — La Captive aux cheveux de feu
15 — L'Héritage d'Hastur
16 — L'Exil de Sharra
17 — Projet Jason
18 — Les Casseurs de mondes
Les voix de l'espace (Le grand temple de la S.-F.)

BRADLEY Marion Zimmer/ NORTON André & MAY Julian
Les trois Amazones

BRIN David
Terre
1 — La Chose au cœur du monde
2 — Message de l'univers

BROWN Fredric
Paradoxe perdu

BRUNNER John
Le jeu de la possession
Noire est la couleur

CLARKE Arthur
Et la lumière tue (Le grand temple de la S.-F.)
Le vent venu du soleil

CRICHTON Michael
Les mangeurs de morts

DELANY Samuel
La chute des tours
3 — La Cité des mille soleils
Triton

DICK Philip K.
Le bal des schizos
Les dédales démesurés
Glissement de temps sur Mars
Le guérisseur de cathédrales
Les joueurs de Titan
La planète impossible (Le grand temple de la S.-F.)
Simulacres

DONALDSON Stephen
Le cycle des Seuils
1 — L'Histoire véritable
2 — Le Savoir interdit
3 — L'Eveil du Dieu noir
L'appel de Mordant
1 — Le Feu de ses passions
2 — Le Miroir de ses rêves
3 — Un cavalier passe

DUVEAU Marc
Fantasy (Le grand temple de la S.-F.)
High Fantasy 1 — le Manoir des roses
Heroic Fantasy 2 — la Citadelle écarlate
New fantasy 3 — le Monde des chimères
Science Fantasy 4 — la Cathédrale de sang

DUVIC Patrice
Naissez, nous ferons le reste

Eddings David
La Belgariade
1 — Le Pion blanc des présages
2 — La Reine des sortilèges
3 — Le Gambit du magicien
4 — La Tour des maléfices
5 — La Fin de partie de l'enchanteur
La Mallorée
1 — Les Gardiens du Ponant
2 — Le Roi des Murgos
3 — Le Démon majeur de Karanda
4 — La Sorcière de Darshiva
5 — La Sibylle de Kell
La Trilogie des joyaux
1 — Le Trône de diamant
2 — Le Chevalier de rubis

Farmer Philip José
Le jeu de la création (le Grand temple de la S.-F.)
Le masque vide
Les Mémoires intimes de Lord Grandrith
1 — La Jungle nue
2 — Le Seigneur des arbres
L'odyssée Verte
La saga des hommes-dieux
1 — Le Faiseur d'univers
2 — Les Portes de la création
3 — Cosmos privé
4 — Les Murs de la Terre
5 — Le Monde Lavalite
6 — Plus fort que le feu
7 — La Rage d'Orc le Rouge
Un exorcisme
1 — Comme une bête
2 — Gare à la bête
3 — L'Homme qui trahit la vie

Glut Donald
Starwars
L'empire contre-attaque
(voir Kahn J. et Lucas G.)

Hambly Barbara
Fendragon

Heinlein Robert
L'âge des étoiles
Citoyen de la Galaxie
L'enfant tombé des étoiles
Histoire du futur
1 — L'homme qui vendit la Lune
2 — Les Vertes Collines de la Terre
4 — Les Enfants de Mathusalem
Longue vie (Le grand temple de la S.-F.)
Révolte sur la lune
Route de la gloire
Le vagabond de l'espace

Herbert Frank
La barrière Santaroga
Le bureau des sabotages
1 — L'Etoile et le fouet
2 — Dosadi
Champ mental
Cycle de Dune
1 — Dune tome 1
2 — Dune tome 2
3 — Le Messie de Dune
4 — Les Enfants de Dune
5 — L'Empereur-dieu de Dune
6 — Les Hérétiques de Dune
7 — La Maison des mères
Le dragon sous la mer
Et l'homme créa un dieu
Les fabricants d'Eden
Le preneur d'âmes
Les prêtres du psi
Le programme conscience
1 — Destination vide
2 — L'Incident Jésus
Le prophète des sables (Le grand temple de la S.-F.)
Les yeux d'Heisenberg

Hubbard L. Ron
Au bout du cauchemar
Mission Terre
1 — Le Plan des envahisseurs
2 — La Forteresse du mal

3 — L'Ennemi intérieur
4 — Une affaire très étrange
5 — L'Empire de la peur
6 — Objectif mort
7 — Destination vengeance
8 — Catastrophe
9 — Noire victoire
10 — Requiem pour une planète
Final blackout
Terre champ de bataille
1 — Les Derniers hommes
2 — La Reconquête
3 — Le Secret des Psychlos

Huxley Aldous
Ile
Jouvence
Le meilleur des mondes
Retour au meilleur des mondes
Temps futurs

Kahn James
Starwars
Le retour du Jedi
(voir Glut D. et Lucas G.)

Knight Damon
Le pavé de l'enfer

Koontz Dean R.
Le monstre et l'enfant

Kurtz Katherine
Les Derynis
1 — La Chasse aux magiciens
2 — Le Réveil des magiciens
3 — Le Triomphe des magiciens
4 — Roi de folie

Kuttner Henry & Moore Catherine
Ne vous retournez pas (le grand temple de la S.-F.)

Lackey Mercedes
L'Honneur et la gloire
1 — Sœurs de sang
2 — Les Parjures

Lafferty R. A.
Tous à Estrevin !

Lee Tanith
Le bain des Limbes
1 — Ne mords pas le soleil !
2 — le Vin saphir
Le dit de la Terre plate
1 — Le Maître des ténèbres
2 — Le Maître de la mort
3 — Le Maître des illusions
4 — La Maîtresse des delires
5 — Les Sortilèges de la nuit

Le guin Ursula
L'autre côté du rêve
La ligue de tous les mondes
1 — Les Dépossédés
2 — Le Nom du monde est Forêt
3 — La Main gauche de la nuit
4 — Le Monde de Rocannon
5 — Planète d'exil
6 — La Cité des illusions
Terremer
1 — Le Sorcier de Terremer
2 — Les Tombeaux d'Atuan
3 — L'Ultime rivage
4 — Tehanu

Leiber Fritz
Le cycle des épées
1 — Epées et démons
2 — Epées et mort
3 — Epées et brumes
4 — Epées et sorciers
5 — Le Royaume de Lankhmar
6 — La Magie des glaces
7 — Le crépuscule des épées
Demain les loups
Les lubies lunatiques
Le vaisseau lève l'ancre à minuit (Le grand temple de la S.-F.)

LEM Stanislas
Mémoires trouvés dans une baignoire
Le masque
Le congrès de Futurologie
Mémoires d'Ijon Tichy

LOVECRAFT H. P.
Les papiers du Lovecraft club
1 — Le Rôdeur devant le seuil
2 — l'Horreur dans le musée
3 — L'Horreur dans le cimetière
4 — L'Ombre venue de l'espace
5 — Le Masque de Cthulhu
6 — La Trace de Cthulhu
Légendes du mythe de Cthullu
1 — L'Appel de Cthulhu
2 — La chose des Ténèbres

LOVECRAFT J. P. /CAMPBELL Ramsey
Nouvelles légendes du mythe de Cthulhu
3 — Le Livre noir

LOVECRAFT H. P. (psaumes pour)
R. Weinberg & M. Greenberg présentent :
L'ombre du maître

LUCAS George
Starwars
La guerre des étoiles
(voir Glut D. et Kahn J.)

McCAFFREY Anne
La Ballade de Pern
1 — Le Vol du dragon
2 — La Quête du dragon
3 — Le Chant du dragon
4 — La Chanteuse-dragon de Pern
5 — Les Tambours de Pern
6 — Le Dragon blanc
7 — La Dame aux dragons
8 — L'Aube des dragons
9 — Histoire de Nerilka
10 — Les Renégats de Pern
11 — Tous les Weyrs de Pern
Chroniques de Pern
1 — La Chute des fils
La dame de la haute tour
(Le grand temple de la S.-F.)
Les forces majeures
La transe du crystal
1 — La Chanteuse crystal
2 — Killashandra
3 — La Mémoire du crystal
Le vol de Pégase
1 — Le Galop d'essai
2 — Le Bond vers l'infini
3 — La Rowane
4 — Damia

McKILLIP Patricia
La magicienne de la forêt d'Eld

McKINLEY Robin
Belle

MATHESON Richard
Journal d'un monstre (Le grand temple de la S.-F.)
Miasmes de mort

MOORCOCK Michael
Le cavalier Chaos (Le grand temple de la S.-F.)
Le navire des glaces
Le cycle d'Elric
1 — Elric des dragons
2 — La Forteresse de la perle
3 — Le Navigateur sur les mers du destin
4 — Elric le nécromancien
5 — La Sorcière dormante
6 — La Revanche de la Rose
7 — L'Epée noire
8 — Stormbringer
9 — Elric à la fin des temps
La Légende de Hawkmoon
1 — Le Joyau noir

2 — Le Dieu fou
3 — L'Epée de l'aurore
4 — Le Secret des runes
5 — Le comte Airain
6 — Le Champion de Garathorm
7 — La Quête de Tanelorn
Les livres de Corum
1 — Le Chevalier des épées
2 — La Reine des épées
3 — Le Roi des épées
4 — La Lance et le taureau
5 — Le Chêne et le bélier
6 — Le Glaive et l'étalon
La quête d'Erekosë
1 — Le Champion éternel
2 — Les Guerriers d'argent
3 — Le Dragon de l'épée

Moore Catherine
Magies et merveilles

Moore Catherine & Kuttner Henry
Ne vous retournez pas (Le grand temple de la S.-F.)

Pelot Pierre
La nuit du sagittaire

Pohl Frederik
La promenade de l'ivrogne

Pohl F. et Kornbluth C. M.
L'ère des gladiateurs
La tribu des loups

Priest Christopher
Le monde inverti

Remy Yves et Ada
La maison du cygne
Les soldats de la mer

Russ Joanna
L'autre moitié de l'homme

Russell Eric Frank
Guêpe
Plus X

Scarborough Elizabeth
Un air de sorcellerie

Sheckley Robert
Eternité société anonyme
Omega
Tu brûles (Le grand temple de la S.-F.)

Silverberg Robert
Le fils de l'homme
Le livre des crânes
La porte des mondes
Résurrections
Revivre encore
Trips
Voir l'invisible (Le grand temple de la S.-F.)

Simmons Dan
Hypérion 1
Hypérion 2
La chute d'Hypérion 1
La chute d'Hypérion 2

Smith Cordwainer
Les seigneurs de l'instrumentalité
1 — Tu seras un autre
2 — Le Rêveur aux étoiles
3 — Les Puissances de l'espace
4 — L'Homme qui acheta la Terre
5 — Le Sous-peuple
6 — La Quête des trois mondes

Spinrad Norman
Les avaleurs de vide
Le chaos final
La grande guerre des bleus et des roses
Les miroirs de l'esprit
Les pionniers du chaos
Rêve de fer

SPRINGER Nancy
Le cerf pâle

STURGEON Theodore
Les songes superbes
Un soupçon d'étrange (Le grand temple de la S.-F.)
Symboles Secrets

TOLKIEN J.R.R.
Contes et légendes inachevés
1 — Le Premier âge
2 — Le Deuxième âge
3 — Le Troisième âge
Le Seigneur des anneaux
1 — La Communauté de l'anneau
2 — Les Deux tours
3 — Le Retour du roi
Le silmarillion

TOLKIEN J.R.R. (chansons pour)
M. Greenberg présente :
1 — L'Adieu au roi
2 — Sur les berges du temps
3 — L'Eveil des Belles au bois

TUCKER Wilson
L'année du soleil calme

VAN ASTEN Gail
Le chevalier aveugle

VAN VOGT A. E.
A l'assaut de l'invisible
Au-delà du néant
La bête
Les enfants de demain
Futur parfait (Le grand temple de la S.-F.)
La maison éternelle
Mission stellaire
Quête sans fin

VANCE Jack
Les aventuriers de la planète géante
1 — La Planète géante
2 — Les Baladins de la planète géante
Châteaux en espace
Les chroniques de Cadwal
1 — La Station d'Araminta
2 — Araminta 2
3 — Bonne vieille Terre
4 — Throy
Chroniques de Durdane
1 — L'Homme sans visage
2 — Les Paladins de la liberté
3 — Asutra
Les cinq rubans d'or
Crimes et enchantements
Docteur Bizarre
Les domaines de Koryphon
Emphyrio
La geste des princes-démons
1 — Le Prince des étoiles
2 — La Machine à tuer
3 — Le Palais de l'amour
4 — Le Visage du démon
5 — Le Livre des rêves
Lyonesse
1 — Le Jardin de Suldrun
2 — La Perle verte
3 — Madouc
Les maisons d'Iszm
Les maîtres des dragons
Les mondes de Magnus Ridolph
Pagaille au loin
Papillon de lune (le Grand temple de la S.-F.)
Space Opera
Un monde d'azur
Un tour en Thaéry

VONNEGUT Kurt
Le pianiste déchaîné

WATSON IAN
La mort en cage
Les visiteurs du miracle

WEIS Margaret / HICKMAN Tracy
Les portes de la mort
1 — L'Aile du dragon
2 — L'Etoile des elfes

3 — La Mer de feu
4 — Le Serpent mage
5 — La Main du Chaos
6 — Voyage au fond du labyrinthe
La rose du prophète
1 — Le Désir du Dieu errant
2 — Le Paladin de la nuit
3 — Le Prophète d'Akhran

WILLIAMSON Jack
Plus noir que vous ne pensez

WUL Stefan
La mort vivante

Piège sur Zarkass
Le temple du passé

ZAHN Timothy
Starwars
L'héritier de l'empire

ZELAZNY Roger
L'enfant de nulle part
1 — L'Enfant tombé de nulle part
2 — Franc-sorcier
Le maître des ombres
Le maître des rêves
Un pont de cendres

Achevé d'imprimer en août 2000
sur les presses de l'Imprimerie Bussière
à Saint-Amand (Cher)

POCKET - 12, avenue d'Italie - 75627 Paris Cedex 13
Tél. : 01-44-16-05-00

— N° d'imp. 1953. —
Dépôt légal : septembre 2000.

Imprimé en France